René-Pierre COSTA

LES RIVIÈRES DE LA FRATERNITÉ

Roman

Les Presses du Midi

Réalisation Les Presses du Midi - Impression Pierron

121 avenue d'Orient - 83100 Toulon
Tel. : 04 94 16 90 20 - Fax : 04 94 16 90 29
Dépôt légal décembre 1997 - N° 1247
ISBN : 2-87867-131-7

À Suzanne, ma femme.

À la mémoire de ma mère et de mon père
qui reposent en Terre Marocaine.

En hommage à mes camarades morts
pour la France, en Indochine.

Préface

Avec beaucoup de pudeur, René-Pierre COSTA, Chef d'Escadron Honoraire, m'a confié son manuscrit. Je m'y suis plongé de la première à la dernière ligne, emporté par un intérêt croissant. Il a ravivé des souvenirs en foule : l'engagement en Afrique du Nord après le débarquement américain de Novembre 1942, Rabat - le Lycée Gouraud, Cherchell, l'embarquement pour l'Indochine, la guerre...

Le récit émaillé d'anecdotes criantes de réalité, redouble d'intérêt grâce à des intrigues sans doute partiellement imaginaires, qui ajoutent des émotions sentimentales.

Ceux qui n'ont pas vécu cette période pourront ironiser sur la naïveté de certains dialogues.

Les autres, en revanche, y retrouveront l'enthousiasme, la foi et pour tout dire la fraîcheur qui nous animaient à l'époque. Nous n'avions pas d'états d'âme. Nous suivions la voie tracée, jalonnée d'innocence, de désintéressement,...mais aussi de courage et de patriotisme.

Le témoignage romancé de René-Pierre COSTA cumule le double mérite de la spontanéité et de la vérité.

Jean-Jacques BEUCLER
Ancien Ministre
Officier de Tirailleurs Marocains en Italie
et de Tabors Marocains en Indochine

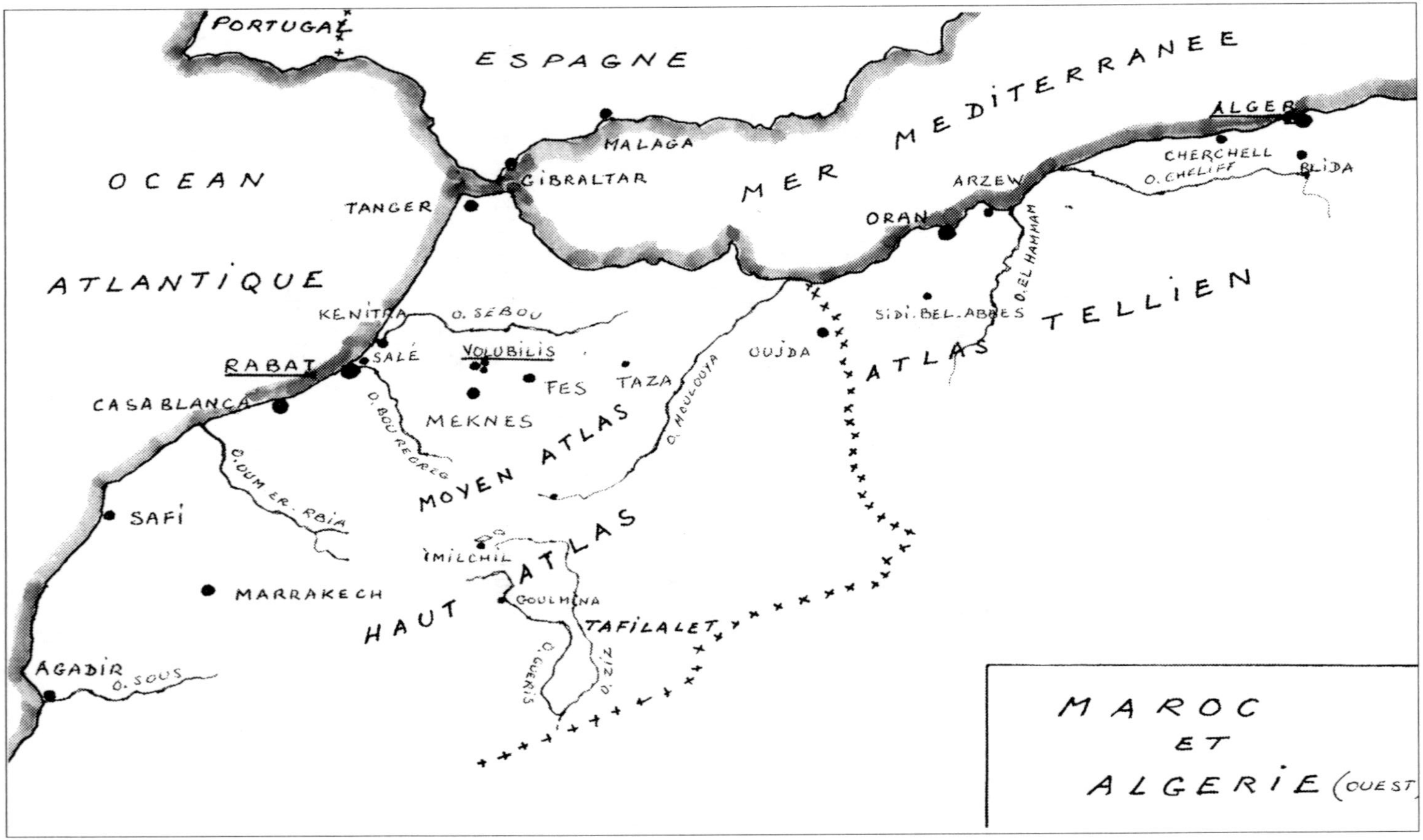
MAROC
ET
ALGERIE (OUEST)
PORTUGAL
ESPAGNE
OCEAN
ATLANTIQUE
MER MEDITERRANEE
MALAGA
GIBRALTAR
TANGER
KENITRA
O. SEBOU
SALE
RABAT
CASABLANCA
VOLUBILIS
FES
TAZA
MEKNES
O. BOU REGREG
O. OUM ER. RBIA
MOYEN ATLAS
O. MOULOUYA
OUJDA
SAFI
IMILCHIL
HAUT ATLAS
MARRAKECH
GOULMINA
TAFILALET
O. GUERIS
O. ZIZ
AGADIR
O. SOUS
ORAN
ARZEW
SIDI. BEL. ABBES
O. EL HAMMAM
ATLAS TELLIEN
ALGER
CHERCHELL
O. CHELIFF
BLIDA

THAÏLANDE
(ex SIAM)
Chaine des DANGREK
SISOPHON
ANGKOR
SIEM-REAP
LOVEA
BATTAMBANG
PAILIN
STUNG SANGKER
MOUNG
TONLE SAP
ROVIENG
STUNG-SEN
KOMPONG THOM
PURSAT
STUNG PURSAT
TUMPOR
KOMPONG CHNANG
Mts des cardamômes
KOH-CHANG
GOLFE
DE
THAÏLANDE
REAM
PHU-QUOC
KAMPOT
TAKEO
PHNOM-PENH
CAMBODGE
STUNG TRENG
MEKONG
SRE SBAO
KRATIE
SNOUL
KOMPONG CHAM
MIMOT
LOC NINH
CHON THANH
THUDAUMOT
SOAI-RIENG
SAÏGON
CHOLON
BIEN-HOA
DINH QUAN
DONG-NAI
DALAT
BAN ME THUOT
CAP VARELLA
NHA-TRANG
CAU-DA
CAM-RANH
ANNAM
VINH LONG
MYTHO
CAP St JACQUES
CANTHO
BASSAC
COCHINCHINE
CA MAU
POULO CONDORE
MER
DE
CHINE
0 50 100 150 200 Km
• CAMBODGE –
• COCHINCHINE –
• SUD-ANNAM –
+++++ FRONTIÈRES — EN 1947.

Tant que l'amour dure, il subsiste de soi-même et quelquefois par les choses qui semblent le devoir éteindre, par les caprices, par les rigueurs, par l'éloignement, par la jalousie ; l'amitié, au contraire, a besoin de secours : elle périt faute de soins, de confiance et de complaisance.

LA BRUYÈRE. (Les Caractères)

1

L'appareillage d'un paquebot partant pour un long voyage est toujours un événement émouvant pour ceux qui restent sur les quais et agitent leur mouchoir afin de ne pas le mouiller de larmes. Tel ne fut point précisément le cas du départ, dans la soirée du dimanche 10 février 1946, du Néa Hellas, un navire sous pavillon britannique qui, discrètement, quitta le port de Marseille en emmenant dans ses flancs, un des premiers contingents du Corps Expéditionnaire Français à destination de l'Indochine.

Plus d'une centaine de PFAT (1) et près de mille cinq cent hommes de la 3ème DIC (2) quittaient la France, sans idée de retour avant longtemps. La plupart n'avaient que vingt ans et leurs illusions pour toute fortune ! Tous avaient le mérite d'être volontaires pour que flottât à nouveau le drapeau tricolore, emblème, à leurs yeux, de liberté et de paix, sur cette terre lointaine meurtrie par tant de luttes et de souffrances depuis l'invasion Japonaise de 1940.

Le soleil disparaissait à l'horizon, côté tribord, lorsque le Néa Hellas aborda la haute mer en trépidant sous la houle.

Accoudés au bastingage, deux jeunes aspirants, François et Robert avaient le regard fixé sur les dernières lueurs du couchant auquel le bateau n'allait pas tarder à tourner la poupe. Le port était quasiment désert, la plupart des passagers ayant préféré se coucher aussitôt après le dîner.

Les deux amis se tenaient côte à côte, silencieux, chacun éprouvant le besoin de s'isoler pour ne songer qu'à lui-même face à l'avenir. Mais quel avenir ? Qu'allaient-ils trouver là-bas dans cette colonie perdue dont le nom évocateur de tant d'épopées militaires, revenait comme un leitmotiv dans leurs conversations.

Dès le mois de juillet 1945 ils avaient été volontaires pour combattre les nippons en Extrême-Orient. Robert, sorti de l'École des aspirants de Cherchell et François, venant des F.F.I. avaient sympathisé dès leur première rencontre au Camp de la Lègue, un centre d'instruction au milieu des pins, au-dessus de Fréjus. Tout en remplissant consciencieusement leurs fonctions d'officiers instructeurs ils s'intéressaient bien entendu à tout ce qui concernait l'Empire du Soleil Levant et s'attachaient à suivre du mieux possible, par les journaux et la radio, les principaux événements relatifs aux opérations qui se déroulaient dans le Pacifique.

Ainsi, au fil des jours, ils apprirent que dans les Îles Philippines les américains détruisaient les derniers nids de résistance japonais, que de leur côté les troupes britanniques achevaient la libération de la Birmanie, que l'aviation américaine avait lâché une bombe atomique sur les ports d'Hiroshima et de Nagasaki et qu'enfin l'URSS se décidait à entrer en guerre contre le Japon en envahissant la Mandchourie le 9 août 1945 !

Ils partagèrent l'allégresse générale déclenchée six jours plus tard par l'annonce de la capitulation du Japon ; à partir de ce jour ils gaspillèrent leur maigre solde en allant danser le samedi et le dimanche soir dans un "night club" de St-Raphaël où ils avaient le plaisir de flirter avec de jolies filles.

Parfois ils en étaient à se demander si la fin de la Guerre Mondiale n'allait pas, du même coup, annuler leur départ pour l'Extrême-Orient. Cette éventualité ne leur souriait guère.

"Je préférerais ranger mes galons au placard plutôt que de moisir dans une caserne de France ou d'Allemagne !" s'était écrié Robert devant François qui l'approuvait.

Comme tant d'autres jeunes officiers il s'était plu à l'idée d'en découdre avec ces Japonais qui en Indochine s'étaient livrés à d'odieuses atrocités envers leurs prisonniers français coupables d'avoir osé résister à leur coup de force du 9 mars 1945.

Nul ne pouvait rester insensible à l'évocation de ces massacres d'officiers français décapités au sabre devant leurs hommes !

Au fil des jours qui succédèrent à la défaite des forces nippones la détermination de Robert s'effrita. "À quoi bon, se disait-il, pourchasser un ennemi honni mais déshonoré et vaincu ! ".

La formidable nouvelle de la fin de la Guerre Mondiale avait occulté aux Français les événements d'Indochine et notamment l'avènement d'un certain Ho.Chi.Minh.

La presse parlait de plus en plus de ce leader communiste qui s'était distingué en s'emparant, très habilement, du pouvoir à Hanoï et en proclamant, quelques jours plus tard, le 2 septembre, la naissance de la République Démocratique du Viêt-Nam.

Dans les popotes et les mess de St-Raphaël et de Fréjus où étaient cantonnées la plupart des unités de la 3ème DIC on parlait de plus en plus du Vietminh, de la guérilla qu'il menait contre les premiers éléments français débarqués en Cochinchine, de la terreur qu'il faisait régner et des massacres qu'il commettait au nom de sa lutte nationale.

Pendant ce temps, en France, peu se souciaient du sort tragique de leurs concitoyens d'Indochine que d'aucuns, mal informés, traitaient avec mépris de sales colonialistes.

Après avoir souffert de l'occupation de leur pays par les troupes du Reich, les Français étaient surtout, pour la plupart, occupés à relever leurs ruines et à panser leurs blessures.

C'était normal ! Et pourtant, nul n'aurait dû rester insensible au massacre par les Viets de tous ces Eurasiens de la Cité Heyraud à Saïgon le 23 septembre ! Ces malheureux avaient eu sans doute le tort de ne pas être communistes et de vouloir rester attachés à une certaine idée de la France !

Dès lors, sans hésiter Robert et François rangèrent définitivement au placard leur costume civil et décidèrent d'en découdre avec les Viets. Il fallait les combattre pour rétablir l'ordre et permettre à la France, comme on le souhaitait en haut lieu, de recouvrer son prestige et son autorité.

Robert et ses camarades officiers attendirent avec une impatience grandissante le jour "J" de leur embarquement qui tarda faute de bateaux ! (3).

Quelle ne fut pas leur satisfaction à l'instant où ils posèrent enfin le pied sur le Néa Hellas !

Ce dernier avançait dans la nuit en trépidant comme s'il était lui aussi impatient d'arriver à destination. Il faisait froid sur le pont balayé par le vent et les embruns. Pour se protéger, les deux aspirants avaient relevé le col de leur blouson de laine "made in England". Au bout d'un moment ils regagnèrent la cabine qu'ils partageaient avec six autres aspirants et sous lieutenants. Ils ne les connaissaient pas encore. Des types de leur âge, de diverses unités d'Infanterie de Marine. Ceux-ci déjà couchés, dormaient ou rêvassaient en silence.

Après avoir retrouvé leurs couchettes, ils se déshabillèrent sans bruit à la clarté d'une veilleuse bleutée placée au-dessus de la porte d'entrée.

— Fais de beaux rêves ! chuchota Robert.

— Toi aussi mais ne songe pas trop à ta belle Hélène ! murmura François en s'allongeant lourdement sur sa couchette.

Il était de taille moyenne comme Robert mais plus massif. Ce dernier, en se juchant sur la couchette supérieure ne put s'empêcher de sourire en se souvenant qu'à Cherchell, pendant les six mois d'école, il avait accompli chaque soir la même acrobatie pour se coucher : un bond suivi d'un rétablissement sur les poignets et hop il basculait en souplesse sur son matelas ! Pourtant un dimanche soir, en rentrant assez tard d'une permission de spectacle il loupa son coup et dégringola sur le carrelage. Le bruit de la chute accompagné d'un inévitable juron, réveilla en sursaut quelques-uns de ses camarades de chambrée. Ce fut un beau raffut !

Ce souvenir faillit lui donner le fou rire mais il se maîtrisa.

Allongé dans son sac de couchage il ressentit une sensation de bien être. Ouf ! la journée avait été bien longue et harassante !

L'embarquement des soixante hommes de son détachement s'était tout de même bien déroulé dans l'ensemble, dans l'ordre et sans trop de cris. "C'était normal, se dit-il, puisque tous étaient des volontaires et des gars bien entraînés !"

Le premier repas à bord, un dîner à l'anglaise, avec du pain de mie en guise de baguette croustillante et du thé froid pour boisson, avait été assez bien toléré par la troupe.

Dans la salle à manger des officiers plusieurs voix, et non des moindres, s'étaient élevées pour réclamer du vin. Estimant que cette affaire de pinard ne valait pas une mutinerie, le Commissaire du navire était venu en personne annoncer que dès le lendemain midi, des bouteilles de vin seraient mises sur les tables. Ce fut la joie et la détente !

Dans la cabine exiguë au confort spartiate Robert se dit qu'il avait l'avantage d'être à la hauteur du hublot ; au réveil il verrait ainsi la mer, le ciel et le soleil ! Il n'arrivait pas à trouver le sommeil. Le souvenir d'Hélène hantait son esprit. Elle était belle en effet avec ses cheveux noirs bouclés et ses grands yeux bleus ourlés de longs cils ! Et son sourire enjôleur ! Et ses longues jambes ! Mais il valait mieux ne plus y songer.

Il ne la reverrait sans doute plus ! Depuis un an et demi qu'il était sans nouvelle. La dernière lettre qu'elle lui avait adressée de Rabat datait du dimanche 24 septembre 1944. Il ne pouvait l'oublier, c'était la veille du triste jour où lui-même fut blessé à l'épaule et hospitalisé à Baudens, un hôpital d'Oran.

S'il était embarqué sur ce rafiot navigant vers l'Indochine, ne le devait-il pas en quelque sorte à cette foutue grenade lancée maladroitement par un de ses camarades de peloton ? Il avait souffert mais sa blessure n'était rien comparée à la déception qu'il avait éprouvée en apprenant que "son" régiment de spahis marocains allait embarquer pour la France au moment où lui-même était cloué à l'hôpital ! Le destin lui avait joué un sale tour !

Il se souvenait, dans les moindres détails, des circonstances de ce stupide accident qui avait changé brusquement le cours de sa vie. Son escadron participait à une petite manœuvre, dans une zone inhabitée, au sud des salines d'Arzew. Sur le terrain rocailleux les "tanks destroyers" soulevaient d'énormes nuages de poussière suffocante.

Après avoir stoppé les chars sur une ligne de crête, les équipages étaient sortis des engins et avaient progressé à pied en direction de l'objectif à coiffer, un amas de ruines surplombant un profond ravin. C'est dans ce dernier qu'ils devaient lancer leurs grenades offensives.

Robert s'apprêtait à se relever après avoir balancé la sienne comme prévu, quand soudain une explosion eut lieu à quelques pas devant lui. Il s'était retrouvé à genoux dans les chardons desséchés, sans savoir comment et, tout éberlué il avait vu saigner son épaule droite. Il était donc blessé ! Hasard ou fatalité ?

Son Capitaine en avait fait une drôle de tête ! Il l'avait transporté lui-même avec sa jeep jusqu'à l'infirmerie du régiment. Embarqué ensuite dans une ambulance Robert était amené en fin d'après-midi à l'hôpital Baudens.

Quelques jours plus tard, le Capitaine, venu lui rendre visite, avait déclaré d'un ton quelque peu emphatique :

— Mon ami vous êtes le premier blessé du régiment, en service commandé certes, mais c'est tout de même un honneur !

Tandis que Robert, ému par tant de considération, ne disait mot, l'officier avait ajouté d'une voix plutôt amicale :

— Après votre convalescence vous ferez un stage dans un C.O.A.B (4) et ensuite vous irez à Cherchell. En cravachant un peu vous gagnerez j'en suis sûr, vos galons d'aspirant !

Sur ces belles paroles, le Capitaine lui avait serré la main et souhaité bonne chance avant de se retirer.

Le lendemain après-midi, il avait eu le plaisir de recevoir la visite de son copain, le brigadier-chef Brahim ben Moktar. Celui-ci rapportait le sac marin contenant ses effets qu'il n'avait pas eu le temps d'emporter lors de son évacuation en ambulance.

Comme Robert se lamentait sur son sort, Brahim lui avait dit avec un sourire amical :

— Mektoub ! C'est ta destinée mon frère, et tu n'y changeras rien. Tu partiras sur une nouvelle voie peut-être meilleure. Dieu seul le sait !

— Possible ! N'empêche que j'aurais aimé être avec vous le jour où le régiment débarquera en France.

— Le baroud n'est pas terminé, tu pourras sans doute nous rejoindre à ta sortie de Cherchell.

— C'est encore loin et d'ici là ! Mais tes paroles me réconfortent.

— Ah ! J'allais oublier de te dire que les copains m'ont chargé de te souhaiter un bon rétablissement et bonne chance.

Le regard lointain, un pâle sourire aux lèvres, Robert avait rétorqué d'un ton amer :

— Ça me fait penser au "morituri te salutant" que lançaient les gladiateurs avant de s'entre-tuer dans l'arène. Mais tu les remercieras. Moi, je leur souhaite de s'en tirer vivants, sains et saufs, avec les honneurs.

Quand un moment plus tard, ils se firent leurs adieux, les deux amis se serrèrent longuement les mains et chacun cacha son émotion.

C'était la première fois que le destin les séparait depuis l'époque où ils s'étaient connus, à Rabat...

* * * *

Soudain le Néa Hellas s'agita fortement et Robert abandonna ses songes pour écouter gémir et craquer les membrures du navire.

Il ouvrit les yeux et regarda au hublot. Dehors la nuit était très noire. Il se tassa dans sa couchette. Au-dessous de lui, François maugréa tout endormi. Comme il l'enviait de pouvoir roupiller !

Son esprit se remit à vagabonder dans le passé. Robert gardait à l'esprit chaque détail de sa première rencontre avec Brahim, à Rabat en 1939 et cela le faisait toujours sourire. C'était au mois d'avril, par une belle matinée ensoleillée, un jeudi où ils n'allaient pas au Lycée Gouraud.

Robert, en compagnie de son frère Paul, son cadet de deux ans et de Marco, un copain de quartier, se trouvait devant les remparts du Chellah pour essayer de capturer vivant l'un de ces jeunes émouchets qui nichaient dans les trous de la muraille cyclopéenne.

Les trois jeunes gens, le nez en l'air, observaient attentivement le vol d'un couple de ces rapaces, lorsqu'ils entendirent le bruit d'une dispute non loin d'eux, au-delà d'une épaisse haie de figuiers de barbarie. Des cris et des jurons en arabe leur firent comprendre que l'affaire s'envenimait. Il était manifeste d'après les intonations qu'un adolescent était aux prises avec des hommes animés de mauvaises intentions.

N'écoutant que son courage Robert s'était élancé afin de prêter main forte au plus faible des antagonistes. Paul et Marco lui avaient aussitôt emboîté le pas, sans explication. Leur soudaine apparition mit en fuite deux individus vêtus de burnous crasseux. Leur victime un jeune marocain d'une quinzaine d'années, au visage basané, vêtu correctement d'une djellaba blanche et coiffé d'un fez rouge légèrement de travers, se tenait debout, les mains cramponnées au guidon d'une bicyclette flambant neuf.

— Ça va ? Que s'est-il passé ? demanda Robert en s'approchant de lui.

— C'est la providence que vous soyez venus ici ! répondit le jeune marocain visiblement content.

— Sans doute, mais que voulaient-ils ces deux types ?

— Sans votre intervention ces deux salopards m'auraient battu pour me faucher le vélo.

— Mais qu'est-ce que tu fiches ici ? s'enquit Marco.

— Je suis venu voir les vestiges romains de "sala colonia" dont le prof d'histoire nous a parlé dernièrement.

— Il me semble t'avoir déjà vu au Lycée Gouraud ! fit Robert en lui serrant la main.

— Moi je te reconnais ! Je m'appelle Brahim !

— Moi c'est Robert !

Avec le mouvement du navire, Robert glissa peu à peu vers le sommeil et il n'entendit plus le craquement des membrures ni le bruit continu des machines.

De cette rencontre inattendue devait naître, entre Brahim, fils aîné d'un riche notable marocain et Robert, quatrième et avant dernier enfant d'une modeste famille d'émigrés italiens, une franche amitié que la différence de milieu et de religion ne devait point altérer.

Ils avaient le même âge et partageaient les mêmes valeurs morales. Fiers, courageux, généreux, emportés parfois mais non sans raison, ils savaient être tolérants. De naissance, l'un était catholique l'autre musulman, et cependant jamais la moindre querelle d'ordre philosophique ou religieuse n'avait assombri leur amitié.

Le débarquement des Forces Alliées, le 8 novembre 1942, sur les côtes marocaines, bouleversa la vie paisible des deux garçons qui poursuivaient leurs études au Lycée Gouraud après avoir fêté leur réussite au baccalauréat "philo-sciences".

Dans cet honorable établissement les cours s'étaient poursuivis en dépit des perturbations provoquées non seulement par les combats mais également par la querelle de certains élèves des grandes classes partagés entre ceux qui voulaient pourfendre l'agresseur américain et ceux, de plus en plus nombreux, qui préféraient l'accueillir à bras ouverts.

Brahim et Robert s'étaient tenus à l'écart de ces clans ; ils estimaient que les combats devaient cesser au plus vite mais que les Américains devaient être reçus avec toute la dignité due au respect de tous ceux qui étaient tombés au champ d'honneur.

Leur vœu fut exaucé lorsque le 11 novembre 1942, le Résident général au Maroc donna l'ordre de cesser le feu aux troupes françaises. Les unités de la "Task Force Occidentale" s'installèrent discrètement dans leurs bivouacs tandis que les unités françaises, assurées du devoir accompli, réintégrèrent, en bon ordre, leurs casernes.

Dans chaque camp où l'honneur était sauf, on enterra ses morts puis on reprit l'entraînement au combat avec d'autant plus d'ardeur que l'amertume de cette douloureuse épreuve fit place à l'espoir de reprendre ensemble la lutte contre les forces de l'Axe.

Cet espoir se propagea au-delà des bivouacs et des casernes et se répandit parmi les jeunes gens en âge d'être soldats. Ce fut une nouvelle cause d'effervescence au Lycée.

Dès les premiers jours de décembre, Robert et Brahim virent partir pour l'Armée plusieurs de leurs camarades un peu plus âgés qu'eux. Ils décidèrent sans tarder de se concerter au sujet de leur enrôlement.

— Pourquoi veux-tu t'engager ? avait demandé Brahim.

— Pour deux raisons, primo pour ne plus être à la charge de mes parents maintenant que mon père a cessé de travailler à cause de son foutu accident.

— Il était tombé d'un échafaudage il y a environ un mois ?

— Oui et depuis, malheureusement, il souffre toujours de ses jambes et marche en s'aidant d'une canne !

— Je le plains, il était si actif !

— Secundo, pour servir la France comme n'importe quel bon citoyen et mieux encore, si possible, puisque je suis naturalisé français !

— Je comprends ! Une question cependant me vient à l'esprit.

— Je t'écoute ! fit Robert en scrutant son copain.

— Ne crains-tu pas de te trouver, un jour, au baroud, en face d'un soldat italien qui pourrait être un proche parent ?

Robert réfléchit un moment sans quitter des yeux son copain et finit par dire d'un ton calme :

— La question aurait pu se poser sans doute à mon père qui est né au Piémont et y a vécu une partie de son enfance, mais pas à moi qui suis né ici, à Kenitra, et n'ai jamais mis les pieds là-bas ! Mon père a beau être français de cœur et afficher un antifascisme résolu, il n'en est pas moins affecté, je le vois, par ce conflit entre deux pays si proches par la culture et la religion. Mais je ne peux éprouver les mêmes sentiments que lui à l'égard du peuple et du sol italien qui me sont inconnus !

— Ta conscience est donc tranquille !

— Parfaitement sereine en effet ! Et toi que comptes-tu faire ? Tu n'as aucune raison de t'engager dans l'Armée Française.

— Mon père voudrait que je fasse du droit. Ca ne m'emballe pas !

— Je te vois très bien en avocat. Tu en as déjà l'étoffe si tu n'en as pas encore la robe !

— Quand j'étais enfant, j'aimais écouter mon père faire le récit de ses campagnes à cheval dans le djébel. Il était alors brigadier dans les spahis sous les ordres du Capitaine Bournazel ! Un parfum d'épopée et d'aventure qui me faisait rêver. Parfois je pense que l'Armée me conviendrait !

Après avoir hoché la tête en signe d'approbation, Robert avait lancé d'un ton narquois :

— Il est vrai qu'un burnous bleu flottant au vent d'une chevauchée a plus de gueule qu'une robe noire dans un prétoire !

Sur cette boutade qui les avait fait rire, ils s'étaient décidés à s'enrôler dans le régiment de spahis cantonné à Rabat.

Pour ne pas gâcher la fête de Noël en famille Robert n'annonça sa décision à ses parents que le 3 janvier 1943, l'avant-veille de son incorporation.

Thomas son père l'approuva avec une certaine fierté. Anita sa mère resta silencieuse et cacha ses larmes en le serrant tendrement dans ses bras. Ses sœurs Odette et Paulette firent de même. Seul son frère Paul, toujours facétieux s'était esclaffé :

— Tu vas te marrer dans la cavalerie toi qui n'a jamais mis le cul sur un bourricot !

De son côté, Brahim eut plus de peine à obtenir le consentement de son père qui souhaitait tellement voir son fils aîné devenir avocat. Sa mère Khadidja eut à peu près le même comportement qu'Anita. Seule sa jeune sœur Aïcha âgée de dix ans pleura en se blottissant contre lui.

* * * *

Dès leur incorporation, compte tenu de leur niveau d'instruction les deux amis furent affectés dans un peloton d'élèves brigadiers qui se poursuivit en peloton de sous-officiers.

Les mois passèrent très vite. Le programme était chargé. Les spahis n'avaient guère de loisirs et pas le temps de s'ennuyer. Chaque matin, sitôt le jus avalé, en short et chandail kaki ils quittaient le quartier au pas de gymnastique pour aller courir dans le bois de l'Aguedal. Robert et Brahim connaissaient les moindres buttes de ce bois où ils s'étaient amusés à faire du vélocross.

Au retour, marchant au pas cadencé, le peloton chantait toujours en chœur "A la claire fontaine" puis "C'est nous les Africains". Une excellente mise en train pour la journée !

Ensuite, après la toilette, ils partaient à divers exercices, soit les tirs au mousqueton, soit l'école de conduite sur de gros camions dont le moteur calait malicieusement en côte, soit sur les lourdes automitrailleuses With-Laffly. Ces dernières avaient une fâcheuse propension à dévaler seules les pentes quand par mégarde on avait oublié de placer de grosses cales sous les roues. Quelle course pour les rattraper !

Robert se révéla assez vite un bon conducteur d'engins blindés. Il eut moins d'aptitude pour l'équitation.

Lors de la première séance de sauts d'obstacles, plusieurs chevaux s'étaient dérobés, laissant leur cavalier poursuivre seul la course en vol plané. Robert n'était donc pas très rassuré en attendant son tour. C'est avec l'appréhension d'une chute grotesque qu'il lança son cheval en se penchant sur l'encolure. Quelles ne furent pas sa surprise et sa joie quand il sentit que le brave animal s'arrachait du sol et franchissait la haie avec une aisance étonnante ! Plein de gratitude il l'aurait embrassé mais il se contenta de lui tapoter amicalement l'encolure.

Brahim quant à lui n'avait aucune appréhension. Il était déjà un bon cavalier. Tout jeune, il galopait sur son propre alezan à la ferme de son père.

Quant ils se retrouvèrent ce jour-là à l'écurie pour bouchonner et étriller leur monture, Brahim ne manqua pas de féliciter Robert qui n'en revenait encore pas de son succès.

Tous ces exercices étaient complétés par d'autres réjouissances telles que les gardes, les marches de jour et de nuit avec carte et boussole, les exercices de combat à pied où l'on jouait au biffin notamment dans les patrouilles de reconnaissance et les attaques de poste.

Les mois passèrent et le régiment reçut les premières livraisons d'armes et de véhicules américains prévus par les accords de la Conférence d'Anfa de janvier 1943.

Les escadrons à cheval furent ainsi remplacés par des escadrons entièrement motorisés, dotés de scout-cars et des half-tracks, flambant neufs !

Ce fut avec une certaine nostalgie que Brahim et Robert virent partir tous les magnifiques chevaux arabes affectés à un autre régiment de spahis marocains. Ils avaient rêvé de chevauchées sur de fougueux destriers ! Ils n'avaient connu en réalité que des randonnées sur des chevaux assez placides !

Malgré leurs fesses endolories par la rigidité de la selle de spahi et leur dos meurtri par le frottement du mousqueton porté en bandoulière, les deux amis appréciaient les sorties à cheval surtout quand il ne pleuvait pas et qu'ils pouvaient trotter à travers champs.

Leur regret fut éphémère car la conduite des nouveaux engins blindés leur procura un réel plaisir. C'était autre chose que leurs vieilles et capricieuses Laffly ! Les séances de tirs devinrent un jeu plaisant avec les nouvelles armes "made in US Army" et les deux amis rivalisèrent alors d'adresse et de précision.

2

Le 1er juillet 1943 Brahim et Robert eurent la joie d'être nommés brigadiers. Ils étaient satisfaits de leur sort, en particulier Robert qui réussissait à voir sa chère Hélène, presque chaque fin de semaine quand il n'était pas de service.

Ils se retrouvaient le samedi après-midi dans le petit restaurant que tenait le père de Marco. De là, quand il faisait beau temps, les deux jeunes tourtereaux allaient se promener du côté de la Tour Hassan, où bien ils entraient dans l'un des cinémas du Cours Lyautey. Les jours de pluie, ils restaient dans le restaurant, assis l'un contre l'autre près de la cheminée, leur coin favori où ils pouvaient roucouler à leur aise.

Leurs amours étaient toutes platoniques. Lui n'avait pas encore vingt ans. Elle n'en avait que seize et Robert était son premier flirt. La première fois qu'il lui avait proposé d'entrer dans ce restaurant, c'était une quinzaine de jours après leur rencontre, elle avait hésité un moment, visiblement gênée, mais elle avait fini par accepter en riant devant l'air malheureux de Robert.

Quand ils entrèrent, Marco était occupé à ranger des bouteilles de vin derrière un comptoir. Une légère odeur de friture flottait dans la salle où s'alignaient une douzaine de tables déjà dressées pour le dîner.

— Salut Robert ! B'jour mademoiselle ! lança Marco avec un large sourire tout en lui serrant vigoureusement la main.

— Voici Marco ! fit Robert, qui en plus de ses talents de cordon bleu est ceinture noire de judo.

— Enchantée et félicitations ! dit Hélène en souriant amicalement.

— Venez par ici, un petit coin pour amoureux, déclara Marco. Je vais vous préparer un chocolat bien chaud, ma spécialité !

Tandis que ce dernier se rendait aux cuisines en chantonnant "Reginella", ils s'installèrent confortablement l'un à côté de l'autre, sur une banquette bien rembourrée qui deviendra complice de leur flirt et de leurs premières caresses.

— En définitive vous avez eu une bonne idée, murmura-t-elle de m'amener ici, votre copain est sympathique.

— À cette heure-ci le restaurant est toujours vide, personne ne nous dérangera.

Robert lui parla alors de Marco. Celui-ci tout en poursuivant ses études secondaires au Collège des Orangers aidait ses parents dont il était l'unique enfant. Ils habitaient à Rabat depuis 1934 après avoir vécu dans le nord de la Meurthe et Moselle pendant plusieurs années. La France les avait accueillis quand ils avaient fui la misère de leur Calabre natale.

Ils avaient vécu heureux à Villerupt où la colonie italienne assez nombreuse et dynamique leur avait ouvert les bras. Marco y avait fait ses premiers pas et se souvenait encore avec émotion de l'école communale qu'il avait fréquentée pendant plusieurs années.

Mais un beau jour, le père, poussé par l'attrait de l'aventure, joint à une certaine nostalgie du soleil, décida de partir au Maroc. De leur passage dans le froid pays minier il ne restait plus aujourd'hui qu'une tombe abandonnée dans le cimetière où reposait la grand-mère de Marco, décédée quelques mois avant le départ de la famille pour l'Afrique du Nord.

De retour des cuisines Marco leur servit deux grandes tasses blanches remplies de chocolat fumant.

— Goûtez-moi ça les enfants, du vrai cacao, comme vous n'en avez sûrement pas dégusté depuis bien longtemps !

— Hum ! Quel arôme ! s'exclama Hélène l'air gourmande.

— J'ai eu ce chocolat par deux soldats amerlos, des gars d'origine italienne. Ils sont venus dîner dimanche soir. Papa leur a servi un de ces plats de pâtes fraîches à la bolognaise ! Avec une bouteille de Chianti ! On a sympathisé, c'est normal hein !

— Oui, tout à fait normal, et ton chocolat est vraiment fameux ! déclara Robert en souriant amicalement.

— Bon maintenant j'vous laisse. J'ai encore du boulot à la cuisine. Papa ne va pas tarder à se remettre à ses casseroles !

Tandis que Marco s'éloignait, Hélène se leva, s'écarta de la table et soudain se mit à pivoter sur la pointe des pieds dans un mouvement gracieux qui souleva sa jupe à plis.

— Comment trouvez-vous ma nouvelle robe ?

— Magnifique ! fit-il étonné et admiratif.

— C'est la couturière de maman qui me l'a faite d'après un modèle de "Marie-Claire" précisa-t-elle en revenant s'asseoir.

— Elle est d'autant plus ravissante que le mannequin l'a remarquablement présentée ! déclara Robert, troublé par les jolies jambes qu'il venait d'entrevoir.

— Je suis contente qu'elle vous plaise ! Je la mettrai le jour de l'An, pour la surprise partie chez Olivier, le fils du docteur Morand, un collègue de papa. Vous le connaissez bien sûr, il habite non loin de chez vous !

— Je le vois au Lycée mais je ne le fréquente pas vraiment.

— Et bien cette surboum en sera l'occasion ! s'exclama-t-elle.

— Je n'y suis pas invité !

— Vous m'y accompagnerez et vous serez mon cavalier attitré !

— J'en suis très heureux mais hélas la danse n'est pas vraiment mon fort.

— Vous m'étonnez ! fit-elle en le dévisageant l'air incrédule.

Il se contenta de lui adresser un sourire navré avant de vider sa tasse de chocolat.

— Ne vous tracassez pas ! reprit-elle encourageante, nous danserons des slows, rien de plus facile en se balançant au rythme de la musique.

— Où devrais-je vous retrouver ce jour-là ? demanda-t-il d'une voix douce en se rapprochant d'elle.

— Vous m'attendrez devant la villa d'Olivier, disons à quatre heures de l'après-midi. Mon père m'y amènera avec sa voiture, une Peugeot 202, puis il reviendra me chercher, vers huit heures du soir. Il ne voudrait pas me savoir dans les rues après la tombée de la nuit.

— Il a raison, c'est plus prudent ! fit-il en l'enlaçant tendrement.

Ils échangèrent leurs premiers baisers avant de se séparer.

****

Deux semaines plus tard, le jour de l'An, ils s'étaient donc retrouvés chez Olivier où la présence de Robert n'avait pas manqué de susciter l'étonnement parmi les autres jeunes gens dont la plupart ne le connaissaient pas.

La gêne qu'il avait éprouvée en arrivant, s'estompa peu à peu et il finit par s'amuser des regards envieux que certains lui jetèrent. La beauté d'Hélène lui valait d'être toujours la plus entourée des jeunes filles, mais on ne lui connaissait encore aucun flirt. Or son comportement avec Robert montrait ostensiblement qu'elle l'aimait ! Il avait beaucoup de chance !

En dansant un slow langoureux, leur première danse ensemble, Hélène s'était collée contre lui en ondulant des hanches au rythme de la musique et, leurs lèvres s'étaient jointes lorsque le lustre du plafond s'était éteint. Enivrée de plaisir, elle lui avait murmuré à l'oreille des mots d'amour qu'elle n'avait encore jamais osé prononcer.

La danse terminée, ils s'étaient séparés à regret pour aller s'asseoir dans un coin, sur un canapé qu'Hélène s'était octroyé avec un sourire désarmant.

— Au fait Robert qu'elle est cette chose si importante dont vous vouliez me parler ? dit-elle en le dévisageant avec tendresse.

— Ce n'est peut-être ni le moment, ni l'endroit pour le dire !

— C'est donc si grave ?

Comme il ne disait mot et la regardait l'air visiblement embarrassé, elle reprit sans toutefois élever le ton :

— Vous m'inquiétez ! De quoi s'agit-il ?

— Et bien, voilà, avec Brahim, nous avons décidé de nous engager, dans les spahis ! répondit-il sur le même ton en la regardant bien dans les yeux, afin de voir sa réaction.

— Vous engager ! Mais vous n'avez pas encore l'âge ! s'exclama-t-elle stupéfaite et contrariée à la fois.

— Je suis en âge d'être soldat et de faire la guerre ! répliqua-t-il avec une certaine vivacité qui attira sur lui les regards étonnés de leurs voisins.

— Oh je n'en doute pas ! Et quand vous enrôlez-vous ? dit-elle avec un sourire triste.

— Lundi prochain.

— Une belle surprise ! Les trompettes du devoir ont sonné et vous partez en oubliant le reste !

Après un instant de silence, elle reprit un sanglot dans la voix :

— Vous disiez m'aimer et je me plaisais à le croire !

Il lui prit les mains, délicatement, la regarda amoureusement et murmura d'une voix où perçait l'émotion :

— Hélène, ma chérie, je vous aime et je n'aimerai que vous mais ma décision était déjà prise avant que nous nous connaissions. Nous continuerons à nous voir si vous voulez et à chacune de mes permissions.

— D'accord Robert, mais ensuite, lorsque votre régiment quittera le Maroc, s'enquit-elle en le fixant de ses grands yeux au bord des larmes.

— Nous nous écrirons, jusqu'au jour de mon retour auprès de vous !

— Combien de temps devrai-je attendre ce retour, partagée entre l'espoir et l'anxiété ? murmura-t-elle.

— Dans la période que nous vivons, gardons-nous de tout projet, vivons dans le présent, soyons heureux d'être ensemble !

— Vous avez sans doute raison, pour le futur faisons confiance à notre bonne étoile ! fit-elle l'air résigné.

Elle s'était alors blottie contre lui, sans se soucier des autres. La musique reprit, entraînant l'extinction du lustre. Il profita de la lumière tamisée pour lui caresser le genou. Elle accepta ce contact chaud et caressant mais elle se raidit instinctivement quand il voulut remonter la main sur la cuisse.

— Non, Robert, je vous en prie ! murmura-t-elle.

Réprimant son désir, il retira lentement sa main et déposa un tendre baiser sur la joue brûlante d'Hélène.

Tandis que devant eux, les couples de danseurs, s'agitaient gaiement, ils restèrent immobiles et silencieux, chacun songeant aux conséquences possibles de cet enrôlement si proche.

Le spectacle amusant de quelques couples dansant un swing endiablé, fut pour eux l'occasion de chasser leurs sombres pensées.

Ils se lancèrent à leur tour dans la danse en se jurant que leur amour serait inaltérable !

****

Leur idylle fut sans nuage, jusqu'au jour où Robert annonça qu'il devait partir en Oranie, avec un détachement précurseur de spahis. Il ignorait la date exacte, mais son chef de peloton avait laissé entendre que le mouvement aurait lieu, par le train et probablement dans la première quinzaine de septembre.

En apprenant cela, Hélène avait marmonné, en sanglotant :

— Et moi qui me sentais malheureuse à l'idée de ne pas vous voir au mois d'août prochain !

— Vous serez sans doute en vacances à Agadir, avec vos parents ?

— Oui, drôles de vacances ! fit-elle l'air attristé.

— Je regrette, ma chérie, de les avoir gâchées ! dit-il en l'enlaçant tendrement.

— Je m'en fiche bien des vacances ! fit-elle, l'important c'est que vous allez partir loin d'ici et que nous risquons de ne plus nous revoir, jamais ! C'est affreux !

La voyant au bord des larmes, Robert essaya de la réconforter en disant :

— Le destin nous sépare, pour quelque temps seulement, mais nous serons réunis, à nouveau, j'en suis sûr et cette fois pour vivre ensemble, plus heureux que jamais !

— Vous êtes plein d'espérance pour l'avenir ! Comme j'aimerais posséder cette vertu qui me permettrait de me consoler !

— Nous nous écrirons, régulièrement, pour préserver notre amour ! suggéra-t-il gentiment.

— Oui, bien sûr ! fit-elle en levant les yeux embués de larmes.

Sachant toutes les précautions qu'elle devait prendre pour le retrouver en cachette de ses parents, Robert lui dit alors :

— Croyez-vous que vos parents accepteront de voir leur fille unique et si jeune encore, entretenir une relation épistolaire avec un garçon qui n'est même pas de leur milieu ?

— Non, hélas ! dit-elle embarrassée, et mon père serait tout à fait capable de brûler vos lettres avant que je ne les ai lues !

— Je n'en doute pas ! maugréa Robert qui, après un temps de réflexion, ajouta. Je les adresserai à mon jeune frère, il est débrouillard et s'arrangera pour vous les remettre discrètement, à la barbe de votre père.

— J'ose espérer que ça marchera, car je ne voudrais pas vous perdre dans le labyrinthe de vos déplacements futurs !

— Soyez tranquille Hélène chérie, ça fonctionnera bien !

— Oh ! j'ai une idée pour nous revoir, seuls, chez moi, avant votre départ en Algérie ! dit-elle en lui souriant amoureusement.

— Je suis impatient de la connaître !

— Et bien voilà, le 4 septembre prochain, mes parents se rendront à Casablanca, chez des amis. Ils y passeront toute la journée. Vous viendrez donc à midi et nous déjeunerons en tête à tête. Qu'en dites-vous ?

— Formidable ! Excellente idée ! Comme il me tarde d'être au 4 septembre !

Hélène s'en alla en vacances à Agadir avec ses parents.

Robert quant à lui quitta le peloton d'instruction et prit ses nouvelles fonctions de brigadier au 1er Escadron. Il eut la satisfaction de se retrouver une fois encore avec Brahim et de partager avec lui la formation des spahis marocains auxquels ils apprirent le fonctionnement des armes américaines.

Un matin des derniers jours d'août, alors qu'ils revenaient avec leur peloton de la plage de Skrirat où ils avaient effectué des tirs à la mitrailleuse, Brahim lui tendit une petite enveloppe timbrée d'Agadir, en lui disant avec un air entendu :

— Tiens mon vieux une lettre d'une admiratrice ! une enveloppe aussi parfumée ne peut-être qu'un bon augure !

Elle l'était en effet. En quelques lignes empreintes d'amour, Hélène lui rappelait l'invitation qu'elle lui avait proposée.

— C'est Hélène ! Quel bonheur ! Je vais la voir chez elle samedi prochain !

— Mais il me semble que ce jour-là tu seras brigadier au poste de garde ! fit remarquer Brahim l'air plutôt embarrassé.

— Que me chantes-tu là ? C'est une blague ? s'écria Robert en fronçant le sourcil.

— Ce n'était pas ton tour, mais le "juteux" t'a collé en remplacement du brigadier-chef Baland qui vient d'être hospitalisé.

— C'est pas vrai ! Quelle déveine ! Je devais faire mes adieux à Hélène.

— Ne t'en fais pas, rouïa, je te remplacerai ! Il ne faut surtout pas que tu manques ce rencard !

— Merci mon vieux ! C'est vraiment chic de ta part ! fit Robert soulagé.

— Tu aurais agi de la même façon à mon égard !

* * * *

Dès que Robert entra dans la villa du Docteur Alberge, un peu avant midi, Hélène lui passa les bras autour du cou et ils s'embrassèrent longuement. Il apprécia sa petite robe légère dont le corsage décolleté mettait en valeur sa poitrine et ses épaules bronzées. Le prenant par la main elle le conduisit à une petite table dressée sous la véranda attenante à la cuisine.

En ce début de septembre le temps était doux et ensoleillé. Attablés à l'ombre de l'épais feuillage d'une vigne grimpante, ils savourèrent le repas qu'elle avait préparé avec tant de soin. Dans un seau en cristal trônait une bouteille de champagne. Elle lui expliqua que son père en possédait plusieurs caisses dormant dans la cave depuis quelques années et qu'il n'irait pas s'amuser à les compter.

Robert n'en avait encore jamais bu, aussi, quand elle lui demanda de la déboucher fut-il fort embarrassé, ne sachant comment s'y prendre. Après quelques manipulations infructueuses le bouchon finit par sauter, suivi d'un flot de mousse. La surprise passée ils en rirent de bon cœur.

— J'en ai déjà bu le soir du réveillon de Noël dernier ; cela m'avait un peu picoté les narines, mais ensuite je m'étais sentie, disons, euphorique ! déclara Hélène en riant.

Après un court instant de silence elle ajouta d'un ton amer :

— Avoir la sensation d'être heureuse et satisfaite c'est bien ce qu'il me faudra à l'avenir n'est-ce pas ?

— C'est possible ! Il nous faudra bien souvent sourire devant l'adversité rétorqua Robert, et sans la moindre goutte de champagne.

— Tenez Robert lui dit-elle en lui tendant deux coupes, remplissez-les et buvons pour connaître les effets du breuvage !

Ils avaient bu chacun leur coupe bien remplie quand Hélène se leva et lui dit en souriant :

— Venez visiter la maison ?

Après avoir poussé la porte de sa chambre, elle murmura :

— C'est l'abri et le témoin de mes songes. Elle m'a vue rire souvent, mais aussi pleurer surtout ces derniers temps.

Un léger parfum de jasmin embaumait la pièce meublée avec un goût raffiné. Le dessus de lit en dentelle blanche s'harmonisait aux rideaux de la fenêtre. L'aspect était très accueillant, douillet, et pourtant il ressentit une certaine gêne. C'était la première fois qu'il entrait dans l'intimité d'une chambre de jeune fille.

Elle lui montra quelques photos d'elle, prises à la plage d'Agadir puis elle l'entraîna par la main jusqu'au salon. Pendant près d'une heure ils dansèrent des blues sur la musique de disques.

Robert l'enlaçait de plus en plus fortement et elle se plaquait plus étroitement contre lui avec une souplesse ondulante qui lui procurait une sensation voluptueuse.

Tout en évoluant au rythme de la musique ils quittèrent le salon et se retrouvèrent dans la chambre de la jeune fille.

La pièce était-elle trop inondée de lumière, trop blanche, trop parfumée, trop virginale ! Toujours est-il que Robert n'osa rien entreprendre.

Étonnée, elle leva vers lui ses ravissants yeux bleus, puis avec un doux sourire, elle susurra :

— Venez mon chéri, retournons au salon.

Par intuition elle avait compris la gêne de Robert et sa délicatesse.

Tandis qu'elle plaçait un autre disque sur l'électrophone, il alla chercher la bouteille de champagne et remplit posément les deux coupes.

L'air préoccupé, il n'avait pas desserré les dents depuis qu'ils avaient quitté la chambre. Il se savait coincé inexorablement dans une situation cornélienne : il ne pouvait se soustraire à l'obligation de partir avec son régiment et par conséquent il devait abandonner celle qu'il aimait le plus au monde. Cela le rendait angoissé et malheureux.

Il y avait déjà pensé depuis plusieurs mois, bien entendu, mais maintenant l'échéance était arrivée et il se trouvait au pied du mur !

Assise sur le divan, les jambes repliées, elle le regardait, attristée car elle devinait l'objet de son tourment qu'elle partageait.

Elle lui tendit les bras en lui disant avec douceur :

— Venez vous asseoir à côté de moi.

Il s'approcha et lui donna une coupe.

— Buvons en formant des vœux pour mon retour rapide !

Après qu'il se fut assis, elle s'allongea en posant la tête sur les cuisses de Robert.

Ils restèrent un bon moment ainsi sans prononcer un mot. Chacun pensait qu'il valait mieux ne pas évoquer le départ imminent, la longue séparation, l'incertitude de leur avenir.

À quoi bon les lamentations et les larmes ! Elles n'auraient de toute façon servi à rien. Chacun se dit qu'il fallait prendre la vie comme elle se présentait, sans faire le moindre projet.

À cette époque, les projets, étaient bons pour ceux qui n'avaient rien à perdre ! Eux risquaient de se perdre à jamais dans la tempête des événements mondiaux.

La douce chaleur de la tête d'Hélène contre son ventre fit naître son désir et chassa ses préoccupations.

Il se pencha sur elle, posa sa bouche sur les douces lèvres légèrement entrouvertes et ils s'embrassèrent avec l'avidité d'un désir irrésistible, trop longtemps inassouvi.

Quand il lui caressa le bout des seins, Hélène frissonna enivrée de sensations qu'elle n'avait encore jamais connues. Elle se sentait prête à l'acte d'amour dont elle ignorait les gestes élémentaires et les effets naturellement affolants, lorsque subitement l'idée lui vint qu'elle risquait d'être enceinte. Elle prit conscience qu'il était trop tard pour l'épouser, qu'elle était trop jeune pour avoir un enfant, que le bébé risquait d'être orphelin dès sa naissance ! Le charme était rompu. Elle lui retint la main quand il voulut déboutonner son corsage. Il cessa aussitôt de l'embrasser et la dévisagea l'air interrogateur.

La sonnerie du téléphone les fit sursauter. Elle décrocha le combiné posé sur un guéridon.

— C'est toi papa ?... Oui, ça va pourquoi ?... Ah bon ! Non personne ne t'a demandé... Bon à six heures.

— Vos parents vont rentrer à six heures ? s'enquit-il.

— Oui, mon père a trouvé que j'avais une drôle de voix et m'a demandé si j'allais bien.

Robert aussi avait remarqué que sa voix était plus grave et moins gaie qu'à l'accoutumée, altérée sans doute par le chagrin qu'elle s'efforçait de cacher.

Il refoula sa propre émotion et lança d'un ton qu'il s'efforçait de rendre serein.

— Si vous voulez bien, je vais vous aider à tout remettre en place.

— Vous êtes vraiment un amour Robert chéri !

Le nettoyage et le rangement des ustensiles et des couverts lui donna l'occasion de plaisanter sur les corvées de patates et de soupes qu'il avait faites au régiment. Ils en rirent de bon cœur comme deux enfants qu'ils étaient encore, apparemment insoucieux du lendemain. Tandis qu'ils se tenaient debout, l'un devant l'autre, près de la porte d'entrée Hélène lui passa autour du cou une chaînette dorée en lui disant :

— Gardez toujours sur vous cette médaille de la Sainte Vierge elle vous protégera.

— Je vous le promets. Elle me fera aussi songer toujours à vous.

— Surtout ne m'oubliez pas et écrivez-moi le plus possible. Racontez-moi en détail votre vie de soldat, ça me changera des histoires de "toubib" que mon père nous administre à chaque repas.

Il s'apprêtait à refermer le portail du jardin quand, levant les yeux vers Hélène restée debout en haut du perron il vit les larmes. En quelques enjambées il revint vers elle, la serra très fort contre sa poitrine et lui déposa un long baiser sur le front en lui murmurant : "Chérie, mon amour, attendez-moi je vous promets de revenir vous chercher".

Il s'en alla, rapidement, comme s'il fuyait, sans oser se retourner, le cœur lourd, avec le sentiment que jamais plus il n'aurait le bonheur de la retrouver.

3

Après trois longs jours de train, le détachement précurseur débarquait à la gare de triage de Sainte-barbe du Tlelat, au sud d'Oran ; les spahis, contents d'abandonner leurs wagons s'empressèrent de grimper dans les véhicules qui les amenèrent à leur futur bivouac. C'était une grande ferme vinicole située au milieu des vignes à perte de vue.

Ils dressèrent leurs guitounes sous une rangée de robiniers.

Le contremaître, un brave type d'origine espagnole, leur distribua de la bonne paille dorée avec laquelle chacun se confectionna une paillasse bien rembourrée.

Ce jour-là débutait pour Robert et Brahim l'ère du camping, une longue période d'inconfort qui devait durer près d'un an ! Ils ne s'en plaignaient jamais, à l'exception des nuits d'orage où la pluie les obligeait à déguerpir pour se mettre à l'abri dans un hangar encombré de charrettes, tonneaux et autres ustensiles qui sentaient la vinasse.

Quelques jours plus tard, les escadrons partis de Rabat, les avaient rejoints et le régiment se retrouvait au complet.

Dès le deuxième jour de leur installation, Robert et Brahim écrivirent à leurs parents pour les rassurer. Plus longue fut la lettre, la première, que Robert envoya à Hélène. Il lui raconta son voyage en train et ses premières activités en bivouac. Il lui décrivit le magnifique coucher de soleil qu'il avait contemplé le soir où le train était resté en gare de Taza et il enchaîna pour lui exprimer son amour et sa tristesse.

"Nous nous sommes quittés depuis dix jours seulement ! Déjà une éternité pendant laquelle je n'ai cessé de songer à vous mon seul amour ! Comme j'aimerais vous serrer tendrement sur mon cœur !"

Les semaines s'écoulèrent sans histoire avec le cortège habituel des corvées et des exercices traditionnels tels que les tirs et les patrouilles de reconnaissance jusqu'au jour où le régiment perçut enfin les "tank destroyers" que tout le monde attendait avec impatience. De magnifiques chars de 30 tonnes avec une énorme tourelle blindée équipée d'un long canon de 76,2 m/m !

Les deux copains eurent la satisfaction d'être affectés sur le même char, Robert en qualité de pilote et Brahim comme tireur au canon. Trois autres spahis complétaient l'équipage.

Débuta alors l'époque des séances de formation des équipages, avec école de conduite en tout terrain et exercices de tirs au canon. Personne n'eut le temps de s'ennuyer ! Ce fut encore plus intéressant lorsque les pelotons se lancèrent dans des manœuvres d'ensemble à travers champs dans des zones incultes et inhabitées. Les djébels environnants irrités par leur vacarme susceptible selon Brahim de déranger les mauvais génies renvoyaient sans cesse l'écho roulant de leur canonnade !

Entre temps, Robert et Brahim eurent également le plaisir de troquer leur uniforme de spahi contre la tenue du GI américain. Finie la belle tenue avec son séroual bleu, sa tunique rouge à boutons dorés, son burnous bleu marine et ses houseaux de cuir ! Un véritable anachronisme à l'époque des chars ! D'aucuns parmi les anciens éprouvèrent une certaine nostalgie, mais ce ne fut point le cas pour Robert particulièrement content de sa nouvelle tenue si légère et seyante.

Leur nomination au grade de brigadier-chef le 1er avril 1944 fut pour les deux amis l'occasion d'offrir à tous les hommes du peloton, le pot traditionnel composé cette fois-là de vingt litres de Coteaux de Mascara, un blanc parfumé et fruité. Un régal pour les connaisseurs !

Brahim s'était contenté de le humer, l'air approbateur, avant de trinquer avec son verre rempli de citronnade.

Quelques semaines plus tard, les manœuvres de l'escadron devinrent plus complexes, plus longues sur le terrain et aussi plus fatigantes.

À ce régime les hommes étaient parfois si fourbus que le soir, après la soupe et dès la tombée de la nuit, s'ils n'étaient pas de garde ils se glissaient dans leur tente et ne tardaient pas à dormir. Point n'était besoin de berceuse ou de somnifère !

Peu leur importait l'inconfort de leur paillasse qui puait l'humidité. Comme la plupart des soldats ils ne se souciaient guère des nouvelles extérieures à leur sphère d'activité, à l'exception toutefois des événements importants qui concernaient la guerre contre les Forces de l'Axe et en particulier la campagne d'Italie.

Bon nombre d'entre eux avaient soit un parent soit un ami engagé comme tirailleur, goumier ou spahi dans l'une ou l'autre des unités composant les deux divisions marocaines, la 2ème D.I.M et le 4ème D.M.M qui se couvraient de gloire dans la terrible bataille de Cassino.

Robert et Brahim étaient dans ce cas, aussi furent-ils comme leurs camarades plus intéressés par la chute de Rome et l'entrée, le 4 juin 1944, des régiments marocains dans la Ville Éternelle que par le formidable débarquement, deux jours plus tard, des troupes alliées, sur les côtes de Normandie !

* * * *

Profitant du quartier libre qui leur était accordé après la soupe du soir, Robert et Brahim faisaient, parfois, une promenade à pied jusqu'au village voisin, en compagnie d'autres brigadiers avec lesquels ils passaient un moment dans l'unique café. On y bavardait tout en jouant aux cartes.

On y dégustait surtout un délicieux muscatel ! Robert, raisonnable, n'en buvait jamais plus de deux petits verres, sous le regard indulgent de Brahim ; celui-ci sirotait son jus d'oranges en grignotant les dattes bien sucrées qu'il avait achetées chez un épicier algérien. "Un complément énergétique indispensable à ma santé !" disait-il à ceux qui se moquaient de sa gourmandise. Le plus souvent Robert l'aidait à en finir le paquet. Avant dix heures ils étaient de retour au bivouac.

Leur distraction favorite était le cinéma, le dimanche à Arzew. Rares hélas furent les permissions de spectacle ! Un GMC de l'escadron assurait le transport des permissionnaires tenus de rentrer au bivouac pour minuit.

Arzew, paisible petit port de pêche, leur donna l'occasion de découvrir avec enchantement les flots bleus de la Méditerranée et de dénicher, dans le vieux quartier, un marché noir où se vendait une foule d'articles "made in US Army" ! Cette fois-là, après avoir déambulé à travers les étals, sous le regard méfiant des vendeurs, ils achetèrent chacun une torche électrique qui leur permit d'éclairer l'intérieur de leur tente en lui donnant une illusion de confort.

Arzew fut surtout pour eux et leurs camarades spahis, la ville des cinémas. Un beau dimanche, en sortant d'une salle, ils eurent le plaisir de faire la connaissance de deux jeunes filles d'origine espagnole, mignonnes et pas trop farouches.

Trop absorbés par les beaux yeux de leurs conquêtes, les deux copains loupèrent l'heure de départ du GMC. Drôle de tuile ! Il n'était pas question de passer la nuit à Arzew d'autant que le lendemain matin ils devaient partir tôt pour des exercices de tir au canon.

Rentrer à pied au bivouac était la seule solution ! Près de six kilomètres et encore en prenant un raccourci à travers les vignes. Une bonne heure de marche. Ils connaissaient plus ou moins ce chemin pour l'avoir emprunté deux fois mais en jeep et en plein jour. "La rançon de l'amour" avait ironisé Robert en prenant congé de sa belle.

Ils partirent en s'engageant sur un sentier caillouteux, à peine visible entre les vignes encore plus sombres. Brahim avait alors prié la lune, amie des nomades, de ne pas disparaître avant leur arrivée au cantonnement.

Ils se trouvaient à peu près à mi-chemin lorsque soudain un bruit suspect derrière eux attira leur attention. Des bruissements furtifs se rapprochaient, les remontaient et les encadraient de part et d'autre du sentier ! Bizarre et quelque peu inquiétant !

Des jappements trouant le silence leur firent comprendre qu'une bande de chacals, des "dibs", les escortait. Ils s'en seraient bien passés !

À plusieurs reprises ils ramassèrent des cailloux et les lancèrent en criant dans la direction des chacals invisibles. Au bout d'un moment, de plus en plus agacé, Robert eut l'idée bouffonne de défier cet adversaire qui les pistait sournoisement. Il s'arrêta donc, bomba la poitrine et, par deux fois, il poussa un cri terrible voulant imiter le rugissement du lion. Brahim, un instant étonné, s'écroula de rire. Robert en fit autant. Mais les chacals étaient toujours là !

— Les dibs n'ont rien compris ! s'esclaffa Brahim.

— Possible ! mais ça fait du bien de rugir ! répliqua Robert en riant.

À un moment donné, à quelques pas devant eux, plusieurs ombres à quatre pattes, traversèrent à toute allure le sentier pour se fondre dans l'obscurité.

— Ils changent de tactique ! s'écria Brahim en allongeant le pas.

Les jappements firent place à des hurlements épouvantables.

— Ils se chamaillent plutôt ! fit Robert plus rassuré.

La meute avait lâché les deux hommes pour se jeter probablement sur le cadavre d'un animal bon à dévorer.

Un quart d'heure plus tard environ, les deux compères, tout heureux de se glisser, sans bruit, dans leur guitoune, se jurèrent de ne plus jamais réitérer ce genre de promenade nocturne dans les vignes !

Robert en fit le récit à Hélène qui s'en amusa follement en le lisant. Il évita bien entendu de lui donner la véritable raison de cette randonnée puisque sa petite aventure avec cette fille d'Arzew n'était qu'une amourette.

Chaque mois il s'arrangeait pour envoyer deux lettres à la jeune fille qui lui répondait sans tarder. Une lettre mettait généralement huit à dix jours pour arriver à destination dans chacun des deux sens. Ainsi qu'Hélène le lui avait demandé, le jour de leurs adieux, il lui racontait sa vie de soldat en campagne, lui parlait des diverses manœuvres auxquelles il participait et lui racontait les prouesses qu'il accomplissait en pilotant son char en tout terrain. Il essayait de la distraire en lui racontant des histoires et il évitait le plus possible de lui causer la moindre inquiétude.

Ils échangeaient parfois leurs opinions sur certains auteurs contemporains. Ayant appris qu'elle n'avait encore rien lu d'André Malraux il lui offrit le livre "La voie Royale" qu'il avait acheté et rangé dans la bibliothèque de sa chambre peu de temps avant de s'engager.

Ce fut son frère qui le remit à Hélène, le dernier dimanche de juillet, à la sortie de la Cathédrale St Pierre.

"J'aurai grand plaisir à en lire quelques pages chaque soir, pendant mes vacances à Agadir" avait-elle dit à Paul avec son plus gracieux sourire.

Au début de septembre, Robert annonça à Hélène que son jeune frère allait s'engager à la Légion Étrangère, à la fin du même mois, en compagnie de son copain Marco. "Un événement qui, je le crains, disait-il perturbera notre correspondance d'autant que je ne sais à qui confier mes prochaines lettres".

La réponse d'Hélène lui parvint le 2 octobre à l'hôpital Baudens où il se trouvait depuis déjà une semaine. Cette lettre lui était transmise par le vaguemestre du régiment de spahis où elle l'avait adressée, ignorant qu'il était hospitalisé et rayé de cette unité. Elle lui racontait ses vacances à Agadir, le remerciait pour le bouquin qu'elle avait lu avec un plaisir accru par l'étrangeté de l'aventure. Elle lui promettait de lui envoyer prochainement une de ses plus jolies photos en maillot de bain sur la plage. Elle lui suggérait enfin d'adresser à l'avenir ses lettres en poste restante de Rabat, en le suppliant de ne jamais les envoyer à son domicile.

"Je ne tiens pas, écrivait-elle, à déclencher la fureur de mon père et encore moins à faire de la peine à maman". Elle terminait avec des mots tendres, des expressions qui prouvaient son amour.

Après avoir relu la lettre d'Hélène, il lui répondit aussitôt en adressant la missive en poste restante, non sans une certaine appréhension due au fait qu'il employait ce procédé pour la première fois. Cette lettre ne risquait-elle pas de s'égarer ? Enfin il n'y avait pas d'autre moyen !

Le surlendemain Robert était transféré dans une grande chambrée de l'hôpital où il eut la satisfaction de faire la connaissance de deux jeunes sergents, Julien et Norbert, des Algérois amusants, blagueurs, d'une volubilité parfois excessive, mais des types sympathiques et courageux.

Plus âgés que Robert d'environ deux ans, ils avaient déjà fait la guerre, la difficile campagne d'Italie, dans un régiment de tirailleurs algériens. Une glorieuse unité !

Blessés tous les deux, le même jour, le 3 juillet, lors de l'assaut victorieux que leur régiment avait lancé sur Sienne, ils s'étaient retrouvés un mois plus tard dans cet hôpital d'Oran. Ils ne parlaient pas beaucoup de leurs combats, préférant oublier les durs moments où la frousse et le désespoir s'emparent parfois des plus courageux. Ils étaient de ceux qui agissent et ne perdent par leur temps en vaines divagations philosophiques ou politiques.

Ils espéraient repartir au baroud, en France, sitôt finie leur permission de convalescence. Pour eux "la joie de l'âme est dans l'action" se disait alors Robert en se souvenant de cette devise chère à Lyautey.

En les écoutant parler de leurs familles, l'une exploitait une ferme à côté de Reghaïa, l'autre tenait une petite quincaillerie à Alger, Robert se disait que chacun pouvait s'enorgueillir d'être le digne descendant de ces pionniers français auxquels l'Algérie devait sa mise en valeur.

En leur compagnie il n'eut pas le temps de s'ennuyer et le souvenir d'Hélène le hanta moins souvent.

Le dimanche 8 octobre, il obtint sa première permission de sortie en ville ; le médecin chef avait constaté que sa blessure était en bonne voie de guérison.

Le soleil venait de se glisser derrière la colline de Murdjadjo qui surplombe le port d'Oran, lorsque Robert et les deux sergents quittèrent la terrasse du café où ils avaient bu leur verre d'anisette, pour se diriger vers la rue d'Arzew.

Ils traînaient à l'entrée d'un cinéma, pas très emballés par le film, quand leur attention fut attirée par le manège de trois GI qui importunaient manifestement un jeune matelot français et sa compagne, une brunette des plus attirantes.

Après avoir observé la scène et compris que la jeune fille était terrorisée, Robert s'élança suivi de Julien et de Norbert qui boitillait à cause de sa blessure au pied. Ils s'imaginaient que les importuns, impressionnés par leur assaut, battraient en retraite mais hélas il n'en fut rien et les coups de poing et de pied se mirent à valser.

Robert et ses amis handicapés ne faisaient pas le poids face à des adversaires éméchés mais imposants. Ils allaient être submergés par le "clan des amerlos" renforcé par deux autres GI qui passaient par là, lorsque l'arrivée inopinée d'une patrouille de la Military Police mit heureusement fin au combat.

En quelques coups de matraques bien appliqués, les policiers neutralisèrent les "vilains" GI qui s'empressèrent d'embarquer sans protester dans le véhicule de ramassage. Quelle efficacité ! Robert et ses copains auxquels les MP n'avaient prêté aucune attention, en restèrent tout ahuris.

Heureux de s'en être tirés à si bon compte, ils s'engouffrèrent dans un bar en compagnie du matelot et de la jeune fille au regard reconnaissant.

— L'honneur de la Marine est sauf ! avait ironisé Robert en levant son verre d'anisette. Une grimace de douleur avait accompagné son geste : sous les coups sa blessure fraîchement cicatrisée s'était rouverte.

Le lendemain le toubib furieux lui signifia qu'il était consigné à l'hôpital jusqu'à complète guérison et "plus question de convalo" !

Il se sentit bien seul après le départ de Julien et Norbert tout heureux de quitter l'hôpital pour retrouver leurs parents.

Ils n'avaient fait qu'un bout de chemin dans sa vie, comme ces gens de rencontre avec lesquels on sympathise du premier coup et que l'on ne revoit jamais plus !

Dix jours plus tard, il quittait Baudens à son tour et prenait le train pour Alger, sans se douter qu'au même moment, non loin de là, dans le port d'Oran, son régiment embarquait sur des L.S.T (5) ! Il n'avait pas revu Brahim depuis que celui-ci lui avait rapporté son paquetage. Aucun spahi n'était venu le voir. Aussi avait-il compris que ses camarades étaient consignés au bivouac, en raison d'un embarquement imminent pour la France !

C'est le mardi 5 décembre qu'il entra à l'école des aspirants de Cherchell. Sitôt descendu de l'autocar qui l'amenait d'Alger, il découvrit avec étonnement le petit port de Caesarea (6) et les belles statues antiques (7) qui se dressaient de ci, de là, sans doute depuis l'époque où Rome étendait son influence sur la Maurétanie. Les gens passaient devant elles, sans les regarder, indifférents à ces vestiges d'un passé qui ne leur appartenait pas.

À l'école, l'arme blindée se distinguait des autres armes en occupant un quartier à part. Robert n'en fut point étonné et il vit, avec une certaine nostalgie que le quartier Bournazel ressemblait un peu à celui que son régiment avait occupé à Rabat !

Les bâtiments étaient des baraques tout aussi dénuées de confort. Il ressentit une légère déception en entrant, la première fois, dans sa chambrée où les lits étaient en bois et superposés. Cette rusticité lui parut cependant préférable à l'incommodité qu'il avait subie pendant près d'un an en couchant sous sa tente individuelle.

Fort de l'entraînement et des connaissances techniques qu'il avait acquises dans les spahis marocains, il n'eut aucun mal à se ranger parmi les bons éléments.

Au contact quotidien des autres élèves, dont plusieurs avaient réussi au concours d'entrée à Saint-Cyr avant de fuir la France occupée, Robert prit conscience de ses qualités physiques et de ses capacités intellectuelles et morales. Il se forgea alors l'ambition de devenir lui aussi officier d'active et il se mit alors à cravacher pour réaliser son rêve.

Un beau jour il eut le plaisir de recevoir une lettre de Brahim, laconique et dénuée d'explications, conformément aux règles du secret militaire. La missive était toutefois accompagnée d'une petite photographie sur laquelle figurait l'équipage du "tank destroyer" de Brahim. Ce dernier avait simplement écrit au verso "l'équipage sain et sauf, après le baroud, est heureux de te saluer !"

Robert apprit ainsi que le régiment avait été engagé dans les combats de la Poche de Royan, en distinguant le nom de cette ville sur un panneau de signalisation routière près duquel le groupe de copains avait posé devant son char ! Une idée géniale de Brahim !

Du côté d'Hélène, par contre, ce fut le silence total et d'autant plus inquiétant que Robert n'avait pas hésité à lui envoyer, le jour de l'An, une longue lettre au domicile du docteur Alberge. Il en souffrit beaucoup mais, par dignité, il n'exposa son chagrin à personne.

Chaque nuit il songeait à elle et dans son désespoir il imaginait toutes sortes de raisons à ce silence. Le docteur était peut-être tombé sur la lettre et, après s'être emporté contre sa fille, il avait obtenu qu'elle rompît leur relation ! N'était-ce pas plutôt Hélène qui, lasse d'attendre, avait préféré se libérer d'une simple promesse qui loin de lui apporter le bonheur espéré, lui avait surtout causé de l'inquiétude et du soucis ! La lettre qu'il lui avait adressée en poste restante ne s'était-elle pas égarée ?

Dans les premiers jours de mai 1945, il en était arrivé à accepter non sans amertume, la fatalité de la rupture, quand son esprit fut accaparé par la nouvelle de l'armistice avec l'Allemagne. Il partagea l'émotion et la joie de tous ceux qui l'entouraient et il se laissa gagner par l'allégresse de ses camarades dont certains avaient souffert de l'internement dans le camp de Miranda en Espagne.

Quand les effets de la victoire se furent atténués, Robert éprouva la pénible sensation d'avoir été frustré. Il n'avait pas eu l'honneur de se battre pour la France ! Ironie de son destin ! Aussi n'hésita-t-il pas un seul instant à se porter volontaire, à nouveau, pour aller combattre cette fois les Japonais en Extrême-Orient !

Après avoir quitté l'école et ses camarades de la promotion "Rhin Français" il s'empressa de se rendre à la gare d'Alger où il prit le train à destination de Rabat.

* * * *

Au fur et à mesure qu'il approchait de cette ville, l'image d'Hélène occupait de plus en plus ses pensées. Il se plut à imaginer le scénario de leurs retrouvailles. Avait-t-elle changé ? Quels seraient leurs premiers mots ? Allait-t-elle s'élancer dans ses bras ?

Sitôt descendu du wagon il retrouva l'atmosphère qui lui était si familière et il se sentit heureux. Sous le ciel bleu, en ce début de juin, la ville impériale lui parut plus accueillante que jamais.

Il grimpa dans une calèche et dix minutes plus tard il débarquait devant la maison où habitaient ses parents. Rien n'avait changé depuis son départ, deux ans auparavant. Les murs étaient toujours aussi blancs et les persiennes fermées comme d'habitude aux heures les plus chaudes de la journée.

Quelle émotion ! Quelle joie d'embrasser ses parents en les étreignant longuement dans ses bras ! Quel plaisir de retrouver sa chambre telle qu'elle était à l'époque où il allait au Lycée ! Dans la petite bibliothèque vitrée, ses bouquins et cahiers se trouvaient à leur place habituelle. Personne n'y avait touché. Un seul livre manquait, "La voie Royale" de Malraux qu'il avait offert à Hélène. Il décida d'aller la voir, dès le lendemain. Son cœur se mit à battre à l'instant où il s'arrêta devant la villa, à l'endroit même où deux ans auparavant il voyait la jeune fille pour la dernière fois.

Apparemment rien n'avait changé, mais en se rapprochant il s'aperçut que le jardin était moins bien entretenu, que le bougainvillée sur le mur de clôture était desséché, que tous les volets étaient fermés et, qu'au portillon, la grande plaque de cuivre gravée au nom du docteur Alberge avait disparue !

Surmontant sa détresse il traversa d'un bond l'allée envahie d'herbes folles, escalada le perron et frappa à la porte d'entrée. Il savait que la maison était vide et que personne ne viendrait ouvrir mais il cogna à plusieurs reprises de rage et de désespoir.

Les voisins, interrogés avec bien du mal, lui fournirent des réponses contradictoires. Selon les uns, le docteur était parti à Meknès, selon les autres il s'était établi à Fès, d'autres prétendaient qu'il avait ouvert un cabinet à Casablanca !

Tous s'accordaient à dire que le déménagement avait eu lieu dans les premiers jours de décembre 1944.

Dans sa famille personne ne fut capable de le renseigner ; on connaissait évidemment le nom de ce médecin, mais aucun des parents n'avait fréquenté son cabinet.

Le docteur de la famille quant à lui resta évasif.

Robert songea alors à s'adresser au docteur Morand, confrère et ami d'Alberge. Il se rendit donc plein d'espoir à son cabinet situé dans la grande villa où il avait dansé avec Hélène au cours d'une surprise partie, le jour de l'An 43.

Hélas, il éprouva une nouvelle déception en apprenant que le docteur Morand, sa femme et leur fils Olivier étaient absents pour plusieurs jours. Le brave "chaouch" qui gardait la maison ne savait pas quand le "toubib" rentrerait !

Désemparé, Robert n'eut pas le temps de poursuivre ses recherches. À l'expiration de sa permission de huit jours, il prit le train pour Oran où il embarqua à bord du croiseur "Jeanne d'Arc" à destination de Marseille.

Le surlendemain, c'était le 7 juillet 1945, il posait le pied pour la première fois sur le sol de France. Sans trop savoir pourquoi il se sentit ému, heureux et en même temps impatient de découvrir toutes ces belles choses que lui avaient vantées ses copains, les spahis originaires de diverses provinces.

4

Une sonnerie stridente qui n'en finissait pas réveilla Robert en sursaut. Par le hublot il vit que la mer était plus calme que la veille et le ciel plus serein. Tant mieux car il n'avait pas le pied marin ! Dans la cabine ce fut le branle-bas parmi les occupants pressés d'aller faire leur toilette dans les lavatories situés au bout de la coursive.

Le Néa Hellas avançait tranquillement en ronronnant sur les flots bleus de la Mer Tyrrhénienne, cap sur le détroit de Messine.

Une demi-heure plus tard, François et Robert se précipitèrent, affamés, à la salle à manger des premières, pour le petit-déjeuner.

Les tables, occupées pour la plupart, étaient bien garnies : café, thé, chocolat chaud, beurre, marmelade d'oranges, pain de mie, œuf au bacon ! Un breakfast copieux et digne d'un hôtel quatre étoiles !

Les Anglais faisaient vraiment bien les choses.

Robert s'imagina, un peu vite, que sa vie à bord serait une agréable croisière. Il déchanta sitôt sorti de la salle à manger en apprenant qu'il était désigné pour remplir le rôle d'officier de police pendant toute la traversée ! Une drôle de corvée !

Le destin lui jouait un vilain tour par le truchement du Lieutenant-colonel Commandant le Train de la Division. Ce dernier, bien sanglé dans son blouson de laine "made in England" lui déclara en le regardant droit dans les yeux, avec un petit air narquois :

— Une mission de confiance, pas de tout repos certes, mais que tu assumeras sans problème. Bien entendu tu disposeras de tous les gars de ton détachement.

— À vos ordres mon Colonel ! se contenta-t-il de répondre avant de saluer réglementairement le "Colon".

C'était évidemment lui qui l'avait désigné auprès du Commandant d'Armes du bord, non pour le mettre à l'épreuve, mais tout simplement parce que Robert commandait un peloton de circulation routière dont l'une des multiples missions était justement d'assurer la police militaire, un peu à l'instar de la Military Police. Ils en avaient d'ailleurs le casque blanc et le brassard mais pas la matraque. C'était mieux ainsi.

Un courant de sympathie s'était créé entre ces deux officiers dès leur première rencontre à Saint-Raphaël, à l'État-major de la Division, le lendemain du jour où Robert débarqua de la "Jeanne d'Arc".

Pourtant ce jour-là, l'aspirant avait eu de bonnes raisons d'être mécontent.

En effet, sorti dans un bon rang de sa promotion, dans l'Arme Blindée, il se voyait offrir une affectation dans une unité du Train.

— Mais, mon jeune ami, je n'ai pas d'autre solution car il y a pléthore de lieutenants dans les unités de l'Arme Blindée du Corps Expéditionnaire ! lui répétait le Commandant du 1er bureau visiblement agacé par l'obstination de l'aspirant.

— Volontaire pour me battre contre les Japonais, j'espérais me retrouver dans une unité combattante et non dans un D.C.R (8) dont je n'ai jamais entendu parler ! répliquait Robert l'air assez mauvais.

— Croyez-moi, je ne me fous pas de vous, c'est une belle unité, chargée de diverses missions de circulation en zones opérationnelles.

— Sans doute mais, j'ai une formation et un entraînement de cavalier, pas de tringlot ! rétorquait l'aspirant avec vivacité.

— Vous n'avez pas à discuter mes ordres ! s'écriait alors le Commandant en foudroyant du regard son jeune interlocuteur.

La situation risquait de s'envenimer, au grand dam de Robert, lorsque soudain, derrière son dos, une voix ferme mais à l'accent bienveillant lui lança :

— Mon p'tit gars si tu tiens absolument à te battre contre les japs et bien il te faut venir avec moi !

En se retournant Robert s'était trouvé face à un Lieutenant-colonel du train, un personnage trapu, de taille moyenne, solidement campé sur ses deux jambes écartées, les mains sur les hanches. Il émanait de cet homme aux allures de rugbyman et au franc parler, une telle énergie et une si belle assurance que l'aspirant en fut subjugué.

Il accepta d'emblée, en son for intérieur, de suivre cet officier supérieur dont la poitrine s'ornait d'une impressionnante brochette de décorations. "Un baroudeur authentique" s'était dit Robert en reprenant confiance en son destin.

Habitué à mener rondement les opérations et les hommes, le Lieutenant-colonel emmena l'aspirant à bord de sa grosse voiture, une confortable Mercedès noire ramenée d'Allemagne, jusqu'à la villa où se tenait le PC du D.C.R.

Robert fit ainsi la connaissance de deux autres officiers auprès desquels il allait vivre et assumer ses fonctions de chef de peloton. Le plus grand, la trentaine passée, visage anguleux mais souriant était le Lieutenant qui commandait le détachement. L'autre, un peu plus âgé que Robert mais sensiblement de la même taille avec un visage rond animé d'un sourire narquois, se prénommait Pierre. Il était sous-lieutenant sortit lui aussi de Cherchell, promotion "Rhin Français". Les trois officiers avaient très vite sympathisé.

* * * *

Après le détroit de Messine, le voyage fut moins attrayant et les ponts du Néa Hellas furent quelque peu désertés par les hommes de troupe. Contempler la mer et le ciel pendant des heures et des jours ne leur offrait guère de distraction ! La plupart se réfugièrent dans la lecture ou les jeux de cartes.

Robert quant à lui n'eut pas le temps de s'ennuyer. Assurer la police à bord d'un navire transportant des troupes pour l'Indochine n'était pas une sinécure ! Que de fois, les haut-parleurs lui intimèrent l'ordre de se rendre d'urgence à la salle de service !

Avant que le bateau ne fît sa première escale à Port-Saïd le 14 février, Robert avait déjà arpenté tous les ponts et toutes les coursives. Les cales n'avaient plus de secret pour lui et ses hommes ! Le "pacha", un jeune et brillant officier britannique, l'invita un jour dans sa cabine, en compagnie du "Colon" et lui offrit un excellent whisky qu'il dégusta tout en racontant ce qui lui semblait de nature à intéresser le Commandant du navire. Cette marque de sympathie encouragea Robert à remplir sa mission avec conscience, en évitant toutefois de se montrer trop tatillon.

Dans la soirée le Néa Hellas jeta l'ancre à l'entrée du Canal de Suez, à moins d'une encablure de la statue de Ferdinand de Lesseps dont la haute et sombre silhouette se détachait dans le ciel rougeoyant.

Ce fut une escale technique pour les pleins de mazout, d'eau douce et de vivres frais, mais personne ne quitta le bord.

Le lendemain matin, dès le lever du jour, le bateau fut entouré d'une multitude de barques. Les unes regorgeaient de fruits, oranges, citrons, dattes, figues sèches. Les autres étaient remplies de divers articles notamment en cuir tels que chaussures, babouches, sacs et portefeuilles.

Le long de la coque blanche ce n'étaient que couffins montant et descendant au bout de cordelettes. L'acheteur descendait le panier dans lequel il avait déposé l'argent puis il le remontait avec l'article choisi. Un marché nautique inattendu et fort divertissant !

Les marchandages, les palabres, les cris et vociférations en diverses langues, français, anglais, arabe et espagnol faisaient songer à l'ambiance d'un souk marocain. Robert s'en amusa mais se garda d'acheter la moindre bricole de crainte de se faire estamper.

— Un drôle de bazar ! s'esclaffa François en s'accoudant au bastingage à côté de Robert.

— Ça plairait à Brahim ! fit Robert en songeant à son copain qu'il avait eu le plaisir de revoir à Marseille le 7 janvier avant qu'il n'embarqua sur un bateau à destination du Maroc où il se rendait en permission.

Dans une courte lettre expédiée d'Allemagne où était cantonné le régiment de spahis marocains, Brahim annonçait à la fois, son arrivée en gare St-Charles, sa permission d'un mois chez ses parents, sa nomination au grade de maréchal des logis-chef et son rengagement pour une seconde période de trois ans !

Ces bonnes nouvelles avaient fait bondir de joie Robert d'autant que Brahim, selon son habitude, était resté sans donner signe de vie pendant plusieurs mois.

Robert accompagné de François s'était donc rendu à la gare St-Charles et avait accueilli son copain à sa descente du train en provenance de Paris.

Dès qu'ils se virent les deux amis d'enfance s'élancèrent l'un vers l'autre et s'enlacèrent, visiblement émus, sous les regards surpris voire amusés de certains voyageurs. Ces derniers ne pouvaient évidemment pas connaître et encore moins comprendre l'amitié et la fraternité qui unissaient ces deux jeunes militaires si différents de visage.

Après avoir quitté la gare, les trois jeunes gens allèrent s'asseoir dans l'arrière salle d'une brasserie sur le Cours Lieutaud afin de pouvoir se parler, en toute tranquillité, tout en prenant un petit-déjeuner.

— Vos parents vont être heureux de vous revoir après une si longue absence ! déclara François.

— Sûrement ! La joie de mon père, répondit Brahim en souriant, n'aura d'égale que sa fierté quand je lui raconterai ma campagne contre les fridolins.

— Nos braves spahis marocains se sont certainement bien comportés ! dit Robert en dévisageant son ami.

— En effet ! Et ils ont pris conscience de leur valeur guerrière ! ajouta Brahim, une lueur de fierté dans le regard.

— Leur victoire est d'autant plus éclatante que les allemands passaient pour invincibles en 1940 ! fit observer Robert.

— Ils vont donc savourer les délices offerts aux vainqueurs ! lança François l'air malicieux.

— C'est déjà fait ! répliqua Brahim en riant.

— Que veux-tu dire ? s'enquit Robert.

— Que la plupart de nos spahis ont déjà trouvé des âmes sœurs parmi les blondes "frauleins" !

Cette explication déclencha le rire des trois jeunes gens.

Ils buvaient tranquillement leur café lorsque deux individus du genre gros bras, en salopette bleue, s'approchèrent de leur table et l'un deux, un grand rouquin barbu, bouscula ostensiblement François. Ce dernier, surpris, renversa sa tasse et le café se répandit sur la table.

— Dites-donc, vous pourriez faire attention ! lança François l'air furibond.

— Quoi ! T'es pas content mon pote ? ricana le rouquin en levant le poing avec une dextérité qui dénonçait l'habitude de ce geste.

— Foutez-moi la paix ! répliqua l'aspirant d'une voix cinglante.

Brahim et Robert s'étaient regardés, interloqués ; ils avaient tant de choses intéressantes à se raconter et ce "conard de péquin" qui les importunait sans savoir pourquoi.

Voyant que l'affaire prenait mauvaise tournure, Robert, tout en restant assis, déclara d'un ton qu'il voulait apaisant :

— Vous avez bousculé mon copain, sans le vouloir, mais le voilà privé de ce bon café, aussi n'est-il pas content

— Ta gueule blanc bec ! cria l'autre individu en coupant la parole à Robert.

C'est alors que Brahim s'était redressé avant de déclarer, d'un ton ferme :

— Écoutez messieurs, nous ne sommes pas venus ici pour nous battre. La guerre nous l'avons faite, aussi fichez-nous la paix !

— Toi le raton ferme ta sale gueule sinon ! beugla le rouquin en s'approchant l'air menaçant.

Écœuré par le comportement provocateur des deux types et rendu furieux par cette dernière réflexion, Robert s'élança d'un bond contre celui qui venait d'insulter odieusement son ami et, du tranchant de la main droite, lui flanqua un violent coup sous le menton.

Le rouquin recula, tituba, toussa et finit par s'effondrer sur une chaise, le souffle coupé, hors de combat.

De son côté François avait plaqué l'autre type en le ceinturant solidement puis il l'avait relâché en le poussant brutalement vers l'avant.

Le patron de la brasserie, un solide gaillard qui ne tenait pas à voir la salle devenir un champ de bataille, s'interposa et, avec l'aide de ses serveurs, vida sans ménagement les deux énergumènes. Il présenta ensuite des excuses aux trois copains en leur expliquant que les deux provocateurs, des dockers, passaient plus de temps dans les bistrots que sur les quais du port où ils s'étaient distingués en manifestant contre le départ des premières troupes françaises pour l'Indochine.

"Sans ce regrettable incident la journée des retrouvailles aurait été agréable" se disait Robert, le regard lointain, tandis qu'autour de lui, sur le pont du Néa Hellas, s'agitait la foule de ceux qui achetaient fruits et pacotilles.

En fin d'après-midi, vers six heures, le bateau leva l'ancre et s'engagea dans le canal, à vitesse réduite, en longeant les rives plates et monotones, balayées de temps en temps par des nuages de poussière dorée.

* * * *

Le 17 février au matin, le Néa Hellas entra dans la Mer Rouge où soufflait un léger vent chaud. Ce jour-là, ordre fut donné de revêtir la tenue de toile et de porter le casque colonial sur les ponts.

Les jours s'écoulèrent paisiblement jusqu'au moment où un esprit génial émit l'idée de distraire les passagers en organisant des combats de boxe amateurs.

Pendant quelques jours, bon nombre de militaires de tous grades s'occupèrent des diverses tâches qui précèdent les combats : recherche des boxeurs, entraînement, confection d'un ring, organisation des matchs, etc.

Le combat le plus important et le plus attendu fut celui de la catégorie "poids lourds" qui opposa un matelot anglais, un colosse imposant, à un homme du DCR, un solide garçon mesurant plus d'un mètre quatre vingt et pesant quatre vingt dix kilos, surnommé "p'tit Louis" par ses camarades.

Après un combat loyal en trois reprises, les deux arbitres, un anglais et un français, déclarèrent le match nul sous les acclamations et les applaudissements des spectateurs entassés autour du ring, sur la plage arrière.

Ce pugilat alimenta les conversations tandis que l'on voguait dans la Mer Rouge.

Dans la nuit du 21 février on passa au large de l'île Socotra puis on s'engagea dans la Mer d'Arabie. La chaleur était torride et le soleil brûlant, aussi les hommes portaient-ils, sans se faire prier, le casque colonial quand ils restaient de longs moments accoudés au bastingage pour suivre la course d'une bande de marsouins ou la trajectoire éphémère des poissons volants.

Sortis ce matin-là, de la salle à manger où ils venaient de prendre leur "breakfast", François et Robert accompagnés de deux autres aspirants, décidèrent de faire un tour sur le pont supérieur. On y accédait par un escalier métallique étroit et raide, à emprunter avec précaution.

Devançant ses amis, Robert s'élança et en deux bonds se retrouva au milieu de cet escalier au moment où une jeune femme le descendait. En la voyant il s'effaça pour lui céder le passage. Elle ne lui paraissait pas très à l'aise dans sa jupe étroite et longue jusqu'au genou. Elle était parvenue à quatre marches au-dessus de Robert quand celui-ci la vit perdre l'équilibre en poussant un petit cri.

Instinctivement il s'accrocha fermement aux deux barres d'appui pour résister au choc. La fille lui tomba littéralement dans les bras. Elle était, fort heureusement, mince et légère. La scène s'était déroulée tellement vite que les trois aspirants encore au pied de l'escalier se demandaient éberlués ce que Robert pouvait bien faire avec cette fille collée contre lui.

— Et bien bravo ! Tu ne perds pas de temps ! ricana François la tête levée pour regarder le couple enlacé.

Sans dire un mot, Robert aida la jeune femme à descendre lentement et François comprenant sa méprise se précipita pour aller chercher une chaise à la salle à manger.

— Je suis vraiment confuse. Heureusement que vous étiez là pour arrêter ma chute.

— L'essentiel c'est que vous n'ayez aucun mal ! fit Robert en souriant amicalement à la belle inconnue.

Elle était assez jolie avec ses cheveux châtains bouclés et ses grands yeux couleur noisette. Son regard étonné et rieur à la fois, lui rappela celui qu'avait Hélène lors de leur première rencontre, dans des circonstances à peu près identiques.

C'était à Rabat, le 15 novembre 1942, le premier dimanche après l'armistice qui mit fin aux combats contre les troupes américaines débarquées sur les côtes marocaines. Voulant faire plaisir à sa mère Robert était allé à la Cathédrale St Pierre pour remercier le Seigneur d'avoir ramené la paix dans le pays.

À la fin de la messe, tandis que les cloches sonnaient à toute volée Robert, mêlé à la foule des fidèles endimanchés, descendait pas à pas les marches du parvis lorsque soudain quelqu'un le heurta dans le dos. La jeune fille qui s'accrochait à son épaule après avoir trébuché n'était autre qu'Hélène ! C'est ainsi qu'il l'avait connue. En ce beau dimanche le destin l'avait comblé de bonheur. Devait-il imaginer, qu'il en était de même sur ce bateau ?

Il aidait la jeune femme à s'asseoir sur le fauteuil ramené par François, lorsqu'une voix au haut-parleur lui demanda de se rendre d'urgence à la salle de service.

— Que se passe-t-il encore ? Le Commandant d'armes me réclame plus tôt que d'habitude ! fit Robert en fronçant le sourcil.

— Ah ! C'est donc vous l'aspirant si souvent demandé ? s'étonna la jeune femme.

— File donc mon vieux ! Je vais m'occuper de mademoiselle ! lança François en lui jetant un clin d'œil.

— Merci, c'est inutile, je suis infirmière et je me débrouillerai bien toute seule !

— J'aurai plaisir à vous revoir ! murmura Robert en la fixant un instant avant de s'éloigner à regret.

Elle ne dit mot et le suivit du regard.

Le repas de midi était déjà entamé lorsque Robert vint s'asseoir à sa table. François assis en face de lui, lança d'un ton narquois :

— Alors que s'est-il passé ? On ne t'a plus revu !

— J'ai participé à un véritable comité de discipline.

— À quel sujet ? demanda l'un de ses voisins.

— Un problème à cause de certains de nos camarades qui persistent à vouloir coucher sur le pont supérieur malgré l'interdiction du pacha.

— Il se réserve donc ce pont pour sa promenade au clair de lune ! railla l'un des officiers.

— Il ne veut surtout pas que cet endroit devienne un lupanar nocturne ! expliqua Robert en riant.

Cette remarque déclencha un tollé autour de la table.

— C'est dommage car le coin est idyllique sous la lune ! plaisanta François.

— C'est possible, répliqua Robert, mais pas drôle pour les amoureux qui se font surprendre par la ronde de nuit car l'enseigne de vaisseau anglais ne badine pas plus avec la discipline qu'avec l'amour !

— C'est-à-dire ? demanda l'un.

— Vous en avez surpris beaucoup ? questionna un autre.

— Un seul couple pour le moment ! répondit Robert.

— Quel châtiment a-t-on infligé à ces pauvres amoureux ? s'enquit François l'air faussement indigné.

— Une séparation des corps suivie d'une rapide évacuation des lieux interdits ! expliqua Robert l'air narquois.

— Les connaissez-vous ? demanda l'un.

— Comment était la fille ? questionna un autre.

— Je n'en sais rien, dit Robert, le clair de lune était insuffisant et, par pudeur, le jeune enseigne ne les éclairait pas de sa torche électrique.

Le repas terminé, la salle à manger se vida rapidement, chacun s'empressant d'aller soit sur le pont soit dans sa cabine.

François et Robert s'installèrent dans un coin à l'ombre près des chaloupes.

— Qu'as-tu fais de notre petite infirmière ? s'enquit Robert en dévisageant son copain.

— Elle est coriace ! Je m'étais proposé de lui faire un massage des chevilles mais elle a repoussé ma main, avec un sourire dissuasif. Je n'ai pas osé insister évidemment.

— Une curieuse rencontre ! fit Robert comme s'il se parlait à lui-même.

Après un instant de silence, ce dernier reprit.

— Voilà dix jours que nous voguons et je ne l'avais encore jamais vue ! Elle était peut-être malade !

— Pas du tout. Elle m'a dit qu'elle travaillait à l'infirmerie du bord, comme bénévole.

— J'ignore même son prénom ! Le sais-tu ?

— Bien sûr ! Elle se prénomme Simone !

— J'aimerais la revoir, la connaître un peu mieux.

— Facile ! Elle n'est pas insensible à ton charme !

— Allons donc !

— Elle te regardait comme si tu étais son sauveur.

— Sous le coup de l'émotion, évidemment.

— Que comptes-tu en faire ?

— Elle ne me déplaît pas mais elle me fait trop songer à Hélène, alors ça me bloque !

— Je vois !

— De toute façon pas question d'une idylle sur ce bateau ça poserait des problèmes.

— Un simple flirt ça n'engage à rien !

— À condition qu'on puisse se séparer à l'arrivée sans être malheureux.

Ils interrompirent leur conversation à l'arrivée de Pierre et d'Élise venus se joindre à eux comme ils avaient pris l'habitude de le faire depuis le deuxième jour de la traversée. Ils passaient ensemble de bons moments à plaisanter et à rire.

— Elle est drôlement gironde ! avait dit François en parlant d'Élise, le jour où Pierre leur avait présenté la jeune AFAT au mess des officiers de St-Raphaël.

Celle-ci avait beaucoup d'allure même vêtue simplement d'une petite jupe et d'une chemisette kaki. Tout juste dix huit ans et le mérite d'avoir participé à la campagne de France et d'Allemagne au volant d'une ambulance militaire ! N'écoutant que son courage cette petite oranaise s'était portée volontaire pour servir dans le Corps Expéditionnaire ! "Fallait le faire" comme le disait François d'un ton admiratif.

Tout en jouant aux cartes avec ses amis, Robert ne put s'empêcher de penser que les deux amants vivaient parfaitement heureux sans se préoccuper du lendemain, sans se soucier du débarquement qui approchait et sonnerait peut-être leur séparation !

Quelle sombre idée ! Il se sentit moins enclin à courir après la jolie Simone. Le souvenir d'Hélène était vraiment tenace bien qu'il s'en défendait parfois.

Après le dîner, à la nuit tombante le Commandant d'Armes le convoqua pour lui demander de faire déloger, de toute urgence, du "nid de pie" un soldat français qui importunait le matelot de vigie. Robert prit cinq de ses hommes avec lui et se porta sans tarder au gaillard d'avant.

En levant les yeux il distinguait nettement, sur le fond bleu nuit du ciel, la nacelle blanche située à mi-hauteur du mât. Elle donnait l'impression d'osciller sous l'effet du roulis. Pas drôle du tout quand on n'a pas le pied marin ! Mis au pied du mur, il n'avait pas à hésiter ! Il se mit donc à grimper en s'accrochant aux gros barreaux de l'échelle métallique fixée le long du mât.

Après le repas du soir, cette ascension fut éprouvante et il parvint tout essoufflé et en sueur à hauteur du marin de vigie. Oh ! surprise et déception, le "marsouin" n'y était plus ! Le lascar agile comme un singe, avait réussi à filer en descendant l'une des deux échelles servant de haubans. Incroyable mais vrai ! Un exploit, attendu que le "marsouin" avait ingurgité les rations de pinard de plusieurs de ses petits camarades.

Une fois sur le pont, ce dernier se fit cueillir par les hommes de Robert et il passa la nuit en taule pour cuver son vin en toute quiétude et sans être tenté de se livrer à d'autres acrobaties.

Bien qu'elle ait eu peu de témoins en raison de l'heure tardive, cette affaire assez rocambolesque fit le tour des officiers et Robert obtint un certain succès en racontant l'exploit du marsouin.

Les jours suivants s'écoulèrent sans histoire.

Entre ciel et mer les journées n'en finissaient pas et chacun cherchait à s'occuper ou à se distraire comme il le pouvait. Nombreux s'évadaient dans la lecture. Beaucoup jouaient aux cartes ou aux dominos.

La plupart des personnels féminins prenaient des bains de soleil mais comme il était interdit de s'exhiber en maillot de bain les seules parties de leur corps à brunir sans cesse étaient le visage, les avant-bras et les jambes jusqu'aux genoux.

Les hommes dévoraient des yeux ces jeunes femmes conscientes de l'attrait qu'elles exerçaient sur tous ces mâles privés d'affection et d'amour. Chacune d'elles était donc très entourée et courtisée. Il n'y eut aucun drame passionnel.

Les exercices d'évacuation du navire réunissaient chaque matin tout le monde sur le pont aux chaloupes et constituaient la grande distraction collective. Joyeuse était la bousculade !

* * * *

Le 27 février dans l'après-midi, après avoir longé la côte-est de l'île de Ceylan, le Néa Hellas entra lentement dans la magnifique rade de Trincomali. Plusieurs cargos au pavillon britannique s'y trouvaient au mouillage.

L'ancre était à peine jetée, à quelques encablures du rivage verdoyant qu'un mazoutier vint aborder le navire à tribord tandis qu'un cargo citerne se rangeait à bâbord pour lui faire le plein d'eau douce. Ces opérations menées simultanément prirent fin avant le coucher du soleil. Dès que le Néa Hellas se retrouva seul, une multitude de pirogues glissant sur les eaux scintillantes de leurs lumières vinrent se coller contre sa coque.

Comme personne ne pouvait descendre à terre, on se contenta de se distraire, en achetant des fruits exotiques aux piroguiers. Ce trafic se déroula dans une ambiance à peu près comparable à celle de l'escale de Port Saïd, avec toutefois moins d'allégresse. Robert acheta des mangues et les offrit à Simone qui se tenait à ses côtés. Ils avaient pris l'habitude de se retrouver régulièrement en fin d'après-midi, sur le pont supérieur.

Elle aimait à se reposer assise à même le plancher, à l'ombre d'une grosse chaloupe, son coin favori où Robert venait la rejoindre.

D'une nature plutôt mélancolique Simone rêvait d'un bonheur paisible qu'elle partagerait, un jour peut-être, avec un homme tendre et romantique. Robert ne l'était pas ! Mais était-elle sincère ?

Bien que désappointé par l'attitude réservée de la jeune femme il faisait, chaque fois, des efforts louables pour refouler ses ardeurs sensuelles afin de ne pas l'effaroucher. Il était heureux de voir qu'elle l'attendait, seule, et son plaisir n'était pas dépourvu d'une certaine volupté.

Ils bavardaient d'une chose et d'autre, puis, avant de se quitter, ils se levaient, lui l'aidait en la tirant par les deux mains, et ils s'accoudaient au bastingage. Ils poursuivaient leur conversation, à voix basse, avec de temps à autre des éclats de rire qui ponctuaient leurs plaisanteries.

Ils passaient ainsi chaque jour près d'une heure ensemble puis chacun s'en allait à son service. Elle partait toujours la première non sans lui adresser un sourire et un long regard plein de merveilleuses promesses qui le faisaient soupirer de plus en plus.

Ce soir d'escale à Trincomali, tandis que le marché aux fruits attirait tout le monde et battait son plein, Robert entraîna Simone sur le pont supérieur. Ils eurent la satisfaction d'être enfin seuls ! Assis sur un banc de bois ils s'enlacèrent sans perdre de temps et s'embrassèrent longuement en se louant de la faible clarté de la lune complice de leurs premiers ébats amoureux !

Lorsque le brouhaha du marché aux fruits diminua, Robert raccompagna discrètement Simone jusqu'à la porte de la cabine qu'elle partageait avec d'autres jeunes femmes, puis il se rendit à la salle de service pour attendre l'heure du départ de la ronde de nuit.

Le lendemain matin le Néa Hellas leva l'ancre et reprit la mer en mettant le cap sur Singapour.

Quelques jours plus tard, tandis que le paquebot voguait dans le détroit de Malacca, la vigie signala la présence de mines flottantes qui dérivaient au gré des courants.

Chacun fut tiré de sa torpeur et ce fut aussitôt un sérieux branle-bas sur tous les ponts. Chacun connaissait le danger de ces perfides engins qui avaient coulé tant de navires !

On se rassembla sur les ponts plus vite que lors des exercices d'évacuation. Des guetteurs armés de jumelles se postèrent à la pointe du gaillard d'avant et on attendit. L'attente se prolongea dans un brouhaha de plus en plus élevé et les rigolades allèrent bon train quand le danger se fut éloigné. L'alerte levée, chacun retourna à son occupation.

Deux jours plus tard le Néa Hellas mouilla l'ancre devant la presqu'île du Cap St jacques en attendant la marée pour remonter le Song Nha Bé puis son affluent, la rivière de Saïgon.

Quand le navire fut amarré au quai des Messageries maritimes, le crépuscule enveloppait le Port de Saïgon où s'allumaient quelques réverbères. L'air était brûlant avec des effluves acres qui se mêlaient aux odeurs de mazout et de goudron. Les narines sensibles en prirent un coup !

Pendant la manœuvre d'accostage, les passagers, prenaient leur dernier repas à bord, avec d'autant plus de plaisir que les estomacs de certains ne risquaient plus de chavirer.

Le débarquement fut annoncé pour le lendemain matin, dès six heures, de sorte que chacun s'empressa de regagner son hamac ou sa couchette afin de boucler son sac marin et de dormir au plus vite.

Les ponts furent désertés rapidement. Il n'y avait rien à voir en dehors des lumières de la ville scintillant dans la nuit. Aucun incident ne troubla la dernière ronde du soir que Robert effectua avec l'enseigne de vaisseau et quatre matelots anglais.

Dans les dortoirs de la troupe la chaleur était aussi lourde qu'à l'extérieur ; la plupart des hommes s'étaient endormis sans doute impatients d'être au lendemain, pour marcher sur le plancher des vaches et découvrir enfin ce pays dont ils n'avaient entrevu que des marais et des rizières à travers le feuillage des palétuviers bordant le fleuve.

Le lendemain, vendredi 8 mars 1946, à l'heure prévue, la troupe commença à descendre, lentement, en colonne par un, pour aller se ranger sur le quai où attendaient de nombreux camions militaires. Aucun tambour, ni trompette pour les accueillir !

Seul le martèlement des pas de ceux qui descendaient la longue passerelle de coupée, troublait le silence matinal. L'opération se déroula dans l'ordre et sans cri, sous les regards curieux des coolies annamites travaillant au port, Seule la présence, derrière des sacs de sable empilés, de soldats en armes gardant l'entrée du quai, rappelait que la Cochinchine était plongée dans un état de guérilla sauvagement entretenu par le Vietminh.

Comme son détachement était le dernier à quitter le navire, Robert s'était accoudé au bastingage du pont supérieur, un bon observatoire pour assister au débarquement et voir en même temps son environnement.

Une chaleur moite se faisait déjà sentir. Les nouveaux débarqués s'épongeaient le front en songeant à des boissons rafraîchissantes. Hélas, pas le moindre comité d'accueil pour leur en servir ! Ils n'avaient qu'à attendre ! Maugréer ne servait à rien !

Le trafic portuaire paraissait plutôt réduit : trois cargos amarrés un peu plus loin étaient en train de décharger des marchandises diverses tandis que de grosses jonques remontaient la rivière, lentement.

Un bâtiment de la Marine, un torpilleur aux couleurs françaises passa rapidement en faisant de belles vagues sur lesquelles dansèrent une multitude de sampangs agglutinés le long de la berge.

Le concert de vociférations qui s'en suivit amusa beaucoup Robert. Il découvrit ainsi que ces frêles embarcations servaient d'habitation à des familles regorgeant de bambins tout nus !

Sur le quai, de jeunes annamites, vêtus de short et de chemisette vendaient des bananes aux soldats qui attendaient l'ordre de monter dans les camions.

— Alors mon vieux, on rêve ! s'écria François en tapant amicalement sur l'épaule de Robert.

— Pas exactement ! répondit celui-ci un peu surpris, j'observe et découvre des scènes amusantes. Tiens, par exemple, tu vois là bas ces gosses vendant des bananes et bien ils me font penser aux "yaouleds" qui nous vendaient des oranges en courant le long du train arrêté à la gare de Taza. C'était en septembre 1943. Ils ont les mêmes gestes, les mêmes expressions, les mêmes rires d'enfant !

— Tu étais aux spahis marocains à ce moment-là ?

— Oui, avec le détachement précurseur qui se rendait en Oranie.

— Je vois ! Je pense que nos gars sur le quai préféreraient des oranges bien juteuses à ces bananes plutôt bourratives !

— Sans doute, mais d'après ce que je vois, les gars ne crachent pas dessus et les régimes sont bien dégarnis.

— Ils ont la fringale !

— Et surtout de la gourmandise !

Les deux aspirants restèrent un moment silencieux, le regard fixé sur les quais presque déserts maintenant que la plupart des camions étaient partis.

— J'ai appris, dit Robert, que nous serons cantonnés dans un champ de courses, près de Cholon. Notre détachement précurseur y est déjà installé depuis un mois. C'est pas trop mal parait-il !

— Tant mieux, je craignais qu'on nous colle sous des tentes !

— Les locaux étaient précédemment occupés par des Gurkhas ! Ils font partie des troupes britanniques chargées de désarmer les Japonais.

— Saïgon doit ressembler à la Tour de Babel ! ironisa François.

— C'est possible ! fit Robert en souriant.

— Au fait as-tu vu Simone ce matin ?

— Oui bien sûr.

— As-tu l'intention de la revoir ?

— Et bien, fit Robert embarrassé, nous sommes convenus de rester bons amis, sans plus.

— Ça marchait pourtant bien tous les deux, au début !

— En effet, mais je m'en suis lassé et c'est mieux ainsi ! répliqua Robert en souriant pour lui montrer qu'il n'était pas affecté par la fin de son aventure romanesque, une simple amourette qui lui permit de passer le temps le plus agréablement possible.

Quelques instants plus tard les deux aspirants descendirent du navire avec leur détachement respectif.

Une fois sur le quai, Robert sentit que la chaleur y était plus lourde que sur le pont supérieur du bateau. Il s'épongea le front ruisselant de sueur. C'est en ôtant son casque colonial que cette coiffe encombrante lui parut tout aussi anachronique que l'avait été la belle tenue de spahi en 1944 !

— Bon maintenant nous pouvons partir ! lui dit son camarade Pierre. Je monte dans le premier camion, toi dans le dernier, en serre-file.

— OK ! se contenta de répondre Robert, l'air satisfait.

Il n'était pas mécontent de quitter le port pour découvrir la ville et leur cantonnement.

Pour les mêmes raisons, ses hommes s'empressèrent de grimper dans les véhicules, d'une manière fort bruyante mais avec une allégresse qui plut à Robert. Le dépaysement n'avait pas entamé leur moral ! Et ça, c'était réconfortant !

Le conducteur du camion, arrivé avec l'élément précurseur du D.C.R joua au cicérone en citant au passage les noms des rues et avenues empruntées par la colonne des véhicules se rendant à Cholon. Boulevard Galliéni, rue des Marins... des noms bien français !

Cette vision rapide et par trop succincte donna à Robert l'impression qu'ici comme à Rabat, deux villes différentes étaient imbriquées : d'un côté Saïgon, la ville nouvelle due en grande partie à des urbanistes français, avec ses grands édifices, ses beaux immeubles et ses larges avenues ombragées, de l'autre Cholon, typiquement annamite avec ses innombrables maisons basses, ses paillottes en bordure d'arroyos et ses ruelles grouillantes d'une population composée de toutes les races asiatiques !

Certains coins de Cholon aux boutiques remplies de bibelots, de vaisselle, d'articles en cuir, lui firent songer à certains souks marocains.

Mais ici venaient s'ajouter d'autres sujets d'animation qu'il eut la surprise de découvrir tels que les cyclo-pousse circulant dans tous les sens, les "boites d'allumettes" tirées par de petits chevaux annamites à peine plus grands que des poneys, les carrioles des marchands de soupe chinoise stationnées sur les trottoirs, spectacle ô combien divertissant !

À un moment donné, son camion stoppa à un carrefour juste à côté d'une camionnette de l'armée anglaise transportant des soldats japonais. Ces derniers, sans arme, étaient reconnaissables à leur petite casquette de toile à courte visière. Robert remarqua leur attitude impassible et l'air énigmatique avec lequel certains d'entre eux regardaient la foule.

Celui qui paraissait être leur chef s'empressa de le saluer d'une légère inclination de la tête dès que leurs regards se croisèrent ! En répondant par un salut réglementaire, Robert se dit que ces hommes savaient se montrer dignes dans leur défaite. Tout en appréciant cette aptitude, il n'éprouvait pas pour autant de la sympathie à l'égard de ces soldats dont le comportement avait été aussi déconcertant qu'abominable.

Il les oublia bien vite quand son camion entra dans l'hippodrome de Phu Tho, où les attendait avec impatience leur Commandant d'unité tout heureux de retrouver le reste de son D.C.R.

5

Sitôt arrivé au Commandement du Train installé dans un quartier tranquille de Cholon, Robert descendit de la cabine de son Chevrolet 4x4 et se présenta au Lieutenant-colonel qui l'attendait avec une impatience grandissante.

Il était un peu moins de huit heures du matin. Le ciel d'un blanc laiteux promettait une journée chaude et probablement sans pluie.

La veille, le dimanche 24 mars, le lieutenant, lui avait dit que le "Colon" l'avait désigné pour une mission spéciale. Il s'agissait d'escorter avec un poste de circulation, deux officiers britanniques, depuis Cholon jusqu'à Vinh Long. La route bordée de marais et de rizières n'était pas sûre. Les viets s'y livraient à des destructions de ponts et à des embuscades avec d'autant plus de hargne qu'ils avaient pris le maquis après avoir été désorganisés, mais non éliminés, d'abord par les raids blindés du Groupement Massu, puis par les opérations de nettoyage effectuées par les unités de la 9ème D.I.C.

Robert était content d'avoir été choisi pour accomplir cette mission "délicate", la première qui lui était confiée depuis son arrivée. "Enfin une sortie qui en valait la peine !" se disait-il en examinant attentivement l'unique exemplaire de la carte au 1/100 000, collée au mur dans la petite pièce qui servait de bureau.

Il prit le soin de désigner lui-même parmi les nombreux volontaires et les meilleurs tireurs de son peloton, le sous-officier, le brigadier et les six hommes qu'il emmenait avec lui. P'tit Louis, le champion de boxe poids lourd, fut tout heureux de se voir confier la conduite du Chevrolet tout terrain aménagé pour transporter huit hommes à l'arrière.

— Tu te souviens, lui déclara le lieutenant-colonel, lors de notre rencontre à St-Raphaël je t'avais dit que tu aurais l'occasion de jouer au soldat. Et bien ce jour est arrivé. Je compte sur toi pour cette mission.

— Je vous remercie mon Colonel ! répondit Robert en regardant son supérieur droit dans les yeux, avec une lueur de satisfaction.

— Bon, viens par ici, je vais te présenter à nos amis anglais, un Major et un Capitaine du 16ème Light Cavalry. Vous serez entre cavaliers !

Les deux officiers, en short et saharienne kaki, coiffés d'une casquette de toile, répondirent au salut réglementaire de l'aspirant par une légère inclination de la tête. Tous deux portaient une fine moustache blonde et arboraient un stick, comme tout bon cavalier respectueux de la tradition !

— Fais attention surtout entre Mytho et My Thuan, une zone dangereuse battue par les viets ! lui conseilla le "Colon" juste avant que les deux jeeps anglaises ne démarrent sous la conduite de leurs chauffeurs "Gurkhas".

Jusqu'à Tanan, la route, bordée d'une ligne d'eucalyptus, était en assez bon état, de sorte que les jeeps filèrent bon train et distancèrent le Chevrolet. Robert enrageait en craignant de ne pouvoir leur assurer une protection efficace.

Au passage des ponts importants sur le Vaico Oriental puis sur le Vaico Occidental, les jeeps furent obligées de ralentir en raison de travaux de réparation effectués par les braves pontonniers d'une unité du Génie.

Robert en profita pour les rattraper. Le moteur du Chevrolet tournait à plein régime et surchauffait la cabine au centre de laquelle il était logé.

À trois kilomètres avant Mytho, les véhicules bifurquèrent à droite et s'engagèrent sur la route coloniale n° 16. Cette dernière n'était plus qu'une piste défoncée, avec de-ci, de-là de belles coupures dues à l'œuvre destructrice des rebelles et autres seides du Vietminh.

Pour franchir ces obstacles, les occupants des trois voitures furent contraints, à maintes reprises, de mettre pied à terre et de patauger dans la boue. La mousson du Nord-Est avait apporté quelques pluies.

Malgré la dextérité de leurs chauffeurs et leurs qualités techniques les jeeps n'avançaient pas plus vite que la camionnette. Robert put ainsi rester au contact de ses protégés et surveiller plus attentivement les alentours.

Au-delà des rizières qui longeaient la route, s'étendaient à perte de vue des marécages, avec par-ci, par-là, de petits villages enfouis sous une épaisse végétation dominée par des cocotiers aux longs fûts. Paysage morne, plat, tout vert et sans attrait !

Dans cette région semi-aquatique sillonnée d'innombrables cours d'eau, les véhicules perdirent beaucoup de temps au passage des ponts en mauvais état, plus ou moins sabotés par les viets.

Ils n'arrivèrent qu'à midi à My Thuan, devant le large fleuve antérieur du Mékong.

La traversée ne se faisait qu'à l'aide d'un bac, un engin de fortune, constitué de deux sampangs accouplés, et mû par un vieux moteur de hors bord.

Ayant appris qu'une escorte de scout-cars l'attendait sur l'autre rive, le Major anglais remercia Robert et lui conseilla de rentrer à Saïgon, sans tarder, puis il le salua en lui accordant une vigoureuse poignée de main.

L'aspirant suivit du regard le bac qui s'éloignait lentement en transportant les deux jeeps et leurs équipages vers la berge opposée, le long de laquelle les premières maisons de Vinh Long s'abritaient derrière des palétuviers.

Après un rapide "pique-nique" sur l'herbe, Robert et ses hommes reprirent la route pour retrouver, sans enthousiasme, les trous qui leur avaient occasionné tant de mal quelques instants auparavant.

C'est au moment où ils passaient, au ralenti, avec d'infinies précautions, une coupure particulièrement profonde, qu'ils essuyèrent plusieurs coups de feu tirés d'un bosquet situé à une centaine de mètres. Robert, pour qui c'était le baptême du feu, riposta aussitôt en faisant tirer son FM "Bren". Plusieurs rafales trouèrent le bosquet abritant les rebelles, tandis que les hommes sautaient du véhicule pour tirailler avec leurs PM Thomson.

Allégée, la camionnette sortit plus facilement du trou et Robert fit embarquer sans tarder son groupe de combat. Il ne tenait pas à s'éterniser dans ce sale coin, à découvert sous le tir d'un adversaire invisible.

Ils n'étaient plus qu'à cinq kilomètres du village de Tan Hiep lorsque, tout d'un coup, le moteur s'arrêta, sans le moindre hoquet préalable ! Encore soixante kilomètres à parcourir avant d'être à Phu Tho !

— Allons bon ! s'écria Robert en fronçant le sourcil, serait-ce une panne d'essence ?

— J'crois pas mon lieutenant, j'ai refait le plein avant de quitter le bac !

— Alors ouvre le capot et voyons ça de près !

Tandis que le groupe de combat se postait en défensive, autour du véhicule, l'aspirant et le chauffeur, penchés au-dessus du moteur situé au milieu de la cabine, se lançaient dans la vérification des circuits d'alimentation et d'allumage.

Le démarreur fonctionnait normalement mais le moteur après avoir toussé un peu, refusa obstinément de tourner.

— C'est invraisemblable ! Que peut-il bien avoir ce satané moteur ?

— J'comprends pas ! fit le chauffeur en se grattant la tête.

Ils en étaient là, perplexes, quand un ronflement de moteur attira leur attention. C'était un camion citerne militaire qui se dirigeait vers Mytho, dans le sens opposé à leur destination.

Robert lui fit signe d'arrêter. Le chef de bord, un adjudant de la Coloniale lui jeta d'abord un regard moqueur et finit par lui proposer de le prendre en remorque jusqu'à Mytho.

La perspective de passer la nuit dans ce patelin n'enchantait pas plus Robert que ses hommes, mais il n'y avait pas d'autre solution.

N'ayant aucun moyen de liaison radio, l'aspirant s'inquiétait de savoir comment il allait bien pouvoir prévenir son commandant d'unité.

Il enrageait surtout contre cette fichue panne qui lui gâchait sa première mission ! Il imaginait déjà le sourire narquois de Pierre "le soubit", et les sarcasmes de François !

Ils n'avaient pas fait trois kilomètres que le camion citerne s'arrêta. En panne à son tour ! Incroyable mais vrai !

Robert se dit que le destin lui jouait cette fois un méchant tour ! L'aspect des deux gros véhicules inertes, reliés par une longue corde gisant sur la route, lui parut des plus grotesques. Il faillit éclater de rire mais il se retint devant les mines renfrognées de ceux qui l'entouraient. La plupart ne paraissaient guère rassurés car le jour déclinait et aucun autre véhicule ne venait à l'horizon.

C'est alors qu'ils entendirent le vrombissement du moteur de la camionnette Chevrolet. La stupéfaction fit aussitôt place à l'allégresse.

"Quelle délicieuse et réconfortante musique que le ronflement puissant et régulier de ce moteur subitement réveillé" ! se dit Robert soulagé.

Que s'était-il donc passé ? "P'tit Louis" avait eu, tout simplement, la bonne idée d'essayer, à tout hasard, de remettre le moteur en marche et celui-ci était reparti au premier coup de démarreur ! Quelle chance !

On ne perdit pas de temps à s'extasier devant ce miracle de la mécanique. On s'empressa de changer la corde de place et le remorqué devint à son tour remorqueur.

Robert jubila devant l'air piteux de l'adjudant de la Coloniale.

Les deux véhicules, décidément inséparables, reprirent la route de Mytho jusqu'au moment où le moteur du camion citerne se remit à fonctionner à la surprise générale !

Lui aussi avait eu sans doute besoin de se reposer pour permettre à sa bobine de se refroidir.

On se sépara enfin avec de bruyantes démonstrations de sympathie et chacun des engins s'en alla en ronronnant vers sa destination.

L'obscurité régnait sur le champ de courses de Phu Tho quand Robert et ses hommes rentrèrent dans leur cantonnement au grand soulagement de tous et en particulier du lieutenant Commandant le D.C.R.

Une heure plus tard, après avoir pris une bonne douche et changé de vêtement, Robert se rendit à la popote des officiers du Train.

Installée dans une salle du 1er étage de l'hippodrome, elle avait déjà été utilisée, peu de temps auparavant, par les officiers anglais des unités "Gurkhas"; quelques insignes peints sur les murs de la salle à manger attestaient leur passage.

Tous les officiers, une quinzaine environ, des lieutenants et des aspirants pour la plupart, étaient assis autour d'une longue table en bois. Placé entre Pierre et François, Robert, fut assailli de questions sur sa première mission à l'extérieur de Saïgon.

Le mauvais état des routes était évidement le principal sujet de préoccupation des "tringlots". Il en profita pour souligner les difficultés de rouler sur la RC 16 où les viets s'étaient ingéniés à creuser toutes sortes de coupures.

— De bons madriers m'auraient permis de franchir plus facilement certaines coupures franches ! déclara-t-il en se tournant vers François.

— Bonne idée ! fit ce dernier l'air convaincu, j'en ferai placer quelques-uns sur mes bahuts. Ca pourrait servir !

— Assure-toi auparavant qu'ils ne soient pas rongés par les termites ! ironisa Pierre.

À la fin du dîner, avant de quitter la salle à manger, Robert raconta à ses deux copains l'incident de la panne de moteur. Les péripéties du remorquage les amusa beaucoup et ils rirent de bon cœur en imaginant la scène.

— J'aurais voulu, dit François, voir la tronche du juteux quand tu lui as annoncé que ta camionnette s'était remise en marche !

— Son air ahuri et vexé à la fois, était vraiment drôle, oui, désopilant !

— Si je comprends bien, tu savouras ta revanche en quelque sorte ! déclara Pierre, en jetant un regard malicieux sur son copain.

— En effet, répliqua Robert, son air goguenard, presque insolent, du début, était déplacé en raison des circonstances. Le destin m'est venu en aide pour lui donner une leçon. À l'avenir l'individu sera peut-être plus correct et plus serviable !

— J'en doute, car ce type fait partie de ces vieux adjudants qui prennent tous les aspirants pour des bleus !

— Que notre adjudant de compagnie ne s'avise pas de me considérer comme tel ! s'écria Robert.

— Sois tranquille, lui ne m'a pas caché dernièrement qu'il t'appréciait beaucoup !

— Très content de l'apprendre ! fit Robert peu souriant.

Ce soir-là avant de se coucher sur son lit de camp il écrivit une longue lettre à Brahim, la première depuis son arrivée en Indochine.

Les jours s'écoulèrent avec leur cortège de missions quotidiennes plus souvent truffées de servitudes qu'auréolées de parcelles de gloire !

Les mois passèrent et, un beau jour, le 1er mai, le D.C.R se métamorphosa en une belle compagnie de circulation dont la zone d'action s'étendit à la quasi totalité de la Cochinchine. Ses trois pelotons furent dotés de jeeps en provenance de Manille où elles étaient stockées depuis la fin de la campagne des Philippines.

La popote des officiers quitta l'hippodrome de Phu Tho pour s'installer dans une grande et vieille villa à Cholon, près des Brasseries.

****

Depuis six mois qu'ils avaient débarqués à Saïgon, Robert et François n'avaient jamais mis les pieds au cercle sportif, un prestigieux club fondé en 1904. Difficile d'y entrer si l'on n'était pas invité par l'un de ses honorables membres !

En ce beau dimanche d'août suivant l'Assomption, les deux aspirants s'y étaient rendus en profitant de l'invitation faite à Robert par un ingénieur français des Travaux publics que le destin lui avait fait rencontrer, dans une circonstance tragi-comique, le jour où brûla entièrement l'usine de Pyrotechnie.

C'était le 8 avril ; de bon matin les saïgonnais étaient réveillés en sursaut par les formidables explosions de munitions entreposées dans cette usine. Un dangereux feu d'artifice qui projeta pendant de longues heures des éclats meurtriers à des centaines de mètres à la ronde.

Nombreuses furent les toitures de tuiles rouges éventrées.

Nombreuses furent les victimes innocentes de cet odieux acte de terrorisme perpétré par un commando viet.

Dépêchés aussitôt sur les lieux de la catastrophe, Robert et Pierre, avaient installé leurs postes de circulation aux carrefours des rues menant à l'usine afin d'en interdire l'accès à tous ceux qui ne faisaient pas partie des éléments de secours tels que la police et les pompiers.

Prévenu qu'un camion des Travaux publics, un wrecker tout neuf, se trouvait abandonné au milieu de la chaussée, dans la zone évacuée Robert, accompagné seulement du conducteur "P'tit Louis", était allé rechercher ce véhicule.

Le chauffeur annamite, introuvable, avait détalé, sans doute effrayé par les éclats d'obus dégringolant autour de son engin. Un bol de riz intact et des baguettes gisaient sur le siège. La fuite avait été précipitée à tel point que le moteur tournait encore au ralenti !

Quelque peu cabossé mais en parfait état de marche, le camion fut rendu au Génie civil à la grande satisfaction de son chef de service qui remercia Robert en l'invitant le soir même au restaurant "La Pagode". Lieu de rendez-vous de la société élégante et des touristes de marque, ce restaurant avait un niveau de prix inabordable pour les jeunes officiers. Robert y passa une agréable soirée mais n'y revint jamais.

Pour fêter leur première soirée au cercle sportif, les deux copains avaient, ce jour-là, sacrifié leur sieste dominicale qu'ils avaient remplacée avantageusement par un bon bain dans la magnifique piscine du cercle.

Assis sur des chaises longues ils s'amusaient maintenant à reluquer les jolies filles, de jeunes eurasiennes pour la plupart qui sortaient de l'eau en riant pour aller se rhabiller et s'apprêter pour l'apéritif dansant. Cette tradition datant des années trente, attirait chaque dimanche, une foule de jeunes femmes et jeunes filles qui venaient y danser et flirter entre dix huit heures et vingt heures.

L'ingénieur des Travaux publics que Robert avait revu par hasard, début août, lui avait fait observer aimablement qu'il était de bon ton d'être en costume civil, le cercle sportif n'étant évidemment pas un cercle d'officiers !

Aussi, François et lui, avaient-ils revêtu un pantalon et une saharienne de popeline blanche qu'un habile tailleur chinois de la rue Paul Blanchy leur avait confectionnés sur mesures en moins d'une semaine.

Une musique de danse leur parvint de la grande salle dont les portes de la façade arrière donnaient sur la piscine.

Comme chaque dimanche, vers dix huit heures, une foule de saïgonnais, de la meilleure société, se pressait dans les salons du cercle : on y jouait au bridge, on y parlait d'affaires et de piastres, on y racontait des histoires de chasses, on y vantait les exploits sportifs de certains membres du club et enfin et surtout on y venait pour l'apéritif dansant.

Une ambiance de jeux et de plaisirs ! Certains parmi les anciens s'y rendaient pour oublier le cauchemar de l'occupation nippone. D'autres, inquiets sans doute pour leur avenir, venaient se mêler à la foule rassurante des gros bonnets et des hauts fonctionnaires ; ici ils ne voyaient pas grandir le mal indochinois !

Les bonnes vieilles habitudes de la vie coloniale voulaient se perpétuer dans ces salons au charme désuet. Robert n'y était pas insensible. François, quant à lui, n'avait de pensée que pour ces jolies filles aux regards provocants.

La musique s'accentua pour se faire plus attirante.

— Bon, on y va ? lança François qui piétinait au rythme de la musique, impatient de danser.

— D'accord allons-y ! fit Robert en se levant de sa chaise.

L'orchestre entamait un jazz endiablé lorsqu'ils entrèrent dans la grande salle brillamment éclairée où régnait une température de serre.

Dans la salle réservée à l'apéritif dansant, la plupart des tables étaient déjà occupées. Ils s'installèrent à celle qu'ils avaient eu la sage précaution de retenir la veille.

Les femmes arboraient des toilettes colorées, la plupart des hommes étaient en costume civil, certains en spencer blanc.

À une table proche de la leur se tenaient deux jeunes femmes des eurasiennes dont l'une était particulièrement jolie et souriante.

L'orchestre ouvrit le bal avec un blues des plus langoureux. Sans attendre la venue du serveur, François, qui avait repéré cette femme, se leva et dit à Robert avec un petit sourire :

— Bon j'vais danser, commande-moi un cognac soda !

Le regard amusé que Robert lui lança devint vite admiratif quand, dans un mouvement des plus gracieux, la fille se leva et se laissa enlacer par François.

Elle dansait à la perfection. Une étonnante sensualité émanait du corps de cette femme pourtant si gracile. Elle lui rappela Hélène, avec les mêmes cheveux noirs courts et bouclés et la même silhouette élégante ! Il ne put s'empêcher de soupirer en songeant à cette dernière.

Tandis qu'il suivait du regard les évolutions du couple, deux hommes vinrent s'asseoir à la table voisine où l'autre fille était restée assise. Le plus grand était un blond aux cheveux en brosse, l'autre de type métissé avait des cheveux noirs lissés et il arborait une fine moustache qui soulignait son air bellâtre. En les voyant Robert éprouva une certaine déception car il s'était imaginé naïvement que les deux jeunes femmes étaient seules.

À la fin de la danse, François raccompagna sa jolie cavalière et Robert étonné le vit serrer la main à l'un des deux hommes, le blond qui s'était levé à son approche et souriait aimablement.

Robert cherchait du regard "ce foutu serveur" qui ne venait toujours pas quand il entendit François lui dire en se penchant légèrement vers lui :

— Viens, ils nous invitent à leur table !

— Ah ! fit-il surpris, tu le connais ce beau blond ?

— Bien sûr ! c'est le lieutenant Morin des Transmissions, il était avec nous sur le Néa Hellas.

— J'avais l'impression de l'avoir déjà vu, mais je ne le connais pas.

— Il est sympa ! Bon alors tu viens ?

Robert dévisagea son copain puis il se leva sans empressement pour bien montrer qu'il n'était guère emballé, le bellâtre ne lui étant pas sympathique. Il alla serrer la main des quatre personnes qui l'accueillirent aimablement et il les gratifia d'un sourire un peu forcé.

Profitant d'une pause de l'orchestre ils se mirent à bavarder entre eux afin de faire connaissance. Les deux eurasiennes étaient célibataires ; l'une se prénommait Laure, elle était la petite amie de l'homme à la fine moustache ; l'autre, celle qui avait dansé avec François s'appelait Viviane, elle était secrétaire dans un bureau du Haut Commissariat. Laure était dactylo et travaillait avec son ami, Monsieur Negrène, un homme d'affaires qui tenait une agence d'import-export boulevard Charner. Ce dernier paraissait très satisfait de sa réussite. Il fumait beaucoup, des Craven "A" qu'il sortait d'un bel étui en argent.

Jouant les grands seigneurs, Negrène commanda une bouteille de champagne qu'un serveur annamite s'empressa d'apporter dans un grand seau à glace.

La musique reprit avec un tango argentin. Sans perdre une minute François invita Laure tandis que de son côté, le lieutenant Morin, après s'être levé plus posément entraîna Viviane sur la piste.

Robert se retrouva en tête à tête avec Negrène. Celui-ci éprouva le besoin de lui raconter qu'il était le fils unique d'un officier français, un capitaine de la Coloniale mort au champ d'honneur en 1940, dans les Ardennes.

Ses yeux noirs brillèrent d'un éclat particulier, quand il parla de sa mère, une humble femme d'origine cambodgienne qui avait eu le mérite de l'élever, seule et sans aide, après le départ de son père pour la métropole en 1939. Cette brave femme avait même réussi à lui payer les études secondaires qu'il avait suivies au Lycée Chasseloup Laubat jusqu'en 1942 où il obtint son baccalauréat. Il adorait manifestement sa mère mais il ne semblait avoir éprouvé aucune affection pour celui qui fut son père.

Robert eut même l'impression que Negrène en voulait à cet officier qu'il soupçonnait de les avoir abandonnés sciemment, sa mère et lui, à la faveur de sa mutation.

Le retour joyeux des danseurs interrompit le métis au grand soulagement de Robert qui s'était surtout contenté de l'écouter poliment.

Un formidable coup de tonnerre fit sursauter tout le monde et aussitôt après, comme si elle avait attendu ce signal, la pluie se mit à dégringoler avec cette violence qui se déchaîne sous la mousson d'été.

Habitués à ces manifestations orageuses, les musiciens se mirent à jouer un slow pour essayer probablement d'apaiser les nerfs de tous ces gens déjà agités et enrobés subitement d'une atmosphère électrique.

Sentant un regard peser sur lui, Robert leva la tête et ses yeux accrochèrent ceux de Viviane. Ce regard brillant et insistant était une invite ! Alors, comme s'ils étaient de connivence, ils se levèrent en même temps, sans un mot, et se retrouvèrent sur la piste. Ils se glissèrent au milieu des autres couples et leurs pas s'accordèrent naturellement au rythme de la musique comme s'ils avaient l'habitude de danser ensemble.

Tandis qu'ils évoluaient lentement depuis un moment, sans avoir échangé la moindre parole, Viviane éclata soudain de rire, un rire d'une gaieté juvénile qui surprit Robert. Il s'écarta légèrement de sa cavalière afin de mieux l'observer, le regard amusé et interrogateur à la fois.

— Veuillez m'excuser ! dit-elle en riant doucement, mais la tête que faisait François m'a donné le fou rire. Il était drôle avec son air ahuri en nous voyant partir ensemble !

— Je ne l'ai pas regardé car je n'avais d'yeux que pour vous ! déclara-t-il en souriant.

Elle ne répondit pas, mais il sentit avec plaisir qu'elle se collait un peu plus à lui.

Soudain deux coups de tonnerre fracassants dominèrent la musique de l'orchestre. L'éclairage de la salle faiblit et l'on craignit la panne totale.

Au premier fracas la jeune fille sursauta, mais au second elle s'accrocha nerveusement à Robert. Lui, ravi, remercia les éléments déchaînés qui lui donnaient ainsi l'occasion inespérée de serrer plus fort encore cette femme qu'il désirait.

— J'aimerais beaucoup vous revoir ! lui susurra-t-il à l'oreille. Accepteriez-vous de dîner un soir avec moi ?

— Je ne dis pas non ! répondit-elle doucement. Ensuite nous pourrions aller danser à la Plantation.

— Excellente idée ! Nous nous retrouverons si vous voulez à la terrasse du Continental, disons à dix neuf heures samedi prochain.

— Et bien d'accord ! murmura-t-elle en le regardant au fond des yeux, un regard brillant qui ne trompait pas.

La douce musique se tut, brisant ainsi le charme qui les liait et ils regagnèrent leur table en songeant déjà à leur prochain rendez-vous.

À la danse suivante l'orchestre attaqua un paso doble accueilli avec enthousiasme par la plupart des danseurs. Negrène s'élança avec Laure, tandis que de son côté François, plein de fougue, entraîna Viviane dans une série de figures complexes que la jeune fille exécuta avec une aisance et une grâce incomparables. Chaque fois qu'elle tournoyait, sa jupe à plis se soulevait en ondulant et découvrait ses jambes fuselées. Elle éclipsa les autres danseuses et accapara les regards admiratifs des hommes qui ne dansaient pas.

Robert était resté à bavarder avec le lieutenant Morin. Ils s'amusèrent à évoquer, en s'esclaffant parfois, quelques-uns des événements qui s'étaient déroulés à bord du Néa Hellas. Quelques femmes du genre collet monté leur jetèrent des regards indignés qui, loin de les calmer, déclenchèrent leur fou rire. Ils se calmèrent quand l'orchestre cessa de jouer. L'apéritif dansant était terminé.

Contente de son succès, Viviane adressa un petit regard malicieux à Robert qui la félicita quand elle revint s'asseoir, un peu essoufflée. François visiblement satisfait s'épongeait le visage couvert de sueur.

Il était un peu plus de vingt heures trente quand les deux aspirants prirent congé de leurs nouveaux amis non sans leur promettre de revenir au cercle le dimanche suivant. Un quart d'heure plus tard, ils descendaient de la jeep qui était venue les chercher et entraient dans la villa où se trouvaient leurs chambres ainsi que la popote des officiers du Train.

Dans la salle à manger, quelques officiers finissaient tranquillement de dîner. Ils formulèrent avec eux quelques banalités puis ils s'installèrent à leur table habituelle. Sans se faire prier ils avalèrent de bon appétit tous les plats préparés par le "bep" chinois, un fin cuistot qui avait réussi notamment à merveille les crabes farcis que le serveur leur apporta.

Tout en mangeant, les deux copains échangèrent leurs impressions sur les personnes en compagnie desquelles ils avaient passé une agréable fin d'après-midi. Leur principal sujet de conversation fut la séduisante Viviane. François particulièrement ébloui et emballé ne tarissait pas d'éloges sur sa beauté insolente, son allure provocante, son élégance, ses remarquables qualités de danseuses, à tel point que Robert à la fois agacé et gêné finit par lui dire d'un ton ironique :

— Mais mon cher vous me semblez épris de cette fille !

— Ne la trouvez-vous pas formidable ! fit l'autre sur le même ton.

— Dire le contraire serait mentir !

— En effet ! Et, pour être franc, j'aimerais bien coucher avec elle !

— L'as-tu invitée à sortir un soir ?

— Évidemment ! Mais elle m'a répondu avec beaucoup de gentillesse que je pourrai la revoir dimanche prochain au cercle sportif.

Robert faillit avouer à son ami que la belle avait accepté de dîner avec lui, mais il préféra se taire pour ne pas lui faire de peine. Après un instant de silence, il déclara d'un ton tranquille :

— Je n'y pensais plus mais dimanche prochain je serai de permanence à la compagnie. Tu iras donc sans moi à l'apéritif dansant du cercle.

— Tu pourrais peut-être te faire remplacer par le nouvel aspirant !

— Je n'y tiens pas d'autant que je devrai effectuer une patrouille à pied, avec un groupe de combat, dans le village de Phu Tho, entre minuit et deux heures.

— Pas marrant ce genre de promenade au clair de lune ! ricana François contrarié à l'idée de se rendre seul au cercle.

— Oh non, pas marrant, et surtout sans clair de lune ! Mais nécessaire pour notre sécurité car, de ce triste village, les viets ont déjà tiré plusieurs fois sur notre cantonnement. Les murs en portent les traces.

Le silence s'instaura entre eux quand le serveur déposa sur leur table une corbeille de fruits, des bananes et des mangues.

— La petite Laure n'est pas mal non plus ! fit François.

— Oui et très amoureuse de Negrène ! ajouta Robert.

— Ce type est plein de fric ! D'après Viviane, son affaire d'import-export marche bien.

— Sans doute ! Cet homme est malin.

— Il s'est montré grand seigneur en nous offrant d'emblée un excellent champagne ! dit François en jetant un air dégoûté sur son verre de thé froid.

— Geste d'un parvenu pour nous éblouir ! répliqua Robert.

— Reconnais qu'il était très élégant dans son beau costume blanc !

— Je l'admets et pourtant il ne me plaît guère, son regard mauvais en me parlant de son père m'a indisposé.

— Que fait-il son pater ?

— Mort au combat dans les Ardennes en 40.

— Ah ! Je l'ignorais.

— Il était capitaine et j'ai eu le sentiment que notre beau métis ne l'affectionnait guère.

— Pourquoi donc ?

— J'ai cru comprendre qu'il lui reprochait d'avoir abandonné sa mère en profitant de son départ en France en 39, c'est-à-dire en ne donnant plus de nouvelles et plus d'argent une année avant d'être tué !

— On comprend le ressentiment d'un fils abandonné ! déclara François en fronçant le sourcil.

— Et oui, cependant sans vouloir l'excuser, cet officier devait à l'époque se trouver dans des conditions de vie pas très faciles surtout dans l'armée ! Quoi qu'il en soit Negrène n'est pas vraiment antipathique mais je n'en ferai pas un ami !

Après être resté un moment silencieux, perdu dans ses songes, François se leva, s'étira, bailla et finit par dire :

— Tu as peut-être raison. Maintenant je vais me mettre dans les bras de Morphée en rêvant à ceux de Viviane. Demain réveil à six heures, je transporte une compagnie de biffins sur Cantho.

— Bonne nuit ! Moi demain je vais faire une reconnaissance d'itinéraire, sur la RC 1 en direction de Pnom Penh.

6

Il était un peu plus de quatre heures dans l'après-midi du 12 novembre 1946 lorsque, précédé de quatre motocyclistes, la colonne de neuf véhicules qui constituaient le détachement de circulation sous les ordres de Robert, entra dans Pnom Penh. Dix longues heures pour parcourir les 240 kilomètres entre Cholon et la capitale cambodgienne !

Dans la quasi totalité du trajet la route coloniale n° 1 était en mauvais état et le détachement avait perdu du temps dans le franchissement du Mekong avec le bac à vapeur de Neak Luong particulièrement encombré de camions civils vétustes et lourdement chargés. ?

L'aspirant avait reçu pour mission de se mettre à la disposition du Général Commandant supérieur du Cambodge et de relever, sans tarder, les postes d'une autre compagnie de circulation.

Ravis de changer d'air, Robert et ses hommes étaient bien contents d'être arrivés à bon port, sans le moindre incident et sans essuyer le moindre coup de feu. Un sacré pot ! Couverts de sueur et de poussière leurs visages n'en étaient pas moins rayonnants de joie. Pnom Penh avait la réputation d'être une ville tranquille, sûre, où il faisait bon vivre.

C'était la première fois qu'ils y mettaient les pieds. Elle leur fit d'emblée une impression agréable. Rien de comparable avec l'énorme et grouillante agglomération de Saïgon-Cholon.

Dans les quatre jeeps armées chacune d'un fusil mitrailleur "Bren" les tireurs pouvaient enfin se détendre et retirer les chargeurs.

D'après ce que Robert avait appris, le calme relatif qui régnait au Cambodge résultait en grande partie de la signature du Modus vivendi du 7 janvier dernier qui mettait fin au Protectorat et constituait une première étape vers l'indépendance du Royaume khmer !

Aussi est-ce avec des regards de touristes qu'ils traversèrent des arroyos, des ruelles bordées de paillottes sur pilotis, des avenues ombragées, bordées de maisons et d'immeubles à la française, ou de monuments incomparables tels que le Palais Royal, la Bibliothèque de Pali, le Musée Albert Sarraut...

Les architectures propres aux deux civilisations, khmère et française se côtoyaient avec une certaine harmonie !

Nombreuses étaient les enseignes de magasins et de boutiques portant des noms français, tout comme à Saïgon. La France était encore présente et Robert en éprouvait une sensation réconfortante.

Il eut, un moment, la curiosité de se demander si les Japonais avaient bâti quelque chose dans la ville qu'ils avaient occupée pendant près de cinq années. Il ne vit rien. Il est vrai se dit-il alors, que la dure période de guerre se prêtait plus aux passions qu'aux constructions !

Le détachement passa au ralenti devant le marché central où régnait une animation plutôt attrayante et moins frénétique qu'au marché de Saïgon. Quelques vautours perchés sur le faîte de la toiture scrutaient la foule des humains qui allaient et venaient dans tous les sens, la plupart à pied, certains en bicyclette ou en cyclo-pousse.

Robert se réjouit de ce spectacle et il éprouva de la satisfaction en découvrant que le cantonnement attribué à ses hommes et à ses véhicules se trouvait, à côté du marché. Quelle différence avec le cantonnement de la compagnie situé près du sinistre village de Phu Tho !

Tandis que son personnel s'affairait pour s'installer dans la bonne humeur, l'aspirant se rendit en jeep à l'État-major afin d'expédier à son commandant de compagnie, un message radio lui rendant compte que tout allait bien.

De retour auprès de ses hommes, il distribua soigneusement les consignes pour la nuit, puis il donna à ses sous-officiers les instructions relatives aux missions du lendemain.

Le détachement avait l'avantage d'être hébergé et pris en subsistance par une compagnie de transport déjà installée dans le cantonnement. Après avoir veillé à ce que chacun prenne bien son comprimé de Nivakine avant le repas, Robert regagna à pied le petit hôtel où le bureau de garnison lui avait affecté une chambre, dont la fenêtre donnait sur une ruelle commerçante, non loin du marché.

Remis en pleine forme par une douche rafraîchissante, il alla dîner seul dans un grand restaurant qu'il avait repéré juste devant le marché.

Le patron, un chinois obèse, quadragénaire et souriant, se fit un honneur de le placer à une bonne table et de lui servir un cognac-soda, avec un bol en porcelaine rempli de glaçons.

Il savoura sa boisson tout en s'amusant à regarder les autres clients attablés autour de lui. La plupart étaient des Cambodgiens, certains des Annamites au teint plus clair que les précédents. Plusieurs jeunes femmes du pays, fardées, bien peignées et élégamment vêtues, apportaient de la gaieté et du plaisir à l'ambiance sympathique de ce restaurant.

En regardant la carte des menus Robert eut la surprise d'y voir figurer "des rognons sauce madère" parmi les spécialités du chef ! Il ne regretta pas d'en avoir pris, ils étaient vraiment excellents. Aussi adressa-t-il de sincères compliments au patron, tout en se promettant de revenir le voir.

* * * *

Partis, au petit jour, de Kompong Thom pour se rendre à Rovieng, un patelin à 90 kilomètres au nord, les deux jeeps du D.C.R et le dodge 6 x 6 du secteur roulaient depuis deux heures environ sur une piste défoncée qui serpentait à travers la forêt, sous une voûte de feuillage de plus en plus dense. La journée de ce mercredi 20 novembre s'annonçait très chaude. La chaussée, empierrée sur les premiers kilomètres, disparaissait maintenant presque entièrement sous les herbes.

On avait été obligé de rabattre les pare-brise, vers l'avant, sur les capots, afin que les véhicules puissent passer sous les branches qui s'acharnaient à caresser les hautes herbes. La visibilité était des plus restreintes dans cette verdure exubérante d'où s'exhalait l'effluve fétide de végétaux décomposés.

Des éléphants devaient affectionner tout particulièrement cette piste qui gardait de nombreuses traces de leur passage. Robert se demandait quelle attitude il faudrait avoir face à ces pachydermes quand la jeep qui les précédait s'embourba dans une fondrière emplie d'eau. On ne put l'en sortir qu'à l'aide du treuil avant du dodge.

Ce léger incident donna l'occasion à l'aspirant de sourire amèrement en pensant aux paroles rassurantes du Commandant de la Place de Kompong Thom, lequel, la veille, lui avait déclaré avec la plus belle assurance :

— Nous n'avons pas de carte géographique, mais vous ne risquerez pas de vous perdre, le sergent Mathieu, qui vous escortera avec son commando, connaît bien cette route !

Cette route ! Une fichue piste en réalité ! La route de Mytho à Vinh Long qu'il avait faite en mars, était du billard comparé à ce sentier perdu dans la jungle !

L'alizé du nord-est relativement frais qui soufflait à l'aube sur la plaine des lacs ne se faisait plus sentir depuis longtemps et une chaleur moite, étouffante régnait sous les frondaisons.

La jeep de tête, à une vingtaine de mètres en avant, s'arrêta brusquement à un carrefour de pistes.

— Quelle direction faut-il prendre ? demanda Robert au sergent Mathieu qui venait de le rejoindre après avoir sauté du dodge.

— La piste qui part vers la gauche ! répondit le sous-officier, car l'autre descend vers le Stung Sen.

— Bon, alors nous allons repartir !

— Il vaut mieux ne pas s'attarder dans ce sale coin ! conseilla le sergent en jetant un coup d'œil inquiet sur les alentours, car ici même, il y a un mois, l'un de nos commandos s'est fait accroché par les rebelles.

— Cela me paraît en effet un endroit idéal pour monter une bonne embuscade ! observa Robert. Avez-vous eu des pertes ?

— Oui hélas, quelques blessés mais les Issarak ont laissé plusieurs macchabées sur le terrain avant de décrocher.

— Vous les avez enterrés ? s'enquit Robert.

— Nous les avons simplement recouverts de terre, de boue plus exactement car il pleuvait beaucoup et nous avions hâte de rentrer avant la nuit !

— Je comprends ! c'était pas drôle ! mais alors ces ossements qui traînent là-bas, au pied de cet arbre ?

— Et bien, mon lieutenant, ce sont probablement les restes d'un de ces salopards que les bêtes sauvages ont déterrés ! répondit placidement le sergent.

Robert préféra ne rien dire, en songeant que la loi de la jungle régnait, au sens propre du terme, dans ce misérable pays où les hommes comme les bêtes agissaient parfois avec sauvagerie pour survivre et non par plaisir.

Vers onze heures, ils arrivèrent devant le poste de Rovieng bâti au milieu d'une clairière, une espèce de fortin entouré d'une haute palissade en rondins. La sentinelle perchée sur un mirador en planches près de l'entrée, hurla quelques mots incompréhensibles et au bout d'un moment deux soldats vinrent ouvrir la barrière renforcée de barbelés.

Sitôt dans la cour les véhicules furent entourés par les gars du poste impatients de savoir s'ils avaient du courrier venu de France. Ils vivaient là depuis deux longs mois isolés du monde. Une vingtaine d'hommes, des marsouins aux visages rudes, des commandos bien entraînés aux combats dans la jungle, et dont la principale distraction était la chasse aux daims pour améliorer leur ordinaire.

C'est avec étonnement qu'ils s'approchèrent des jeeps en se demandant ce que venaient faire ici des tringlots. Leur chef, un jeune adjudant vint saluer Robert dès que celui-ci fut descendu de véhicule.

D'une bonne taille, les cheveux coupés en brosse, le regard expressif ce sous-officier était vêtu comme ses hommes d'un short kaki et d'une chemisette de couleur plus foncée qu'il portait largement ouverte sur sa poitrine velue.

Voyant son étonnement, l'aspirant s'empressa de lui expliquer qu'il avait reçu pour mission de reconnaître l'itinéraire entre Kompong Thom et Rovieng. Il se garda bien de lui dire qu'il soupçonnait le Commandant de la Place d'avoir judicieusement utilisé son poste de circulation fort de huit hommes et de deux fusils mitrailleurs, pour renforcer le commando qui était sensé l'escorter.

C'est au "carrefour de l'embuscade" qu'il avait imaginé la manœuvre du Commandant en se rappelant que ce dernier s'était plaint de l'insuffisance des moyens mis à la disposition de certains chefs de secteurs.

— Mais bon sang ! qu'attendent nos généraux pour nous envoyer des renforts en hommes et en matériels ? s'était-il écrié en tapant du poing sur sa table, puis il avait ajouté : Nous manquons même de pièces et de pneus de rechange si bien que nous sommes obligés de foutre des véhicules sur cales !

— Je serai peut-être contraint d'en faire autant ! avait dit à son tour Robert, si le service du Matériel ne me fournit pas les pneus que je lui ai demandés.

— Ah ! nos politiciens parisiens se foutent bien du Corps expéditionnaire !

— Il est à craindre, avait fait observer Robert, qu'avec des ministres communistes au gouvernement nous ne soyons pas aidés.

— Ceux-là aideraient plutôt nos adversaires ! avait conclu le Commandant l'air irrité.

Tout compte fait, Robert n'était pas mécontent de cette épreuve de la piste qui lui faisait mieux comprendre les difficultés rencontrées par cet officier supérieur dans l'accomplissement de ses missions.

Après le repas de midi qu'il prit en compagnie du chef de poste entouré de ses sous-officiers, l'aspirant donna l'ordre de retour sur Kompong Thom.

Il était un peu plus de deux heures, lorsque les deux jeeps et le dodge quittèrent le poste. Le sergent Mathieu était satisfait d'avoir allégé son véhicule en le déchargeant de plusieurs caisses de rations et de munitions qu'il avait remises à l'adjudant.

On s'engagea sur une autre piste, par mesure de sécurité, afin de contourner le "carrefour de l'embuscade" où un accrochage était toujours à redouter, surtout au retour. Cette voie se révéla encore plus cahoteuse et herbue de sorte que l'on ne fut pas mécontent de retrouver quelques kilomètres plus loin, la piste du matin.

Mis à rude épreuve, les véhicules grinçaient et gémissaient de plus en plus et il fallut s'arrêter trois fois de suite pour changer des roues dont les pneumatiques étaient crevés. Le dodge lui-même bien qu'allégé d'une bonne centaine de kilos, s'embourba dans une fondrière boueuse dont il se dégagea grâce à la force de son treuil.

Chacun tendit l'oreille et serra plus fort son arme quand, dans le lointain, éclatèrent des coups de feu, des crépitements d'armes automatiques accompagnés d'explosions de grenades. Probablement un accrochage avec des rebelles du côté de Kompong Trabek, à quelques kilomètres sur leur gauche ! La fusillade dura une demi-heure environ tandis que le petit détachement poursuivait péniblement son chemin.

Le soleil disparaissait à l'horizon, derrière une ligne de palmiers à sucre quand il arriva enfin à Kompong Thom.

Robert se rendit aussitôt auprès du Commandant de la Place. Celui-ci l'accueillit avec le sourire, visiblement soulagé de savoir que la mission s'était en définitive déroulée sans incident.

Quand l'aspirant eut terminé son rapport verbal, le chef de bataillon lui demanda sur un ton légèrement moqueur.

— Alors mon jeune ami, quelle conclusion tirez-vous de votre reconnaissance routière ?

— C'est simple mon commandant, répondit Robert sur le même ton, je dirais que c'est une piste bonne pour les éléphants et praticable par les chars !

L'officier supérieur le fixa un instant, légèrement interloqué puis il éclata de rire et finit par dire.

— Qu'en peu de mots la chose est bien décrite !

— Il n'y a pas grand-chose à dire de plus sur cette piste !

— C'est vrai ! mais elle est notre unique voie nous reliant au poste de Rovieng. Celui-ci est loin mais nous devons le tenir, jusqu'au jour où le Haut Commandement estimera qu'il ne servira plus à rien.

Le silence plana un moment dans le petit bureau puis le commandant reprit, à nouveau souriant.

— Vous êtes mon invité à dîner ce soir au bungalow !

— Je vous remercie mon commandant !

— Tâchez d'y être à huit heures !

Tandis que ses hommes regagnaient en jeep leur cantonnement Robert se rendit à pied jusqu'à l'hôtel où il occupait une petite chambre depuis la veille. Il préférait marcher un peu pour dégourdir ses jambes après tant d'heures de jeep.

En entrant dans le hall il eut l'agréable surprise d'y trouver François assis devant une table basse, en tête à tête avec une bouteille de bière à moitié vide. Ils ne s'étaient pas revus depuis la fin du mois d'octobre.

— Ça alors, que fais-tu donc ici ? s'écria Robert, serais-tu en villégiature ?

— Et toi pourquoi n'es-tu pas à la piscine du cercle sportif de Pnom Penh ? s'exclama François d'un ton railleur. J'ai quitté Cholon hier matin avec tous mes bahuts pour amener ici un bataillon de biffins.

— Et bien moi je rentre à l'instant d'une agréable reconnaissance routière jusqu'à Rovieng, un coin superbe à moins de 90 kilomètres d'ici !

— C'est tout près ça ! observa François, une promenade touristique en quelque sorte !

— Si tu veux ! et sur une véritable autostrade !

Les deux copains s'amusaient parfois à plaisanter de la sorte sur leurs missions respectives lorsqu'elles s'étaient déroulées sans incident grave, quand il n'y avait pas de victime à déplorer.

Ils éprouvaient un malin plaisir à le faire surtout en présence de jeunes officiers nouvellement débarqués dont les regards étonnés voire ahuris les faisaient pouffer de rire.

— Avant hier, à la popote de Cholon, Pierre m'a annoncé qu'il allait lui aussi venir au Cambodge, avec son peloton, pour participer à une grande opération ! Es-tu au courant ?

— Oui vaguement ! répondit Robert, une opération pour reprendre les provinces de Battambamg et de Siem Réap que les Siamois avaient annexés en 1941. Je n'en sais pas plus pour le moment.

— Vous allez donc vous retrouver dans la même galère ?

— Pas tout à fait ! Pierre devrait être avec un groupement motorisé fonçant par la route menant à Siem Réap tandis que moi je serais avec le groupement chargé d'atteindre Battambamg par la route au sud du Tonlé sap. Nous nous retrouverons sans doute ensuite à Sisophon, si tout va bien !

— Comme j'aimerais participer à cette expédition ! soupira François, et passer auparavant quelques jours à Pnom Penh pour en savourer tous les délices !

— Tu nous y rejoindras un beau jour !

Après un instant de réflexion, Robert rompit le silence et dit l'air réjoui.

— Tiens au fait, j'ai reçu dernièrement une lettre de Brahim ! Tu te souviens de lui ?

— Oui bien sûr ! Un gars sympa ! Nous avions passé quelques heures ensemble à Marseille avant son embarquement pour le Maroc. Que devient-il ?

— Dans sa lettre, datée du 26 octobre, il m'annonçait son départ imminent pour l'Indochine. Il s'est porté volontaire en demandant la Cochinchine où il espère me retrouver.

— Je souhaite, dit François d'un ton sincère, qu'il obtienne satisfaction. Je serai content de le revoir.

— Nous nous rencontrerons peut-être dans la région si c'est notre destinée !

— Inch'Allah ! s'exclama François en souriant, devant le regard ébahi de Robert.

Ce dernier se souvint alors qu'il était invité à dîner par le Commandant de la Place. "Tâchez d'y être à huit heures !" lui avait-il conseillé et sa montre indiquait sept heures 30. Il n'avait que le temps de se préparer.

— Que fais-tu ce soir ? demanda-t-il à François. Veux-tu que nous dînions ensemble ?

— Et bien tu m'excuseras mon vieux mais je suis invité à la popote des officiers du bataillon que j'ai transporté jusqu'ici. Ensuite je me coucherai, pas trop tard : demain matin de bonne heure je file sur Pnom Penh pour prendre une autre unité de biffins.

— Bon ! dit Robert, je te souhaite une bonne soirée, un bon voyage et te dis à bientôt, dans la ville de tes rêves !

— Oui, à bientôt peut-être !

Ils se levèrent, se serrèrent la main, amicalement, et chacun rejoignit sa chambre pour y prendre une douche et changer de vêtements.

Sitôt le dîner terminé, Robert remercia et salua son hôte, puis il se retira dans sa chambre. Abruti de fatigue, il avait hâte de se mettre au lit d'autant qu'il devait se lever tôt le lendemain pour effectuer une reconnaissance routière jusqu'à Prekkak un hameau en bordure de Mékong.

Bien que le gros ventilateur suspendu au plafond tourna sans arrêt, la chambre était chaude, aussi ouvrit-il la fenêtre à persiennes qui donnait sur un petit balcon. La nuit était sombre et au-dessous dans le jardin entourant le bungalow, régnait l'obscurité la plus complète.

Après s'être douché il s'allongea sur le lit, les mains croisées derrière la tête, selon son habitude pour réfléchir un peu avant de s'endormir. Le ventilateur brassait l'air chaud en hoquetant de temps en temps.

"Vous allez vous amuser mon ami ! lui avait dit le Commandant surtout entre Kompong Thma et Speu Une belle piste pour les éléphants. Mais vous aurez peut-être la chance de rencontrer un tigre ou une panthère ! Soyez quand même prudent !"

Fascinante cette perspective de chasse aux fauves, mais il n'avait pas de temps à perdre sur ce genre de route où les imprévus risquaient de le retarder ! Et puis, il n'avait ni l'intention ni les moyens de bivouaquer dans la jungle, au milieu de cette forêt où rodaient sans doute des individus armés, plus dangereux que les fauves. Il ne devait pas exposer ses hommes inutilement.

Subitement il pensa à son revolver "Enfield" qu'il avait l'habitude de planquer sous son matelas, le soir ; l'arme était bien là. Cela le rassura.

Il s'apprêtait à se relever pour placer la moustiquaire, lorsqu'un bruit insolite lui fit aussitôt tourner la tête vers la porte fenêtre. Stupéfait, il vit un homme surgi des ténèbres qui se tenait immobile, à trois pas du lit, le corps ramassé comme prêt à bondir.

L'intrus, de type malais, avait une sale gueule, mais le plus inquiétant pour Robert, c'était ce long poignard qu'il pointait dans sa direction.

Désarmé, il se sentit en mauvaise posture, et d'autant plus faible qu'il était allongé et quasiment nu à l'exception de son slip !

Le léger mouvement qu'il fit pour se redresser déclencha une réaction immédiate de l'individu qui poussa un cri rauque tout en agitant son coutelas, l'air menaçant.

Après une fraction de silence, ce dernier lança quelques mots incompréhensibles d'une voix gutturale et sèche.

Surmontant la frousse qu'il avait eue au début, Robert, se racla la gorge et lança d'un ton ferme :

— Que veux-tu ?

— Toi donner piastres !

— D'accord moi donner piastres, mais toi prendre portefeuille là-bas ! déclara calmement Robert en montrant du doigt gauche une commode située près de la porte de la salle de bains.

Comme Robert l'avait pensé, le "malais" tourna légèrement la tête dans la direction indiquée, aussi en profita-t-il pour plonger sa main droite sous le matelas et en sortir le revolver. Tout en le pointant sur l'intrus, il se redressa posément, avec des gestes mesurés, pour impressionner l'autre.

Les deux hommes s'observèrent un moment en silence puis Robert, sûr de son avantage, lança d'un ton autoritaire :

— Lâche ton couteau et "maolen" (13)

Le type comprit le sens de cette injonction car il laissa tomber le poignard tout en reculant lentement en direction du balcon.

Du pied, Robert projeta l'arme sous le lit et, tout en pointant son revolver sur le malais, il lui tendit un billet de cinq piastres.

— Tiens et fous le camp !

Ahuri et ne pouvant sans doute pas très bien comprendre le geste de ce jeune officier, le malais, empocha l'argent et décampa sans se faire prier, tout heureux en définitive de s'en tirer à si bon compte.

Robert referma avec soin les persiennes et prit à nouveau une douche pour se rafraîchir et se détendre. Il avait eu chaud !

Enfin il était satisfait d'avoir ainsi maîtrisé son agresseur sans alerter tout le bungalow. Ce petit voleur, un pauvre type dans le fond, ne méritait pas autre chose que cette leçon qu'il venait de lui donner ! Avant de s'endormir, il eut un sourire en revoyant l'air ahuri du malais devant le billet de banque offert généreusement. "Et d'ailleurs, se dit-il en conclusion, son poignard vaut bien mes cinq piastres !"

7

En cette fin d'après-midi du 6 décembre, le soleil disparaissait derrière les Monts des Cardamômes, quand Robert et son détachement composé de trois jeeps et trois camionnettes Chevrolet entrèrent à Pursat la "ville du Bouddha".

Partis de Pnom Penh, quatre heures auparavant, ils avaient parcouru 200 kilomètres de route poussiéreuse, sous un soleil torride.

Sans perdre de temps ils installèrent leur bivouac pour la nuit, en bordure du Stung Pursat, qui descend du massif du Tumpor pour se jeter dans le lac du Tonlé Sap.

L'eau scintillante sous la lune était relativement fraîche lorsque Robert et quelques-uns de ses hommes prirent un bain qui délassa leurs corps éreintés.

Ils passèrent une nuit tranquille sur leur lit de camp, chacun ayant pris soin de s'enduire le visage et les mains de "repellent" un produit efficace contre les moustiques nombreux dans ce verger chaud et humide.

Aucun coup de feu ne troubla leur sommeil de sorte que le lendemain matin tout le monde se leva en pleine forme.

Dès huit heures, Robert se rendit à pied jusqu'à la hutte, située à moins de quatre cent pas, où se tenait le PC du Commandant du Train. Le "Colon" penché au-dessus d'une carte étalée sur le capot de sa jeep, lui serra la main puis lui donna verbalement les ordres relatifs à sa mission du lendemain.

Une demi-heure après, Robert était de retour à son bivouac.

C'est alors qu'il vit venir vers lui, le Maréchal des logis chef Laudric, son sous-officier dépanneur auto.

— Mon lieutenant, il y a un sous-off des"Cuirs"qui vous cherche. Il m'a dit qu'il vous connaît bien !

— Ah ! Comment est-il ? Son nom ? s'empressa de demander Robert l'air étonné.

— Je ne me souviens plus ! répondit Laudric embarrassé. Moktar je crois !

— Vous dites Moktar ? Ne serait-ce pas plus précisément Brahim ben Moktar ?

— Oui, c'est ça mon lieutenant !

— Si je le connais ! Un copain d'enfance. Où est-il ? s'écria Robert impatient.

— Il attend là-bas près de votre jeep.

Robert n'en revenait pas. Il avait beau savoir que Brahim s'était porté volontaire pour l'Indochine, il était loin d'imaginer cette rencontre, au cœur du Cambodge.

Le destin les réunissait une nouvelle fois !

Il allongea le pas en le voyant. Ils s'élancèrent l'un vers l'autre et se serrèrent longuement les mains, chacun retenant sa joie.

— Ca alors ! Toi ici vieux frère ! s'exclama Robert.

— Tu vois "rouïa" la destinée nous réunit là où on s'y attendait le moins !

— As-tu un moment pour bavarder ?

— Oui, une bonne heure avant de rejoindre mon peloton.

Se tournant vers Laudric, Robert lui dit :

— Dites à Sestrel de nous apporter deux verres de café bien chaud ! On va s'installer là-bas sous le gros oranger.

Robert s'empara des coussins des sièges avant de sa jeep et les posa au pied de l'arbre couvert de petites oranges.

— Ça ne vaut pas tes poufs marocains mais c'est plus confortable qu'une caisse de "rations pacific".

— Tu as du pot d'être dans ce verger ! déclara Brahim dont le regard émerveillé balayait les alentours.

— Un endroit agréable où l'on aimerait dresser la guitoune pour y passer quelques jours en touristes !

— Une oasis de rêve mon cher ! Sincèrement, le verger aurait pu, je pense, inspirer le lyrisme d'Imroul Qaïs (9).

— J'ajouterai, plus prosaïquement, que cette oasis enchanterait tout nomade déambulant à dos de chameau dans les dunes du Sahara ! répliqua Robert en souriant.

— Sûrement ! Quoi qu'il en soit j'ai l'impression d'être revenu au bon vieux temps, à Rabat, dans les vergers au pied du Chellah.

— Tu as raison, car rien n'y manque, pas même cette noria qui tourne là-bas. Elle est en bambou au lieu d'être en bois mais elle grince tout comme celle qui tournait sans cesse aux petits pas d'un vieux bourricot.

— Tu te souviens, nous y allions en été, pendant les grandes vacances. Il faisait chaud, nous avions soif et nous dérobions sans scrupule, quelques oranges bien juteuses et de belles grenades !

— Bien sûr mais chaque fois nous devions battre en retraite et filer à toutes jambes, pourchassés par une meute hurlante de chiens qui ne pouvaient pas nous blairer !

Les deux copains s'interrompirent lorsque Sestrel le conducteur de Robert apporta les verres de café sur un couvercle de caisse de rations.

— Alors et cette permission que tu as passée au Maroc en janvier ? s'enquit Robert après avoir avalé un peu de café.

— Formidable mon vieux !

— Ton père devait être drôlement fier et content !

— Il m'a posé une foule de questions au sujet de notre armement, des combats menés en Allemagne et puis il en a profité pour me raconter encore son baroud sous les ordres de Bournazel.

— Tu lui as donné l'occasion de revivre son épopée de spahi à cheval et de retrouver ses jeunes années par la magie du souvenir.

— C'est vrai ! Il était enthousiaste. Par moment quelques larmes me montraient l'émotion qu'il ressentait !

Les deux amis restèrent un instant silencieux, puis Robert reprit :

— As-tu retrouvé ton alezan à la ferme ?

— Bien sûr ! Je l'ai même monté pour la fantasia.

— Quelle fantasia ? fit Robert étonné.

— Ah ! tu m'excuseras Robert, j'ai oublié de te faire part du mariage de ma sœur Aïcha, en février.

— Mariée ! fit Robert en ouvrant de grands yeux. Mais elle n'a pas encore 14 ans !

— C'est l'âge pour une fille de se marier selon notre coutume et tu ne l'ignores pas voyons !

— Bon d'accord ! Le mari a donc plu à ton père ?

— Évidemment ! C'est un jeune cousin de mon père, honnête musulman et assez riche pour avoir versé un bon sadag (1O) à mes parents. Ma sœur a fait un beau mariage, crois-moi.

— Et bien tant mieux, j'en suis heureux pour elle. Maintenant parle-moi de ta fantasia.

— Nous étions une quinzaine de cavaliers montés sur des chevaux richement harnachés. Tout en tirant nous brandissions nos traditionnels "moukhalas", les longs fusils que tu connais bien sûr. Les invités, plus de cent personnes, selon mon père, furent très contents et s'amusèrent beaucoup de notre cavalcade pétaradante. Je crois qu'on en parlera encore longtemps dans mon bled.

— Cette nouba fut ton triomphe en quelque sorte ! ironisa Robert.

Brahim se contenta de se frotter doucement le menton en jetant à son copain un clin d'œil malicieux.

— Je suppose que tu es allé à Rabat voir ton oncle Abdallah !

— Bien entendu ! J'y suis resté une semaine en disposant de toute la villa car mon oncle s'était absenté pour affaires. Ah ! les merveilleuses siestes sur un divan moelleux propice à tous les ébats !

Robert comprit qu'une femme avait partagé ses ébats mais il préféra se montrer discret et attendre que Brahim lui en parlât le premier.

— Es-tu allé faire un tour au Lycée Gouraud ?

— Je suis passé devant en longeant le terrain de sports, sans me presser.

— Des changements ?

— À l'extérieur rien n'a changé. Les cris, les rires des élèves dans la grande cour m'ont rappelé ceux de notre temps !

— Tu n'es pas entré dans la cour ?

— Non, d'ailleurs je n'ai pas osé m'arrêter devant le portail de peur d'y voir surgir les fantômes de ceux que nous avons connus et qui n'existent plus !

— Je comprends ! murmura Robert, car plusieurs sont déjà morts pour la France. As-tu revu des copains du Lycée ?

— Un seul ! Devine qui ?

— Un de ceux qui s'étaient engagés aux spahis avec nous ?

— Oh non ! C'était Benayoun, le zazou ! Il est resté bien planqué au Maroc où il a fait fortune paraît-il en revendant des surplus américains.

— Ça ne m'étonne pas de lui, un trafiquant de première !

— Son cousin Bensoussan lui au contraire n'a pas eu de chance.

— Que lui est-il arrivé ?

— Mort au champ d'honneur, dans un char de la 1ère D. B devant Colmar

— Pauvre vieux ! C'était pas un mauvais bougre.

— Il était plutôt sympathique ! reconnut Brahim.

Ils restèrent un moment silencieux avant de vider leur verre de café, puis Robert déclara :

— Je pense que tu as fait un tour aux Oudaïas ?

— Bien sûr ! J'y suis allé boire un délicieux thé à la menthe après avoir passé un bon moment sur les remparts à regarder, paisiblement, les vagues de l'Océan envahir l'embouchure du Bou Regreg.

— En revoyant la plage de Rabat tu as peut-être songé à l'époque où, plus jeunes, nous nous y amusions en compagnie de mon frère et de Marco.

— En effet ! C'était le bon vieux temps ! murmura Brahim l'air songeur.

— Nous dirons la même chose, plus tard, dans quelques années lorsque nous parlerons du moment présent et de l'opération OMEGA !

— Sans aucun doute puisque nous avons la satisfaction d'être ensemble !

— Et qui plus est dans l'élément de reconnaissance ! ajouta Robert.

— Pas possible ! s'écria Brahim enthousiaste.

— Et oui vieux frère, mon colonel m'a donné l'ordre, ce matin même de rouler avec mes trois jeeps derrière la patrouille d'ouverture des "Cuirs".

— Formidable ! Mais cette affaire de provinces rétrocédées par le Siam, qu'est-ce au juste ? Le sais-tu ?

— Dans les grandes lignes pour avoir bavardé avec un vieil administrateur des colonies qui a vécu de longues années au Cambodge.

— Où l'as-tu rencontré ?

— Un soir, au cercle sportif de Pnom Penh, nous avons bu quelques verres de cognac-soda et je l'ai écouté pendant plus d'une heure ! Un passionnant cours d'histoire vécue !

— Dis-moi l'essentiel.

— Et bien voilà ! En 1940 les siamois, enhardis par la défaite de la France et encouragés par leurs alliés japonais ont essayé d'annexer le Cambodge.

— Pour quelles raisons ?

— Sous prétexte que leur roi avait un droit de suzeraineté sur le royaume des Khmers et que ceux-ci appartiennent à la race thaïe.

— Cette affaire rappelle un peu l'annexion des sudètes par les Allemands en 1938 !

— C'est vrai ! reconnut Robert.

— Mais alors que se passa-t-il ?

— Ce fut le baroud, pendant deux mois, à la frontière et même sur la mer !

— Un combat naval ! s'exclama Brahim étonné.

— Et oui, dans la baie de Koh-Chang (11) où notre marine coula paraît-il, en quelques heures, près de la moitié de la flotte thaïlandaise !

— Les siamois s'avouèrent-ils vaincus après ce mini-trafalgar ?

— Pas du tout ! Les japs volèrent à leur secours et obligèrent le gouvernement de Vichy à signer un traité.

— C'est donc aux termes de cet accord que la France dut céder les provinces de Battambang et de Siem Réap ?

— Bien entendu, mais n'oublions pas qu'elle avait le sabre du samouraï sous la gorge ! s'empressa de souligner Robert.

— Autrement dit, le Siam rend aujourd'hui ces mêmes provinces qu'il avait annexées en vertu d'un traité devenu caduc à la capitulation du Japon.

— Cette restitution résulte surtout des récentes négociations entre les représentants du gouvernement français et ceux du Siam. Les journaux ont d'ailleurs souligné que ce nouvel accord (12) est conforme à l'esprit de la charte des Nations Unies.

— C'est très bien ! déclara Brahim, mais il me semble que cette même charte a également donné mission aux puissances tutrices de conduire vers la liberté les pays qui leur sont soumis.

— Oui, enfin je le pense ! marmonna Robert en fronçant le sourcil. Je n'ai pas lu cette charte. Mais où veux-tu en venir ?

— Au fait que la France devra bientôt abandonner son protectorat sur le Cambodge !

— Sans aucun doute, mais quand ce pays sera en mesure d'assumer vraiment son indépendance !

— Il en sera de même, un jour, pour le Maroc, ne crois-tu pas ? déclara Brahim en soutenant le regard de son ami.

Le silence s'instaura entre eux, chacun se sentant soudain concerné par cette question que l'un et l'autre n'avaient jamais abordée, même lorsque des clameurs anti-françaises s'élevaient des médinas et que l'Istiqlal fomentait des troubles à Rabat, en janvier 1944 !

La fin du protectorat n'avait jamais effleuré leur esprit.

Quand on a que vingt ans, à quoi bon se préoccuper d'un vieux traité signé à Fès en 1912 entre la France et le Maroc et que personne dans votre entourage n'a jamais lu ! Cette convention devait avoir du bon puisque l'ordre et la sécurité régnaient dans le pays et que son développement économique était en bonne voie !

"Pourquoi Brahim me parle-t-il de ça aujourd'hui ? A-t-il été influencé par ses proches lors de sa permission à Meknès ou plutôt à Rabat ?"

Voyant l'air préoccupé de son copain, Brahim lui tapa amicalement sur l'épaule et lança d'un ton enjoué :

— Ne t'en fais pas mon frère, nous aurons le temps d'en reparler une autre fois, plus tard, si Dieu le veut !

— En espérant que d'ici là, des nationalistes enragés ne réussissent pas à semer la discorde entre Français et Marocains !

— Ceux qui se sont entendus dans la guerre contre l'Allemagne hitlérienne devraient pouvoir, dans la paix, vivre ensemble, sans histoire ! Le contraire serait à mon avis fort regrettable.

— J'aimerais partager ton optimisme sur l'avenir !

— Que crains-tu donc du futur ?

— D'être, un jour, au Maroc, considéré comme un étranger, dans mon pays natal ! répondit gravement Robert.

— Te voilà nostalgique ! Ca peut devenir contagieux. Bon j'te quitte et à demain ! fit Brahim en se levant.

— À demain ! Ce sera une rude journée !

* * * *

L'aube, lentement, se levait au-dessus du Tonlé Sap quand les premiers véhicules de l'élément de reconnaissance quittèrent Pursat le 8 décembre et s'engagèrent l'un après l'autre sur la route mandarine en direction de Battambang.

"On ne peut pas se tromper car c'est l'unique route !" avait déclaré le

Lieutenant-colonel du Train au cours de la réunion habituelle tenue la veille au soir avec ses officiers.

Bien que la saison sèche ait débuté depuis la mi-novembre, le terrain, de chaque côté de la route en surélévation, offrait l'aspect d'un marécage impraticable sous les arbres. Malheur à celui qui commettrait l'imprudence d'y aventurer son véhicule !

Une première patrouille de deux scout-cars du Régiment de Cuirassiers ouvrait la marche, en éclaireur suivie à une centaine de mètres environ des trois jeeps du D.C.R. Venaient ensuite divers véhicules transportant des fantassins et des engins motorisés d'une section du Génie. Une seconde patrouille de scout-cars arrivait en serre-file.

Tout se passa bien pendant les trente premiers kilomètres jusqu'à Swai Donkéo, un village qui marquait la frontière fixée en 1941 par les siamois.

Après ce village, commencèrent les difficultés entravant la progression de la colonne de reconnaissance : troncs d'arbres abattus en travers de la route, coupures suffisamment profondes pour qu'un buffle puisse s'y vautrer et surtout plusieurs petits ponts de bois détruits par le feu. Les destructions avaient été sûrement commises par les rebelles, dans la nuit, car le platelage calciné fumait encore par endroits.

Les sapeurs pontonniers eurent ainsi l'occasion de se distinguer !

Contraints de s'arrêter aux coupures de ponts, Brahim et Robert se retrouvaient sur la route et assistaient aux travaux des gars du Génie. Les deux copains admirèrent leur habileté et leur débrouillardise qui suppléèrent bien des fois à une insuffisance de moyens en matériels.

Pour consolider une pile ou bien redresser un platelage effondré dans la rivière, ils pataugeaient avec le sourire dans l'eau boueuse qui les enveloppait parfois jusqu'à la ceinture. Grâce à eux les ponts furent réparés provisoirement et la colonne put poursuivre sa progression.

Vers dix heures elle entrait dans Moung. Les huttes et les paillotes aux toits de chaume étaient plus nombreuses que les maisonnettes aux toits rouges. Quelques villageois, surtout des femmes et des gamins regardèrent avec étonnement et une certaine inquiétude ces soldats français qui "chassaient" les siamois, avec lesquels ils avaient plus ou moins sympathisé pendant cinq ans.

Avec ses jeeps Robert lança plusieurs patrouilles rapides le long de la route, jusqu'au moment où, vers deux heures de l'après-midi les derniers camions du Groupement entrèrent dans Moung. Ces raids inopinés permirent de sauver deux ponts en mettant en fuite des rebelles qui s'apprêtaient à les saboter.

Le Groupement, au grand complet, s'installa pour la nuit aux emplacements de bivouac fixés par l'État-major. Le détachement de circulation se posta près d'un étang au nord-est du village derrière une ligne de grands arbres sous lesquels furent rangés les véhicules.

En fin d'après-midi, Brahim, dont le peloton bivouaquait non loin de là vint voir Robert et ensemble ils pataugèrent pieds nus dans l'eau relativement fraîche de l'étang. La présence de poissons indiquait qu'il n'y avait pas à craindre de sangsues.

Quelques hommes du D.C.R se joignirent aux deux copains pour se rafraîchir les jambes.

Après ce bain de pieds, Robert et Brahim se rendirent auprès de "Kaoua" qui leur servit un verre de café chaud. Le premier rêvait d'une bonne bière bien fraîche tandis que le second appréciait cette boisson faite avec le café soluble des rations Pacific.

"Quelle soit des Cardamômes ou d'ailleurs, vous devez toujours faire bouillir votre eau afin d'éviter la dysenterie !" ne cessaient de dire les médecins du Groupement.

Chauffer l'eau avant la tombée de la nuit devint une règle sanitaire impérative dans toutes les unités.

Aussi Robert ordonna-t-il à son adjoint, le Maréchal des logis chef Carré, de désigner un gars débrouillard qui s'occuperait spécialement de la préparation du café pour tout le peloton. Le préposé au café, un jeune parisien déluré, passa très vite maître dans l'art de se faire aider par ses copains.

Comme Robert en plaisantant le surnomma "Kaoua", tout le monde l'appela ainsi sans qu'il s'en offusqua.

Avant de partir Brahim ne manqua pas de le féliciter pour la qualité de son café bien chaud et bien sucré.

L'intéressé, connu pour son esprit railleur, en éprouva une réelle satisfaction qui illumina son regard et le rendit plus chaleureux.

Un simple mot d'encouragement, d'un ton sincère et aimable avait suffit pour opérer cette métamorphose !

Robert le remarqua et cela le conforta dans sa conception personnelle du commandement.

Vers huit heures du soir, après avoir mangé leurs conserves et bu le café tiède, les hommes s'installèrent pour la nuit. Bien que fourbus ils trouvèrent difficilement le sommeil. Ce fut en effet une nuit frénétique que d'aucuns qualifièrent de nuit infernale !

Dans cette zone marécageuse, baignée de lune, la forêt clairière environnante ne pouvait être silencieuse ! Quand, à un certain moment, prit fin le concert des crapauds, ce ne fut que cris et bruissements, frôlements et grattements d'un monde animal qui profitait du repos des humains pour mener sa vie de noctambule.

Insupportables furent les assauts inlassables des moustiques et les invasions silencieuses de fourmis minuscules qui se répandaient sur les corps.

Tout le monde se gratta furieusement, certains s'aspergèrent de "repellent" mais en vain, d'autres s'inondèrent d'eau de toilette à l'alcool de choum, quelques-uns n'en pouvant plus eurent le courage de se plonger dans l'étang.

Quand les hordes piquantes se retirèrent abreuvées, les hommes finirent par roupiller jusqu'au moment où des tirs de harcèlement rebelles les firent sursauter, par deux fois.

Robert profita de ces alertes pour effectuer des rondes et apporter à ses sentinelles le réconfort de sa présence. Il savait qu'elles avaient besoin d'être rassurées pour tenir le coup dans leur isolement au sein d'une nature sauvage et hostile.

Il resta un bon quart d'heure auprès de l'une d'elles qui prétendait avoir vu les yeux jaunes d'un tigre, sur l'autre berge de l'étang, à une soixantaine de mètres environ.

Robert eut beau scruter la zone indiquée il n'observa que l'apparition de feux follets au-dessus des herbes en décomposition. Il ne rejeta pas toutefois la présence éventuelle de ce fauve dans les parages, en se souvenant que, la veille, un officier du Régiment de Marche Cambodgien, avait raconté que des tigres rodaient, certaines nuits, dans cette forêt et n'hésitaient pas à s'introduire dans les hameaux isolés.

8

Le lendemain matin, à cinq heures, tout le détachement fut réveillé par l'une des sentinelles qui terminait sa faction. Personne ne traîna pour se lever, plier son lit picot et ramasser son sac marin. Les moteurs des véhicules se mirent à tourner et Robert trouva que leur ronronnement familier et rassurant chassait immédiatement tous les bruits inquiétants issus des ténèbres.

Parvenu sur la route avec sa jeep en tête de son détachement il aperçut les scout-cars des Cuirassiers rangés l'un derrière l'autre, moteurs en marche, prêts à partir. Juste avant de grimper dans son engin, Brahim vit son copain et il lui lança un Joyeux "salam". Il avait l'honneur de faire partie de la patrouille d'ouverture placée sous les ordres d'un lieutenant du "Royal Pologne".

Un instant après les scouts démarraient, lentement, tous feux éteints, et roulaient en direction de Battambang.

La jeep de Robert les suivit. Ce dernier observait attentivement les bas côtés de la route en essayant de percer l'obscurité, quand un brusque cahot le secoua.

— Excusez-moi mon lieutenant, murmura son chauffeur, je n'ai pas vu ce sale trou !

— En roulant sans éclairage, même à vitesse réduite, on ne peut éviter ces maudits nids de poule. Mais ça ira mieux dans une demi-heure quand le Jour se lèvera ! dit-il d'un ton tranquille.

De temps à autre, selon les à-coups dus à la progression il apercevait, en avant, la sombre silhouette d'un scout-car et cela le rassurait.

Quand l'aube apparut en dévoilant le paysage et la route la progression s'accéléra aussitôt. Le ciel devenait peu à peu plus clair tandis que la chaleur augmentait.

On franchit avec précaution plusieurs petits ponts de bois vétustes mais intacts. Cela paraissait étonnant !

On roulait sans histoire, l'esprit serein.

— Les rebelles ont dû abandonner la partie ! dit Sestrel visiblement soulagé.

— Ils n'avaient plus d'allumette ! plaisanta l'un des deux hommes assis à l'arrière, un parisien à l'accent faubourien.

— Ou bien nous ont-ils préparé une bonne surprise ! répliqua son voisin un solide breton, moins enclin à blaguer.

— C'est possible ! fit Robert. Aussi ouvrez l'œil et restez vigilants.

Battambang devait se trouver à moins de 25 kilomètres lorsque les scout-cars de la patrouille d'ouverture s'arrêtèrent devant un pont dont il ne restait plus que les poutres maîtresses en acier. Les débris calcinés du platelage gisaient dans la rivière assez profonde en cet endroit. Un spectacle désolant ! C'était la surprise ! Il ne fallait pas compter franchir le Stung, les berges étaient abruptes et le terrain marécageux. Les rebelles avaient bien étudié leur coup !

Sitôt descendu de voiture Robert se porta vers Brahim qui regardait les dégâts, l'air stupéfait :

— Cette fois c'est foutu, on ne passera pas !

— La destruction est réussie ! fit Robert en fronçant le sourcil.

Dans son scout-car rangé sur le bas côté, derrière un gros arbre, le lieutenant des Cuirassiers lança un message radio destiné au Colonel Commandant le Groupement pour l'informer de la situation, puis il rejoignit Robert et Brahim.

— Alors qu'en pensez-vous Monsieur l'aspirant ? demanda-t-il à Robert.

— Nous risquons d'être bloqués ici plusieurs heures !

— En effet car nous devons attendre que nos sapeurs aient posé une plate-forme de madriers.

Ayant ainsi parlé, le lieutenant donna l'ordre aux équipages des scout-cars et des jeeps de rester dans leurs véhicules, à leurs postes, prêts à riposter en cas d'attaque rebelle.

Un quart d'heure plus tard arrivèrent à toute allure deux jeeps qui stoppèrent, dans un nuage de poussière, à hauteur du lieutenant des Cuirassiers. Plusieurs officiers en descendirent prestement.

Le Colonel Commandant le Groupement, accompagné du lieutenant-colonel du Train, venait se rendre compte personnellement de l'importance des dégâts et évaluer leurs conséquences sur le déroulement de l'opération OMEGA.

L'entrée à Battambang du Général Commandant supérieur du Cambodge allait être inévitablement retardée.

Au bout d'un moment, le "Colon" fit appeler Robert et lui dit :

— Il parait que l'écartement entre les deux poutres encore intactes correspond à peu près à la voie entre les deux roues d'une jeep. Tu vas vérifier tout de suite.

— Bien mon colonel.

— Si ça colle et bien tu traverseras avec les trois jeeps.

À l'aide d'une ficelle que lui dégota Sestrel en fouillant dans sa boîte à outils, Robert mesura l'écartement des poutres centrales puis celui des roues avant de sa jeep. Il se releva l'air satisfait et dit à Brahim qui se tenait à ses côtés :

— C'est bon, je vais essayer de passer !

— Tu vas tenter la traversée ?

— Oui. Veux-tu passer d'abord de l'autre côté et me guider par gestes comme nous le faisions dans les spahis ?

— Ouara mon frère ! sois prudent !

Robert se mit au volant de la voiture et seul à bord il démarra, doucement ; la jeep avança lentement, droit sur les traverses et s'arrêta à quelques centimètres de celles-ci, pour une dernière vérification effectuée par le lieutenant des cuirs.

- OK ! C'est bon tu peux y aller ! fit ce dernier en se relevant.

Pendant ce temps, Brahim, sans hésiter, était passé sur l'autre rive en avançant sur l'une des poutres, tel un funambule.

Le moteur tournant au ralenti, la jeep avança lentement et sans à-coups. "Pourvu qu'il ne cale pas !" se disait Robert. Ses regards étaient rivés sur les deux bras tendus de son copain. Il parvint enfin sur la terre ferme : l'essai avait réussi. Vingt minutes plus tard les deux autres jeeps pilotées par leurs conducteurs avaient également franchi l'obstacle !

On avait eu chaud mais on était passé ! La chance souriait aux audacieux !

Le lieutenant-colonel resté de l'autre côté, cria à Robert :

— Maintenant tu fonces jusqu'à Battambang ! Attends-nous à l'entrée de la ville. Sois prudent. Vas-y !

— C'est à toi, dit Brahim, que revient l'honneur de continuer l'ouverture de route et d'arriver le premier à Battambang.

— J'aurais préféré que nous restions ensemble jusqu'au bout !

— Moi aussi, surtout que tu n'as aucun poste radio !

— Ne t'inquiète pas vieux frère ! Tout ira bien !

— Inch'Allah ! murmura Brahim en regardant partir les jeeps avec une certaine inquiétude. En certains endroits, la voie mandarine n'était plus qu'une route empierrée, truffée d'ornières creusées par les charrettes à buffles. Les voitures faisaient du slalom.

Quelques ponts en bois, usés mais intacts furent examinés par mesure de sécurité. Aucun n'était piégé.

Après avoir parcouru une dizaine de kilomètres sans incident la patrouille observa des volutes de fumée noire au-dessus d'un bosquet, en bordure de route, à quelques centaines de mètres en avant.

— Est-ce un pont en train de brûler ? se demanda l'aspirant en pestant contre le manque de carte routière.

Du geste il fit signe de ralentir. Parvenu à 200 mètres environ du bosquet, il fit stopper les jeeps. Les tireurs aux fusils mitrailleurs avaient déjà braqué leurs armes, prêts à tirer.

Tout en observant avec ses jumelles Robert murmura :

— C'est en effet un pont qui brûle ! Les salopards !... Je ne vois rien bouger... Ah ! mais si... ça remue là-bas. Attention les gars ! Pour un tir au FM... prêt... feu !

Le tir a priori porta ses fruits car la riposte ne se fit pas attendre. Tac. Tac. Tac. un tir rapide, sec, d'une arme automatique légère. Heureusement trop court. Elle arrosa la chaussée, une cinquantaine de mètres devant la jeep de tête.

— L'essentiel, dit Robert, d'un ton rauque c'est que l'ennemi s'est dévoilé, l'embuscade est déjouée.

La seconde jeep s'avança à hauteur de la première et les deux FM crachèrent ensemble plusieurs rafales qui trouèrent le bosquet. Pendant ce temps, l'aspirant, debout sur son siège observait attentivement l'objectif.

Quand les fusils mitrailleurs se turent, le silence s'étendit sur la savane environnante. Pas la moindre réaction du côté de l'ennemi. Rien ne bougea. La fumée devenait moins épaisse. Le feu n'avait pas pris ? Une chance.

Les jeeps avancèrent au ralenti puis s'arrêtèrent à moins d'une centaine de mètres. Les tireurs aux FM expédièrent quelques courtes rafales dans les fourrés autour du pont. Aucune riposte !

Les rebelles s'étaient enfuis en longeant le talus.

Le feu fut éteint rapidement avec l'eau du Stung et on repartit. "Ce pont est sauvé, mais combien sont-ils d'ici Battambang ?" se demandait Robert en pestant de n'avoir aucune carte de la région.

La société Michelin possédait de grandes plantations d'hévéas en Cochinchine mais hélas elle n'avait pas cru bon de dresser et publier des cartes routières de l'Indochine ! Vraiment regrettable ! Aussi quelque peu irrité, Robert n'avait pas perdu son temps à fouiller les taillis à la recherche d'éventuels cadavres de rebelles. Sa mission était de foncer sur Battambang en bousculant les "salopards" qui tenteraient de l'empêcher. Quelques kilomètres plus loin, la chaussée était en meilleur état, les ornières disparaissaient, la voie s'élargissait et les trois jeeps roulaient beaucoup plus vite.

À l'horizon une ville apparue, noyée sous de grands palmiers à sucre. Les premières paillotes défilèrent des deux côtés de la route. Une borne indiquait Battambang ! Enfin ils avaient atteint sains et saufs la ville de Battambang. Un nom qui résonne comme un battement de tambour ! Quel soulagement et quelle satisfaction pour Robert et ses hommes d'avoir rempli leur mission !

Ils arrivèrent devant un pont. Un bel ouvrage en béton et intact. De l'autre côté s'étendait une place bordée de grands arbres.

— À n'en pas douter ce pont marque l'entrée de la ville ! murmura Robert comme s'il se parlait à lui-même.

— Sûrement mon lieutenant ! fit Sestrel en ralentissant.

— Bon stoppe ! ordonna l'aspirant en faisant signe de s'arrêter aux deux autres chauffeurs.

Il plaça en défensive les équipages des deux autres jeeps puis il remonta dans la sienne et ordonna à Sestrel de franchir le pont à vitesse réduite. Tout en scrutant les alentours il remarqua les énormes lions de pierre qui se dressaient de part et d'autre aux extrémités des deux parapets.

Ces étranges créatures mythiques de la civilisation khmère chargées de repousser les esprits maléfiques avaient-elles eu le pouvoir de protéger ce pont en écartant les saboteurs ? Robert se plut à l'imaginer.

La grande place baignée de soleil était déserte.

— Mais il n'y a pas un chat ! s'écria Sestrel étonné.

— Ils ont tous foutu le camp ? observa le breton.

— C'est normal ils ont la frousse et se sont planqués dans leurs cagnas ! rétorqua le parisien avec un sourire moqueur.

— Vos gueules ! fit Robert qui venait d'apercevoir trois hommes debout, en uniforme, à l'ombre d'un gros hévéa.

En se rapprochant il distingua leurs uniformes. C'étaient des officiers français, sans arme et apparemment détendus puisqu'ils tenaient leurs coiffures à la main. Il faisait très chaud et pourtant il n'était que dix heures et demie.

Alerté par le bruit de la jeep, l'un d'entre eux, un capitaine de grande taille, se précipita au-devant d'elle, lança un regard mi-étonné mi-contrarié et dit d'une voix autoritaire :

— Je suis de la Commission chargée de veiller à l'application des accords Franco-Siamois. Vous faites sans doute partie de l'escorte du Général de Jonquières ?

— Pas précisément. Je suis de la patrouille de tête du Groupement ! répondit Robert en saluant.

— Bon et bien mon jeune ami vous allez repasser le pont et vite. Et faites attention aux "snipers" Issarak !

— Entendu mon capitaine, mais je m'accroche à l'entrée du pont en attendant l'arrivée du Général.

— Oui, oui, mais planquez-vous et "maolen" (13).

Sur ce Robert s'empressa de rejoindre ses hommes auxquels il recommanda d'être patients et sur leur garde.

Il était environ midi lorsque la voiture du Général franchit le pont escortée des véhicules de son État-major et s'engouffra dans le parc du Palais situé en face du pont des lions.

Debout dans la tourelle de son scout-car Brahim fit un signe amical à Robert en passant devant lui.

Le lieutenant-colonel Commandant le Train fit arrêter un bref instant sa jeep à la hauteur de l'aspirant et lui lança l'air satisfait :

— Alors mon vieux tout s'est donc bien passé !

— Oui mon colonel, ça s'est déroulé normalement ! répondit simplement Robert, convaincu que ce n'était ni le moment ni le lieu pour raconter son accrochage avec les saboteurs d'un pont. Ceci n'était d'ailleurs qu'un détail vraiment insignifiant dans l'ensemble de l'opération OMEGA. "Après tout, se dit-il, cela ne méritera que quelques lignes dans mon journal de marche !"

Il était deux heures de l'après-midi quand le détachement de circulation, réuni au complet sous les arbres de la place, put enfin se restaurer avec les "rations Pacific" et boire le café tiède que "Kaoua" avait eu la bonne idée de préparer lors de la longue pause du matin.

Tandis que les troupes Franco-Khmères prenaient possession de la ville, les dernières unités siamoises l'évacuaient par le nord en direction de Sisophon.

Alors qu'il somnolait assis dans sa jeep, à l'ombre d'un flamboyant Robert fut réveillé par les pétarades d'une motocyclette ; un de ses motards détaché comme estafette à l'État-major lui remit un message du Commandant du Groupement. Ordre lui était donné de "se porter le plus rapidement possible avec son D.C.R, à la pagode Kamdaeng située à la sortie sud de la ville et d'assurer la défense du pont VF sur le Stung Sangker".

Ce fut le branle-bas. En quelques minutes chacun se trouva à son poste et le détachement démarra en vrombissant.

Le quartier khmer, modeste agglomération de maisonnettes et de paillotes enfouies dans la végétation, fut traversé à allure modérée sous les regards étonnés des habitants qui déambulaient sur les trottoirs et sur la chaussée, au milieu des vélos, des cyclo-pousse et de quelques charrettes à bœuf.

Il n'y avait cependant pas foule dans les rues, la plupart des citadins ayant sans doute jugé plus prudent de rester dans leur chaumière. Robert dans la jeep de tête, avait hâte d'arriver à la pagode, car il lui fallait s'assurer que le pont ferroviaire n'était pas piégé, organiser et mettre en place son dispositif de défense et s'empresser d'installer le bivouac, avant la tombée de la nuit. Il n'y avait pas l'électricité.

Un quart d'heure plus tard le détachement parvenait au pont métallique qui enjambait le Stung Sangker ; c'était là que passait l'unique voie ferrée du Cambodge, qui reliait Pnom Penh à Sisophon et se poursuivait au-delà de la frontière jusqu'à Bangkok.

"Aucun train ne passera ici avant longtemps !" se dit Robert en songeant aux destructions en tous genres que la voie avait subies. Les siamois ne s'étaient sans doute pas privés d'utiliser cette ligne à partir de la gare de Battambang en ignorant probablement qu'elle avait été construite en 1932 par des ingénieurs français ! Leurs successeurs allaient devoir la remettre en état !

Après avoir examiné avec soin les poutres principales de l'ouvrage et constaté l'absence de pièges, Robert donna des instructions pour la mise en place de deux postes de guet puis il se rendit à l'entrée du monastère. Il y fut accueilli par un adjudant de l'E.M du Groupement accompagné d'un interprète cambodgien qui palabrait avec deux bonzes.

Une fois les salutations terminées, toutes ces personnes se dirigèrent vers un bâtiment situé à l'écart de la pagode.

L'installation du bivouac se déroula dans de bonnes conditions, les bonzes se montrant particulièrement serviables. Ces derniers témoignèrent une bienveillante hospitalité envers Robert qu'ils appelaient "chef" en lui offrant l'usage d'une pièce indépendante. Celle-ci, bien que sobrement meublée d'une petite table et de deux tabourets en bois, était toutefois équipée d'un lavabo.

En découvrant avec satisfaction cet objet de confort inattendu, Robert ne put s'empêcher d'ouvrir le robinet. Pas la moindre goutte d'eau ! L'eau courante n'était pas installée dans le monastère.

Devant l'air déçu de l'aspirant, les moines aux pieds nus, ne purent réprimer un petit sourire comparable à celui qu'afficherait un hôte confus et moqueur à la fois. L'interprète expliqua à Robert qu'il avait à sa disposition une grande jarre pleine d'eau potable au dehors, près de la porte de sa chambre.

Plus tard dans la soirée, tandis qu'ils s'apprêtaient à manger leurs rations, assis autour d'une longue table en bois, Robert et ses hommes eurent l'agréable surprise de voir deux jeunes bonzes leur apporter des lampes à huile de ricin ainsi que des mangues.

La conversation porta alors sur les moines qui les hébergeaient.

— Ils sont sympa dans le fond, ces crânes rasés ! s'écria l'un des brigadiers, un solide breton.

— Ouais ! J'pense bien ! fit un autre à l'accent faubourien. Tout à l'heure l'un d'eux m'a donné un bol d'eau fraîche et une orange.

— Il paraît, déclara le chef Laudric, qu'ils font vœu de pauvreté et vivent de mendicité ! Est-ce vrai mon lieutenant ?

— C'est exact ! répondit Robert. Ils vivent surtout de dons offerts par les riches et d'offrandes de gens plus humbles. Aussi devons-nous apprécier leurs gestes d'hospitalité et les en remercier sincèrement.

— On dit aussi qu'ils sont non violents ! observa l'un des conducteurs.

— Tant mieux ! s'exclama un autre, car au moins nous ne risquerons pas de nous faire égorger en dormant !

Après un instant de silence, l'un des brigadiers dit d'un ton calme :

— J'aimerais bien visiter l'intérieur de la pagode.

— Moi aussi ! fit un autre.

— Ça doit être un peu comme dans une église mais avec des statues de Bouddha ! s'enquit le chef Carré.

— Écoutez ! dit Robert, je n'ai encore jamais mis les pieds dans une pagode. Mais je vous demande de ne pas vous y introduire sans y être invités par les bonzes.

Cette déclaration mit fin à leur conversation et tous ceux qui n'étaient pas de garde allèrent se coucher sur leur lit picot à la lueur des petites lampes à huile.

Entre deux et trois heures du matin, Robert et son adjoint, le chef Carré effectuèrent une ronde autour du bivouac. Ils restèrent un bon moment, aux aguets, auprès de chacune des sentinelles qui étaient postées aux extrémités du pont, à une centaine de pas l'une de l'autre. La nuit était sans lune.

Au-dessous, entre les hautes berges broussailleuses, le "Stung" coulait lentement avec un léger clapotis.

De temps en temps, d'un côté et d'autre, retentissaient des coups de feu et des explosions qui tenaient les sentinelles en éveil.

* * * *

Le lendemain vers neuf heures, Robert reçut de l'E.M du Groupement, un message porté par une estafette motocycliste de son détachement.

Ordre lui était donné de se rendre "dès réception du message" au premier village situé à huit kilomètres au sud-ouest du monastère où il se trouvait. Le nom du patelin n'était pas mentionné et cela n'avait guère d'importance puisqu'il n'avait aucune carte de la région ! Le texte précisait que le hameau avait été attaqué et incendié dans la nuit par les Issarak et que le D.C.R devait assurer avec ses camionnettes le transport des villageois désireux de se réfugier dans Battambang.

Robert partit sans tarder avec deux camionnettes "Chevrolet" escortées d'un poste de circulation. Dans le lointain, des fumées, s'élevant audessus d'une ligne de palmiers à sucre lui indiquèrent la position du village.

Dans un nuage de poussière ocre les véhicules s'arrêtèrent au milieu du hameau, sur une place en terre battue où se dressait une petite église.

Des soldats du Régiment de Marche du Cambodge patrouillaient lentement entre les huttes dont certaines n'étaient plus que des tas de bois fumant.

Sitôt descendu de jeep Robert fût entouré d'un groupe de Cambodgiens, des enfants pour la plupart auxquels le conducteur Sestrel distribua des biscuits et du chocolat de sa boîte de rations. L'un des adultes, la cinquantaine passée, torse nu, pieds nus, vêtu seulement d'un short noir lui couvrant les genoux, s'avança vers Robert et lui dit d'une voix rauque en cherchant ses mots :

— Moi mephum ! Vous venir avec camions pour amener nous Battambang ?

— Oui, nous transporterons ceux qui veulent aller à Battambang ! répondit Robert en esquissant un sourire.

C'est ainsi que commença la petite opération de survie des habitants de ce village martyr où les Issarak s'étaient livrés sauvagement au massacre d'innocents sous le fallacieux prétexte que certains villageois avaient offert des fruits à des Français !

Les paillotes, humbles demeures entre toutes, étaient pour la plupart saccagées ou brûlées. Des odeurs nauséabondes flottaient dans l'air. Odeurs de bois brûlé ! Odeurs de chair grillée !

L'église bien modeste était intacte. Miracle ? Les sauvages n'avaient pas osé la profaner ou plutôt l'avaient épargnée afin qu'elle restât le témoin humilié des atrocités commises autour d'elle, à cause d'elle !

Dans l'après-midi, les premiers cadavres de ces innocents apparurent flottant sur le Stung, en amont du pont de la voie ferrée.

Des hommes du D.C.R en train de se baigner s'empressèrent de sortir de l'eau en les voyant arriver, entraînés par le courant vers une sépulture inconnue. De noirs vautours survolaient les corps mutilés en attendant le moment propice pour fondre dessus.

L'une des sentinelles sur le pont tenta de les chasser en leur tirant quelques rafales de mitraillette, mais en vain, les rapaces ne s'éloignèrent pas de leurs proies.

Les témoins horrifiés virent passer le cortège funèbre des fossoyeurs ailés et l'accompagnèrent du regard jusqu'à sa disparition, au loin dans un méandre de la rivière. Vision insoutenable que celle de ces vautours en train de becqueter les entrailles de corps humains !

* * * *

Deux jours plus tard, alors qu'il revenait de ce village, Robert reçut la visite du chef de pagode. C'était la première fois que ce personnage apparaissait. À l'exception de sa paire de lunettes rien ne le distinguait des quatre autres bonzes qui l'entouraient. Tous avaient le crâne et les sourcils rasés et portaient une longue robe de couleur jaune. Il devait avoir la cinquantaine.

— Lieutenant, puis-je vous demander un service ? dit-il en s'exprimant correctement en français. Je suis obligé de participer à une assemblée de notre communauté dans le centre ville. Auriez-vous l'amabilité de m'y faire conduire au début de l'après-midi ?

Plus impressionné par la dignité du personnage et sa parfaite connaissance de la langue française, que surpris par l'objet de sa demande, Robert l'écouta attentivement, tout en se demandant comment il devait l'appeler.

— Et bien, Monseigneur... avec plaisir, je mettrai une jeep à votre disposition.

— J'ai vu, lieutenant, que vous étiez un homme généreux pour aider ces villageois aussi me suis-je permis de m'adresser à vous personnellement.

Comprenant l'allusion au transport quotidien des villageois catholiques, Robert répondit aimablement :

— J'aurai le plaisir de vous y amener, étant moi-même tenu de me rendre en ville. Nous partirons après le repas de midi, à deux heures, si vous voulez.

— Je vous remercie, lieutenant, cette heure me convient parfaitement.

— Souhaitez-vous que je revienne ensuite vous chercher ?

— Merci, cela ne sera pas nécessaire. Je rentrerai à pied et j'irai rendre visite à des amis cambodgiens, des bouddhistes particulièrement bons et généreux.

À l'heure convenue, on aida le "sangkreach" à s'asseoir sur le siège avant droit de la jeep ; Robert, coiffé de son casque blanc à bande verte, prit le volant tandis que Sestrel et un jeune bonze s'installaient sur la banquette arrière. Ce dernier, un novice d'une vingtaine d'années, tenait une grande ombrelle jaune au-dessus de la tête de son supérieur, pour le protéger du soleil.

En France, un tel équipage aurait prêté à rire. Ici ce ne fut pas le cas. Très remarqué par les Cambodgiens qui se trouvaient sur le trajet, il suscita leur curiosité mais pas la moindre moquerie. La plupart des gens saluaient au passage avec des attitudes qui témoignaient leur déférence à l'égard du chef de pagode. De nombreuses femmes joignaient les deux poignets devant leur visage et se courbaient légèrement.

Robert se dit que le personnage était non seulement connu mais aussi très important et influent aux yeux de cette population fortement imprégnée de bouddhisme qui faisait figure de religion d'état. Lui, sous l'ombrelle déployée, restait impassible, immobile, le visage serein, les paupières mi-closes derrière ses verres de lunettes comme s'il ne voyait personne et n'entendait rien ! Surprenant !

"Que peuvent-ils bien penser tous ces individus qui nous regardent ?" se demandait Robert tout en conduisant à une allure modérée. Ils ne paraissaient même pas étonnés alors que c'était la première fois à Battambang qu'un bonze se promenait à bord d'une voiture de l'Armée française ! Ils estimaient peut-être que ceci n'était qu'un don généreux, d'un caractère particulier certes, mais un don parmi tant d'autres offrandes sollicitées tout naturellement par les bonzes.

Quoi qu'il en soit, Robert se félicita de son heureuse initiative. "Elle aura au moins permit, se dit-il, de montrer publiquement à tous ces Cambodgiens que nous ne sommes pas les horribles colonialistes que la propagande anti-française, orchestrée par les Japonais et les Siamois s'est acharnée à leur faire croire !"

Comme son auguste passager restait muet, sans doute plongé dans la méditation, il se garda d'engager la conversation. Qu'aurait-il bien pu lui dire ?

Le silence devait convenir à chacun.

"Dans leur envol bruyant les paroles troublent les ondes de la pensée" lui avait dit un jour, à Cholon, un honorable commerçant chinois imprégné plus ou moins de confucianisme. C'était le moment d'appliquer cette maxime !

Robert ne put s'empêcher de sourire en songeant à sa rencontre avec ce chinois, un sage doublé d'un habile négociant !

Il l'avait connu le jour où il était entré dans sa boutique pour acheter des balles de ping-pong. Pour distraire ses hommes il avait imaginé de les faire jouer au tennis de table.

Après avoir payé avec ses piastres Robert demanda une facture de l'achat pour la remettre à son chef comptable.

Le commerçant commença par lui expliquer calmement qu'il ne faisait jamais de factures. Robert répliqua qu'il lui en fallait une. Devant l'obstination du chinois, il reprit ses piastres et reposa la boite de balles sur le comptoir en disant "Bon je vais en acheter ailleurs". Il n'avait pas tourné le dos que le vendeur l'avait rattrapé pour lui glisser la boite dans la main en lui disant "Cadeau pour que vos soldats jouent bien au ping-pong".

Tandis que d'un geste de la main le chef de pagode lui indiquait la route à prendre, Robert conduisait, calmement, tout en regardant défiler les scènes d'un spectacle inattendu dans lequel il avait la curieuse impression de jouer à la fois le rôle d'acteur et celui de spectateur.

Ils passèrent devant le palais des princes de Battambang, franchirent le pont des lions, puis ils s'engagèrent dans le dédale des ruelles du quartier sino-khmer, pour arriver enfin au Vat Pothivéal.

Sitôt la jeep arrêtée, les deux bonzes en descendirent avec précaution. Très digne, le "sangkreak" remercia Robert en le gratifiant d'une légère inclination convaincu d'avoir honoré de sa présence le jeune aspirant.

Les deux robes jaunes se dirigèrent vers la pagode, l'une suivant l'autre comme son ombre, et se mêlèrent tranquillement aux autres bonzes.

Un instant après, Robert qui avait cédé le volant à Sestrel, lança d'un air enjoué :

— Et maintenant en route pour l'État-major !

Il était près de quatre heures de l'après-midi et il faisait très chaud quand l'aspirant sortit du bungalow où étaient installés les bureaux de l'État-major.

C'est au moment où il s'apprêtait à monter dans sa jeep, garée à l'ombre d'un grand tamarinier, qu'il eut la surprise de voir Negrène, l'importateur de Saïgon ! Celui-ci, vêtu d'un élégant costume blanc en toile, sortait d'un petit restaurant khmer. Leurs regards se croisèrent. Après une légère hésitation, due probablement à son étonnement, l'homme d'affaires s'avança vers Robert, le visage souriant et la main tendue.

— Ça par exemple ! Vous ici ? s'exclama Robert en lui serrant la main.

L'aspirant ne songeait plus à la désagréable impression que le métis lui avait faite en lui parlant de son père.

— Et oui lieutenant. Comment allez-vous mon cher ?

— Bien merci. Mais que faites-vous donc dans ce bled ?

— Les affaires lieutenant, toujours les affaires. Maintenant que les Français sont revenus dans la province on va pouvoir faire du bon travail !

— Vous ne perdez pas de temps !

— Dans ma spécialité, on a intérêt à agir le plus vite possible !

— Je comprends. Pour lutter contre la concurrence, vous n'hésitez pas à vous battre sur le terrain.

— En effet, lieutenant, je dois mener une lutte sans merci ! marmonna Negrène en regardant fixement Robert.

Ce dernier, un instant déconcerté par la lueur étrange qu'il vit dans le regard du métis, refoula son impression et, reprit son assurance en demandant :

— Vous comptez rester longtemps à Battambang ?

— Je ne sais pas encore, répondit Negrène redevenu souriant, mais je serai encore ici dimanche prochain.

— Nous aurons peut-être le plaisir de nous revoir ! dit Robert d'un ton aimable.

S'efforçait-il d'être amical envers cet homme sous prétexte qu'il était le fils d'un officier français mort au champ d'honneur ? N'était-ce pas plutôt parce qu'il lui rappelait la première rencontre avec Viviane la jolie quarteronne, au cercle sportif de Saïgon !

— Nous pourrions déjeuner ensemble, dimanche prochain ! proposa Negrène.

— Pourquoi pas ? fit Robert.

— Avez-vous déjà goûté la cuisine thaïe ?

— Non, pas encore, mais je suis prêt à l'affronter ! répondit Robert en prenant un air malicieux.

— Et bien d'accord, on se retrouve dans le petit restaurant qui est derrière vous. On y mange de bons petits plats. La patronne est thaïe, une excellente cuisinière mais aussi une jolie femme ce qui ne gâche rien, vous verrez !

— Alors à dimanche prochain, Monsieur Negrène !

— Au revoir lieutenant ! dit l'autre avec un sourire ineffable.

La jeep venait de s'engager sur la route menant à son bivouac quand l'aspirant éclata subitement de rire puis déclara comme s'il se parlait à lui-même :

— C'est curieux comme une simple petite moustache sous le nez peut changer le visage d'un individu !

— Vous dites ça pour moi, mon lieutenant ! La mienne ne vous plaît donc pas ? se désola Sestrel.

— Non, mon vieux, il ne s'agit pas de toi. Ta moustache à la Clark Gable te va très bien.

— Merci mon lieutenant, vous me rassurez car j'ai crains un instant que vous me demandiez de la raser !

— Le type que nous venons de quitter et bien, tout d'abord, j'ai failli ne pas le reconnaître. Je me suis demandé ensuite ce qu'il y avait de changé en lui. C'est seulement, à l'instant, en voyant ta superbe moustache que je me suis rappelé qu'il en portait une, lui aussi, quand je l'ai connu à Saïgon.

— Il faut une bonne raison pour la sacrifier !

— Sans doute ! fit Robert en se posant la question.

****

Le lendemain matin, vers huit heures, alors qu'il s'apprêtait à repartir du village catholique avec ses camionnettes vides Robert vit venir à lui, le chef du village accompagné d'un garçon d'une dizaine d'années.

L'homme et l'enfant étaient pieds nus et vêtus à peu près de la même façon, d'une chemisette kaki et d'un short noir fripé.

Après les salutations d'usage, le "mephum" qui paraissait embarrassé, déclara, lentement en montrant le gamin :

— Hier, Chang voir à Battambang monsieur métis qui était avec Issarak quand eux attaquaient village.

Étonné par cette révélation, Robert porta son regard sur l'enfant qui le dévisageait de ses grands yeux innocents.

Un regard expressif, intelligent, qui contenait encore l'épouvante causée par la tuerie dont il fut le témoin. L'aspirant, ému, ne put s'empêcher de lui caresser la joue.

— Chang pas parler français ! précisa le vieil homme.

"Cela n'est pas étonnant" se dit Robert en pensant que le garçon ne devait avoir que 5 ans lorsque les Français avaient abandonné cette province.

— Chang peut-il expliquer comment il est ce monsieur métis ? demanda l'aspirant en parlant lentement pour mieux se faire comprendre du mephum.

Ce dernier se tourna vers l'enfant, le regarda un instant et lui parla doucement en Cambodgien, avec des gestes ponctuant ses paroles. Le garçonnet répondit d'abord avec gravité, puis il se mit à pleurer en baissant la tête.

— Pourquoi pleure-t-il ? s'enquit Robert d'une voix qu'il essaya de rendre la plus douce possible.

— Lui très malheureux, voir Issarak tuer son père cette nuit là ! expliqua le mephum d'un air attristé.

— Pauvre gosse ! A-t-il encore sa maman ?

— Oui, elle est vivante, restée à Battambang, chez parents.

— Je suis heureux de le savoir.

Le vieil homme s'entretint à nouveau avec le gamin qui avait cessé de sangloter.

— Chang dire que monsieur métis habillé costume comme français avoir cheveux noirs lisses et petite moustache.

— Très bien ! fit Robert en souriant, mais comment a-t-il pu voir cet homme alors qu'il faisait nuit ?

— Chang bien caché dans fourré et bien voir métis éclairé par le feu des paillotes.

— C'est heureux que ces salopards ne l'aient pas découvert ! murmura Robert comme s'il se parlait à lui-même.

L'enfant se rapprocha du mephum et lui chuchota quelque chose qui étonna le vieil homme.

— Que dit-il ? demanda Robert en dévisageant l'enfant.

— Chang dit avoir trouvé bracelet perdu par métis !

L'enfant fouilla dans la poche de son short et en tira un bout de chiffon enveloppant une gourmette en argent. Il l'avait trouvée à demi enfouie dans les herbes juste après le départ précipité du métis.

L'objet brillait à la lueur des flammes quand les huttes s'embrasèrent dans un feu d'artifice qui marquait l'apothéose de l'odieuse sauvagerie.

Robert étonné prit aussitôt le bracelet, impatient de découvrir le nom de son propriétaire. La plaque portait seulement en lettres ciselées le nom de "Ngoc Thom". Un nom bien cambodgien à n'en pas douter, mais un nom qui ne lui disait absolument rien !

Pensant que cela pouvait constituer une pièce à conviction, il expliqua longuement au chef de village que l'objet faciliterait la recherche du métis. Chang finit par lui confier la gourmette en le gratifiant d'un large sourire quand Robert déposa vingt piastres dans sa main.

Une demi-heure plus tard, de retour à son bivouac, Robert était en train de réfléchir, le regard fixé sur le bracelet posé sur sa table quand on frappa à la porte de sa chambre.

C'était François qui venait lui rendre visite. Il était arrivé de Saïgon, la veille au soir, avec son peloton de camions destiné à renforcer les moyens de transport du Groupement. Contents de se retrouver les deux copains se racontèrent à bâtons rompus les principaux événements qu'ils avaient vécus chacun de leur côté.

Robert en vint à parler de la gourmette en argent que François examinait avec curiosité en la tournant et la retournant dans sa main.

— Je me demande, dit Robert, si elle peut constituer la preuve indéniable que son propriétaire est bien le type vu par Chang ?

— Ce type n'est peut-être pas celui dont le nom est gravé sur le bracelet ! observa François l'air songeur.

— Autrement dit, s'il a été volé à son véritable propriétaire, cet objet n'est plus une preuve et il sera alors difficile de retrouver le métis.

— Je le crains en effet ! Que comptes-tu faire de ce bijou ?

— Le remettre, dès cet après-midi, au chef du 2ème bureau en lui racontant l'affaire.

— C'est préférable, car c'est son domaine !

Le silence plana un moment puis Robert déclara d'un air enjoué :

— Sais-tu qui j'ai rencontré dans ce patelin ?

— Une jolie fille que nous connaissons ! fit François l'œil brillant.

— Pas du tout. C'était Negrène, tu te souviens de cet importateur que nous avons connu, un beau dimanche, au cercle sportif de Saïgon.

— Bien sûr, c'est cette fois où nous étions allés danser. Est-il toujours aussi élégant et séducteur ?

— Élégant oui, mais amaigri et quelque peu changé sans sa fine moustache.

— Laure, sa poule, l'appelait Tom, en susurrant, quand elle voulait danser avec lui.

Robert prit un air songeur et, après un temps de réflexion, déclara :

— Tom me fait penser à Ngoc Thom, le nom gravé sur la gourmette et j'en viens à trouver que la description du métis faite par Chang correspond assez bien à celle de Negrène !

— Explique-moi et surtout ne t'emballe pas !

— Le gosse a dit, sans hésitation, que le métis, habillé comme un français, avait des cheveux noirs lisses et une petite moustache.

— La coïncidence est assez troublante en effet, mais, attention, Negrène n'a plus de moustache et d'autre part le portrait peut s'appliquer à bon nombre de métis et d'eurasiens.

— Évidemment, cependant... commença Robert.

— N'accuse pas trop vite notre séducteur sous prétexte qu'il ne t'est pas sympathique ! lança François.

— Je vais le revoir dimanche prochain, à midi, il m'a invité au restaurant. Je dois te dire aussi, qu'à un moment donné, il m'a regardé d'un drôle d'air, une lueur plutôt mauvaise. Cela m'avait surpris, mais maintenant cela éveille mes soupçons.

— Au sujet de cette gourmette, je ne me souviens pas s'il en portait une au poignet ! dit François en fronçant les sourcils.

— Moi non plus ! fit Robert l'air songeur.

— Je serais bien venu avec toi au restaurant, mais le chef du 4ème bureau m'a laissé entendre que dimanche il aura besoin de tous mes camions.

— Negrène ne serait sans doute pas fâché de te revoir !

— Possible ! En tout cas sois prudent. Tes soupçons m'inquiètent un peu.

— Je ne risquerai pas grand-chose dans ce restaurant situé devant les fenêtres de l'État-Major, sous les yeux de la sentinelle.

— Bon, je file retrouver mes gus. À bientôt et tiens moi au courant de cette affaire.

Quelques heures plus tard, en fin d'après-midi, Robert et ses trois sous-officiers étaient assis sur des tabourets en bois autour d'une vieille table en pierre dont le pied massif, sculpté grossièrement en forme d'éléphant, était verdi par l'humidité.

C'était dans ce coin abrité du soleil et relativement frais qu'ils avaient l'habitude de se retrouver à cette heure-là et de bavarder d'une chose et d'autre, tout en buvant des jus de fruits, du café ou du thé.

Ils étaient satisfaits d'avoir mis au point la reconnaissance d'itinéraire qu'ils devaient effectuer le lendemain sur Païlin, un petit village au bout du monde, en pleine jungle, dans le massif du Tadet à 85 kilomètres au sud-ouest de Battambang. La frontière avec le Siam était à moins de dix kilomètres, mais on ne risquait aucun accrochage frontalier depuis la signature des accords. Le danger ne pouvait alors provenir que des bandes de rebelles khmers qui grenouillaient dans cette zone forestière.

Tout en songeant à cette randonnée, Robert regardait ses hommes en train de jouer au football, dans la cour, avec une vieille balle en caoutchouc qu'ils avaient trouvée Dieu sait où !

Leurs jeux bruyants et puérils leur procuraient une saine distraction pendant une demi-heure environ, jusqu'au moment où ils allaient se baigner dans le Stung, sous la protection de leurs camarades postés aux deux extrémités du pont ferroviaire.

Robert, à peine plus âgé qu'eux, s'amusait de les voir se comporter comme des enfants, insouciants, oublieux du danger qui les entourait. Leur bonne humeur et leur entrain lui faisaient du bien.

De temps en temps éclataient des coups de gueule et des disputes mais sans grande importance. On était vraiment des copains.

Ils se sentaient solidaires dans leurs missions et unis face au danger.

Le moral de sa petite troupe était bon dans l'ensemble même si l'un ou l'autre se sentait nostalgique certains soirs en pensant à sa mère ou bien à "sa fiancée" laissée là-bas en France.

Lui aussi éprouvait parfois ce genre de mélancolie, la nuit avant de s'endormir sur son lit de camp, mais la fatigue et ses responsabilités avaient vite fait, la plupart du temps, de chasser des rêveries qu'il qualifiait lui-même d'encombrantes et inutiles.

Le chef Laudric, un bricoleur astucieux, avait fabriqué, avec des moyens de fortune, une douche, dans un coin abrité de la cour ; elle était pratique surtout pour l'aspirant car la plupart des hommes préféraient se laver dans l'eau courante du Stung, après la partie de football. Ils n'avaient pas hésité à reprendre les baignades deux jours après le passage funèbre des charognards.

* * * *

Le lendemain, en fin d'après-midi, alors qu'il rentrait de Païlin avec un poste de circulation renforcé, Robert eut la surprise de trouver deux scout-cars rangés dans la cour, à côté des camionnettes du peloton.

C'était Brahim qui, revenant d'une patrouille sur la route de Sisophon, s'était arrêté à la pagode pour lui rendre visite.

Ils ne s'étaient pas revus depuis le jour mémorable de l'entrée des troupes franco-khmères dans Battambang.

Les cuirassiers composant l'équipage des véhicules blindés buvaient des jus de fruits tout en plaisantant en compagnie des gars du D.C.R. Cette fraternisation d'armes plaisait beaucoup à Robert.

— Salut Robert ! Alors tu reviens m'a-t-on dit de Païlin ? À voir vos visages vous avez dû en bouffer de la poussière !

— Tu l'as dit ! s'écria l'aspirant en faisant la grimace. De la poussière, des virages, des trous ça ne manque pas sur cette route touristique à travers la jungle.

— Je ne l'ai pas encore faite ! On y trouve parait-il des pierres précieuses dans ce douar ? Est-ce vrai ?

— Affirmatif ! C'est pas une galéjade ! Des rubis et des saphirs on en trouve dans ce village, le long de la rue qui d'ailleurs ne va pas au delà.

— Tu te fous de moi !

— Pas du tout mon frère ! Ces pierres existent réellement mais entre les mains de braves artisans des tatoués d'origine birmane qui passent leur temps à les mouler, les facetter avec soin, accroupis devant de petites tables en bois.

— Ah ! Je comprends ! s'esclaffa Brahim.

— Nous sommes allés faire un tour dans une minière mais hélas nous eûmes beau gratter, dans tous les coins, nous ne trouvâmes pas le moindre caillou digne d'intérêt. Après une heure de prospection infructueuse et décevante nous sommes revenus au village pour y acheter quelques-unes de ces gemmes.

Tout en parlant Robert sortit un mouchoir de sa poche et l'ouvrit avec précaution.

— Tiens, regarde, dit-il à son copain en lui montrant une douzaine de petites pierres taillées qui scintillaient au soleil.

— Elles ne sont pas grosses mais elles ont un très bel éclat !

— Pas grande valeur ! Elles seront plus tard, un souvenir de ma campagne au Cambodge, si toutefois on ne me les vole pas au cours de mes pérégrinations.

— Tu les offriras à la femme de tes rêves !

— Peut-être à celle que j'épouserai un beau jour !

Tout en bavardant ils s'assirent devant la vieille table en pierre sur laquelle "Kaoua" déposa deux tasses de café fumant.

Robert raconta l'affaire de la gourmette en résumant l'entretien qu'il avait eu la veille avec François.

— Je comprends tes suspicions à l'égard de ce Negrène. Les coïncidences sont en effet troublantes ! déclara Brahim l'air songeur.

— Et oui mais comment faire pour en avoir la certitude ?

— Il faudrait que Chang le "moutatchou", puisse reconnaître en Negrène le type qui était avec les Issarak ! dit Brahim après avoir bu une gorgée.

— J'y ai songé bien sûr. J'avais imaginé d'amener le gosse en jeep devant le restaurant où j'ai rendez-vous avec le métis, mais le chef de village a refusé de me confier l'enfant.

— C'est dommage !

— As-tu une autre solution ? s'enquit Robert en reposant sa tasse vide.

— Non, j'ai beau me triturer les méninges, je n'en vois pas !

Ils restèrent un instant silencieux puis Brahim reprit :

— Dimanche, au restaurant, sois prudent rouïa !

— Je veillerai à ce qu'il ne verse pas de poison dans mon verre ! ironisa Robert.

— J'aimerais bien le connaître cet individu ! dit Brahim après avoir vidé sa tasse qu'il posa doucement sur la table.

— C'est facile, tu viens avec moi, demain avant midi. Negrène se fera un plaisir de t'inviter.

— Tu crois ?

— J'en suis certain, car il aime jouer au grand seigneur !

— Alors pourquoi pas ! s'écria Brahim l'air ravi.

— Nous aurons ainsi l'occasion de goûter aux petits plats thaïlandais et de juger s'ils sont aussi pimentés que ceux de notre cuisine marocaine.

— Alors à demain ! dit Brahim en se levant.

— À demain.

9

Midi allait sonner et cela faisait un bon quart d'heure que Brahim et Robert bavardaient, debout, sur le trottoir à l'ombre d'un magnifique flamboyant, quand Negrène arriva en cyclo-pousse. Sitôt descendu, celui-ci s'avança en souriant vers les deux amis. Nue tête, les yeux protégés par des lunettes de soleil, élégant dans son costume blanc, l'importateur paraissait très content de lui.

Il leur tendit la main droite et une belle gourmette en argent ornant son poignet, apparut alors, aux regards éberlués de Robert.

Ce dernier, quelque peu décontenancé, se demanda aussitôt s'il n'avait pas commis l'erreur de suspecter trop vite l'homme d'affaires. Presque soulagé il s'empressa de faire les présentations d'un ton le plus aimable possible.

— Bonjour Mr Negrène, j'ai le plaisir de vous présenter le chef Brahim ben Moktar, un bon copain d'enfance, au Maroc.

— Enchanté ! Vous êtes donc marocains tous les deux ? fit observer Negrène dont le regard étonné allait de l'un à l'autre.

— En quelque sorte approuva Robert en souriant. C'est le pays de notre enfance. Nous avons usé nos culottes sur les bancs du même Lycée.

— Vous semblez de bons amis en effet !

— Amitié d'autant plus solide que nous sommes de vieux frères d'armes ! précisa Brahim en dévisageant son interlocuteur d'un petit air narquois.

— Et bien, messieurs, entrons dans le restaurant, dit Negrène aimablement, que je vous présente à Supha, la patronne.

Ils furent agréablement surpris par la fraîcheur de la salle ainsi que par les odeurs fort appétissantes qui flottaient autour de quelques tables déjà occupées. Ils le furent encore davantage quand Supha s'avança vers eux. Plutôt grande, mince, celle-ci portait avec élégance un chemisier à fleurs et un beau sarong de soie rouge rehaussé d'une fine ceinture dorée. Ses cheveux noirs relevés sur le sommet du crâne, accentuaient la minceur de son cou. Elle les accueillit avec un gracieux sourire dont la sensualité jeta le trouble dans l'esprit des deux jeunes militaires "privés" de femme depuis de longs jours.

Negrène, très à l'aise, se comporta en parfait gentleman et se chargea de composer lui-même le menu avec la jeune femme. Ils s'entretinrent posément. Sans se départir de son sourire, Supha déplora l'absence de certaines denrées de qualité qu'elle ne trouvait plus au marché de Battambang depuis le départ des siamois.

Les deux copains firent, sans se forcer, honneur à tous les plats que Supha, toujours aimable et souriante déposa sur leur table. Ils mangèrent de fort bon appétit des boulettes de chair de canard, des brochettes de bœuf et des crevettes frites, le tout accompagné d'une variété infinie de sauces colorées et pimentées. Negrène, décidément de plus en plus sympathique leur montra avec gentillesse la façon de les utiliser avec les différents mets.

Quand Brahim s'empara d'une petite bouteille placée parmi les divers flacons de condiments, l'importateur lui tendit une autre bouteille en disant :

— Ne prenez pas cette sauce, c'est du vulgaire "prahoc". Goûtez plutôt celle-ci, du vrai "nuoc mâm" de Phu Qûoc (14) le meilleur évidement !

Brahim apprécia le thé servi chaud qu'il aurait souhaité toutefois un peu plus édulcoré de sucre de palme. De son côté Robert dut se contenter de cette boisson en songeant qu'un bordeaux ou un bourgogne aurait été plus à son goût.

Tout en mangeant, et sous le regard amusé de Brahim, l'aspirant et l'importateur évoquèrent avec un plaisir évident les bons moments qu'ils avaient connus au cercle sportif de Saïgon en compagnie de Laure et de Viviane.

Avant de commander le dessert Negrène s'enquit aimablement des activités de Robert, "dans cette bonne ville de Battambang". Ce dernier se garda de parler du village catholique incendié par les Issarak mais il s'amusa à raconter sa promenade en jeep avec le vénérable bonze.

Quand le récit fut terminé et, tandis que Brahim riait de bon cœur en imaginant le spectacle, Negrène resta muet. Puis soudain il explosa d'une voix cinglante en jetant un regard courroucé vers Robert.

— Vous avez cru faire une bonne action en trimbalant ces bonzes ! Des mendiants qui ne foutent rien de leurs dix doigts ! Inadmissible croyez-moi, quand ce pays a tant besoin de travailleurs dans les rizières !

Les deux copains se regardèrent un instant, stupéfaits par de tels propos et une telle véhémence qui leur dévoilaient la vrai nature du métis. Sous le couvert de bonnes manières, n'était-il pas en réalité un être haineux et violent ?

— Il est vrai, répondit calmement Robert en pesant ses mots, que ce pays aura besoin de tous ses fils pour devenir une véritable nation. Je pense que son développement économique, politique, social, pourra s'accomplir plus facilement dans le respect des libertés et de la tolérance religieuse.

— Je suis de l'avis de Robert, dit à son tour Brahim et j'ajouterai que les prières n'empêchent pas les hommes de bien travailler.

Après un moment de silence, l'importateur apparemment calmé, dit d'un ton grave.

— Vous êtes, l'un et l'autre, héritiers d'une religion, celle de vos pères. Ils vous ont appris, je suppose, à croire en un Dieu et à le vénérer. Moi, j'ai grandi écartelé entre le bouddhisme de ma mère et l'athéisme de mon père. Il était en réalité un mécréant qui se foutait pas mal des règles de vie dictées par Bouddha et auxquelles ma mère était attachée. Alors vous comprenez !

— Comme vous avez surtout vécu avec votre mère, dit Robert d'un ton apaisant, vous auriez pu être influencé et incité, à adopter sa religion !

— C'est vrai ! répondit l'autre avec un rictus moqueur, car pour lui faire plaisir j'ai même failli porter la robe safran, en 1942, pour une période temporaire bien entendu !

— Qui vous en a empêché ? s'enquit Brahim étonné.

— Le fait de savoir qu'à Pnom Penh des bonzes, et non des moindres, collaboraient avec les Japonais. Écœuré de voir ces moines qui prêchent la non violence fraterniser avec les brutes de la Kempe Taï, j'ai tout plaqué.

— Je comprends votre réaction ! déclara Robert l'air navré.

— Si vous n'êtes plus aussi tolérant, questionna Brahim avec un petit sourire ironique, vous êtes peut-être resté un adepte de la non violence chère à votre Bouddha ?

— Ah ! mais pas du tout mon ami ! répliqua le métis l'air furibond, car j'accuse la non violence inculquée à notre peuple d'avoir foutu ce pays entre les griffes des envahisseurs et des colonisateurs !

Il s'interrompit brusquement en réalisant qu'il était allé un peu trop loin.

L'ambiance était redevenue électrique. Les deux amis, très gênés le regardaient sans rien dire afin de lui permettre de se calmer. Il alluma une cigarette qu'il avait sortie d'un bel étui en argent, en tira quelques bouffées puis il reprit d'un ton nettement modéré, presque enjoué :

— Veuillez m'excuser ! Pour en revenir aux bonzes, avez-vous entendu parler du défilé des ombrelles ?

— Non ! firent d'une même voix les deux copains en dévisageant Negrène avec d'autant plus d'étonnement que ce dernier arborait le sourire de celui qui s'apprête à raconter une histoire drôle.

— Je m'en doutais. Et bien voilà, en juillet 1942, les bonzes, par centaines défilèrent dans les rues de Pnom Penh en agitant leurs ombrelles jaunes. C'était folklorique, croyez-moi, je les ai vus !

— Que voulaient-ils ? demanda Brahim amusé.

— Était-ce une procession à l'occasion d'une fête religieuse ? s'enquit à son tour Robert.

— Pas du tout ! s'esclaffa Negrène.

— Ce n'était tout de même pas pour réclamer du pain et des jeux ? plaisanta Robert.

— Non bien entendu. Ils manifestaient, soi-disant, leur mécontentement à l'annonce d'un impôt qui allait les frapper alors qu'ils en étaient jusqu'alors exemptés. Mais en réalité ils montraient publiquement leur opposition à l'ingérence des Français dans les affaires du royaume.

— Quelle ingratitude ! s'écria Robert. Ces moines avaient donc oublié que, deux ans auparavant, ces mêmes français n'hésitaient pas à défendre le Cambodge contre les siamois !

— Certains membres du clergé bouddhique, déclara Negrène, n'ont surtout pas admis qu'à la mort du roi Monivong en 41, les autorités françaises aient fait pression en faveur du jeune Norodom Sihanouk.

— Qui est donc le successeur légal ? demanda Brahim après avoir vidé son verre de thé.

— À vrai dire, répondit Negrène, aucune loi ne règle la succession au trône. Toutefois le prince Sisowath Monireth, le fils aîné de Monivong était considéré comme tel par bon nombre de Cambodgiens.

— Quelle que soit son importance, cette affaire de succession, observa Brahim, n'explique pas, à mon avis, cette manifestation des moines plus disposés à méditer dans le calme qu'à défiler dans le tumulte !

— N'oublions pas, fit Robert, qu'à l'époque, ce pays était sous la botte des nippons et que ces derniers, prônant l'Asie aux asiatiques, avaient peut-être poussé les bonzes à manifester contre la présence française !

— C'est bien ça en effet ! déclara le métis, des émissaires japonais avaient travaillé habilement des supérieurs de la communauté bouddhiste en leur promettant de les aider à accroître leur influence !

— À l'occasion, fit Robert sarcastique, n'essayèrent-ils pas de réduire le rôle de la mission catholique sous prétexte que cette religion attire davantage les Annamites que les Khmers ?

Il y eut un silence. Brahim en profita pour se servir du thé tandis que l'importateur, visiblement embarrassé, écrasait nerveusement son mégot dans un cendrier avant de marmonner :

— C'est possible, enfin je n'en sais rien !

Il avait évité le regard interrogateur de Robert et répondu avec le même air buté, le même ton évasif, du "nhaqué" répétant "khong biet" (15) afin de ne pas être importuné.

Le silence qui s'instaura à nouveau fut rompu par l'arrivée de Supha. Elle s'approcha de leur table sans se départir de son charmant sourire comme si elle était insensible aux éclats de voix de Negrène qui avaient pourtant incommodé ses autres clients.

— Quel délicieux dessert nous proposez-vous ? lui demanda ce dernier d'un ton aimable et le sourire avantageux.

— Des beignets de banane ou d'ananas flambés au rhum ! répondit-elle. C'est une spécialité de notre cuisinier.

— Du rhum de la Martinique ? fit Robert l'air gourmand.

— Non bien sûr, c'est du rhum de Cântho, fait avec de la mélasse de canne à sucre ! expliqua-t-elle gentiment.

— D'accord pour les beignets à la banane, déclara Brahim, mais pour moi que l'on ne me mette surtout pas de rhum ni de "choum".

Devant l'air étonné de Supha, il s'empressa d'ajouter :

— Je ne doute pas de la qualité de vos alcools mais je n'en bois pas pour respecter les prescriptions du Coran.

— Vous êtes sans doute musulman ? s'enquit-elle.

— Oui et sujet marocain ! répond-t-il en lui adressant un regard enjôleur.

— Et bien vous aurez quand même de bons beignets. Le cuisinier saura se débrouiller. Ici les musulmans, les "Cham Asalam" comme nous les appelons ne sont pas nombreux.

Tandis que la jeune femme s'éloignait de sa démarche ondulante pour se rendre aux cuisines, Negrène tira quelques bouffées d'une nouvelle cigarette blonde et déclara d'un ton sarcastique :

— Et dire que ces Chams qui vivent aujourd'hui dans des conditions assez misérables seraient les descendants. de ces glorieux envahisseurs venus des îles Indonésiennes ! Les envahisseurs d'où qu'ils viennent sont toujours glorieux, n'est-ce pas messieurs, jusqu'au jour où ils trouvent leurs maîtres !

Feignant d'ignorer la provocation contenue dans cette réflexion Robert regarda le métis droit dans les yeux et lui demanda.

— Où vivent-ils ces gens-là ?

— La plupart sont établis dans le sud Annam, ceux qui sont émigrés au Cambodge vivent surtout dans la province de Kompong Cham ! répondit Negrène redevenu aimable.

— Savez-vous s'ils sont pratiquants ? s'enquit Brahim.

— Je pense qu'ils le sont, de façon discrète.

— J'espère avoir un jour l'occasion de me rendre à Kompong Cham !

— À mon avis ! fit Negrène, vous devriez contacter des malais plutôt que des chams.

— Ah ! Et pourquoi ?

— Les Malais sont aussi musulmans, mais avec eux vous auriez, je crois, plus de chance de converser en arabe car ils écrivent avec l'alphabet arabe, pas les chams !

— C'est bon à savoir ! dit Brahim. Ces Malais résident-ils eux aussi dans la province de Kompong Cham ?

— Oui mais vous en trouverez également à Kompong Luong !

— Je dois t'informer ! dit à son tour Robert, que tu en trouveras même à Kompong Chhnang au bord du Tonlé Sap. C'est là d'ailleurs dans une boutique tenue par un commerçant malais que j'ai acheté ma natte de jonc matelassée de kapok.

— Ce sont eux en effet qui fabriquent les plus belles nattes et en tout cas les plus brillantes d'Indochine ! déclara Negrène en connaisseur. J'en ai expédié de Saïgon sur Singapour et Hong Kong.

— Il faudra que j'en achète une en retournant sur Pnom Penh ! dit Brahim. C'est plus confortable que la toile du lit picot.

Un boy vint alors déposer, avec soin, devant chacun d'eux une grande assiette remplie de beignets dorés, légèrement tièdes, qui exhalaient une odeur fort alléchante.

Ils mangèrent ces délicieuses friandises sans dire un mot et le repas s'acheva dans le calme.

Il était environ trois heures de l'après-midi quand ils quittèrent la table. Brahim et Robert saluèrent la charmante Supha en lui promettant de revenir dans son restaurant pour y déguster d'autres spécialités cambodgiennes.

Negrène qui paraissait confus les raccompagna jusqu'à la porte d'entrée.

— J'espère, messieurs, avoir le plaisir de vous revoir ici ou bien à Saïgon ! dit-il en faisant visiblement un effort pour effacer la mauvaise image qu'il avait donnée à ses invités.

— J'ai beaucoup apprécié la cuisine thaïe et je vous remercie ! fit Brahim en serrant vite la main de l'importateur.

— Le destin nous réunira peut-être bientôt, et là où on s'y attend le moins ! lança Robert en s'efforçant de sourire.

Au dehors la chaleur était suffocante. Les deux amis s'empressèrent de rejoindre leur jeep que le chauffeur avait eu la bonne idée de ranger à l'ombre, sous les arbres.

— Alors, en deux mots, que penses-tu de ce type ? demanda Robert.

— Pas bête, très violent sous un vernis affable mais avant tout un mécréant ou plutôt un antireligieux.

— Exactement ! J'ajouterai qu'il est un habile trafiquant. Son affaire d'import-export marche bien paraît-il.

— Il est sûrement très entreprenant dans les affaires !

— Le genre d'individu capable de pactiser avec le diable pour réussir ?

— Je crois ! fit Brahim sans hésiter.

— Il ne serait donc pas surprenant de le trouver en compagnie des Issarak.

— Je n'en serais pas étonné.

* * * *

Le lendemain, au petit jour, Robert quitta son bivouac avec deux jeeps et deux camionnettes pour effectuer une reconnaissance de la piste menant à Lovéa, un patelin situé sur le Stung Mongkol Borei, à une quarantaine de kilomètres au nord-ouest de Battambang.

Serpentant tantôt à travers la savane, tantôt dans la forêt claire, cette voie routière offrait les plus beaux spécimens d'ornières creusées par les charrettes à buffle.

À l'exception des chauffeurs et des deux tireurs au FM, les hommes, en short et torse nu, avaient giclé plusieurs fois des camionnettes pour reboucher à la hâte les trous les plus profonds et permettre aux véhicules de passer.

L'État-major du Groupement avait besoin de connaître l'état de cette piste menant à Lovéa et au-delà jusqu'à Mongkol Borei, aussi, quelles que soient les difficultés, Robert s'acharnait-il à poursuivre sa reconnaissance.

La chaleur devenait de plus en plus lourde sous un soleil ardent. Ils étaient couverts de sueur et de poussière. Dans les bidons individuels, le thé ou le café froid, une fois avalé avait fait place à l'eau fade et tiède contenue en réserve dans les jerricans.

Il était dix heures du matin lorsque Robert décida de faire une halte sous un grand bosquet. La plupart des hommes avaient besoin de se soulager.

— On va s'arrêter ici, à l'ombre, pendant une demi-heure puis on repartira. Encore un petit effort les gars, plus que huit kilomètres et nous arrivons à Lovéa !

Une fois les véhicules rangés l'un derrière l'autre avec un intervalle d'une dizaine de mètres, les hommes descendirent en silence, l'arme à la main, prêts à tirer.

Le chef Carré installa aussitôt deux sentinelles et le reste des hommes se mit au repos.

Les uns et les autres bavardaient tranquillement tout en fumant une cigarette ou en grignotant des biscuits secs de leurs rations lorsque le chef Laudric qui s'était éloigné d'une trentaine de pas revint précipitamment vers le bosquet.

— Alors Laudric que se passe-t-il ? demanda Robert.

— Mon lieutenant ! chuchota le sous-officier avec un air mystérieux j'ai entendu, de là-bas, de drôles de bruits, comme des coups répétés !

Immédiatement, tous cessèrent de parler pour tendre l'oreille.

— Venez on entend mieux de là-bas, où j'étais ! fit Laudric en se portant vers l'endroit indiqué.

— Allons-y ! lança Robert suivi de quelques hommes.

C'est alors qu'ils entendirent des coups sourds venant de la direction de Lovéa.

— On dirait des coups de pioches ! fit l'un des hommes.

— Ou bien des coups de haches ! estima un autre.

— Il y a peut-être des bûcherons dans la forêt ! murmura le chef Laudric.

— Ou plutôt des rebelles qui démolissent un pont ! supposa le chef Carré en regardant Robert.

Celui-ci écoutait, l'air intrigué, le sourcil froncé.

— Que faisons-nous mon lieutenant ? demanda le chef Carré.

— Je vais aller voir ça de plus près ! répondit-il. Soyez prêt à me rejoindre avec les jeeps à mon signal.

L'aspirant prit trois hommes avec lui et se dirigea vers le bruit insolite en progressant avec précaution le long du chemin.

Au fur et à mesure qu'il avançait, les coups étaient de plus en plus forts.

Après avoir parcouru une bonne centaine de mètres, il se posta derrière un fourré et se mit à observer avec ses jumelles. Quelle surprise ! Il n'en revenait pas ! Il était aux premières loges pour assister à la destruction d'un pont de bois par des rebelles !

À moins de trois cent mètres, cinq individus munis de grosses haches cognaient sur le platelage, inlassablement, sans lever la tête. Deux types, armés de fusils, se tenaient accroupis et semblaient bavarder tout en jetant leur regard sur la piste.

De l'autre côté du pont se trouvaient quelques hommes armés de fusils, mais Robert ne pouvait pas les voir distinctement à cause des feuillages. Difficile d'évaluer l'effectif des rebelles ! Certainement une bonne douzaine de "gus" décidés !

"Comment les neutraliser par surprise !" se dit l'aspirant, alors qu'il y a un découvert d'environ trois cent mètres jusqu'au pont ?

Pas question de me lancer dans une manœuvre de débordement à travers la savane ; il me faudrait au moins une section d'infanterie ! La seule solution est de leur foncer dessus avec les jeeps tout en les arrosant au FM !

Cette décision ne lui prit que quelques minutes de réflexion. Se retournant vers l'un de ses hommes il lui dit à l'oreille :

— Va dire au chef Carré qu'il m'amène les jeeps en les faisant pousser à la main et sans bruit !

Tandis que les rebelles poursuivaient leur œuvre de destruction dans le cognement des haches, les deux jeeps avançaient, doucement, silencieusement, chacune poussée par quatre paires de bras vigoureux.

Les coups pleuvaient encore sur le pont quand les deux voitures s'élancèrent. Les faces ahuries des saboteurs étaient presque touchantes à l'instant où ils réalisèrent que cette irruption n'avait rien d'amical ! Ils détalèrent en un clin d'œil à travers la savane, poursuivis par les rafales rageuses des FM qui hachaient arbustes et fourrés.

Quelques coups de feu claquèrent autour des jeeps pendant un instant puis ce fut le silence.

L'aspirant et son adjoint examinèrent rapidement l'état du pont avant d'y engager les véhicules l'un après l'autre. Les salopards avaient d'abord essayé de brûler le platelage mais le feu n'ayant pas pris, ils avaient tenté de le détériorer pour qu'il s'écroulât au passage d'engins motorisés ou blindés.

On découvrit, recroquevillé dans un fourré, le cadavre d'un rebelle mais son arme ou sa hache avait été emportée par les fuyards.

Dans la région, les ponts de ce type étaient nombreux ; il eut fallu beaucoup de troupes pour les garder tous. Impossible ! Il fallait donc se contenter de protéger les plus importants ouvrages sur les routes indispensables aux convois militaires et au trafic des véhicules civils.

Robert ne se fit aucune illusion. Ce pont était condamné ; les rebelles reviendraient, un soir prochain, pour en achever sa destruction. En attendant il avait rendu un dernier service en permettant à Robert de poursuivre sa mission.

Vers midi le détachement arriva à Lovéa sans autre incident. Ils y trouvèrent de l'eau fraîche et des fruits qui complétèrent leur repas de rations "pacific".

Le retour à Battambang en passant par Mongkol Borei fut heureusement plus rapide et ils retrouvèrent leur bivouac un peu avant cinq heures de l'après-midi.

Une surprise de taille était réservée à Robert.

Le chef du village catholique et deux autres cambodgiens l'attendaient, accroupis à l'ombre d'un manguier, près de l'antique table de pierre. Ils se levèrent et le saluèrent gravement. Robert apprit que, la veille, à midi, les trois hommes accompagnés de Chang s'étaient rendus chez un ami qui habitait à proximité du restaurant de Supha.

Là à l'abri des regards, derrière une fenêtre donnant sur la rue, l'enfant avait vu Negrène au moment où celui-ci descendait du cyclo-pousse. Sans la moindre hésitation il avait reconnu en lui le "Monsieur Métis" qui était avec les Issarak.

Ce témoignage formel levait enfin le doute dans l'esprit de Robert. Il s'agissait bien de l'importateur. Ce dernier s'étant rendu compte de la perte de sa gourmette s'était empressé d'en trouver une autre à peu près identique.

Pour avoir acheté lui-même un briquet en argent, Robert savait qu'il ne manquait pas de bons orfèvres à Pnom Penh !

Le chef du village raconta ensuite que Negrène se rendait le soir, avant le couvre-feu, dans une grande paillote non loin du pont de la voie ferrée. Les propriétaires, des Thaïs, l'avaient abandonnée en s'enfuyant à l'arrivée des troupes Franco-Khmères. Le métis semblait y tenir des réunions avec quatre autres individus, mais les informateurs du méphum n'en savaient pas plus, n'ayant jamais osé s'aventurer de nuit dans le jardin en friche entourant la baraque.

10

Dans l'après-midi du mardi 17 décembre, Robert était occupé à rédiger un compte rendu de mission destiné à l'État-major du Groupement lorsqu'il eut la surprise de voir entrer dans sa chambre qui lui servait de bureau, le "Kru Sôt" le bonze récitant dont il ignorait le nom.

C'était lui qui l'avait accueilli, le premier jour de son installation dans le monastère. Âgé d'une bonne trentaine d'années, celui-ci parlait assez bien le français pour avoir fréquenté de 1930 à 1934 le collège Sisowath de Pnom Penh où il avait d'ailleurs obtenu son diplôme d'Études Primaires Supérieures.

— Notre chef de pagode, dit-il d'une voix monotone, m'a demandé de vous voir pour vous remercier de l'avoir amené en ville avec votre automobile.

— Vous direz à votre supérieur que j'étais très honoré ! fit Robert d'un ton aimable.

— Il a beaucoup apprécié votre serviabilité car, ce jour-là, il était fatigué.

— Je ne manquerai pas de lui rendre service à nouveau si nécessaire.

— Il voudrait savoir si vous n'êtes pas trop dérangé par nos jeunes qui se réunissent le soir dans la "sala", la maison du voyageur, située à côté de votre chambre.

— Ce sont eux qui récitent en chœur des prières ?

— Oui, ils psalmodient des soutras.

— Des soutras ? fit Robert l'air interrogateur.

— Des textes littéraires qui racontent la vie de Cakya Mouni, le fondateur du bouddhisme, divinisé sous le nom de Bouddha, notre Maître !

— Ah ! Je vois. Vos novices ne me gênent pas vraiment. J'ai d'ailleurs bien ri le premier soir en les entendant bourdonner !

— Pourquoi ? fit le bonze, interloqué mais toujours souriant.

— Ça m'a rappelé les jeunes marocains qui, dans les classes coraniques, répètent à longueur de journées un passage du Coran. Leurs récitations produisent une drôle de cacophonie !

— Nous aussi, dans nos écoles de pagode, comme ici, nous apprenons à nos jeunes enfants à lire et à écrire.

— Un ancien administrateur m'a expliqué que depuis très longtemps, les bonzes étaient les principaux enseignants au Cambodge.

— C'est vrai et nous voudrions conserver ce privilège.

Après un instant de silence, Robert déclara :

— Pendant l'occupation siamoise, le français n'était probablement plus enseigné dans vos écoles ?

Le Kru Sôt le dévisagea l'air amusé avant de répondre :

— Mais il ne l'a jamais été dans nos écoles de pagodes rénovées dont la création remonte je crois à 1924 !

Devant l'air étonné de Robert, il reprit aussitôt :

— Nous avons aussi au Cambodge, des écoles primaires où l'on enseigne le français pour permettre à nos meilleurs élèves de passer le certificat d'études et ensuite, de poursuivre, s'ils en ont évidement les moyens, des études secondaires au Lycée Sisowath à Pnom Penh.

— C'est dans ce Lycée que vous avez fait vos études, m'avez-vous dit un jour ?

— En effet, mais à l'époque il n'était qu'un collège. En sortant avec mon diplôme, je suis venu ici dans ce monastère où j'ai été nommé "Kru Sôt", et en même temps enseignant.

— L'enseignement dans votre école est donc dispensé exclusivement en khmer ?

— Et oui car nos élèves sont pour la plupart les fils de "neak-sré", des paysans incultes qui ne savent ni lire ni écrire. L'emploi de la langue maternelle favorise la compréhension des enfants. Pour eux le français serait trop difficile.

— Je comprends ! Les cours ont donc un côté pratique.

— Nous leur apprenons en effet à rédiger des lettres telles que suppliques et réclamations ainsi qu'à calculer, pour qu'ils soient capables de se débrouiller plus tard sans avoir recours aux lettrés et j'ajouterai pour qu'ils puissent se soustraire à la tutelle des Chinois !

Devant le regard de plus en plus stupéfait de l'aspirant, le bonze s'empressa d'ajouter, avec un sourire indicible :

— Soyez rassuré lieutenant, notre enseignement n'est pas dirigé contre nos amis chinois. Nous voulons seulement que nos enfants apprennent le calcul et le maniement des mesures dont l'usage reste encore le monopole des Chinois.

— L'instruction et la formation de vos fils de paysans sont d'autant plus indispensables que, pour se rétablir, votre pays a besoin non seulement d'ingénieurs et de médecins mais surtout je crois de jeunes cultivateurs et éleveurs, qualifiés et courageux.

— J'en suis conscient.

— Je vous souhaite d'avoir beaucoup d'élèves et de bons résultats. J'aimerais savoir à mon tour, si mes hommes, parfois turbulents comme la plupart des jeunes, ne vous dérangent pas trop ?

Après un temps de réflexion, le bonze répondit lentement

— Nous n'avons aucune raison de nous plaindre d'eux. D'ailleurs ils pratiquent en quelque sorte, sans le savoir, quatre des cinq conseils bouddhiques !

— Que voulez-vous dire ?

— Et bien vos soldats s'abstiennent, bon gré mal gré, chaque jour, de voir des spectacles, de respirer avec sensualité des parfums, de coucher sur un lit moelleux et enfin de toucher de l'argent et de l'or !

— Je fais de même ! Mais quel est le cinquième conseil que nous n'observons pas ?

— Celui de ne pas manger passé midi ! répondit le bonze souriant.

— Évidemment ! fit Robert en songeant que la religion chrétienne avait du bon.

— J'espère à mon tour que vous et vos soldats ne tarderez pas à connaître une vie normale, une existence qui correspondra mieux à votre propre manière de penser et d'agir.

— Je vous remercie ! dit amicalement Robert.

Après avoir ainsi parlé, le "Kru Sôt" inclina légèrement la tête puis il se retira tranquillement dans un froissement de pieds nus sur la terre battue de la pièce.

Robert le raccompagna jusqu'à la porte de la chambre et le regarda se diriger vers le "vihara" (17) sans se presser, ainsi qu'il convient quand on est un dignitaire. Ce moine lui était sympathique. Il trouvait fort courtoise sa manière de parler pour faire comprendre qu'en réalité il lui tardait de voir partir au plus vite ces soldats étrangers qui symbolisaient sans doute la violence. "On ne peut leur en vouloir !" se dit Robert partagé entre la certitude de protéger le monastère et la sensation de gêner les moines.

Il s'apprêtait à rentrer dans sa chambre lorsque le ronflement d'un moteur de scout-car attira son attention. C'était Brahim qui venait le voir. Robert alla à sa rencontre.

— Alors ! Quoi de neuf depuis dimanche ? lança Brahim en serrant la main de son copain.

— J'ai enfin la preuve que Negrène est bien l'individu soupçonné d'avoir perdu la gourmette ! répondit Robert.

— Ah ! Et comment ?

— Et bien voilà, dimanche, au moment où nous bavardions avec Negrène, devant le restaurant, le gamin, Chang se trouvait en observation derrière une fenêtre, dans une baraque voisine. Il a bien reconnu le métis.

— Formidable ! Mais que comptes-tu faire ?

— Le coincer ! Oui, avec mes propres moyens et sans tarder.

— C'est risqué !

— Sans doute ! Je sais qu'il se rend chaque soir dans une paillote abandonnée, non loin d'ici, de l'autre côté du Stung. Mes informateurs, deux solides khmers, ne le lâchent pas d'une semelle depuis dimanche.

— Je pourrai peut-être t'aider en venant patrouiller de nuit dans le secteur ! Préviens-moi.

— D'accord mon vieux ! Je te contacterai dès que j'aurai décidé de lancer l'opération en fonction des renseignements fournis pas mes deux observateurs.

— Tu es gonflé ! Sois prudent.

— Que veux-tu boire ? Un kaoua ou bien un jus de fruit ?

— Non merci ! Je suis passé rapidement pour prendre des nouvelles. Je reviens d'une patrouille sans histoire. Je file et surtout n'oublie pas que j'aimerai participer à ton commando !

* * * *

La manœuvre contre Negrène fut déclenchée dans la soirée du 19 décembre.

L'obscurité n'était pas complète, la lune inondait d'une blanche clarté les toits des huttes et le sentier qui s'éloignait vers la berge profonde du Stung Sangker. Des odeurs de poisson grillé et de fumée rampaient aux alentours.

Robert et son petit commando de sept volontaires étaient en éveil, dissimulés dans l'ombre autour de la paillote bâtie sur pilotis. Ils s'étaient planqués là, une demi-heure auparavant, à l'heure du couvre-feu, dès que les deux Cambodgiens catholiques chargés de surveiller Negrène avaient signalé son arrivée.

Une vingtaine de minutes auparavant, quatre individus, des Cambodgiens apparemment sans arme, s'étaient introduits dans la baraque avec précaution.

L'un des deux guetteurs prétendait avoir vu une silhouette d'homme se profiler derrière une fenêtre, un instant avant l'arrivée des quatre types, mais son compagnon n'avait rien vu.

Escorté de deux hommes, Robert monta le petit escalier, à pas feutrés ; le grincement des marches en bois était heureusement couvert par les cris des chiens qui rôdaient dans les parages et se battaient pour quelques reliefs.

Devant la porte à persienne, les trois hommes restèrent un moment immobile, retenant leur souffle pour mieux écouter les voix de ceux qui se tenaient à l'intérieur. Il reconnut celle de Negrène bien que celui-ci parlât en Cambodgien. Impossible de comprendre ce qu'il disait ! Estimant qu'il n'y avait pas de temps à perdre, Robert poussa la porte, sans difficulté, et le trio fit irruption dans la salle.

Une lampe à acétylène suspendue au milieu de la pièce éclairait les visages de cinq hommes assis sur des tabourets, autour d'une petite table.

Stupéfaits par cette soudaine intrusion, ils se tenaient comme pétrifiés, silencieux ; ils devaient attendre que les intrus armés et menaçants, vocifèrent contre eux.

D'un coup d'œil, l'aspirant qui s'était avancé revolver au poing, aperçut Negrène assis en bout de table. Son visage était d'une extrême pâleur. Était-ce sous l'effet de la stupeur ou de l'éclairage ?

— Que personne ne bouge sinon on tire ! lança Robert d'un ton féroce.

Ses hommes fouillèrent aussitôt les cinq individus. Ils ne portaient aucune arme. L'importateur se racla la gorge, tourna lentement la tête vers l'aspirant et lui demanda d'un ton aimable.

— Lieutenant vous me connaissez ! Que se passe-t-il ?

— Que complotez-vous donc ici, ce soir Mr Negrène ?

— Les affaires lieutenant, toujours mes affaires ! Elles sont plus exigeantes parfois que les jolies femmes, vous savez ! répondit le métis avec un aplomb déconcertant tout en quittant la table.

— Arrêtez vos salades ! explosa Robert, nous avons la preuve que vous étiez avec les Issarak le soir où ils ont massacré des catholiques près d'ici.

— Vous déraillez mon cher ! s'exclama l'autre avec un air outragé. Je vais me plaindre auprès de votre général !

Afin de maîtriser la colère qu'il sentait monter en lui, Robert resta un moment silencieux tout en fixant l'autre avec dureté.

— Son État-major détient la preuve de votre complicité dans ce massacre ! rétorqua-t-il en martelant ses mots.

— Mais quelle preuve ?

— Une gourmette en argent que vous avez perdue ce fameux soir dans le village !

— C'est faux ! c'est ridicule ! Regardez bien je l'ai ma gourmette ! lança-t-il en agitant le poignet sous les yeux de Robert qui ne bronchait pas.

— Cessez de vous agiter ! ordonna sèchement l'aspirant.

— Celle dont vous parlez est-elle gravée à mon nom ? questionna Negrène.

— Non bien entendu et vous le savez ! Ngoc Thom est le nom inscrit sur la plaque. Une enquête est ouverte pour le retrouver.

— Elle n'est donc pas à moi, mon cher, vous le voyez bien ! s'exclama-t-il l'air soulagé.

— Manque de pot mon cher ! Un témoin, vivant, un rescapé de la tuerie vous a vu cette nuit-là et vous a formellement reconnu.

C'est alors qu'un bruit insolite ressemblant à des coups portés contre un récipient métallique, probablement un ustensile de cuisine détourna subitement l'attention de Robert. Cela provenait du fond de la paillote, derrière une cloison en joncs tressés.

L'un des hommes du commando se dirigea prudemment vers cet endroit mal éclairé et tira deux courtes rafales dans la direction d'une silhouette, ombre déformée par l'obscurité, qui s'enfuyait en sautant par une fenêtre.

Des bruits de lutte, des coups, des cris et un formidable "J'le tiens, aidez-moi !" vociféré par l'un des commandos fit comprendre que la "silhouette" s'était fait cravater.

Negrène en profita pour bousculer l'aspirant et lui assener un violent coup sur l'avant bras droit qui lui fit lâcher son revolver Enfield ; celui-ci se balança un moment au bout de la cordelette de sûreté suspendue à son cou.

Quand il eut repris l'équilibre et son arme, Robert s'aperçut que son agresseur était en train d'enjamber l'appui de la fenêtre, celle-là même par laquelle "la silhouette" avait sauté dans le jardin. Il le mit aussitôt en joue mais hésita à tirer. Leurs regards s'affrontèrent une fraction de seconde, juste avant que le métis ne plongeât, happé par l'obscurité.

La course éperdue du fuyard fut jalonnée un instant par le bruit d'objets renversés et par le craquement de branchages brisés. Une rafale de PM crépita rageusement dans sa direction.

— Halte au feu ! Ne tirez plus ! lança fermement Robert penché à la fenêtre.

Il était vain de tirer et de se lancer à sa poursuite dans ce dédale de ruelles obscures bordées de broussailles piquantes et de fossés boueux et malodorants.

Dans le tumulte, deux des complices de Negrène, réussirent à s'échapper grâce surtout à leur parfaite connaissance des lieux.

Les deux autres, sans doute moins hardis ou moins agiles que leurs compagnons furent arrêtés dans leur tentative de fuir par Robert aidé de ses deux commandos.

L'aspirant donna l'ordre de regrouper les prisonniers avant de quitter la paillote. En s'approchant de celui qui avait été capturé le premier il eut la surprise de reconnaître le malais, le voleur au long poignard qui s'était introduit dans sa chambre d'hôtel à Kompong Thom, dans la nuit du 20 novembre ! Intrigué, il dévisagea l'individu pendant un moment, sans dire un mot, en lui braquant sur le visage le faisceau lumineux de sa lampe électrique. Puis s'adressant à ses hommes il leur recommanda d'un ton ferme :

— Attention à celui-ci, il est dangereux, ne le laissez pas filer et abattez-le s'il tente quoi que ce soit !

Il se doutait que le prisonnier comprenait le sens de cette mise en garde.

Sans traîner les pieds et sans bruit, la petite troupe regagna le bivouac situé à moins de cinq cent mètres en emportant avec elle les trois captifs auxquels on avait ficelé solidement les poignets. Pour la nuit on les plaça sous bonne garde.

Robert mit un certain temps à trouver le sommeil. Il pensa à Negrène, au regard venimeux qu'il lui avait lancé juste avant de sauter par la fenêtre. Il s'en voulait de l'avoir laissé partir. "Mais pourquoi n'ai-je pas tiré ? Quel sentiment ai-je éprouvé ? De la compassion, de la magnanimité ? Ai-je eu subitement pitié de ce salopard qui lui n'en avait pas pour ses victimes innocentes ?"

"C'est très difficile, se dit-il, de tirer à bout portant sur un homme que l'on connaît, avec lequel on a bu et mangé et qui s'enfuit avec la peur au ventre ! Oui c'est peut-être ça l'explication !"

L'important dans cette affaire c'était qu'il avait réussi à le démasquer. Il était le complice des rebelles et ceci ne faisait aucun doute maintenant. Mais quel rôle jouait-il ? Il n'est pas de ceux qui aiment courir dans la brousse. Alors ne serait-il somme toute qu'un vil trafiquant d'armes sous le couvert de son affaire d'import-export à Saïgon ? C'est possible. Et le malais ? Pas un simple voleur en tout cas ! Plutôt un tueur au service de Negrène. La fatigue eut raison de Robert qui finit par s'endormir.

Le lendemain matin, avant huit heures, il se rendit à l'État-major du Groupement et s'entretint un bon moment avec l'officier adjoint du 2ème bureau au sujet de la capture des trois Cambodgiens.

Ces derniers étant des civils furent aussitôt remis entre les mains d'un représentant de la Sûreté. Soulagé et satisfait, Robert se dirigeait vers la sortie du PC quand il rencontra un aspirant de la Coloniale avec lequel il avait déjà eu l'occasion de bavarder d'une chose et d'autre. Ce dernier était évidemment bien placé pour connaître les événements importants qui se déroulaient sur le sol indochinois.

— Connais-tu la dernière ? dit-il à Robert sur le ton de la confidence. Au Tonkin les affaires se gâtent. Sans prévenir les viets ont déclenché les hostilités !

— Pas possible ! s'exclama Robert qui ajouta d'un ton ironique. D'après les journaux, une entente parfaite sinon cordiale devait régner à la suite des accords avec l'oncle Hô !

Robert faisait allusion au modus vivendi signé le 14 septembre 1946 entre la France et Ho Chi Minh et aux termes duquel les hostilités entre les Français et le Vietminh devaient prendre fin à compter du 30 octobre 1946. La trêve avait été de courte durée !

— Il s'est bien foutu de nous celui-là ! s'exclama l'autre. De beaux sourires par-devant et le coup de poignard dans le dos. Nos gentils parlementaires se sont laissés duper par les belles paroles de ce révolutionnaire !

— Que se passe-t-il exactement au Tonkin ? s'enquit Robert.

Depuis qu'il se trouvait engagé dans l'opération OMEGA, il ignorait à peu près tout des événements politico-militaires qui se déroulaient dans le reste de l'Indochine. N'ayant aucun poste radio et ne recevant aucun journal, pas même "Caravelle" pourtant distribué généreusement dans les unités, il lui était difficile d'avoir des informations récentes sur les événements lointains de sa sphère d'activité.

Et d'ailleurs comme pour la plupart des cadres subalternes qui vivaient sur le terrain et continuellement sur la brèche, peu lui importaient toutes ces négociations filandreuses situées aux plus hauts échelons. Ses préoccupations étaient avant tout le maintien de la santé et du moral de ses hommes au milieu desquels il vivait en permanence ainsi que la bonne exécution des missions qu'il devait accomplir avec eux.

— Hier soir à vingt heures, selon un communiqué du Haut Commissariat, les viets ont attaqué toutes nos garnisons d'Hanoï !

— Mais alors, ces salopards ont déterré la hache de guerre !

— En quelque sorte !

— Sous quel prétexte ?

— Ils n'ont pas digéré le bombardement d'Haïphong, le mois passé par notre marine.

— La marine ! fit Robert étonné, le sourcil froncé. Quel était donc l'objectif ?

— Une grosse concentration de forces vietnamiennes dans le quartier chinois d'Haïphong. Pour les faire déguerpir, le Commandant de la Place avait d'abord lancé des blindés mais sans résultat, aussi eut-il l'idée géniale de faire donner l'artillerie de marine.

— Laquelle eut évidemment plus de succès !

— Tu penses ! On évacua les morts par centaines.

Ils restèrent un moment silencieux, puis l'aspirant de l'E.M reprit d'un ton grave :

— C'est terrible bien sûr, mais comme dit le proverbe "Qui sème le vent récolte la tempête !"

— Mais qui, en vérité, est le premier semeur dans ce champ déjà truffé d'imbroglios, de malentendus et d'incompréhension ?

— Nous le saurons peut-être un jour, plus tard !

— En attendant, nous devons faire gaffe. Le baroud ne tardera pas à reprendre en Cochinchine avec des répercussions au Cambodge. Bon je file, salut et merci pour les informations.

11

Dans la nuit du 23 au 24 décembre Battambang fut attaqué, en plusieurs points, par des forces rebelles composées en majeure partie de Khmers Issarak.

C'est au début de l'après-midi que Robert, convoqué de toute urgence à l'État-major du Groupement, apprit l'imminence de cet assaut contre les positions franco-khmères.

Sitôt de retour à son bivouac, il réunit ses sous-officiers et ses brigadiers et leur donna des instructions pour renforcer le dispositif de défense qu'il avait mis en place.

Ce soir-là tout le monde resta habillé en tenue de combat y compris ceux qui, n'étant pas de garde, se couchèrent en attendant l'alerte. L'extinction des feux fut immédiate après le repas du soir avalé à toute vitesse.

La nuit tomba, enrobant peu à peu les fourrés, les paillotes, les arbustes d'un voile d'ombre sous lequel les choses se confondent et parfois se déforment de façon troublante.

Sous le ciel étoilé, des bandes de chiens sauvages jouaient leur sérénade. Quel vacarme !

Les hommes en poste, accroupis derrière des sacs de sable tendaient l'oreille, scrutaient l'obscurité, et se grattaient sous les piqûres des moustiques que tout l'arsenal des hommes déployé ce soir-là n'effrayait guère.

Et le temps passait, lentement, semblable à celui des nuits précédentes.

Qu'attendaient-ils pour se montrer ces rebelles ! On était prêt à les accueillir ! Et le temps passait !

Robert et son adjoint, le chef Carré, venaient de quitter le poste nord du pont pour s'engager le long de la berge quand ils aperçurent des lumières scintiller au loin sur le Stung. Elles s'approchaient. Des embarcations à n'en pas douter ! L'alerte fut aussitôt donnée dans le peloton et chacun s'empressa de rejoindre son poste, en silence, pas mécontent de pouvoir enfin se battre.

Il était onze heures environ quand une première barque, un sampang portant à l'avant une lanterne tremblotante, vint accoster au bas de la berge à moins de dix pas de l'endroit où se tenaient l'aspirant et son adjoint.

Robert braqua le faisceau lumineux de sa lampe électrique sur la pirogue ; ce n'était qu'un entassement de gens effrayés hébétés, des femmes, des vieillards et des enfants, surtout des petits !

Stupéfait, il envoya aussitôt le chef Carré chercher l'interprète cambodgien que l'État-major avait mis à sa disposition. Arrivé en courant, celui-ci engagea la conversation avec ceux du sampang : ils étaient des Cambodgiens catholiques qui fuyaient leur village menacé par les communistes et demandaient la protection des Français.

Robert prit alors l'initiative de faire fouiller rapidement chacune des embarcations, une dizaine, par mesure de sécurité, les rebelles étaient tellement rusés !

Aucune arme n'ayant été trouvée, les réfugiés furent autorisés à poursuivre leur navigation jusqu'au centre de Battambang. Les sampangs s'éloignèrent dans un léger clapotement, en emportant quelques pleurs d'enfants.

Le temps passa jusqu'au moment où éclatèrent les premiers coups de feu dans la zone nord de la ville. Coups de fusils, rafales de mitraillettes, crépitements de mitrailleuses, déchirèrent la nuit, juste avant que ne tonnent les canons des braves artilleurs du R.A.C.M le valeureux Régiment d'Artillerie Coloniale du Maroc.

L'offensive rebelle se déclenchait !

Cela fit beaucoup de bruit, pendant plusieurs heures. Les chiens sauvages en profitèrent pour mettre fin à leurs sérénades.

Tous les hommes du DCR restèrent à leurs postes, aux aguets prêts à tirer, pour défendre leur position, leur peau et l'honneur du drapeau.

Robert allait de l'un de l'autre, inlassablement, en leur recommandant de ne tirer qu'à bon escient et non à l'aveuglette. Chaque coup devait porter !

Ils entendirent nettement tous les échanges de coups de feu plus ou moins éloignés de leur position, mais pas une seule balle ne claqua au-dessus de leurs têtes.

Le poste situé au-delà de la voie ferrée et qui se trouvait le plus exposé au nord du dispositif, se distingua des autres en tirant quelques rafales de FM en direction de "quelque chose" qui avait bougé de façon suspecte mais sans plus. Robert s'y rendit aussitôt en rampant le plus silencieusement possible et il resta un bon moment accroupi à côté du tireur au FM, mais ne découvrit absolument rien de suspect aux alentours de ce poste. Et le temps passa.

Vers six heures du matin les tirs cessèrent, et le calme accompagna l'aube naissante.

Robert releva la moitié de ses effectifs qu'il envoya se reposer. "Kaoua" qui figurait parmi ceux-ci, sacrifia son repos, et infatigable prépara un bon café. Une franche ovation le salua quand il cria "au jus là-dedans !" après avoir déposé sur la grande table, deux bouteillons fumants. Ce café accompagné de biscuits et de confiture, la bonne marmelade d'orange, des "rations Pacific" fut un régal !

Quelques heures plus tard, lors de la réunion tenue à l'État-major du Groupement, Robert fut le seul parmi tous les commandants d'unités, à déclarer "R.A.S" au sujet des combats de la nuit. Ce fut la surprise ! Comment ? Était-ce possible ? Pour quelles raisons avait-il été épargné ?

On l'écouta attentivement raconter l'affaire des réfugiés en sampangs. C'était son seul événement ! Pas sensationnel ! Non, sa position n'avait pas essuyé le feu des rebelles. Une explication possible ? Il songea aux bonnes relations qu'il entretenait avec les bonzes, depuis le début, et en particulier au service qu'il avait rendu au chef de pagode en le transportant dans sa jeep. Une promenade folklorique ! comme lui avait dit François d'un air moqueur.

Était-ce l'explication ? Il se garda bien d'en parler devant tous les autres officiers. Certains n'auraient pas manqué d'en rire et lui ne l'aurait pas supporté.

Jamais il ne sut pourquoi les Issarak n'avaient pas attaqué sa position, alors que le pont de la voie ferrée, la seule ligne d'intérêt stratégique, aurait dû les attirer.

Les assaillants avaient cru pouvoir profiter des ténèbres pour enfoncer plus facilement les lignes de défense franco-khmères.

Vaincus, ils s'étaient rapidement repliés en abandonnant sur le terrain bon nombre de cadavres et d'armes individuelles.

Parmi celles-ci, la découverte de fusils japonais n'étonna personne étant donné que les Forces nippones avaient occupé le Cambodge pendant cinq années. Mais on trouva également quelques armes de l'US Army ! Elles provenaient probablement de ces belles livraisons que les Américains avaient faites à la Thaïlande en 1940, à l'époque où ils refusaient de vendre des armes au Gouvernement de l'Indochine Française !

"Le trafic d'armes a des cheminements insoupçonnés pour alimenter une guérilla !" se disait Robert en songeant que Negrène avait eu sans doute beau jeu d'en profiter.

* * * *

En cette douce matinée de Noël, le village catholique paraissait endormi. En réalité il était tristement désert, abandonné de ses derniers habitants qui avaient fui, terrorisés par l'attaque des Issarak contre Battambang.

Robert et François étaient venus y faire une patrouille avec un groupe de combat, histoire de voir si rien d'inquiétant ne se passait dans le hameau et d'en chasser d'éventuels pillards.

Après avoir disposé ses hommes en défensive autour de l'église, Robert y était entré suivi de François qui avait maugréé "Depuis le temps que je n'ai pas mis les pieds dans une église !"

Robert avait éprouvé le besoin de se recueillir en songeant à Anita, sa mère qu'il savait inquiète à son sujet.

Quel ne fut pas la stupéfaction des deux amis de trouver l'autel décoré d'un énorme bouquet de fleurs fraîches disposées dans un modeste vase en terre cuite. Une pieuse et courageuse personne l'y avait déposé le matin même. Témoignage de dévotion d'autant plus émouvant que l'autel était tout aussi dépouillé que la chapelle était vide. Hormis quelques rangées de bancs de bois bien alignés, il n'y avait rien, pas la moindre croix au mur, pas un seul objet de décor ou de dévotion ! Le dénuement total !

Le silence des lieux n'était troublé que par les croassements des corbeaux perchés sur les palmiers environnants. Sinistre chorale !

— Maintenant que les Issarak ont pris une raclée, murmura François, ils vont peut-être laisser en paix ces pauvres villageois !

— Espérons-le ! fit Robert à voix basse, car demain nous reprenons leur transport pour leur permettre de réparer les paillotes.

— Crois-tu qu'ils auront la foi et le courage pour fréquenter encore cette église.

— Oui, pourquoi pas ! Au PC du Groupement on m'a dit que le curé un vieil Annamite, blessé par les rebelles, allait revenir bientôt.

— Je me souviens qu'étant môme, j'aimais bien aller à la messe le dimanche, à l'église de Pantin, pour écouter les orgues et la chorale. C'est étrange de revivre ce souvenir d'enfance ici, dans cette chapelle déserte et tellement misérable !

Robert réfléchit un bon moment avant de répondre :

— Je crois avoir ressenti la même chose que toi. Tout en priant j'ai songé à l'immense nef de la cathédrale de Rabat. Ce retour dans le passé est peut-être dû au fait que notre esprit s'est trouvé subitement, en entrant ici, plongé dans une situation comparable à celle d'un naufragé sur une île déserte !

— Que veux-tu dire ?

— Et bien je suppose que notre esprit, étonné et déçu par un tel dépouillement, est allé chercher dans notre passé toutes ces belles choses qui nous plaisaient, telles que les chants, la musique des orgues, la foule endimanchée, les vitraux aux multiples couleurs !

— Tu as peut-être raison !

— Une explication parmi tant d'autres !

Ils restèrent un moment sans se parler, chacun respectant le silence de l'autre.

Une fois à l'extérieur, sur le parvis ensoleillé, Robert déclara d'un ton amer en dévisageant l'escalier :

— C'est sur des marches à peu près semblables qu'un beau dimanche à la sortie de la cathédrale à Rabat, j'ai rencontré Hélène. Je ne crois pas te l'avoir dit.

— Tu ne parlais plus beaucoup d'elle depuis notre arrivée à Saïgon.

— J'était trop accaparé par toutes mes missions nouvelles.

— Tu la retrouveras un jour à ton retour au Maroc.

— J'admire ton optimisme. Mais imagine un peu que nous avons encore, et si tout va bien, 18 mois à tirer ici !

Une rafale d'arme automatique crépita à peu de distance, vers le sud du village. Sans perdre de temps, les deux amis sautèrent d'un bond l'escalier et rejoignirent en courant leurs hommes qui s'étaient accroupis à l'abri derrière un remblai de terre.

Plusieurs rafales trouèrent à nouveau le silence. Quelques corbeaux dérangés s'envolèrent des palmiers en croassant.

Robert constata avec soulagement qu'on ne tirait pas dans leur direction. "À qui était destinée cette volée de balles ?" Des ronflements de moteurs annoncèrent l'approche de scout-cars qui émergèrent des cocotiers, à moins de trois cents pas.

Quelques instants plus tard les deux engins blindés stoppèrent devant les aspirants qui eurent l'agréable surprise de voir Brahim surgir de la tourelle du premier véhicule.

— Sur quoi as-tu tiré ? demanda Robert le sourcil froncé.

— Sur quelques salopards armés de fusils et occupés à vous observer quand nous leur sommes tombés dessus ! répondit Brahim l'air satisfait.

— Si je comprends bien, fit Robert en grimaçant un sourire, ton arrivée inopinée sur leurs fesses nous a évité d'être leur cible.

— J'en suis certain !

— Nous t'en remercions, mais pourquoi ne les as-tu pas pourchassés ?

— Impossible mon vieux, à cause d'un fossé qui longe la piste sur laquelle nous roulions, sinon nous aurions fait de beaux cartons tu peux me croire !

— Les gus ne sont peut-être pas très loin d'ici ! dit à son tour François. En fonçant avec nos véhicules nous pourrions les rattraper.

— Autant chercher une aiguille dans une botte de foin ! ironisa Brahim visiblement guère enthousiaste.

— Qu'en dis-tu ? fit François en dévisageant Robert.

— Les poursuivre ! Mais dans quelle direction ? répondit ce dernier. Crois-moi nous n'avons aucune chance de les retrouver. Je suis de l'avis de Brahim.

— Vous vous dégonflez ! lança François l'air déçu.

— Nous voulons éviter une course éprouvante et inutile ! rétorqua Brahim en tapant amicalement sur l'épaule de François.

— Je suggère fit Robert que nous allions voir sur le terrain s'il n'y a pas de blessés abandonnés par les rebelles.

— D'accord ! dit Brahim.

— Ouais, allons-y ! finit par dire François l'air renfrogné.

Sous les cocotiers, là où les scout-cars ne s'étaient pas risqués, ils eurent la surprise de découvrir les corps encore tièdes, de deux Khmers, allongés dans les hautes herbes. Fauchés par le tir des mitrailleuses, ils avaient été abandonnés mourants par leurs camarades qui en avaient fait des "combattants inconnus" en leur retirant leurs papiers. Les cadavres étaient déjà couverts de mouches bourdonnantes, qui avaient permis de les repérer.

Robert décida de les faire enterrer dans une même fosse peu profonde que creusèrent rapidement quatre de ses hommes.

Tandis que ces derniers déposaient quelques pierres sur le tumulus pour signaler l'emplacement de la sépulture provisoire, Robert déclara gravement à ses amis :

— En dehors de toutes croyances religieuses, j'estime qu'il était convenable de les ensevelir d'autant que je ne peux supporter l'idée que des animaux sauvages puissent se repaître de chair humaine.

— Tu as bien fait mon frère ! observa Brahim.

— Ces mécréants d'Issarak ne prennent pas autant de gants avec les corps de leurs victimes ! répliqua François encore mécontent d'avoir vu rejetée son idée de poursuite.

— Tu as raison ! fit Robert, mais ils sont encore des sauvages, montrons-nous magnanimes surtout aujourd'hui, jour de Noël !

Quelque peu interloqué, François dévisagea Robert en se demandant s'il ne se moquait pas de lui, mais l'air sérieux de son copain le rassura et il finit par s'esclaffer.

Robert jeta un coup d'œil à sa montre bracelet et s'écria :

— Partons d'ici, nous n'avons plus rien à y faire, dans trois quarts d'heure, à midi, chacun de nous devra se trouver à table avec ses hommes.

— Les amateurs de vins seront probablement satisfaits étant donné que l'Intendance s'est mise en frais pour vous offrir du pinard ! déclara Brahim en faisant un clin d'œil à François.

— Dans ce cas, fit ce dernier d'un ton moqueur, ne traînons pas !

Chacun s'empressa de grimper dans son véhicule.

La colonne constituée de deux scout-cars, trois jeeps et une camionnette Chevrolet quitta le village abandonné, sous le regard de quelques chiens faméliques qui, sortis de leur repaire, se tenaient devant l'église.

12

Dans la petite cour du bivouac, tandis que les hommes vaquaient à leurs occupations, Robert et Brahim bavardaient tranquillement assis à l'ombre, auprès de la vieille table de pierre, témoin de leurs confidences.

En cette fin d'après-midi particulièrement chaude du 12 janvier 1947, les deux copains se désaltéraient en buvant les jus de fruit que le brave "Kaoua" venait de leur apporter. Ils ne s'étaient pas revus depuis le jour de Noël, chacun ayant été absorbé par ses propres missions.

De son côté, Robert n'avait pas eu le temps de s'ennuyer. Dans les derniers jours de décembre, la venue de Marius Moutet Ministre de la France d'Outre-mer, avait mis la petite ville de Battambang dans une effervescence au moins comparable à celle d'un branle-bas de combat général contre les Issarak. Robert et ses hommes avaient eu l'insigne honneur d'assurer, avec trois jeeps, l'escorte rapprochée du Ministre lors de ses diverses tournées dans la Province. Ils furent ensuite accaparés par l'organisation d'une mini-gare routière où se regroupaient les véhicules civils qui partaient maintenant en convoi à destination de Pnom Penh, sous la protection de véhicules militaires.

L'État-major avait été obligé de prendre cette mesure de sécurité depuis que les Khmers rebelles s'acharnaient à détruire les camions civils appartenant pour la plupart à des Chinois et transportant des matériels et des denrées diverses destinées surtout aux besoins des populations.

Ce sont elles qui, en définitive, souffraient le plus de ces attaques répétées auxquelles se livraient les rebelles pour entretenir un climat de terreur qui servait la cause des Issarak au Cambodge aussi bien que celle des Vietcongs en Cochinchine.

Brahim quant à lui rentrait d'une pénible opération de nettoyage qui s'était déroulée en pleine forêt, dans la région d'Ampil, non loin du village de Phum Siam. Après trois jours de combats dans cette nature hostile, les Issarak, une bande forte de 200 hommes environ, s'étaient volatilisés à travers la jungle en abandonnant toutefois dans les fourrés une vingtaine de tués ainsi que de nombreuses armes.

Dans cet océan de verdure propice aux embuscades, les rebelles, familiarisés avec les méthodes japonaises de combat de jungle avaient posté des "snipers" dans les grands arbres, mais nos hommes, avertis, les descendirent à la mitrailleuse. "Un beau tir aux pigeons" selon l'expression de Brahim.

— Tu as bien mérité tes galons d'adjudant ! dit Robert d'un ton chaleureux.

— Ma satisfaction eut été plus grande si tu ne m'avais pas appris ton prochain départ pour Pnom Penh !

— Tu auras sûrement l'occasion d'y venir en mission dans quelques jours !

— Je l'espère ! En tout cas une fois là-bas, débrouille-toi pour dégoter un petit restaurant capable de nous faire un bon couscous !

— D'accord je chercherai ! Mais je songe à ton père et à ton oncle, ils vont être drôlement fiers en apprenant ta nouvelle promotion !

— Certainement ! fit Brahim l'air soudain rayonnant en imaginant la joie de son père ainsi que la surprise de son oncle Abdallah.

Ah ! celui-là, un brave homme certes, mais une véritable gazette au courant des moindres événements de quartier !

— Que veut dire ton sourire narquois ? s'enquit Robert.

— J'imagine la tête que fera mon oncle "le monsieur qui sait tout", pour une fois je le surprendrai en lui annonçant ma promotion !

— Il est donc d'un naturel curieux ?

— Un fouineur de première ! Rien ne se passe dans son quartier de la Tour Hassan qu'il ne découvre avant les autres ! Tiens, par exemple il a réussi à savoir, je ne sais comment, que le docteur Alberge avait ouvert un cabinet à Fès.

— Que dis-tu ? s'exclama Robert stupéfait. Hélène habite donc à Fès ?

— Je croyais que tu le savais !

Les yeux perdus au-delà de la pagode, Robert ne répondit pas.

— Écoute-moi vieux frère ! reprit Brahim en rompant le silence, je pense que tu devrais l'oublier.

— Je ne songe pas à elle tous les soirs, c'est vrai, mais pourquoi l'oublierais-je ?

— Aussi cruelle que puisse être la vérité, il est préférable que tu saches enfin qu'elle est mariée !

— Hélène mariée ! s'écria Robert en se redressant soudain, l'air atterré.

— Oui et qui plus est à un officier français ! précisa Brahim d'un ton grave.

— Mais pourquoi ne pas me l'avoir annoncé plus tôt ? reprocha Robert l'air malheureux. Et comment l'as-tu appris ?

— En lisant "Le courrier du Maroc" lors de ma permission à Meknès.

— Tu aurais donc pu me le dire le jour où nous nous sommes retrouvés à Pursat ?

— J'ai estimé qu'il ne fallait pas t'importuner avec ça la veille du départ en opération. Ce jour-là tu avais besoin d'une parfaite sérénité pour prendre les décisions qui t'incombaient !

— Le nom de cet officier ?

— Je ne m'en souviens plus, sincèrement, et d'ailleurs quelle importance !

— Tu as raison, cela n'a plus d'importance maintenant ! admit Robert à contrecœur.

Le silence s'instaura entre eux tandis que dans la cour, la plupart des hommes jouaient au ballon avec semblait-il plus d'entrain que d'habitude.

C'est avec joie qu'ils avaient accueillie, le matin même, l'annonce de leur retour à Pnom Penh. Ils aimaient cette ville aux plaisirs faciles où les filles au corps gracile n'étaient guère farouches pour ces jeunes français dont le comportement était loin d'être aussi brutal que l'avait claironné une perfide propagande anti-française.

Robert, le premier, sortit de ses pensées en déclarant d'un ton plein d'amertume :

— Je l'ai aimée cette fille, avec tendresse, puis avec passion et je l'ai abandonnée. Elle n'a eu de moi que des lettres, des mots sur du papier. Ca ne suffit pas, tu comprends. Et puis, un jour, plus rien, plus de nouvelles. Notre roman d'amour s'est achevé tristement, dans l'abîme.

Embarrassé Brahim chercha des paroles de consolation et finit par marmonner d'un ton qu'il voulait rendre apaisant et convaincant :

— Avec le temps, tu oublieras et un beau jour, tu rencontreras celle qui deviendra ta femme et alors le bonheur baignera ton cœur !

— Ne te fatigue pas vieux frère ! commençait à dire Robert, quand une jeep, entrant rapidement dans la cour, lui coupa la parole.

C'était François. Sitôt le véhicule arrêté, ce dernier sauta à terre et lança gaiement :

— Salut les copains ! Alors Robert tu vas, paraît-il, abandonner l'austérité de ton monastère pour les délices de la capitale ! Et toi Brahim te voilà "juteux", félicitations !

— Et toi le parigot que viens-tu nous annoncer avec une telle jovialité ? s'enquit Brahim sur le même ton.

— Le retour à Saïgon de votre serviteur ! Je rejoins ma compagnie dans deux jours, sans enthousiasme, croyez-moi. Ici je pouvais faire preuve d'initiative tandis que là-bas, avec le capitaine sur le dos, vous m'avez compris !

— Ton côté FFI qui ressort et s'indigne, je devrais plutôt dire s'insurge contre la discipline ! ironisa Robert en lui tapant amicalement sur l'épaule.

— Tu me sembles pourtant de bonne humeur ! s'étonna Brahim en le regardant d'un œil scrutateur.

— Il est heureux de toute évidence, à l'idée de retrouver une belle saïgonnaise. Viviane probablement ! ironisa Robert.

— Tu étais donc au courant ? s'écria François surpris et quelque peu gêné.

— Pas exactement mon vieux, disons que je m'en doutais un peu. Oui, je savais que cette fille te plaisait et qu'elle ne resterait pas longtemps sans se trouver un amant après mon départ de Saïgon.

— Tu m'en veux ?

— Pas du tout ! J'espère que tu la retrouveras libre !

Le silence régnait maintenant dans la cour. La plupart des hommes qui n'étaient pas de garde venaient de cesser leur jeu de ballon pour aller se baigner dans l'eau du Stung.

Les bonzes ne s'étaient jamais plaints de ces jeux bruyants qui devaient pourtant troubler parfois leur quiétude et leur méditation. Moines bouddhistes et soldats français s'étaient côtoyés en bons termes !

François s'assit sur un tabouret et se versa du jus d'orange qu'il avala d'un trait. Puis fixant Robert il le taquina en déclarant :

— Tes amis bonzes seront peut-être ravis de te voir vider les lieux ?

— C'est possible ! En tout cas aucun incident n'a troublé nos relations de bon voisinage. Par politesse, demain, je préviendrai le chef de pagode de notre départ prochain.

— Seras-tu remplacé par une autre unité ? demanda Brahim.

— Pour le moment je n'en sais rien ! répondit Robert après avoir vidé son verre.

— Et les habitants du village catholique, qui les transportera et les protégera ? s'enquit à son tour François d'un ton sérieux.

— Sans doute une unité du Régiment de Marche Cambodgien ! fit Robert qui ajouta d'un ton ironique : d'ailleurs ces villageois n'auront plus rien à craindre si l'on en croit la récente déclaration de Marius Moutet selon laquelle la paix et la liberté régneront bientôt dans ce pays.

— Quelle chance ! s'écria François gouailleur, car bientôt nous n'aurons à nous préoccuper que de loisirs !

— Garde-toi cher ami de prendre les désirs ministériels pour des réalités ! lui lança Brahim d'un ton faussement hautain.

— Tu as raison vieux frère, fit Robert, méfions-nous des utopistes car les combats qui viennent de se dérouler dans la région d'Ampil montrent que les rebelles ne sont pas encore prêts à déposer leurs armes pour plaire à Marius !

— Le gouvernement socialiste aurait sans doute mieux fait de nous envoyer une ambassadrice de charme ! railla François.

— Elle n'aurait pas eu plus de succès car les Issarak sont encore trop rustres et insensibles probablement aux subtilités de notre politique actuelle ! répliqua Robert avec un sourire moqueur.

— Il est vrai, fit Brahim, que les négociations menées par votre gouvernement sont parfois déroutantes. Il y a de quoi perdre son latin !

— Espérons mes amis que nous ne perdrons que ça ! ironisa Robert en se servant un jus d'ananas.

Il était un peu plus de six heures. Les hommes revenaient de leur baignade en riant et en courant sur le chemin. Robert était soulagé de les voir revenir.

— Saviez-vous dit François que le général Leclerc était revenu faire un p'tit tour à Hanoï ?

— Bien sûr ! répondit aussitôt Brahim, il a fait une tournée d'inspection et a encouragé les troupes qui résistent à l'attaque des viets.

— Il est reparti le 9 et devait arriver aujourd'hui même à Paris ! précisa François.

— Espérons, dit à son tour Robert, qu'il réussira enfin à obtenir du gouvernement, les renforts indispensables pour vaincre les viets et débarrasser le pays de tous ces rebelles et pirates qui massacrent les populations favorables à notre présence.

— Qu'on nous donne les moyens en hommes et en matériels et nous la ferons la pacification ! affirma François d'un air déterminé.

— Nous aurons du mal ! rétorqua Brahim, car les viets luttent pour l'indépendance et une partie du peuple les soutiendra bon gré mal gré !

— À ce jeu de massacre, ironisa François, les rebelles agissant par traîtrise et par surprise auront toujours l'avantage !

— Je le crains en effet et en particulier dans les embuscades contre nos convois ! observa Robert.

Les trois amis restèrent un moment silencieux.

Le soleil n'allait pas tarder à se coucher.

— Bon, je file ! lança François en se levant. À bientôt à Saïgon !

— Je pars moi aussi ! fit Brahim en serrant la main à Robert.

La jeep de François et le scout-car de Brahim quittèrent le bivouac l'un derrière l'autre comme s'ils partaient ensemble en patrouille. Robert les suivit du regard jusqu'au moment où ils disparurent derrière les premières paillotes de la ville. Il eut alors le sentiment que ni lui ni ses copains ne reviendraient dans ce coin. Il n'éprouvait aucun regret. Sa mission à Battambang était terminée. Avec son détachement il devait revenir à Pnom Penh conformément aux ordres de l'État-major.

Le lendemain il eut le plaisir de troquer ses galons d'aspirant contre ceux de sous-lieutenant ! Un message du Colonel Commandant le Train des TFIS (18), reçu le matin même lui annonçait sa nomination d'officier d'active à compter du 25 décembre 46 !

Un beau cadeau de Noël !

13

Quand il aperçut, pour la première fois les cinq grandes tours du temple d'Angkor Vat, Robert, tout ému, se contenta de murmurer "Le voilà enfin !". Depuis tant d'années qu'il en rêvait !

Parti le 29 janvier du petit port de Kompong Chnang, dans l'aube nappée de brouillard, il venait d'effectuer avec trois jeeps et dix hommes une reconnaissance détaillée de l'unique voie routière reliant Kompong Thom et Siem Réap. La mission commandée par l'État-major, s'était fort bien déroulée, sans incident grave et sans la moindre crevaison de pneu !

Les seuls coups de feu que le petit détachement fut obligé de tirer ce matin-là, furent dirigés sur une troupe de singes, des macaques, qui occupaient la route et refusaient obstinément de céder le passage. Ces derniers, très irascibles, injurièrent copieusement Robert et ses hommes qui riaient jaune. Les singeries ne prêtent pas toujours à rire !

Vers midi, après une courte halte à l'entrée de Siem Réap pour avaler un repas froid, Robert se rendit au PC du Commandant de secteur auquel il exposa le but de sa mission.

C'est en sortant, une demi-heure plus tard, qu'il eut l'agréable surprise de trouver Brahim qui l'attendait auprès de sa propre jeep.

— Ça alors vieux frère que fais-tu dans ce bled ? s'écria Brahim visiblement content de cette retrouvaille inattendue.

— Une reconnaissance routière ! Et toi quelle raison d'être ici ?

— Je suis détaché auprès du secteur avec mon peloton, pour quelques jours ou quelques semaines !

— Je repars demain matin à Pnom Penh.

— Veinard ! Comme j'aimerais partir avec toi ! Ici, pas la moindre distraction hormis la visite des ruines d'Angkor.

— Et bien figure-toi que j'ai l'intention d'y faire un tour. En partant maintenant nous serons de retour vers 17 heures si tout va bien. Peux-tu venir ?

— D'accord ! répondit l'autre après un instant de réflexion. Attends-moi, je vais en parler à mon chef de peloton et je reviens d'ici un quart d'heure.

Peu habitués à faire la sieste, les hommes du peloton de Robert n'étaient pas mécontents de jouer les touristes en allant "traîner leurs guêtres dans ces ruines" selon l'expression de l'un d'entre eux. Ils avaient souvent, depuis leur arrivée au Cambodge, entendu parler de ces vestiges du glorieux passé khmer.

Loin d'avoir l'enthousiasme de leur chef de peloton, ils n'en étaient pas moins impatients de découvrir ce que d'aucuns appelaient une merveille du Monde.

Aussi est-ce dans la bonne humeur qu'ils grimpèrent dans leurs véhicules pour cette ballade touristique.

Tandis que Robert s'installait au volant de sa jeep, Brahim s'assit à ses côtés, une carabine USM1 entre les jambes.

— Te passionnerais-tu maintenant pour l'archéologie ? lança Brahim en plaisantant.

— Pourquoi pas ! fit Robert sur le même ton.

Après avoir démarré suivi des deux autres jeeps, Robert reprit :

— Je voudrais profiter de mon séjour dans ce pays pour voir de près ce temple fabuleux.

— Tu as raison, mais il faudra faire attention car il y a paraît-il des serpents venimeux et parfois des rebelles nostalgiques qui fréquentent ce sanctuaire non pour prier mais pour le piller.

— Piller des pierres et des statues !

— Et oui mon frère, pour les vendre ensuite aux siamois.

— Cet ignoble trafic existe donc réellement ! s'exclama Robert avec vivacité en se souvenant subitement de la description d'un enlèvement de ces pierres par l'auteur de la "Voie Royale" !

— Ça doit rapporter gros !

Après un moment de silence, Robert, attentif à la conduite, reprit d'un ton plus calme :

— À Pnom Penh, au cercle sportif, j'ai rencontré la semaine passée un vieil administrateur des colonies qui m'a parlé d'Angkor avec un enthousiasme délirant. Il a éveillé ma curiosité tout en réveillant un souvenir de jeunesse.

— Quel genre de souvenir ?

— Un récit d'aventure au Cambodge, plus précisément dans les ruines d'Angkor Vat.

— Je ne vois pas !

— La Voie Royale de Malraux. L'as-tu lu ?

— Non ou alors je ne m'en souviens plus ! Mais aurais-tu l'intention de faire la reconnaissance de cette voie ? ironisa Brahim.

— Nous roulons peut-être dessus en ce moment ! répliqua Robert l'air malicieux.

— Pourquoi pas !

— Sois rassuré, je n'ai pas l'intention de me lancer à la recherche d'une voie chimérique ou disparue à jamais dans les profondeurs de la forêt qui s'étend jusqu'au delà de la chaîne des Dangrêk.

En débouchant de la route ombragée, les hautes tours de grés gris, les prasat en forme de pousse de lotus, leur apparurent nettement détachées sur l'écran bleuté du ciel.

Le soleil, insensible à cette arrogante œuvre de rois qui se prenaient pour des dieux, l'inondait de sa lumière brûlante. Robert stoppa son véhicule et, après avoir murmuré "Le voilà enfin", il resta silencieux, le regard fixé sur l'édifice surgi de l'océan de verdure. "Spectacle impressionnant que ce palais témoin d'un règne fastueux, abandonné au sein d'une forêt où le silence n'est plus troublé que par des cris d'animaux !".

"Spectacle émouvant que ce temple, témoin de croyances anciennes menacé de disparaître sous une végétation qui cherche à l'ensevelir tandis que des pillards lui arrachent ses lambeaux !"

Sortant de ses réflexions, l'officier descendit de voiture et ordonna aux conducteurs de ranger les trois jeeps à l'ombre d'un bosquet de palmiers. Ensuite il prit six hommes avec lui et Brahim lui emboîta le pas. En colonne par un ils s'engagèrent sur une longue chaussée dallée et bordée de "nagas". Parvenus au pavillon d'entrée de la première enceinte, ils firent une pause d'observation par mesure de sécurité.

De l'autre côté, ils découvrirent, émerveillés quelques-uns des innombrables et magnifiques bas-reliefs qui racontent les légendes hindoues, les exploits de divinités et la vie quotidienne des humbles khmers à l'époque du roi Suryavarmam II (19).

Leurs regards s'attardèrent sur les visages énigmatiques des personnages sculptés dans la pierre. Ils s'arrêtèrent un bon moment devant deux "apsaras" que le sculpteur avait ciselées dans le grés en respectant les gestes de leurs danses sacrées.

— Autant de belles au bois dormant figées pour l'éternité dans la pierre ! déclara Robert d'un ton admiratif tout en effleurant de ses doigts le bras rugueux de l'une d'elles.

— Avec leur nombril dénudé, fit Brahim, elles me font penser à ces danseuses égyptiennes qui ondulent de la croupe et du ventre !

— Mais elles sont merveilleuses ! s'exclama Robert, aussi je trouve regrettable que leur description n'ait pas eu la place qu'elles méritaient dans la Voie Royale.

Plus tard, tandis qu'ils avançaient en silence, un bruit de pas les mit en alerte. Instinctivement chacun se planqua aussitôt derrière l'une des colonnes d'un portique qu'ils venaient d'atteindre. Deux robes safran surmontées chacune d'une grande ombrelle jaune firent leur apparition. Deux bonzes aux pieds nus s'avançaient tranquillement, en silence.

"La providence nous envoie deux guides", se dit Robert en se portant à leur rencontre, suivi de Brahim. Bien qu'un vague sourire anima leur visage, le regard des deux moines bouddhistes reflétait leur étonnement.

Arborant un sourire qu'il essayait de rendre le plus amical possible l'officier leur demanda avec force gestes à l'appui, s'ils voulaient bien les guider jusqu'au temple.

Quand Robert employa le mot "vat" le plus âgé des deux fit signe qu'il avait compris.

Au pas tranquille des bonzes, la petite troupe s'engagea sous un grand préau cruciforme, puis elle traversa une deuxième enceinte, une galerie voûtée, sous une nuée de chauves-souris en pleine effervescence. Une forte odeur de moisissure flottait dans cet endroit.

Ils se retrouvèrent enfin à l'air libre sur une esplanade ensoleillée devant la pyramide tronquée qui se dressait majestueusement vers le ciel. La partie la plus élevée du sanctuaire se prolongeait encore sous la forme d'une haute tour centrale couronnée d'une galerie reliant quatre tours d'angle. Au pied de l'ensemble pyramidal, Robert et ses hommes durent lever la tête pour en apercevoir le sommet ! À chacun des angles, deux escaliers, très raides, permettaient d'accéder au "prasat".

Ils se trouvaient devant le cœur du sanctuaire.

Le plus âgé des bonzes baragouina quelques mots en s'adressant à Robert et lui fit comprendre qu'il devait le quitter là.

L'officier le remercia et déposa quelques piastres dans le bol que tenait le plus jeune. Brahim s'empressa de faire de même.

Dignement drapés dans leur vieille robe safran, les deux moines surpris par la générosité des militaires, les gratifièrent d'un sourire indicible accompagné d'une légère inclination de la tête et s'en allèrent à pas feutrés.

— As-tu agi par charité chrétienne ! demanda Brahim d'un ton amical dénué d'ironie.

— Absolument pas ! Simplement pour les remercier de leur service et aussi par humanité envers ces types qui vivent uniquement d'aumônes et ne doivent par trouver beaucoup de donateurs dans ce bled.

— Tu as bien fait ! Ton geste m'a rappelé mes devoirs de croyant que je néglige depuis quelque temps.

— Avec la vie que nous menons, il nous arrivera bien des fois hélas d'oublier nos devoirs, mais Dieu nous pardonnera !

Les deux amis décidèrent d'escalader l'un des grands escaliers. Robert demanda à ses hommes de ne pas les suivre. Il ne tenait pas à leur faire courir le risque de chute sur les marches croulantes.

L'ascension fut pénible. La sueur inondait leurs visages et mouillait leurs chemises kaki. Ils s'épongèrent le front.

— O les belles, les sublimes ruines ! Quelle grandeur ! Quelle noblesse ! déclara Brahim d'un ton faussement emphatique.

— Quelle envolée lyrique ! s'exclama Robert en dévisageant l'autre avec étonnement.

— Diderot ! fit Brahim le regard assez dur.

— Mais pourquoi citer ce philosophe que tu ne pouvais souffrir à cause de ses idées religieuses ?

— Sois tranquille, je n'ai pas changé d'avis. Je ne comprends toujours pas son impiété et j'admets encore moins son injustice à l'égard de notre Prophète.

— Mais alors, serait-ce la vue de ces ruines qui aurait réveillé en toi le souvenir de ces belles exclamations que Diderot prononça me semble-t-il en s'extasiant devant une simple peinture (20) ?

— Exactement ! Aussi me suis-je délecté de le plagier d'autant que moi je ne ressens aucune émotion devant les ruines qui nous entourent.

— Reconnais tout de même qu'elles sont fantastiques, impressionnantes ! déclara Robert en balayant d'un regard admiratif les tours qui se dressaient vers le ciel.

L'autre ne répondit pas, se contentant de regarder au loin à l'aide de ses jumelles.

— Que vois-tu de beau ?

— Une fumée, là-bas, au-dessus de la forêt à deux kilomètres environ !

— Un camp de jeunes scouts ! plaisanta Robert.

Ils restèrent un moment silencieux puis Robert reprit avec un petit air malicieux :

— Sais-tu à quoi je songe subitement du haut de ces antiques marches ?

— Sans doute à d'autres ruines !

— En effet ! Te souviens-tu de notre randonnée jusqu'à Volubilis en août 1940 ?

— Si je m'en souviens ! s'esclaffa Brahim. J'avais pris le tilbury de mon père. Quelle course folle avec l'alezan que j'avais fait atteler !

— Je dois avouer que je n'étais pas très rassuré dans ta carriole lancée à toute vitesse !

Robert se revoyait sur la petite route qui descendait de Moulay Idriss à travers la forêt d'oliviers, dans un des coins les plus sauvages du Djébel Zerhoun.

— Je ne pouvais pas trop tirer sur les rênes ! dit Brahim. D'ailleurs, au retour, rappelle-toi, il trottait plus calmement.

— C'est vrai ! Mais ce jour-là tu avais bien mérité le surnom de "Ben-Hur" (21) que je t'ai donné pendant un certain temps.

— Je n'aurais permis à personne d'autre de m'appeler ainsi ! rétorqua l'autre en feignant l'indignation.

— Après le passage sous l'arc de triomphe de Caracalla nous avions vite fait le tour du Capitole tellement nous étions impatients de tirer sur les lapins, au beau milieu de ces chèvres qui broutaient je ne sais quoi.

— Et nous avions foutu la frousse aux jeunes bergers ! Tout compte fait, nous nous étions bien amusés.

— J'ignore s'il y a des lapins dans ce bled, mais les singes ne manquent pas !

— Pas question de leur tirer dessus ! Nous risquerions d'attirer l'attention de rebelles déambulant dans le coin.

— Bien sûr ! approuva Robert, d'autant qu'ils pourraient nous surprendre en passant par toutes ces galeries qu'ils connaissent bien.

Démunis de torches électriques, ils n'osèrent pas s'aventurer à l'intérieur du sanctuaire plongé dans la pénombre d'où s'exhalait une odeur âcre de bois brûlé. Ils s'assirent sur des pierres.

Comme s'il se parlait à lui-même, Brahim déclara gravement :

— C'est vraiment plus impressionnant que nos ruines romaines de Volubilis ! Sans pouvoir me l'expliquer, je ne me sens pas à l'aise dans ce temple qui, vu de loin, donne l'illusion d'être encore fréquenté !

— C'est curieux, fit Robert, mais j'éprouve à peu près la même sensation. Là-bas, à Volubilis, l'atmosphère était plutôt sereine tandis qu'ici, elle finit par devenir oppressante, voire inquiétante !

— Aux Thermes de Gallien, souviens-toi, nous avions bien rigolé en imaginant que nous étions des centurions romains en train de nous faire masser par de belles esclaves à demi-nues. Et bien ici, tu vois, pas la moindre évocation de scènes érotiques. Même ces danseuses célestes si voluptueuses, n'enflamment pas mon imagination !

— Elles ont pourtant excité ton esprit en te faisant songer aux danseuses du ventre.

— En réalité, ce sont celles-ci que j'ai imaginées en train de se contorsionner, à peine voilées, devant moi assis confortablement sur des coussins soyeux.

— Fantasme digne d'un nabab ! s'exclama Robert l'air moqueur.

Après un instant de silence, voyant l'air à nouveau préoccupé de son ami, il reprit d'un ton sérieux :

— Sans doute que notre subconscient perçoit les convulsions internes de ce temple profané qui n'en finit pas d'agonir depuis des siècles !

— Tu as peut-être trouvé une explication ! rétorqua Brahim en fixant un regard perçant sur son copain. Mais je serais tenté de croire aussi à une influence maléfique !

— Que veux-tu dire ? s'enquit aussitôt Robert en fronçant les sourcils.

— Les Irlandais ont bien des châteaux hantés, pourquoi ce palais abandonné ne le serait-il pas ?

— Par de mauvais génies qui danseraient la nuit sous la pleine lune ! ironisa l'autre.

— Oui des "afarits" des mauvais génies ! Mais ne plaisante pas avec ça ! répliqua Brahim l'air contrarié.

Un silence gênant s'instaura entre eux. Puis Robert déclara :

— J'ignorais jusqu'à présent que toi, un esprit évolué, tu pouvais croire aux "djenoun" et aux histoires de loups-garous. Mais ça te regarde n'en parlons plus.

Brahim ne dit mot et se leva. Robert fit de même.

Des cris aigus de singes qui se chamaillaient en se poursuivant sur les toits des galeries les tirèrent de leurs réflexions.

Ils descendirent l'escalier avec précaution pour éviter de se tordre les chevilles sur les marches branlantes.

— Allez les gars, debout ! lança Robert à ses hommes qui l'attendaient assis tranquillement à l'ombre.

— Il serait peut-être temps de sortir d'ici ! fit Brahim.

— D'accord, nous levons le camp ! En passant par cette porte nous serons plus vite à l'extérieur du temple.

La petite troupe se dirigea vers un pavillon d'entrée situé au milieu de la galerie nord. Parvenu devant un portique, Robert se retourna, leva la tête pour regarder encore une fois les élégantes tours et dit :

— Quand on voit les Cambodgiens vivre aujourd'hui dans leurs frêles paillotes, on a beaucoup de peine à imaginer que leurs ancêtres khmers aient pu réaliser une œuvre architecturale aussi grandiose !

— Cela parait incroyable en effet ! répliqua Brahim, mais cela doit résulter, je pense, de la décadence de ce peuple qui a perdu ses croyances religieuses pour se réfugier ailleurs dans l'indifférence et l'oubli !

— Afin, dit Robert, de ne plus subir les attaques, des siamois à l'ouest et des chams venus de l'est.

— Les chams ? s'étonna Brahim tout en s'asseyant sur le piédestal d'une statue décapitée.

— C'étaient paraît-il de véritables pirates qui, avant de se fixer, écumaient les mers du sud. Des types un peu comparables à tes corsaires de Salé !

— Ces envahisseurs auraient donc battu les rois khmers et forcé le peuple à fuir en abandonnant Angkor ?

— En quelque sorte ! Et ces pauvres gens n'ont plus osé revenir dans ce lieu responsable peut-être à leurs yeux de leurs malheurs !

— Ils ont été peut-être repoussés par des génies qui avaient pris possession de ce lieu !

— Si tu veux, fit Robert en souriant, mais tes génies, bons ou mauvais, n'ont pas réussi à dissuader les archéologues français d'y entreprendre des travaux de restauration.

— Je n'en sais rien et toi non plus !

— Il est regrettable que tes "djenouns" n'aient pas empêché les rebelles de brûler, l'année passée, la maison du conservateur français.

Brahim resta muet, ne sachant que répondre.

La petite troupe se remit en marche et pénétra sous le pavillon de l'entrée nord. Une forte odeur de moisissure prenait à la gorge. Ils s'empressèrent d'évacuer les lieux et c'est avec la plus grande satisfaction qu'ils se retrouvèrent à l'air libre, au soleil, devant les grands arbres de la forêt qui s'étendait devant eux.

— Nous allons revenir vers nos jeeps en prenant ce sentier qui part vers la gauche ! ordonna Robert en s'y engageant le premier suivi de Brahim. Ce dernier sortit subitement de son mutisme en déclarant :

— Ces Issarak sont des mécréants. Ils ne respectent rien car ils se fichent pas mal de Bouddha et de ces sanctuaires construits par leurs ancêtres.

— C'est vrai hélas, mais quel dommage pour ce temple qui est paraît-il une des merveilles du Monde !

— Mektoub ! Et nous n'y pouvons rien mon frère ! fit Brahim d'un ton qui dénotait son fatalisme.

— C'est intolérable ! explosa Robert l'air écœuré.

Il s'arrêta de marcher, se tourna vers son copain et s'écria :

— Serions-nous alors les témoins impuissants de la décomposition de ce misérable pays que Malraux qualifiait de "terre domestique où les hymnes comme les temples sont en ruines" !

— Peut-être ! l'avenir nous le dira, mais...

Plusieurs coups de feu retentirent, non loin, sur leur droite, coupant la parole à Brahim.

D'un bond, tous se jetèrent à l'abri derrière des blocs de pierre provenant de l'enceinte et amoncelés là depuis des lustres.

Les tirs n'étaient pas dirigés contre eux, mais ils jugèrent préférable de rester un moment sans bouger et d'observer très attentivement, en direction de la fusillade.

Les rafales d'armes automatiques se firent plus intenses et plus proches.

— Un accrochage entre des gars de chez nous et des rebelles ! murmura Robert qui venait de se redresser pour mieux observer.

— Sûrement ! approuva Brahim tout en armant sa carabine, sans se presser, comme s'il s'était trouvé à un stand de tir.

— Restez planqués ! Vous ne tirerez que sur mon ordre ! lança sèchement Robert,

— Les voilà ! là-bas ! dans les fourrés ! s'écria un des hommes en tendant le bras.

À moins d'une centaine de mètres, des rebelles se repliaient par bonds successifs, d'arbre en arbre, tout en tirant dans la direction d'un bosquet situé vers la gauche de la position où se tenaient les deux copains.

Bien que les Issarak, au nombre d'une vingtaine, fussent hors de portée d'un tir efficace des PM dont il disposait, Robert comprit qu'il devait agir sans tarder, par surprise afin d'accroître le désarroi de l'ennemi.

D'un geste il fit ouvrir le feu.

Dans un crépitement assourdissant les six PM tirèrent en même temps, par rafales de 4 à 5 cartouches, tandis que de son côté, Brahim, ajustait calmement le tir de sa carabine. L'effet escompté porta ses fruits : les rebelles stupéfaits, se croyant débordés sur leur flanc, décrochèrent à toute allure non sans lâcher quelques coups de feu en direction de Robert et de sa petite troupe.

Quelques balles sifflèrent à leurs oreilles en un miaulement sec et plaintif mais personne ne fut touché.

Les soldats français apparurent tandis que les rebelles disparaissaient dans les fourrés. Les "marsouins" progressaient avec une méthode qui dénotait leur bon entraînement au combat dans la jungle ainsi que les qualités de manœuvrier de leur chef de section, un lieutenant de la Coloniale.

Celui-ci, un grand gaillard barbu cheveux roux taillés en brosse vêtu comme ses hommes d'un short et d'une chemise kaki trempée de sueur, vint à la rencontre de Robert et de Brahim.

— Merci mes amis ! lança-t-il avec un large sourire. Votre tir m'a d'abord surpris, mais votre soudaine intervention a accentué la déroute de ces salopards. Ils ont laissé des plumes, six macchabées avec leurs flingues, de beaux fusils made in US !

— Où les avez-vous accrochés ? demanda Robert.

— À proximité de notre poste, à moins de deux bornes d'ici ! expliqua le lieutenant en tendant le bras dans la direction du Nord-ouest. Ils ont foutu le feu à ma réserve de pneus et d'huile !

— C'était la fumée que j'avais vue tout à l'heure ! observa Brahim.

— Certainement fit le lieutenant.

— Vous allez les poursuivre encore longtemps ? s'enquit Robert.

— Pendant une heure, mais on ne les rattrapera plus ! Ils sont déjà loin peut-être planqués dans les ruines du Bayon. Nous rentrerons au poste avant la tombée de la nuit. Mais vous, que fichez-vous donc dans ces ruines ?

— Une reconnaissance de la voie royale ! ironisa Brahim.

— Quelle voie royale ? fit l'officier de la Coloniale en fronçant ses sourcils broussailleux.

— Faites pas attention mon lieutenant ! se hâta de dire Robert. C'est une plaisanterie. Nous sommes venus voir le temple d'Angkor Vat et nous retournons à Siem Réap.

— Un repaire de brigands ce sacré temple ! s'écria le lieutenant. J'vous conseille de ne pas traîner dans ce coin. Bon je ne vais pas m'éterniser. Au revoir mes amis !

Il lança quelques ordres et ses hommes se hâtèrent de prendre place dans leur dispositif de combat. Ceux qui fumaient s'empressèrent de jeter leur mégot. Puis ils s'en allèrent, silencieux, l'air farouche, sous les grands arbres, à travers les fourrés où, une demi-heure auparavant les rebelles étaient passés.

Robert, Brahim et leur escorte partirent de leur côté et regagnèrent leurs véhicules au grand soulagement des conducteurs inquiétés par la fusillade qui avait eu lieu à moins de cinq cents mètres d'eux.

Robert reprit le volant de sa jeep, mais avant de démarrer il jeta un dernier regard sur les grandes tours encore éclairées par les rougeoiements du soleil couchant.

— J'espère bien revenir un jour pour prendre des photos !

— Tu en auras l'occasion vieux frère quand la paix régnera dans ce pays ! lui dit Brahim d'un ton qu'il voulait convaincant.

Le crépuscule s'étendait sur la ville quand ils entrèrent dans Siem Réap.

— Je ne les envie pas ces braves marsouins en train de crapahuter ! dit Robert une fois descendu de véhicule.

— Moi non plus ! Je préfère user les pneus de mon scout-car que les semelles de mes chaussures. Je tire mon chapeau à ce lieutenant. Il mériterait une citation.

— C'est sûr ! mais je lui souhaite de ne pas l'avoir à titre posthume comme cela arrive trop souvent !

Tandis qu'ils parvenaient devant le bungalow où Robert avait une chambre pour la nuit, Brahim lui demanda :

— Au fait, ce mécréant de Negrène, sais-tu ce qu'il est devenu ?

— Non, je suppose qu'il doit courir dans la brousse !

— Et son acolyte le malais ?

— En train de croupir en taule.

— As-tu fini par savoir à quel moment il s'était mis au service de Negrène ?

— À la Sûreté de Saïgon on m'a expliqué que les deux lascars se seraient connus à Pnom Penh, quelques jours après que le malais se soit introduit dans ma chambre, à Kompong Thom.

— Avant de s'acoquiner avec le trafiquant, le malais n'était donc qu'un petit voleur ?

— Sans doute.

— Bon maintenant je file car mon chef de peloton va s'inquiéter de mon retard.

— Attends un peu ! lança Robert en retenant son copain par le bras.

— Pourquoi ?

— Tout à l'heure, souviens-toi, quand la fusillade nous a surpris, tu n'as pas terminé ta phrase. Que voulais-tu dire ?

Pris de court, Brahim resta un instant songeur puis il déclara :

— Ça me revient. J'avais commencé en disant à peu près ceci "l'avenir nous le dira, mais "

— Mais et ensuite ? fit Robert en voyant l'autre hésiter.

— Mais... je crains que les Cambodgiens d'aujourd'hui comme les Khmers de jadis soient incapables de relever leur pays.

— Tu ne mets donc pas en cause la présence française et j'en suis heureux car, quoi qu'en disent nos détracteurs, le protectorat a permis à ces populations de vivre en paix pendant près de quatre vingt années ! Ça compte dans l'histoire d'un pays convoité par ses voisins !

— La fin du protectorat ne changera pas grand-chose à mon avis. Ces gens composés d'ethnies diverses et partagées par des idéologies différentes ne cherchent pas, je l'ai vu, à s'entendre pour s'unir. C'est navrant !

— Veux-tu dire en conclusion que, sans cette union, ils ne trouveront jamais la force indispensable pour se rétablir ?

— Ça leur sera tout au moins difficile et surtout s'ils tombent sous le joug d'une nouvelle force étrangère à leur nation !

— Souhaitons pour eux que ta prédiction ne se réalise pas ! déclara Robert en suivant des yeux la silhouette de Brahim qui s'éloignait.

Après avoir donné à ses hommes, les instructions pour le lendemain, il prit sa douche, changea de chemise et de pantalon, puis il se rendit à la popote des officiers où il mangea rapidement avant de regagner sa chambre.

La moustiquaire lui donnait chaud dans cette pièce sans ventilateur mais elle le protégeait contre l'incursion de toutes sortes de bestioles volantes ou rampantes. Quelle journée fertile en émotions !

Il revit d'abord l'accrochage entre les marsouins et les rebelles khmers puis ce fut la vision du temple qui accapara son esprit. Sublimes ruines ! Brahim eut beau le nier, il ne fut pas insensible à l'aspect grandiose du sanctuaire ! Et ces divines apsaras ! L'auteur de la Voie Royale, épris d'aventure et d'action, n'eut sans doute pas le temps de s'extasier devant la beauté de ces sculptures ?

Dans son acharnement à arracher aux ruines ses deux apsaras il négligea la méditation lyrique au profit de la mobilisation de ses forces physiques. Quel dommage ! Il eut fallu peut-être une sensibilité romantique pour s'enthousiasmer.

Plus meurtries par l'homme que par le temps, les apsaras dansant dans les flammes n'en souriaient pas moins, éternellement. Robert emporta leur sourire dans son sommeil.

14

En cette fin de journée particulièrement chaude du 14 février Robert n'était pas mécontent d'arriver dans la petite ville de Réam, terme de la reconnaissance routière qu'il venait d'effectuer depuis Pnom Penh.

En entrant au bungalow où une chambre lui était retenue, il trouva à son goût cette vieille bâtisse de style colonial, enfouie sous les palmiers, à deux pas de la mer qu'il apercevait à travers les arbres. L'hôtel offrait un charme désuet dans un décor magnifique propice au farniente. Les parfums de fleurs exotiques et les chants d'oiseaux saluant les derniers rayons du soleil lui firent oublier un instant qu'il était en mission et non en villégiature sur les bords du golfe du Siam !

L'eau relativement fraîche de la douche lui détendit les nerfs. Il en avait bien besoin !

Il faut dire que ce "soubit" de la coloniale, incrédule comme Saint Thomas et têtu comme un âne, l'avait sérieusement agacé. Il s'en souviendrait de ce type pas très sympathique ! "Bernard Marignier" avait-il dit en se présentant d'un ton sec, aussi sec que l'était son visage anguleux.

Vers midi, Robert et les six hommes de son poste de circulation se trouvaient à 6 kilomètres au sud de Chlank à l'intersection de la route de Kampot et de la piste menant au village de Kompong Trach, quand ils virent arriver, venant de Pnom Penh, une jeep suivie de deux GMC transportant une section de coloniaux.

Parvenu à la hauteur de Robert qui se tenait debout à l'entrée de la piste, le chef de section, un sous-lieutenant, fit arrêter sa jeep et, sans se donner la peine d'en descendre dit d'une voix très sèche.

— Bernard Marignier ! Pour quelles raisons me barrez-vous l'accès de cette route ?

— Pour vous signaler, à toutes fins utiles, répondit calmement Robert, que le pont situé à dix bornes d'ici est détruit et que la coupure est infranchissable avec vos véhicules.

— Que me chantez-vous là mon ami ?

— Que le pont n'existe plus ! rétorqua Robert, narquois.

— Je préfère m'en rendre compte par moi-même ! répliqua Marignier d'un ton péremptoire.

— Vous perdrez votre temps mon ami !

— Vous me le faites perdre avec vos balivernes ! Laissez-moi passer ! hurla Marignier, le regard furibond.

— Et bien allez-y et vous verrez ! lança Robert agacé, vous serez obligé de rebrousser chemin !

Et le sous-lieutenant Marignier, fort courroucé, avait foncé, tête baissée, sur la piste cahoteuse, suivi de ses camions bourrés de marsouins rendus hilares par l'altercation des deux jeunes officiers.

Curieux de voir la tête que ferait le "soubit", Robert était resté à ce carrefour en attendant son retour inévitable.

Il avait donc mangé, tranquillement, avec ses hommes qui avaient ouvert leurs boîtes de rations "Pacific".

Une heure plus tard, alors qu'ils se reposaient à l'ombre ils entendirent le ronflement des moteurs annonçant le retour des coloniaux.

Ceux-ci passèrent sans ralentir. Marignier, l'air revêche, évita le regard de Robert qui l'observait, le visage serein, en se retenant de rire.

Les marsouins ne riaient plus, vexés et mécontents d'avoir perdu du temps dans un aller-retour inutile, à l'heure où leur estomac criait famine.

Un quart d'heure plus tard, tandis que les jeeps du poste de circulation roulaient vers Kampot, le chauffeur de Robert s'écria :

— Regardez-les, mon lieutenant, ils sont arrêtés là-bas à droite sous les arbres !

— Inutile d'aller leur souhaiter bon appétit, ils s'imagineraient que nous voudrions partager leur repas ! ironisa Robert.

* * * *

À huit heures du soir, au restaurant du bungalow, quand il découvrit une jeune et jolie femme assise seule à une table non loin de la sienne Robert sourit à son destin et oublia son ardente discussion avec Marignier.

C'était à n'en pas douter une personne d'une rare beauté ! Son visage ovale au teint clair était mis en valeur par de grands yeux noirs en amande. Elle était mince et paraissait assez grande. Était-elle une chinoise, une annamite, une thaïe, ou bien le produit d'un curieux métissage ?

Il lui fit remettre, par le serveur, un billet par lequel il l'invitait à lui tenir compagnie, au bar, à la fin du dîner. Après avoir parcouru les quelques lignes, la jeune femme, releva la tête et lui adressa un sourire des plus prometteurs. Ils se retrouvèrent donc au bar où sans façon elle accepta un cognac-soda.

Elle s'appelait Ling, vivait seule dans un deux pièces à PNom Penh où elle travaillait à la Radio depuis huit mois.

Rendue probablement loquace par la boisson, elle lui raconta son enfance heureuse à Kampot à l'époque où son père, un honorable Cambodgien d'origine chinoise, exploitait une poivrière en association avec un autre émigré chinois.

En juin 1945, elle ne se souvenait plus du jour, les Japonais avaient arrêté son père au moment où il sortait de chez lui. Il n'était jamais revenu ! Ils l'avaient exécuté. Elle pensait qu'il avait été dénoncé pour avoir aidé des Français qui s'étaient imaginés pouvoir résister aux forces nippones en prenant la brousse.

Profondément affectée par cette tragique disparition qui la minait, sa mère, d'origine thaïe, était tombée gravement malade. Devenue orpheline en octobre 1945, Ling avait vendue la maison familiale à l'associé de son père, un type dénué de scrupules, pour s'installer à Pnom Penh.

— Et l'exploitation de la poivrière ? s'enquit Robert.

— L'associé s'en occupe toujours mais il ne m'a encore rien payé car il prétend que le rendement a diminué beaucoup à cause d'une maladie qui détruit les jeunes plants.

— Vous devriez peut-être en parler à la Chambre d'Agriculture !

— Je l'ai fait. Je dois attendre les résultats d'une enquête.

— J'espère que vous obtiendrez gain de cause.

Quand Robert de plus en plus émoustillé par la beauté et la sensualité de la jeune femme voulut l'attirer contre lui, celle-ci le repoussa doucement.

— Non lieutenant, je vous en prie, soyez gentil !

— Un baiser n'est pas méchant !

— Sans doute mais il vaut mieux s'en abstenir.

— Et pourquoi ?

— Ce genre de chose ne m'intéresse pas.

— Vous avez pourtant accepté mon invitation !

— Pour passer un moment, juste avant d'aller me coucher.

Comme il la regardait, l'air attristé et déçu, elle ajouta en le dévisageant avec une certaine douceur.

— Vous ne me déplaisez pas, mais je veux éviter une aventure sans lendemain. Vous comprenez.

— Fort bien ! Alors à notre amitié ! fit-il en levant son verre.

Il ne voulait pas perdre la face. Bien que désappointé, il n'en resta pas moins, un bon moment, à bavarder avec la jeune femme, en un tête à tête agréable et somme toute préférable à la solitude dans une chambre d'hôtel. S'accommodant d'agir en galant homme, il la raccompagna vers onze heures jusque devant la porte de sa chambre située en face de la sienne. Il la quitta à regret après qu'elle lui eut souhaité une bonne nuit. "Quelle expression dérisoire, se dit-il, pour une nuit sans amour !"

Il rentra dans sa chambre accompagné des seuls effluves du parfum poivré de "mademoiselle Ling".

Il s'apprêtait à passer sous la douche pour se rafraîchir et chasser cette odeur enivrante, quand il entendit deux coups secs frappés à sa porte. Il l'entrouvrit prudemment et eut la surprise de voir Ling visiblement inquiète.

— Venez vite, il y a un serpent dans mon lit !

— Un serpent ! fit-il étonné tout en enfilant son pantalon qu'il avait posé sur le dossier d'une chaise.

Torse nu et pieds nus il se précipita dans la chambre de la jeune femme. La pièce était agréablement parfumée.

Avec précaution il fit le tour du lit en relevant doucement la moustiquaire blanche qui l'entourait.

— Je ne vois rien ! murmura-t-il, les sourcils froncés.

— Il a dû s'échapper ou plutôt se cacher sous l'oreiller ! dit-elle à voix basse. Faites attention car il est peut-être venimeux.

À peine eut-il soulevé le coussin qu'un lézard à grosse tête, long d'une quarantaine de centimètres, bondit soudain sur le matelas et resta immobile, dressé sur ses quatre petites pattes griffues. Robert esquissa un geste de défense. Le reptile paraissait pétrifié de se trouver nez à nez avec ce type qui le dérangeait.

— Méfiez-vous. C'est un "tokay" loin d'être inoffensif ! s'écria-t-elle pas très rassurée.

— Maintenant il s'agit de le flanquer dehors ! dit Robert en s'armant d'une mule que lui tendit Ling.

Le tokay feignait de ne pas voir l'homme s'approcher, lorsque d'un bond, il sauta du lit pour se réfugier sous une commode. Il attendit que le "chasseur" se soit rapproché à quatre pattes pour déguerpir et s'embusquer cette fois sous l'armoire.

Après une chasse effrénée à travers la chambre, avec plusieurs beaux plongeons tantôt sous le lit, tantôt au pied de la commode ou de l'armoire, Robert, toujours armé de la pantoufle, eut le mérite de coincer son adversaire dans une encoignure. Celui-ci se voyant acculé, ouvrit la gueule et mordit à belles dents le bout de la délicate mule rose qui lui était tendue.

Ling poussa aussitôt un cri de douleur comme si elle avait ressenti la terrible morsure.

Si la poursuite fut essoufflante pour le chasseur, la scène n'en fut pas moins hilarante pour la jeune femme, jusqu'à l'instant fatal où le lézard mordit l'appât qu'il ne voulut pas lâcher. Robert réussit tout de même à lui faire lâcher prise en secouant violemment la mule à la fenêtre que Ling s'était empressée d'ouvrir.

— Bon et bien maintenant que vous êtes débarrassée de cet horrible dragon, je vais regagner ma chambre ! déclara-t-il d'un ton narquois, tout en se dirigeant vers la porte.

— Mais, lieutenant, vous n'allez tout de même pas me laisser seule ici, dans ce lit où cette sale bête s'était glissée !

— Vous oubliez, ma chère, que je ne suis qu'un homme de passage une nuit sans lendemain ! répliqua-t-il d'un ton malicieux.

— Je sais, Robert, mais je vous demande d'être ce soir, rien que cette nuit, mon chevalier ! murmura-t-elle en souriant étrangement.

Il s'adossa contre la porte, tandis qu'elle avançait, lentement doucement, comme si ses pieds nus effleuraient à peine le carrelage.

Il restait immobile et silencieux.

— J'ai besoin de vous, offrez-moi s'il vous plaît, l'abri de votre chambre !

Elle se faisait câline en le fixant intensément de ses grands yeux en amande, comme si elle voulait l'hypnotiser.

Elle s'arrêta enfin, quand sa poitrine tendue sous le chemisier, effleura le torse nu de Robert. Il la regardait avec curiosité en s'efforçant de dissimuler sur ses traits l'expression du désir qui l'embrasait.

Les yeux mi-clos, elle posa délicatement les mains autour de son cou et elle l'embrassa en se collant de plus en plus fort contre lui.

Elle lui avait refusé un simple baiser et maintenant elle n'hésitait pas à lui offrir son corps, avec des gestes naturels, sans passion, mais aussi sans impudicité.

La lune disparaissait derrière les palmiers, lorsqu'ils s'empressèrent de se glisser sous la moustiquaire de Ling.

15

Effectuer la reconnaissance routière de l'itinéraire reliant Pnom Penh à Kratié, petite ville en bordure du Mékong à 260 kilomètres environ au nord-est de la capitale cambodgienne !

Telle était la mission confiée à Robert par l'État-major du Commandant supérieur du Cambodge., Une randonnée de deux jours et encore si tout allait bien !

Il était d'autant plus satisfait que Brahim allait l'accompagner, en touriste ! En effet ce dernier venait d'obtenir une permission de convalescence de six jours à sa sortie de l'hôpital Calmette où il avait été soigné pour une dysenterie.

Cette mission était une aubaine pour les deux amis car ils allaient ensemble découvrir une route et des contrées qu'ils ne connaissaient pas !

En cette fin d'après-midi du dimanche 3 mars, tous deux étaient assis confortablement dans des fauteuils du bar du "Royal Hôtel" où Robert avait la chance de loger en chambre conventionnée.

— Bon alors nous partirons demain matin à six heures ? dit Brahim en prenant son verre rempli de jus d'orange.

— Oui et pas plus tard car je voudrais que nous arrivions avant neuf heures au bac de Kompong Cham ! répondit Robert après avoir avalé une gorgée de son cognac-soda.

Après un court silence, ce dernier reprit :

— J'ai déjà effectué la reconnaissance jusqu'à ce bac. Ensuite nous roulerons moins vite afin de relever avec soin les détails sur l'état de la chaussée et des divers ouvrages franchissant les stungs.

— À quelle heure penses-tu arriver à Kratié ?

— Vers seize heures, sauf incident bien entendu.

— Nous traverserons un sale coin entre Mimot et Snoul ! Il y a eu déjà plusieurs accrochages avec les viets ! observa Brahim.

— Je sais, aussi serons-nous escortés par une patrouille mise en place par le secteur de Mimot.

— Combien sommes nous à participer à cette expédition ?

— Et bien, nous deux et six de mes gars sur deux jeeps et le chef Laudric notre dépanneur auto avec sa camionnette Chevrolet et son chauffeur. Ah ! j'oubliais Mamout un brave interprète cambodgien que nous laisserons à Kratié.

— Bon, alors à demain vieux frère ! fit Brahim en quittant son fauteuil.

— Nous passerons te prendre à ton cantonnement à six heures !

Le lendemain après-midi, il était un peu plus de quatre heures lorsque le détachement entra dans Kratié après avoir roulé sans incident à l'exception d'une crevaison de pneu de jeep.

Entre Mimot et Snoul, sur près de 60 kilomètres à travers la forêt et des plantations d'hévéas, il avait été escorté par un groupe de combat d'infanterie sur dodge 6x6. Des éléments viets venus de la région de Loc Ninh s'étaient manifestés récemment en massacrant non seulement des techniciens français, mais également des ouvriers vietnamiens qui travaillaient dans l'une des plantations appartenant à une société française.

À Kratié, lorsque Robert quitta le PC du secteur, Mamout vint le trouver pour lui demander de l'amener au village de Sré Sbau où habitait son père. Celui-ci était âgé et malade. Le fils voulait le soigner avec des médicaments qu'il avait achetés dans une grande pharmacie française de Pnom Penh.

— Village pas loin, possible y aller en une heure ! dit-il l'air convaincant.

Quelque peu embarrassé, Robert décida néanmoins de lui rendre service. Comme il ne possédait aucune carte géographique de la région il n'avait pas la moindre idée de l'endroit où était Sré Sbau, situé, selon Mamout, à une heure de route, au nord de Kratié.

— Un foutu douar perdu dans la jungle ! fit Brahim pas très emballé.

— Sûrement un hameau de huttes sur pilotis ! observa Robert. Mais sois tranquille nous serons de retour ici avant la nuit.

— Et bien allons-y sans perdre de temps.

Chacun regagna son véhicule. Robert prit le volant de la jeep de tête, Brahim s'assit à côté de lui, sa carabine US M1, entre les jambes, tandis que Sestrel et l'interprète s'installaient à l'arrière.

Il était un peu plus de quatre heures et demi lorsque les trois véhicules quittèrent Kratié en direction de Stung Treng, vers le nord. La RC 13 longeant le Mékong sur une vingtaine de kilomètres, était en assez bon état mais elle se transformait en une piste cahoteuse en s'enfonçant dans la forêt clairière. Il fallut réduire la vitesse. Parmi les nombreuses ornières, il n'y avait pas la moindre trace de pneumatiques.

Robert savourait l'illusion d'être le premier à rouler sur cette voie ! Mais au bout d'une demi-heure, voyant le visage crispé de son copain, il comprit que celui-ci fatigué par sa récente maladie, ne devait pas être à l'aise à cause de la chaleur suffocante et des cahots.

— Comment te sens-tu vieux frère ? s'enquit-il en ralentissant légèrement.

— Ça va merci, ne t'inquiète pas pour moi ! répondit Brahim avec un petit sourire.

— Alors Mamout, ton village est encore loin ?

— Non lieutenant, nous arriver bientôt ! répondit l'interprète dans un large sourire rassurant.

Le soleil déclinait lorsqu'ils arrivèrent enfin au milieu du hameau, après une soixantaine de kilomètres sans rencontrer la moindre charrette.

Alertés par les ronflements des moteurs, la plupart des habitants, une quarantaine de personnes environ, s'étaient rassemblés autour de leur chef, un gaillard à la peau brune et aux cheveux gris et crépus.

Les hommes portaient des shorts noirs ou marron et les femmes des jupes de tissu grossier. Tous étaient torse nu. Quelques jeunes enfants bedaines à l'air, se serraient, craintifs contre leurs mères. La méfiance et l'étonnement se lisaient dans le regard des adultes qui observaient sans bouger ces soldats et leurs véhicules surgissant de la forêt. Ils parurent rassurés quand Mamout leur eut donné des explications.

— On fait une halte de cinq minutes et on repart, ne vous éloignez pas d'ici ! lança Robert, après avoir mis pied à terre.

— Bonne idée ! Nous dégourdirons nos jambes ! fit Sestrel.

— Et nous vidangerons nos vessies ! plaisanta un autre conducteur avant de foncer vers un bosquet.

Ils s'apprêtaient à grimper dans les véhicules, quand leur attention fut attirée par l'arrivée d'un groupe de cinq Cambodgiens qui marchaient, lentement, à la file indienne. Ils revenaient de la chasse. Le premier, la trentaine, solidement bâti, avançait d'un air décidé en tenant une longue pique, le second, plus trapu, était armé d'une arbalète posée sur son épaule droite, le troisième transportait sur son dos un gibbon à fourrure noire ornée d'un collier à poils blancs, quant aux deux derniers ils avançaient lourdement en portant sur leur épaule droite une longue et solide tige de bambou à laquelle était suspendu un lézard, gigantesque !

Celui-ci devait mesurer au moins un mètre cinquante !

Les chasseurs "pnongs" étaient tout aussi surpris de trouver des soldats français que ces derniers l'étaient en découvrant les drôles de gibiers ! Le singe était mort pour avoir été transpercé d'une flèche d'arbalète mais le lézard géant, capturé vivant, s'agitait en dardant des regards terribles sur les individus qui l'entouraient, à distance respectueuse.

Le premier chasseur faisait signe de la main de ne pas s'approcher du reptile. Les réflexions allaient bon train parmi les hommes du détachement.

— Il n'a pas l'air gentil ! disait l'un.

— J'ai cru d'abord que c'était un crocodile ! disait un autre.

— C'est peut-être un iguane !

— Avec sa peau, il y a de quoi fabriquer bon nombre de portefeuilles !

— Attention ! fit Mamout, lui "varan dragon", très dangereux.

— Que vont-ils faire de ce pauvre singe ? s'enquit Robert.

— Gibbon très bon à manger ! répondit Mamout tout en faisant signe au mephum de s'approcher de Robert.

Le chef de village parla en Cambodgien et l'interprète traduisit :

— Mephum demande vous l'aider pour chasser tigre. Lui dangereux déjà tué deux bœufs dans la nuit.

Le chef de village observait attentivement le visage de Robert afin de voir comment celui-ci réagirait. Visiblement étonné et embarrassé, le jeune officier répondit :

— Mais il ne manque pas de valeureux chasseurs !

— Chasseurs très courageux, mais pas avoir bons fusils comme tes soldats et tigre malin comme le diable ! répondit Mamout.

Après un instant de réflexion, Robert dit à Brahim :

— Ils s'imaginent que nous pourrions facilement l'abattre avec notre FM !

— Cela serait possible sans cette herbe à éléphant qui empêche toute approche sans risque. Il nous faudrait plutôt un fusil de chasse, gros calibre !

— J'ai bien mon fusil Enfield 303, calibre 7,7 ! fit Robert.

— Ton flingue devrait convenir, mais comment t'y prendras-tu pour approcher le tigre et l'ajuster au milieu des hautes herbes ? On ne s'improvise pas chasseur de fauves !

Mamout qui jusque-là s'était contenté d'écouter les deux amis déclara gravement :

— Vous pouvoir tirer tigre si vous montez dans un arbre avec fusil et lampe électrique.

— Autrement dit, une chasse à l'affût et à la belle étoile ! remarqua Robert. Mais il faudrait l'attirer avec un appât.

— Une jolie petite chèvre qui bêlerait tout en se trémoussant autour d'un piquet ! plaisanta Brahim.

— Pourquoi pas plutôt un gros buffle capable d'encorner le fauve ! ricana Robert.

— Et vous Laudric qu'en dites-vous ? demanda Brahim au sous-officier dont il appréciait le bon sens et la débrouillardise.

— Je crois que j'opterais l'affût dans un mirador bien haut. Ce serait plus prudent.

— Fort bien ! fit Brahim, mais il nous faudra trouver la proie.

— Un cochon devrait faire un bon appât ! dit Laudric.

— C'est vrai car ces animaux ne manquent pas ici ! observa Brahim en faisant la grimace.

— Et bien d'accord, aussi nous restons cette nuit et demain nous ferons installer un mirador dans un arbre ! décida Robert pas mécontent de ce projet de chasse.

Quand Mamout lui eut expliqué que les militaires allaient passer la nuit dans son village, le "mephum" remercia Robert et lui offrit une des plus grandes paillotes. Elle était construite sur de hauts pilotis en bois, comme toutes les autres, avec des murs de nattes et un toit de chaume. On accédait à l'étage à l'aide d'une échelle rudimentaire en rondins taillés à la hache. Au-dessous se trouvait une étable où étaient parqués trois buffles.

Avant de rejoindre son père, l'interprète dit à Robert sur le ton de la confidence :

— Tigre malin ! lui sentir voitures, lui peut-être pas venir ce soir !

— Tant mieux, comme ça nous pourrons pioncer peinards ! s'esclaffa l'un des hommes, un parisien toujours prêt à blaguer.

— Et renifler en paix les doux effluves de l'étable ! ajouta un autre en se pinçant les narines.

— On verra bien ! se contenta de dire Robert.

S'adressant aux deux plaisantins, le chef Laudric leur lança :

— Au lieu de déconner vous feriez mieux de grimper dans la hutte et d'y installer les lits "picot" avant la tombée de la nuit.

Une heure plus tard, après avoir avalé sa ration de combat, chacun s'installa pour dormir, tout habillé, son arme à la main.

L'obscurité et le silence enveloppaient le hameau. Les villageois s'étaient enfermés dans leurs paillotes, abris oh combien dérisoires !

Au fur et à mesure que la nuit avançait, les voix devinrent murmures et peu à peu s'éteignirent. Brahim, quelque peu fatigué, dormait sous sa moustiquaire tandis que Robert tendait encore l'oreille tout en réfléchissant sur la façon d'appâter le tigre.

Aucun bruit suspect au-dehors, mais au-dessous, les buffles ne cessaient de mâchonner, de renifler et de piétiner.

Dans l'encadrement de la porte ouverte, il distinguait la silhouette de la sentinelle, debout, immobile, en haut de l'échelle. Il était un peu plus de onze heures du soir. Il pensa que Mamout avait eu raison de supposer que le fauve ne viendrait pas, intrigué par les odeurs d'essence, effluves étranges et sans doute désagréables pour le fin odorat d'un tel chasseur.

Des beuglements et des bruits de sabots le réveillèrent en sursaut. Il était environ une heure du matin. À côté de lui Brahim se releva en marmonnant "Qu'est-ce que c'est ?"

Une galopade frappant lourdement le sol les fit sauter du lit et se précipiter à l'extérieur. La sentinelle avait entendu le bruit mais rien vu !

Sous la paillote les buffles s'agitaient anormalement.

Penchés par-dessus la fragile balustrade en bois, Brahim et Robert scrutèrent l'obscurité, mais en vain ; la nuit avait une profondeur où les regards ne pénètrent pas.

Ce fut à nouveau la galopade qui s'éloignait vers la forêt, suivie cette fois d'un cri rauque, un feulement puissant puis plus rien. Les deux copains se regardèrent en silence. Ils avaient compris. Le fauve était venu et un malheureux buffle s'était fait prendre !

Dans le hameau, tout le monde avait entendu la course désespérée, mais personne n'avait osé bouger. A quoi bon ! C'était leur tribut au seigneur de la jungle !

Subitement Robert pensa que le buffle mort pourrait leur servir d'appât pour l'affût.

— Allons-y et "fissa" (22) ! lança-t-il. Toi Brahim prend mon fusil et vous Laudric prenez votre PM. On va foncer en jeep à la poursuite du tigre. Faut l'empêcher de bouffer sa proie !

Deux minutes plus tard la jeep démarrait. Ils roulèrent pendant cinq cent mètres environ sur un sentier cahoteux bordé d'herbe à éléphant.

C'est alors qu'ils aperçurent, dans la lumière des phares, à une centaine de pas, un tigre, énorme, vautré sur le dos d'un buffle. Ce dernier, renversé sur le sol, agitait convulsivement ses pattes arrières. Spectacle ahurissant, impressionnant, sauvage !

Le félin se redressa légèrement, tourna la tête dans leur direction ; ses yeux jaunes brillaient dans la lueur des phares. Surpris mais guère effrayé, sûr de sa force, il émit un grondement sourd comme un avertissement aux intrus qui osaient le déranger.

Robert fit avancer la jeep, au ralenti et stoppa à une cinquantaine de mètres. Prenant appui sur le pare-brise, Brahim épaula et tira. Le coup partit une fraction de seconde trop tard car le tigre réussit à s'échapper d'un bond en plongeant dans l'obscurité.

Le chef Laudric envoya une rafale de PM dans la direction du fuyard, par mesure de sécurité. Lorsque Robert arrêta le véhicule juste devant le corps du bovidé, celui-ci ne remuait plus, il était encore chaud mais bien mort. Le fauve avait broyé la nuque avec ses formidables mâchoires tout en lui lacérant les flancs de ses puissantes griffes !

— Ce pauvre bœuf nous servira d'appât ! lança Robert. Accrochons-le en remorque derrière la jeep et ramenons-le au village.

Tandis que Brahim surveillait les fourrés, prêt à tirer, Robert et Laudric enroulèrent le câble de remorquage de la jeep autour du ventre de l'animal. Ils revinrent au village en roulant au ralenti afin de ne pas trop abîmer leur appât traîné sur la piste caillouteuse.

Devant leur paillote ils y trouvèrent le chef de village et Mamout entourés d'une douzaine d'hommes armés de piques. Alertés par les coups de feu, ils voulaient savoir ce qui s'était passé.

Robert raconta à l'interprète la rencontre avec le tigre et son intention d'utiliser le buffle comme appât.

Comme les villageois palabraient à n'en plus finir, il demanda à Mamout qui semblait perplexe :

— Que veulent-ils ? Ils n'ont pas l'air content !

— Eux dire pas bon laisser ici buffle mort, car lui attirer vautours quand jour sera levé !

— Bon ! dis au "mephum" qu'avant le lever du soleil nous transporterons ce bœuf à l'extérieur du village.

Satisfaits les cambodgiens réintégrèrent leurs demeures. Laudric rangea la jeep entre les deux autres véhicules et recommanda à la sentinelle d'être particulièrement vigilante.

Il était un peu plus de deux heures du matin quand Robert, Brahim et Laudric se recouchèrent.

— Ce tigre est un fils de "cheitan" ! murmura Brahim.

— Pourquoi ? fit Robert.

— Parce qu'il a bondi à l'instant même où j'appuyai sur la détente !

— T'en fais pas, nous finirons par l'avoir, ce maudit animal.

— J'aimerais bien le tirer pour ne pas rester sur un échec !

— Si tu veux d'autant que tu as meilleure vue que moi.

— Je pense qu'en sciant la pointe des balles du 303 l'effet de choc sera plus puissant et plus efficace.

— Sans aucun doute ! Je demanderai à Laudric de le faire dans la matinée.

Quand ils se réveillèrent, le soleil se levait entre les huttes. Ils eurent le plaisir de boire un verre de café chaud en grignotant quelques biscuits secs des rations "Pacific". Le chef Laudric s'était débrouillé une fois encore pour préparer le petit-déjeuner !

À la lisière de la forêt, à environ trois cent mètres de l'endroit où le tigre avait terrassé sa proie, Mamout trouva un arbre qui lui parut approprié à l'affût. Les trois Cambodgiens qui l'accompagnaient y aménagèrent un mirador avec des branchages.

Vers 8 heures quand cette installation fut terminée, on attacha le buffle à une grosse souche située à dix pas du mirador.

Toute la journée et jusqu'au coucher du soleil, deux hommes armés de PM montèrent la garde, à tour de rôle, dans cet abri, afin d'éloigner les vautours ou tout autre prédateur qui serait venu roder autour de l'appât.

Les rapaces ornaient les cimes des grands arbres mais aucun d'eux ne se hasardait à descendre de son perchoir. Était-ce la présence insolite des deux hommes dans le mirador qui les en empêchait ou plutôt celle du tigre qu'ils devaient apercevoir, tapi dans les fourrés ?

Avant le crépuscule, Robert et Brahim remplacèrent les deux derniers guetteurs qui s'empressèrent de regagner le village, visiblement contents d'être relevés. Les deux amis s'installèrent le mieux possible, à califourchon sur de grosses branches ; Robert accrocha sa lampe électrique (celle-là même qu'il avait achetée à Arzew en compagnie de Brahim) à une boucle de son ceinturon et tous deux se tinrent immobiles et silencieux.

La nuit descendit, très vite. Au-dessus d'eux, les silhouettes noires des vautours se profilaient dans le ciel. Au-dessous régnaient maintenant les ténèbres. Les chairs faisandées du buffle exhalaient une odeur fétide qui devait probablement inciter certains carnassiers à se pourlécher les babines.

Les deux chasseurs se tenaient aux aguets depuis une demi-heure quand, soudain et sans que le moindre bruissement ait annoncé son approche, le tigre apparut, tel une masse grisâtre émergée de l'obscurité !

Le fauve voulait reprendre sa proie !

Robert sentit son cœur battre très fort. C'était impressionnant !

Avec des gestes lents et mesurés il prit sa torche et appuya sur le bouton. En pleine lumière, le félin paraissait encore plus énorme. Il était superbe ! À l'instant où il tourna la tête vers le mirador, le coup de feu éclata. La déflagration s'accompagna d'un cri rauque, un râle puissant de colère et de douleur. Un second coup de feu claqua suivi d'un grognement encore plus fort. Avant que Brahim ne tira une troisième fois, le tigre avait bondi dans les fourrés.

De la poussière s'élevait de l'endroit où il avait griffé rageusement la terre avant de déguerpir.

Le silence retomba plus pesant, après que des vautours se furent envolés dans un battement d'ailes engourdies par le sommeil.

— Tu l'as touché, par deux fois ! murmura Robert.

— Oui, la première fois à l'épaule, mais la seconde, je ne sais pas, il remuait trop !

— Je descends le premier, couvre-moi !

— Attends encore un peu, c'est plus prudent ! chuchota Brahim.

Au bout de cinq minutes, n'entendant aucun bruit suspect, ils descendirent l'un après l'autre du mirador.

Sachant qu'un fauve blessé peut être dangereux, ils ne s'aventurèrent pas dans la direction prise par le tigre et ils regagnèrent le hameau sans traîner.

Hommes, femmes et enfants étaient rassemblés devant la grande hutte du chef de village. Certains d'entre eux portaient des piques, d'autres des torches fumantes.

Brahim fut obligé de raconter, dans les détails, comment il avait tiré à deux reprises. Mamout traduisit au fur et à mesure avec des gestes qui mimaient le tireur accroupi dans le mirador. L'auditoire était très attentif, sans paraître impressionné.

Les palabres allèrent bon train parmi les hommes tandis que les femmes et les enfants, légèrement à l'écart, se contentaient d'écouter le récit et les commentaires des chasseurs.

S'adressant à Robert par l'intermédiaire de Mamout, le mephum expliqua que le tigre, touché à l'épaule et vraisemblablement en arrière des poumons, devrait mourir dans la nuit et qu'il faudrait le retrouver le lendemain matin, avant le lever du soleil, afin de le soustraire aux becs des vautours.

— Que décides-tu ? fit Brahim.

— Nous accompagnerons les pisteurs, bien entendu ! répondit Robert. Nous devrons peut-être achever l'animal pour abréger ses souffrances.

— Je préférerais qu'il soit déjà mort !

— Moi aussi !

Les deux amis convinrent avec le mephum de se retrouver le lendemain, au petit jour, devant le mirador à partir duquel les pisteurs suivraient les traces du félin, d'autant plus visibles que ce dernier devait perdre beaucoup de sang.

Quand ils regagnèrent leur paillote, les hommes ronflaient déjà. Au-dessous, dans l'étable, même les buffles se tenaient tranquilles.

Quand le soleil se leva, dardant ses premiers rayons lumineux à travers les frondaisons, Robert et Brahim marchaient depuis un bon quart d'heure, à pas lents et mesurés, sans dire un mot, sur les talons de deux pisteurs armés de longues piques. Des cris retentirent devant eux, des appels qui exprimaient la satisfaction d'avoir découvert enfin ce que l'on recherchait non sans crainte ! Ils se mirent à courir à travers les hautes herbes. Une multitude de charognards tournoyait au-dessus d'un bosquet, indiquant ainsi l'emplacement où gisait le cadavre du tigre.

Celui-ci était étendu de tout son long, sur le flanc gauche, la tête redressée, gueule entrouverte et crocs menaçants, comme s'il avait voulu défier un adversaire en exhalant son dernier râle. Il avait eu la force de se traîner en boitant sur plus d'un kilomètre ! Il devait dépasser les trois cent kilos ! Les pisteurs se mirent à quatre pour le transporter à l'aide d'un gros bambou qui pliait sous le poids.

Il était 8 heures lorsque le cortège funèbre arriva, un peu essoufflé mais triomphant devant la hutte du mephum.

Tous les villageois se pressaient pour regarder avec curiosité et satisfaction le défunt seigneur de la jungle qui les avait terrorisés plusieurs nuits de suite.

Bien que figé dans la mort, il paraissait encore redoutable et féroce. Les jeunes enfants et les chiens n'osaient pas s'en approcher !

Robert et Brahim quittèrent Sré Sbau sans esprit de retour, mais avec le sentiment d'avoir accompli une bonne action envers ses habitants.

Tous les hommes, mephum en tête, avaient tenu à leur serrer la main en signe de gratitude.

Mamout était resté au village pour s'occuper de son père ; Robert avait vu dans son regard l'expression de la résignation.

À Kratié, le détachement ne fit qu'une courte halte et reprit la route menant à Snoul et à Mimot. Il y passa la nuit, hébergé par une compagnie d'infanterie installée dans une plantation d'hévéas. Après le repas du soir qu'ils eurent le plaisir de prendre ensemble à la popote mixte pour officiers et sous-officiers de cette unité, les deux copains se retrouvèrent côte à côte sur des lits de camp installés dans une cabane.

Depuis le départ de Sré Sbau, ils n'avaient plus parlé de leur chasse au tigre, leur attention étant accaparée par divers sujets relatifs à la reconnaissance routière et à leur défense.

— Au fait Robert, sais-tu que mon père a abattu une panthère dans la forêt d'Oulmês, il y a une dizaine d'années ?

— Pas possible ! Tu ne m'en as jamais parlé ! fit Robert étonné.

— C'était un hiver où il avait beaucoup neigé sur le Djebel Mouchchene. Mon père, à cheval, avec deux "morhaznis", était tombé sur le félin, au moment où celui-ci égorgeait un mouton, au pied d'un chêne-liège.

— C'est formidable ! Tel père, tel fils ! lança Robert avec admiration.

— Mon "pater" a eu je crois plus de mérite, car il fut surpris de se trouver en quelque sorte nez à nez avec la panthère.

— Sans doute, mais ton tigre était sûrement plus redoutable. Vos mérites se valent !

Le silence plana un moment sur les deux amis égarés dans leurs songes, puis Robert reprit :

— Le mephum t'a offert la dépouille du tigre royal, pourquoi n'as-tu pas accepté ce trophée ?

— Qu'en aurais-je fait ? s'écria Brahim narquois. Nous aurions dû la partager en deux. Quel dommage !

— Quel dommage en effet ! murmura Robert d'un ton amer, d'avoir été obligé de supprimer ce magnifique animal. Devant sa dépouille, j'ai ressenti un choc, oui, comme un remords !

— Je te comprends vieux frère ! J'ai éprouvé la même sensation. C'est la raison pour laquelle j'ai refusé ce trophée souvenir !

— Le mephum en a été ravi. Il vendra un bon prix les belles moustaches à un pharmacien chinois de Kratié.

— Ah ! Et pour quelles raisons !

— Elles auraient un pouvoir magique et une grande valeur médicamenteuse selon une croyance répandue chez la plupart des Annamites et des Chinois.

— Pourquoi pas après tout ! observa gravement Brahim.

— Tu ne vas tout de même pas croire à ces foutaises !

— Nous, musulmans, nous accordons bien un pouvoir bénéfique à la main de Fatma considérée comme souveraine contre le mauvais œil ! Je ne rejette donc pas a priori cette idée d'un pouvoir magique possédé par les moustaches de tigre.

— À ta guise mon vieux ! rétorqua Robert en prenant un air entendu, mais ce ne sont là, et tu le sais, que des croyances anciennes perpétuées surtout par les devins et autres sorciers !

— C'est vrai, mais parfois, dans certaines circonstances, je n'ai pu m'empêcher d'avoir recours à ces croyances qui rassurent. Je t'en donne pour preuve ce petit tatouage, ici, sur mon poignet droit. Tu le connais, c'est un remède contre les entorses.

— S'il est efficace je me ferai moi aussi tatouer ! ironisa Robert.

— Au sujet de médicaments, tu m'as dit, avant hier, que Mamout en avait achetés dans une pharmacie française de Pnom Penh, pour les donner à son père.

— En effet !

— Sait-il au moins de quoi souffre son pater ?

— Sans doute ! C'est une sorte de paludisme diagnostiqué par le "kruv" un toubib khmer, mi-guérisseur mi-sorcier, qui pratique l'exorcisme, comme me l'a expliqué Mamout.

— Je suppose que celui-ci a prescrit un remède local !

— Évidemment, mais l'interprète ne fait plus confiance aux drogues des guérisseurs depuis le décès de sa mère, aussi leur a-t-il habilement substitué des médicaments de notre pharmacopée !

— De quoi est-elle morte ?

— Il m'a parlé d'une étrange maladie appelée "mahadal", par le "kruv" mais qu'il n'a pas su me traduire en français.

— Quels étaient les symptômes ?

— Des boutons suppurants et de la fièvre, m'a dit Mamout. Il est d'ailleurs persuadé que ce guérisseur s'est trompé.

— Il a peut-être raison mais il a pris des risques en voulant soigner son père de cette façon. À sa place je ne l'aurais pas fait !

— Quelques comprimés de quinine et d'aspirine ne feront aucun mal au vieillard ! répliqua Robert d'un ton narquois. D'ailleurs il allait déjà mieux ce matin m'a dit Mamout satisfait de son initiative !

Le silence s'instaura entré les deux copains en léger désaccord.

— Sais-tu, reprit Brahim d'un ton plus modéré, que des guérisseurs berbères ont réussi parfois là ou ta médecine avait échoué !

— C'est possible ! fit Robert conciliant. Mais pour en revenir à ce brave Mamout et bien tu n'es pas à sa place et c'est heureux pour toi !

— Bon, d'accord "rouïa" n'en parlons plus et dormons.

— Fais de beaux rêves et surtout ne songe pas aux sorciers.

Le lendemain matin, dès le lever du jour et sitôt leur café avalé, ils quittèrent Mimot. Deux heures plus tard ils arrivaient au bac de Kompong Cham après avoir parcouru sans dommage et sans arrêt les 90 kilomètres séparant les deux petites localités. Ils avaient essuyé plusieurs coups de feu à côté de Krek mais ils ne s'étaient pas arrêtés, se contentant d'accélérer la vitesse et de riposter en tirant de longues rafales de FM en direction des viets invisibles dans les fourrés.

Une fois les véhicules arrêtés sur le quai, devant le bac, les hommes du DC R se mirent à casser la croûte avec les restes de leurs rations "Pacific", tandis que Robert et Brahim se rendirent au marché. Ce dernier avait manifesté le désir d'y acheter une natte, pour avoir appris, la veille à Mimot, en bavardant avec un adjudant de la coloniale, qu'on en trouvait de très belles à Kompong Cham.

Ils déambulèrent devant les boutiques jusqu'au moment où Brahim tomba en arrêt à une devanture. Ce n'étaient pas les articles exposés qui attiraient ses regards mais l'individu qui se tenait debout à l'entrée de l'échoppe, un homme d'aspect imposant, barbu au teint basané, vêtu d'un sarong à carreaux et d'une veste boutonnée jusqu'au cou. Le détail inattendu voire insolite était sans conteste son couvre-chef, un magnifique fez de velours tirant sur le violet ! Brahim le regardait l'air éberlué. À n'en pas douter c'était un musulman !

Pleinement convaincu, Brahim s'avança sans hésiter vers le commerçant et lui tendit la main en disant aimablement : "Allah akbar ! Salem aleikoum !"

L'autre, un instant surpris, serra la main tendue, ouvrit la bouche et prononça en souriant quelques mots incompréhensibles pour Robert qui se tenait à quelques pas en arrière.

Le marchand, apparemment très flatté, s'empressa de faire entrer son honorable client et de lui présenter une foule d'articles intéressants : des cordes, des sacs en jute, des poteries, des chaussures à semelles de crêpe, des sacs en cuir, des portefeuilles en lézard et enfin des nattes de jonc de toutes les couleurs et de toutes les dimensions.

L'air extasié, Brahim finit par choisir une grande natte de Prek Tamak matelassée de kapok et de couleur rouge, "une teinture naturelle appelée "sbeng" extraite de l'écorce d'un arbre" lui précisa en français le vendeur. Selon la "caïda" (23) marocaine, Brahim se mit à marchander.

En spectateur amusé Robert vit alors les deux hommes se livrer au jeu des doigts pour indiquer le nombre de piastres demandé par le vendeur et celui proposé par l'acheteur.

Une fois la natte payée et roulée sous son bras Brahim entraîna Robert à l'extérieur de la boutique.

— Alors ! fit Robert, as-tu discuté en arabe avec ce type ?

— Pas vraiment !

— Était-ce un "cham asalam"

— Je n'en sais rien ! Il n'avait pas l'air de comprendre le marocain aussi n'ai-je pas insisté, par correction. Mais c'était un musulman !

— En es-tu sûr ?

— Oui, il a très bien compris le sens de mon salut quand je lui ai adressé la parole. Et puis il porte un fez ! Cette calotte est à elle seule une profession de foi !

— Sans doute ! Il m'a semblé qu'il parlait français en t'expliquant l'origine de la teinture rouge.

— C'est la seule fois où il a parlé français, une phrase qu'il doit connaître par cœur et répéter à chaque client !

Robert préféra ne rien ajouter pour ne pas contrarier outre mesure son copain qu'il sentait déçu.

Une heure plus tard, le bac les déposa sur l'autre rive du Mékong et ils regagnèrent Pnom Penh sans incident.

16

Pnom Penh s'éveilla très tôt le dimanche 13 avril 1947 pour fêter le "Chaul-Chhnam", le Nouvel An cambodgien.

La joie populaire embrasa la capitale dès les premiers rayons du soleil sur les eaux miroitantes du Mékong.

Sous un ciel blafard, la journée s'annonçait chaude comme toutes celles de la saison sèche. Nombreux furent les jeunes cambodgiens qui se trempèrent tout nus dans les eaux rafraîchissantes du grand fleuve.

Par mesure de sécurité, tous les postes militaires situés à la périphérie de la capitale furent mis en état d'alerte tandis que les troupes cantonnées dans la ville étaient "consignées au quartier". N'étant pas de service, Brahim et Robert eurent la satisfaction de se retrouver dans l'après midi, au cercle sportif et de se baigner dans la piscine envahie de personnes de bonne compagnie.

Vers cinq heures, en sortant du club, Robert eut l'aimable surprise de tomber sur Ling.

Il ne l'avait pas revue depuis la folle nuit passée avec elle au bungalow de Réam ! Elle était accompagnée d'une jeune fille cambodgienne au teint cuivré et aux pommettes saillantes. Moins élancée que Ling, elle n'en était pas moins jolie !

Elle se prénommait Kôm. Elle les gratifia d'un gentil sourire avec une expression enfantine qui plut à Brahim.

Toutes les deux, tête nue, cheveux noirs, longs et bien peignés, portaient un sarong en soie de couleur vive et un chemisier blanc, brodé serré à la taille à l'aide d'une fine ceinture à boucle dorée. Elles ne manquaient pas d'allure !

Une fois les présentations terminées, Ling, visiblement ravie de retrouver son "chevalier", lui expliqua qu'elles se rendaient à un petit théâtre où jouait une troupe de danseuses régionales.

— Venez avec nous, c'est un spectacle à ne pas manquer ! dit-elle les yeux rieurs.

— Oh oui, accompagnez-nous ! fit Kôm, la voix implorante. Les actrices sont aussi bonnes que les danseuses du Palais !

Après avoir échangé un regard de connivence les deux copains acceptèrent, trop heureux d'être en si charmante compagnie.

Un quart d'heure plus tard, ils étaient assis sur des bancs de bois dans une salle relativement fraîche où s'entassait une centaine de spectateurs, tous cambodgiens.

Le bruissement de leurs voix contrastait avec le vacarme des cris de joie et des chants qui déferlaient dans les rues, ponctués par des éclatements de pétards.

— Vos concitoyens ont l'air d'aimer le théâtre ! dit Brahim.

— C'est, avec le cinéma, leur divertissement préféré ! répondit Kôm en souriant.

— Est-il vrai que vos danseuses actuelles perpétuent les gestes et attitudes des apsaras ? demanda Robert en se penchant vers Ling.

— Oui ! Ma mère me l'avait dit, il y a quelques années quand elle était revenue d'Angkor. Moi, ces apsaras je ne les ai vues que sur des photos prises par mon père.

— Vos apsaras nous les connaissons ! fit Brahim narquois.

— Vous avez donc eu la chance d'aller à Angkor ! s'exclama Kôm.

— Nous y avons fait un petit tour ensemble en janvier ! dit Robert.

— J'espère avoir l'occasion d'entrer dans ce sanctuaire abandonné et de contempler les sources de notre civilisation ! déclara Ling avec gravité.

— Ce serait certainement exaltant pour vous ! dit Brahim.

— À condition que les Issarak infestant ces lieux aient auparavant troqué leurs fusils et mitraillettes contre des pelles et des pioches ! ricana Robert.

— Je crois qu'ils ne tarderont pas à le faire et alors nous connaîtrons le bonheur de nous promener sans crainte dans notre beau pays ! répliqua Ling avec une touchante conviction.

— Que le ciel vous entende ! murmura Robert en se penchant vers elle.

— Quel genre de pièce sommes-nous venus voir ? s'enquit Brahim.

— Une pièce tirée d'un poème épique brahmanique composé à la gloire de Ramayana ! précisa Ling, en esquissant un sourire malicieux.

— Nous ne comprendrons pas grand-chose ! fit observer Brahim en se tournant vers Robert qui l'approuva du regard tout en haussant les épaules.

— Mais vous aurez au moins l'agréable surprise de découvrir des danseuses bien vivantes et peu communes ! expliqua gentiment Kôm.

— Puisque vous êtes allés à Angkor, dit Ling vous ne manquerez pas de constater qu'elles portent des costumes semblables à ceux des bas-reliefs.

L'entrée sur la scène d'un petit groupe de chanteuses engendra le silence parmi les spectateurs qui se redressèrent sur leur banc comme un seul homme.

Après avoir salué gracieusement le public, ces dames, toutes vêtues d'un sampot de couleur et d'un casaquin blanc, s'assirent dans un coin à même le parquet. Sept hommes, entrés à leur suite, des musiciens, se rangèrent auprès d'elles, chacun s'asseyant devant son propre instrument. En plus d'une flûte et d'un xylophone l'orchestre se composait de divers tambours dont le "kong" en forme de fer à cheval, le "skor" à deux tambours jumeaux et le "sampho" sur lequel on frappe avec le poing.

L'une des chanteuses récita quelque chose d'incompréhensible pour Robert et Brahim, puis l'orchestre se mit à tambouriner et, par une petite porte, à droite au fond de la scène, les danseuses apparurent l'une après l'autre. Elles avançaient, lentement, à pas mesurés, les gestes hiératiques, la tête droite, rigide, le regard lointain, le visage impassible. Le public retenait son souffle devant cette apparition empreinte d'une gravité majestueuse mais inattendue pour les profanes.

Toutes les danseuses portaient le sampot drapé autour des hanches de façon différente selon le rôle tenu par l'actrice. Certaines avaient une grande écharpe de velours passant sur le bras gauche. Celle qui figurait le prince se distinguait par une veste à longues manches ajustées entièrement brodée, comportant des épaulettes rigides relevées en forme de toit de pagode.

Toutes étaient couvertes de bijoux dorés dont notamment de lourds bracelets aux poignets et aux chevilles. Le prince et certaines danseuses étaient coiffés du "mokhot", une sorte de tiare pointue finement ciselée et ornée de gemmes brillantes.

— Pourquoi se maquillent-elles la face en blanc ? demanda Robert en se penchant vers Ling.

— La blancheur est considérée comme un signe de beauté ! répondit-elle.

— Quel est l'affreux personnage au masque si effrayant ? s'enquit Brahim en s'adressant à Kôm.

— C'est le "yeak", un méchant géant, que le prince transpercera tout à l'heure de son épée sacrée !

Accompagnées par le chant et l'orchestre, les dix danseuses exécutèrent diverses poses, avec des gestes précis, harmonieux, qui traduisaient divers sentiments

Leurs bras nus, animés d'une ondulation lente, souple, reptilienne jusqu'au bout de leurs doigts effilés, accaparèrent les regards éblouis des spectateurs. Toute la danse paraissait condensée dans ces gestes ondulants, rythmés par l'orchestre et scandés par les cliquettes des chanteuses.

De temps à autre, l'une des danseuses s'immobilisait un instant sur une pose bien définie, puis se remettait en mouvement, sans la moindre brusquerie, comme au ralenti, pour exécuter les gestes propres à son rôle.

À un moment donné, la "princesse" en pleine lumière, se figea sur un coup de cliquette, le bras droit plié, le poignet rabattu en arrière, le bout de ses longs doigts effleurant l'avant bras comme une tête de serpent sifflant.

— Regarde Brahim, s'écria Robert, la danseuse, au milieu, dans la même pose que "l'apsara" dont j'ai caressé le bras !

— C'est vrai ! reconnu Brahim médusé.

— Vous préféreriez maintenant caresser le bras de cette fille ! murmura Ling à l'oreille de Robert.

— Plutôt le vôtre qui est si doux ! répondit-il en posant sa main moite sur celle de la jeune femme. Leurs doigts s'accrochèrent avec force, dans un geste naturel qui traduisait manifestement leur désir.

Deux heures plus tard, Ling proposa de quitter le théâtre sous prétexte que la pièce était très longue et qu'elle désirait emmener ses amis à un autre spectacle qui avait lieu dans la soirée, à la pagode "Onatum", rue du Palais.

— Quel genre de spectacle ? s'enquit Brahim.

— Un jeu amusant que nous appelons le "Chol Chhoung" (24). Mais je n'en dis pas plus. Vous le découvrirez ! répondit Ling.

— Moi, fit Kôm en jetant à Brahim un regard enjôleur, je ne veux surtout pas manquer ce jeu et surtout les chants d'amour que certains joueurs improvisent.

Les deux copains se regardèrent perplexes. Ils n'avaient pas tellement envie de se mêler dans l'obscurité à la foule des rues, d'autant que plusieurs attentats avaient eu lieu récemment dans certains quartiers de Pnom Penh. Les Issarak et autres rebelles n'avaient pas baissé les bras et poursuivaient avec sauvagerie leur œuvre destructrice en pillant et en assassinant bien des innocents !

"Ces fêtes ne risquent-elles pas de leur fournir l'occasion de se manifester ?" se demandait Robert en se gardant toutefois d'inquiéter outre mesure les deux Jeunes filles si heureuses à l'idée d'aller voir le Chol Chhoung.

— OK ! fit-il. On vous y accompagnera après le dîner.

Une fois sortis du théâtre, les quatre jeunes gens entrèrent dans un restaurant fort bien tenu par un sino-cambodgien qui avait connu autrefois "l'honorable père de mademoiselle Ling".

Le restaurateur s'empressa de placer ses clients à une bonne table. Sous les lanternes de papier installées pour décorer la salle à l'occasion des trois jours de fête, les tables étaient occupées par des clients en majorité cambodgiens auprès desquels figuraient quelques Européens.

— Des amoureux de la cuisine chinoise ! dit Brahim en apercevant ces derniers.

— Surtout des hommes d'affaires employés dans les diverses sociétés installées quai Lagrandière, près d'ici ! précisa aimablement Ling.

Son emploi à Radio Pnom Penh lui permettait d'être informée, non seulement sur les événements de la planète, mais aussi et surtout sur les faits divers et autres potins de la capitale cambodgienne.

Elle se chargea de commander le menu en ne manquant pas de souligner, avec une expression gourmande, que les beignets de crevettes et le canard laqué figuraient parmi les plus savoureuses spécialités du restaurant. Ils mangèrent sans se presser, de bon appétit, dans une ambiance agréablement bruyante où tout le monde paraissait content de fêter le Nouvel An, le premier depuis la restitution au Royaume des belles provinces de Battambang et de Siem Réap.

Tout en mangeant et en plaisantant avec Brahim et les deux compagnes, Robert entendait, sans le vouloir, les propos d'une conversation en français, animée mais courtoise et des plus sérieuses entre trois Cambodgiens et deux Français attablés près d'eux. Ces derniers étaient des civils âgés d'une quarantaine d'années qui travaillaient dans une grosse concession agricole.

— Nous allons pouvoir nous remettre au travail dans la région de Battambang ; il y a beaucoup à faire avant d'envisager une augmentation de notre récolte de paddy ! disait l'un des cambodgiens.

— J'ai pensé que dans les terres noires nous pourrions planter du coton ! déclarait un autre cambodgien.

— Sans doute, mais ça nécessiterait de gros travaux d'irrigation ainsi que la remise en état du barrage de Bovel détruit par les siamois ! faisait observer l'un des français.

— C'est vrai ! il nous faudra patienter ! fit un autre cambodgien.

— Le maïs et le soja prendraient bien je crois dans les terrains bas, le long des berges. Je pense évidemment au Stung Sangker mais également à celui de Siem Réap. Qu'en dites-vous ?

— Bonne idée ! Cela permettrait de concurrencer Kampong Cham.

— Ça ferait pas de mal. La concurrence est un bon aiguillon.

— C'est vrai !

— Vous vous souvenez des concours régionaux agricoles qui existaient avant 1940 ? Ne serait-il pas utile de les reprendre ?

— Pourquoi pas ?

— J'ai participé à l'un de ces concours en 37 ou 38, j'sais plus, ça concernait les cultures importantes comme le paddy bien entendu, le maïs, le coton mais aussi le tabac.

— Vous, monsieur Chauh, qui êtes membre de la Chambre de Commerce et d'Agriculture, vous devriez en parler à votre Président !

Robert ne sut jamais ce que répondit le personnage, car la voix de Ling absorba son oreille pour lui dire doucement :

— Mon bon chevalier, la lune va se lever, nous devrions l'imiter pour nous rendre à la pagode.

En se levant Robert esquissa un petit sourire aimable à l'adresse des deux français qui le regardèrent un instant étonnés avant de répondre d'un signe de tête à son salut. Il les avait trouvés sympathiques. Ils lui rappelaient subitement ces deux jeunes algérois, Julien et Norbert qu'il avait connus autrefois à l'hôpital Baudens d'Oran. C'est ça, le même genre d'individus ! Enthousiastes, volubiles, optimistes quant à l'avenir économique du Cambodge dans lequel ils vivaient, depuis plusieurs années, et où ils étaient probablement nés ! Sans doute avaient-ils souffert de l'occupation japonaise mais ils ne parlaient plus que de projets d'avenir.

"À n'en pas douter, se dit Robert, ces deux types aiment ce pays, ils y feront peut-être du bon travail en participant à sa mise en valeur, à condition toutefois qu'ils ne soient pas massacrés par des rebelles khmers réfractaires aux actions des hommes de bonne volonté".

Brahim, occupé à manger tout en roucoulant avec Kôm, n'avait pas prêté attention à cette discussion d'ordre agricole, aussi Robert n'éprouva-t-il pas l'intérêt de lui en parler.

Dès leur sortie du restaurant, chacun grimpa dans l'un des quatre cyclo-pousse que Kôm venait d'appeler.

En passant devant le marché central, Robert et Brahim se firent déposer à l'entrée du cantonnement du D.C.R. Les deux jeunes filles les attendirent en bavardant assises dans leur cyclo.

— Alors, quoi de neuf ? lança Robert en entrant dans le petit local où se tenait, assis à une table, le chef Laudric qui était de permanence ce soir là.

— RAS mon lieutenant ! fit le sous-officier en se redressant.

— Rien du 4ème bureau ?

— Si, un message radio pour nous dire de reporter à mercredi prochain la reconnaissance routière qui était prévue pour demain. J'ai fait déposer à votre hôtel une copie de ce message.

— Très bien, ça m'arrange ! fit Robert visiblement satisfait.

— Avez-vous réussi à obtenir mon Peloton ? demanda à son tour Brahim en serrant la main de Laudric.

— Oui votre adjoint m'a répondu que tout allait bien et que vous ne deviez pas vous faire de bile !

— Ça me rassure ! Merci Laudric.

Quelques minutes plus tard, les deux amis et leurs compagnes arrivèrent en vue de la pagode où se déroulait le jeu du Chol Chhoung. L'affluence était telle qu'ils durent abandonner les cyclo-pousse et se frayer un passage dans la foule pour atteindre une place illuminée par des lampadaires. La chaleur était encore étouffante.

La lune, témoin de tant d'autres fêtes nocturnes, inondait de sa blanche clarté les toits de la pagode mais laissait régner sous les arbres une pénombre propice aux amoureux.

L'endroit grouillait de jeunes cambodgiens qui allaient et venaient, chantaient, couraient, dans une ambiance de plaisir accentuée par des chants en chœur et des musiques rythmées par les samphos.

Des marchands ambulants, près de leur carriole, vendaient des jus de fruits, des bananes frites, des ananas coupés en morceaux et même des grillons frits, appréciés par les Khmers tout autant que le sont les criquets grillés par certains Marocains.

Amusé par cette dernière friandise, Robert ne put s'empêcher de sourire en pensant à cette fois où, déambulant sur une place de marché à Salé en compagnie de son frère Paul et de Brahim, il s'était planté, devant un vendeur de criquets en s'esclaffant :

— C'est peut-être bon à grignoter, mais je préfère les amandes salées en buvant de l'anisette !

— Les Français se régalent bien avec les escargots, pourquoi les Marocains n'en feraient-ils pas autant avec des criquets bien grillés ? avait répliqué Brahim l'air faussement contrarié.

— Mon frère les aime, mais plus charnus ! avait dit Paul en donnant une bourrade à leur copain.

Cette fois-ci Robert s'arrêta devant l'un des vendeurs ambulants et lança à Brahim sans avoir l'air de plaisanter.

— Dis-moi vieux frère, ne voudrais-tu pas goûter à ces savoureux grillons ?

— Non, je n'ai plus faim ! répondit-il en faisant la moue.

— Mais c'est très bon ! fit Kôm l'air gourmand.

— Vous voulez un cornet ? proposa Brahim étonné.

— Merci, pas maintenant, venez vite le jeu est commencé ! répondit-elle en l'entraînant par la main.

Moins expansive que son amie, Ling se contentait de marcher à côté de Robert. Ils arrivèrent à hauteur de groupes de jeunes qui chantaient en chœur.

— Vous voyez, dit-elle, les filles sont groupées d'un côté et les garçons de l'autre, en deux camps face à face.

— Je vois en effet, mais que vont-ils faire

À cet instant, un objet de forme ronde, lancé du camp des hommes tournoya dans l'air et vint atterrir mollement au milieu des filles.

— Quelle drôle de balle ! s'écria Robert amusé.

— C'est un "krama", disons une écharpe roulée en boule par le lanceur.

— Et après ? fit-il le cou tendu, les yeux plissés pour mieux voir.

Ling n'eut pas à faire de commentaires. Une jeune fille au corps svelte et souple sortit de son groupe en tenant l'écharpe et se mit à danser seule, sur place, accompagnée de la musique plaintive d'une flûte.

— Elle danse en l'honneur du provocateur, celui qui a lancé son krama et qu'elle ne connaît peut-être pas ! précisa Ling à l'oreille de Robert.

Le garçon s'élança à son tour hors de son groupe et rejoignit celle que le destin lui avait choisie, puis il mit à fredonner un refrain.

Au bout d'un moment la fille et le garçon rejoignirent leur camp tandis que le jeu reprenait et qu'un nouveau "krama" volait d'un camp vers l'autre.

— Qu'en dites-vous mon bon chevalier ? demanda Ling souriante.

— Amusant cette espèce de jeu de l'amour et du hasard !

Une autre jeune fille sortit de son camp, l'écharpe à la main et se mit à danser tandis qu'un garçon, plus démonstratif que le précédant, la rejoignit d'un bond tout en chantant d'une voix rauque mais plutôt mélodieuse. La chanson était reprise en chœur par les hommes.

— Que chante-t-il ? fit Robert.

— Une très vieille chanson d'amour appelée "Sangsar" (25) qui veut dire "Liaison" en français. Elle est très populaire

— Que signifie "O Sangsar roeuy" qu'il répète à chaque couplet ?

— "O ma bien aimée" répondit Ling après avoir bien ri de la prononciation de Robert.

Brahim et Kôm se rapprochèrent de leurs amis et la petite cambodgienne demanda à Ling la raison de son hilarité. Se sentant d'humeur à plaisanter, Robert prit les deux mains de sa compagne et lança d'une voix grave "O Sangsar roeuy" mais avec un accent plus marseillais que cambodgien.

Kôm et Ling ne furent pas les seules à rire aux éclats, plusieurs autres personnes autour d'elles en firent autant. Brahim, étonné au début, fut pris par la contagion et à son tour Robert éclata d'un gros rire.

Les jeunes khmers poursuivaient leur jeu au son des flûtes et des tambours.

— Dans votre pays, demanda Kôm en levant les yeux sur Brahim, les garçons et les filles s'amusent-ils ainsi ?

— Non, chez nous les jeunes filles restent à la maison avec leurs mères et ne s'affichent pas avec des garçons, même à l'occasion des fêtes !

— Pas possible ! Comme je les plains ! s'exclama la jeune khmère stupéfaite.

— Elles ne sont pas à plaindre et d'ailleurs elles se marient très jeunes.

— Mais comment connaissent-elles leur futur époux ?

— Leurs parents s'en occupent très bien selon la coutume ! répondit-il légèrement agacé.

Sachant que Brahim, comme tout bon marocain qui se respecte, répugnait à parler des femmes musulmanes, Robert le tira d'embarras en s'empressant de lui suggérer :

— Tu devrais, je crois, leur parler un peu du moussem des fiancées d'Imilchil, cette fête berbère qui, loin de ressembler au "Chol Chhoung", en a cependant la même finalité !

— Oh oui racontez nous ça ! firent d'une même voix Ling et Kôm en se rapprochant de Brahim redevenu souriant.

— D'accord mesdemoiselles, mais sachez auparavant que c'est le seul cas où des femmes marocaines ont le loisir d'agir d'une façon contraire à nos coutumes et, j'ajouterai, grâce à une légende berbère.

— Ce n'en est que plus passionnant ! s'exclama Kôm.

— On vous écoute ! fit Ling impatiente.

— Il était une fois, dans le Tafilalet, deux tourtereaux qui voulaient convoler en justes noces ! commença Robert d'un ton badin.

— Mais, enchaîna aussitôt Brahim plus sérieux, comme leurs parents séparés par des disputes tribales s'opposaient à leur union, les jeunes fiancés, désespérés, se suicidèrent en se noyant chacun de son côté dans deux lacs qui selon la légende se rejoindront à la fin des temps !

— Quelle horrible fin pour ces pauvres amants ! s'écria Kôm.

— Que font-elles aujourd'hui vos jeunes filles à Imilchil ? demanda Ling moins émotive que son amie.

— Elles vont y chercher l'élu de leur cœur, en le choisissant elles-mêmes, librement, ainsi qu'en ont décidé autrefois leurs tribus frappées par ce drame ! expliqua calmement Brahim.

— Une émancipation exceptionnelle en quelque sorte ! observa Robert.

— Et unique ! ajouta Brahim.

— C'est original, dit Ling mais ça se passe à quel moment ?

— Chaque année en septembre, à l'occasion d'un "moussem", un pèlerinage auprès du tombeau d'un marabout.

— Ces filles ont-elles le plaisir de danser avec les garçons ? demanda à son tour Kôm.

— Oui bien sûr elles dansent l'ahidous, en s'appuyant contre les hommes, lentement, au son des flûtes et des tambourins.

— Et ensuite que font les fiancés ?
— C'est simple, répondit Brahim en souriant, ils se marient sur place et font la fête en famille pendant toute la nuit.
— Ça ne traîne pas ! dit Ling quelque peu surprise.
— C'est très bien ! fit Kôm en s'appuyant contre Brahim, pourquoi perdre du temps quand on s'aime.

****

La fête tirait à sa fin avec la disparition de la lune derrière l'écran lointain des palmiers à sucre.

Les rangs des filles et des garçons jouant au "Chol Chhoung" s'étaient clairsemés au fur et à mesure que certains d'entre eux avaient préféré s'éclipser pour se retrouver plus loin.

Les samphos s'assoupissaient sous les coups de poing de moins en moins forts des musiciens. L'allégresse générale faisait place à la fatigue d'une journée de fête bien remplie.

Quelques marchands ambulants commençaient à ranger leurs récipients vides, tandis que les coolies cyclo se rapprochaient de la place pour ne pas risquer de perdre des clients.

Infatigable et pleine d'entrain, Kôm proposa de finir la soirée dans un dancing au bord du Mékong, tandis que Ling, plus raisonnable suggéra de la passer plutôt chez elle, dans son appartement dont elle vanta le confort. Elle mit d'accent sur le délassement procuré par un intérieur intime et douillet doté de surcroît d'une bonne glacière remplie de boissons rafraîchissantes.

Alléchés, Brahim et Robert se consultèrent du regard et acceptèrent sans ambages l'invitation si prometteuse de "mademoiselle Ling". Après une course en cyclo pousse d'une dizaine de minutes à travers des rues mal éclairées, ils arrivèrent devant le petit immeuble où habitaient les deux jeunes filles. Ling logeait dans un beau deux pièces tandis que Kôm, moins fortunée, se contentait d'un studio sur le même étage, au fond du couloir, C'était apparemment un quartier calme loin des commerces qui attirent la foule et engendrent généralement les tapages nocturnes.

Dans l'escalier, les filles riaient de bon cœur en échangeant quelques réflexions en Cambodgien.
— Elles se foutent de nous ! fit Brahim quelque peu susceptible.
— Je ne crois pas. Elles sont tout simplement heureuses et gaies !

Ling ouvrit la porte de son appartement puis elle s'effaça pour laisser passer ses invités. Ceux-ci traversèrent un étroit vestibule avant d'entrer dans une grande pièce richement meublée et décorée avec un goût raffiné. Les deux copains en furent stupéfaits. Leurs regards admiratifs allaient d'une grande armoire laquée rouge avec incrustations de nacre fabriquée a l'École d'Art Appliqué de Thudaumot, aux grands fauteuils en bois de "Kralanh" de couleur brun foncé, en passant par une table basse rouge foncé, façonnée dans le dur bois de "Kranhung" par un ébéniste de Pnom Penh. Du mobilier de luxe ! Leurs regards s'attardèrent sur les tableaux accrochés aux murs, des peintures laquées où dominaient le rouge, l'or et le noir utilisés couramment par les artistes de l'École de Thuduc.

Sur le carrelage s'étalaient plusieurs petits tapis de soie que le père de Ling avait ramenés de Chine, en 1923, quand il avait quitté, pour toujours, sa province natale de Khouang-Tong.

— C'est splendide ! fit Robert émerveillé.

— Oui, magnifique ! ajouta Brahim.

— L'héritage de mes parents ! Tout ce qui me reste aujourd'hui de la fortune de mon père ! murmura Ling l'air résigné.

— Au sujet de votre poivrière de Kampot, s'enquit Robert, avez-vous obtenu satisfaction ? J'ai appris que la récolte des baies allait commencer !

— L'associé a promis de m'envoyer de l'argent quand la récolte sera vendue, d'ici un mois environ ! répondit Ling en souriant.

Après avoir écouté sans rien dire Kôm se rendit discrètement à la salle de bains.

— Je vous invite messieurs à vous asseoir pour vous reposer en attendant que votre servante apporte les boissons ! reprit gaiement Ling avant de disparaître à son tour.

Les deux amis s'assirent sur les larges fauteuils, satisfaits de pouvoir enfin étirer leurs jambes.

Kôm réapparut pimpante et souriante. Elle plaça un disque sur un électrophone tout en fredonnant "Que reste-t-il de nos amours" puis elle vint s'asseoir aux pieds de Brahim sur l'un des tapis de soie, décoratif et moelleux au toucher mais peu confortable.

"Sans être chauvin, se dit Robert, la musique de notre Fou chantant est tout de même plus mélodieuse que celle de ces braves musiciens khmers".

Ils applaudirent lorsque leur charmante hôtesse revint avec un grand plateau chargé de verres et de bouteilles de jus de fruits. Chacun prit un verre que Ling remplit avec dextérité, sans se départir de son gentil sourire.

"Cette fille a vraiment de la classe !" songeait Robert qui jusqu'à ca jour n'avait pas eu l'occasion d'être reçu dans un intérieur cambodgien.

— À la nouvelle année ! lança Ling avec une légère inclination de la tête à l'adresse de Robert.

— Au Chaul Chhnam ! firent d'une même voix les deux copains en levant leur verre.

— Et aussi à nos amours ! dit Kôm, la voix presque suave et le regard aguichant.

Ils burent leur jus de fruit, goulûment, parce qu'ils avaient soif et qu'il faisait chaud dans la pièce dépourvue de ventilateur.

D'un mouvement agile, dénotant plus de souplesse féline que de grâce féminine, Kôm se releva pour aller mettre un autre disque. C'était un blues. Elle attira Brahim qui n'était pas particulièrement amateur de ce genre de danse et se colla étroitement contre lui, sous le regard mi-amusé, mi-ironique de Ling. Robert invita celle-ci et les deux couples évoluèrent autour de la table, sans prononcer un mot.

Robert n'avait de regard que pour sa cavalière dont le corps ondulait avec grâce sans même l'effleurer. Subjugué par la sensualité qu'elle exprimait sans être impudique, il ne s'aperçut pas que Kôm et Brahim s'étaient éclipsés discrètement. Il découvrit leur absence quand la musique s'arrêta et que Ling ouvrit les yeux en s'immobilisant doucement.

— Vous m'avez fait songer à une apsara ! murmura-t-il.

Elle le regarda un moment, une lueur amusée dans ses grands yeux en amande et lui dit :

— À l'âge de huit ans, j'ai failli être recrutée comme élève danseuse pour le corps de ballet royal, mais mon père s'y est opposé. J'étais son unique enfant et il n'avait pas besoin, comme il le disait à ma mère, de l'argent du Roi en échange de sa fille !

— Que voulez-vous dire ?

— Comme toutes les danseuses, j'aurais vécu au Palais, sans pouvoir en sortir, et mon père ne m'aurait plus revue !

— Je comprends votre père, mais vous, aujourd'hui, ne regrettez-vous pas cette vie de danseuse dans les fastes du Palais ?

Elle réfléchit un moment, l'air lointain, puis le visage souriant elle lui répondit d'un ton mesuré :

— J'aime beaucoup nos danses. Elles sont incomparables. Mais j'apprécie avant tout d'être une femme libre de ses actes, libre de sortir de chez elle à l'heure qui lui convient, libre d'y recevoir qui elle veut. Dans le Palais, si les danseuses ont le loisir d'y faire ce qui leur plaît, en dehors des répétitions bien sûr, elles ne peuvent recevoir que des visites féminines ! Vous me comprenez ?

— Toutes ces jeunes et jolies filles seraient-elles des pucelles à vie ? s'écria Robert mi-étonné, mi-narquois.

— Certaines d'entre elles peuvent devenir concubines ou même femmes du Roi.

Bien qu'elle prononçât ces mots d'une voix neutre, il eut l'impression que ses yeux avaient brillé d'une lueur étrange, indicible. Était-ce un mélange d'envie, de regret et de résignation ?

" Une vie dorée d'actrices dans un harem royal !" pensa-t-il, mais il s'abstint, par politesse, de faire cette réflexion qu'elle aurait peut-être jugée malséante à l'égard de cette institution quasi sacrée que représentait le ballet royal. Ils s'assirent chacun sur un fauteuil.

Onze heures du soir sonnèrent à une pendule qu'il fixa en fronçant le sourcil.

— À quoi pensez-vous ? demanda-t-elle gentiment.

— Que je devrais rentrer à mon hôtel ! répondit-il l'air sombre.

— Vous ne trouverez plus de cyclo à cette heure-ci ! dit-elle étonnée.

— Je pourrais m'y rendre à pied, en moins d'une demi-heure !

— Vous n'êtes pas raisonnable, cela ne serait pas prudent !

Le silence plana un moment dans le salon où des petits cris, dans un coin sombre du plafond, indiquaient une chamaille entre margouillats.

— J'étais si heureuse à l'idée que vous passeriez la nuit auprès de moi ! soupira-t-elle.

— Cela ne se voyait guère. Vous étiez si distante en dansant !

— C'est vrai, je ne suis pas de celles qui extériorisent leurs sentiments ! dit-elle, une lueur malicieuse dans le regard.

— Vous êtes en cela fort différente de Kôm !

— Je l'aime bien. Elle est mon amie, mais nous n'avons pas reçu la même éducation familiale !

— Je m'en suis rendu compte. Elle est mignonne et gentille mais sans cette finesse, cette délicatesse que l'on découvre en vous.

— Que vous êtes flatteur ! Kôm a des qualités que je ne possède pas. Elle n'a pas eu la chance d'avoir des parents comme les miens, civilisés, instruits, respectueux des coutumes et de leur religion et j'ajouterais, sensibles à mes humeurs !

— Les parents de votre amie n'étaient tout de même pas des sauvages ?

Ling le dévisagea un moment, comme si elle hésitait à répondre.

— Ses parents étaient de la tribu "Pol", des gens de mœurs primitives qui vivaient à Pursat de la cueillette des cardamomes. Quand sa mère est morte, Kôm, âgée d'une dizaine d'années, a été placée dans un pensionnat de Pnom Penh tenu par des sœurs catholiques. Elles lui ont appris le français et la couture. Ca lui a servi, car étant bonne couturière, un tailleur du quartier chinois a accepté de l'embaucher.

— Tant mieux pour elle. Je souhaite qu'elle soit heureuse.

Imaginant le bonheur de la jeune fille en train de faire l'amour avec

Brahim, il enveloppa Ling d'un regard concupiscent qui la troubla à tel point qu'elle se leva, lentement, en le fixant de ses yeux brillants et lui tendit les bras :

— Venez, la nuit sera trop courte pour nous ! susurra-t-elle.

Le lendemain matin Robert se réveilla de lui-même à six heures et demie son heure habituelle. Ses yeux, un instant étonnés par le décor de la chambre, brillèrent de plaisir en se posant sur Ling blottie dans son coin.

Elle dormait, paisiblement, tournée sur le côté, les épaules, le dos, les jambes entièrement nues. Il refoula le désir qu'il sentait monter en lui. Il n'avait vraiment pas le temps de s'amuser avec elle. Quel dommage !

L'aurore annonçait une journée aussi chaude que celle de la veille. Il aurait bien pris une douche mais il s'en priva afin de ne pas réveiller Ling. Il quitta doucement le lit et s'habilla sans faire de bruit.

Avant de sortir de l'appartement il se pencha sur elle et lui déposa un baiser sur les lèvres, seules parties visibles de son visage caché sous l'ondoyante chevelure noire.

Après avoir traversé le couloir d'un pas rapide, il s'arrêta devant le studio de Kôm et gratta à la porte, à plusieurs reprises.

Enfin celle-ci s'entrouvrit avec précaution pour laisser passer la tête ébouriffée de Brahim. Ses yeux à demi fermés montraient qu'il n'était pas encore bien réveillé.

— Quelle heure ? fit-il en esquissant un sourire peu séduisant.

— Bientôt sept ! Je file à l'hôtel pour faire ma toilette et me changer ! dit Robert amusé par la bouille de son copain.

— Je vais en faire autant ! bredouilla l'autre.

— D'accord mais je ne t'attends pas.

— On se retrouve ici ce soir ?

— Oui à neuf heures.

****

Un quart d'heure plus tard, sitôt descendu du cyclo qui venait de le déposer au pied de l'escalier du Royal, Robert se rendit à la réception pour y prendre la clé de sa chambre.

Debout derrière son comptoir, le réceptionniste, un Cambodgien bien stylé, le salua d'une légère inclination tout en lui tendant la clé et deux enveloppes.

— Tenez lieutenant, deux lettres pour vous.

Robert s'empressa d'ouvrir l'enveloppe en papier bulle dans laquelle le chef Laudric avait mis le message du 4ème bureau relatif à la reconnaissance routière. La deuxième enveloppe, blanche et non timbrée portait son nom et son grade en lettres majuscules écrites à la main. Aucune mention de l'expéditeur !

— Qui vous a remis cette lettre ? demanda-t-il.

— Je ne sais pas lieutenant ! Elle était déjà dans votre case ce matin quand j'ai pris mon service.

— Bon merci ! fit Robert avant de s'éloigner du comptoir.

Il décacheta l'enveloppe, en retira un feuillet et lut rapidement les quelques lignes manuscrites en gros caractères :

Lieutenant

Quel dommage que vous ne soyez pas rentré cette nuit à votre bel hôtel ! Vous auriez eu la surprise de m'y rencontrer. Mais ce n'est que partie remise. Je ne suis pas pressé de savourer ma vengeance. Les affaires m'appellent. Je reviendrai c'est promis, quand j'aurai conclu avec les chats une affaire qui doit me rapporter gros.

"La gourmette"

L'auteur de cette menace se dénonçait en signant la gourmette !

À n'en pas douter c'était Negrène ! Ce sale individu qu'il avait démasqué grâce au témoignage d'un enfant courageux ! Il s'était enfui en disparaissant dans la nuit, à Battambang, et il réapparaissait soudain pour se venger. Une surprise pour le moins désagréable !

Robert replia calmement le feuillet qu'il plaça dans une poche de sa chemise et il grimpa quatre à quatre le grand escalier menant au deuxième étage où était sa chambre. Se souvenant de l'intrusion du malais, le complice de Negrène, dans la chambre qu'il occupait au bungalow de Kompong Thom, au mois de novembre de l'année précédente, il se tint sur ses gardes en ouvrant la porte. Il tendit l'oreille tandis que ses regards exploraient la pièce. Rassuré il entra et referma soigneusement derrière lui.

Sans perdre de temps, il fit sa toilette puis revêtit une tenue de toile kaki et descendit à la salle à manger. Le serveur lui apporta une grande tasse de café noir accompagnée d'un petit pain frais et d'une coupe remplie de marmelade d'oranges. Après avoir mangé de bon appétit il se sentit en forme et prêt à affronter l'adversité. En réalité la journée s'annonçait chaude mais sans risque car il n'avait aucune mission hors de Pnom Penh.

Il songea un instant à Ling et au plaisir qu'elle lui procurait. C'était bien grâce à elle s'il n'avait pas rencontré Negrène. Ce type ne lui faisait pas vraiment peur, cependant il ressentait un certain malaise à l'idée qu'il rôdait autour de lui en attendant le moment propice pour le frapper dans le dos, à l'improviste. Il allait devoir se montrer prudent, évidemment, mais c'était facile à dire !

Il relut attentivement le billet de "la gourmette", car le mot "chats" l'intriguait. Que signifiait-il exactement ? Il eut beau se triturer les méninges, il n'en trouva pas la signification et finit par supposer qu'il s'agissait d'un mot mal écrit et donc indéchiffrable. Devait-il en informer la Sûreté ? Après une courte hésitation il déchira le feuillet en petits morceaux.

Un moment après, le ronflement d'un moteur de jeep attira son attention. C'était Sestrel qui venait le chercher comme chaque matin pour le conduire au cantonnement du DCR.

Dans la soirée, à neuf heures, après le dîner, Robert et Brahim se retrouvèrent chez Ling où Kôm vint les rejoindre. Ils passèrent une bonne heure à danser, à blaguer, tout en sirotant des jus de fruits bien frais, jusqu'au moment où la petite cambodgienne entraîna Brahim dans son studio, pressée d'être seule avec lui.

Le blues était fini depuis un certain temps quand Ling et Robert s'arrêtèrent de danser. Tandis qu'ils étaient étroitement enlacés, elle releva la tête et il en profita pour lui embrasser le cou. Elle resta immobile, les paupières mi-closes, lorsqu'il lui ôta son chemisier avec des gestes délicats ! Un long frémissement la parcourut quand il la déshabilla sur place, avant de la prendre dans ses bras pour la déposer sur le lit. Consciente de la volupté émanant de sa superbe nudité, elle s'étira, longuement, avec des gestes gracieux, sous le regard émerveillé de Robert.

Dans la rue, sous les fenêtres de l'appartement, éclatèrent des pétards lancés par ceux qui fêtaient la deuxième soirée du "Chaul Chhnam".

Elle sursauta dans les bras de Robert.

— Ce ne sont que des pétards pour s'amuser ! murmura-t-il pour la rassurer tout en lui mordillant l'oreille.

Elle soupira en s'accrochant à lui, de toutes ses forces et, pour la première fois, elle osa caresser le corps de celui qu'elle aimait. Avec ces gestes malhabiles, elle réussit à lui ôter son slip, ensuite, de ses doigts effilés, elle lui effleura la peau du bas du ventre, à plusieurs reprises, comme si elle hésitait à aller plus loin. Il se laissait faire, pleinement heureux de savourer ces délicieuses caresses ; il se contentait de promener ses mains sur les fesses, le dos, la nuque et les seins de la jeune femme qu'il sentait frissonner. Parvenu au paroxysme de l'excitation il renversa Ling sur le dos, se plaqua lourdement sur elle, lui mordilla les lèvres, la nuque, les épaules, puis il entra en elle, ferme et doux à la fois, avec une délicatesse qui exaltait chez elle la volupté la plus intense.

17

Les Jours passèrent, toujours aussi accablants sous la chaleur de la saison sèche. Obligé de s'absenter fréquemment de Pnom Penh en raison des missions qui lui étaient imposées soit par le Commandement du Train, soit par le 4ème bureau de l'État-Major, Robert ne revit ni Brahim, ni "mademoiselle Ling".

Le 25 avril, tandis qu'il participait, avec deux postes de circulation, à une opération de nettoyage dans le secteur de Neak-Luong, il était loin de se douter qu'au même moment, en Cochinchine, sur la route de Saïgon à Mytho, un convoi de véhicules civils, escortés par l'armée, tombait dans la plus meurtrière des embuscades tendues jusqu'alors par le Vietcong. Ce dernier avait mis en œuvre de gros moyens afin de ne pas rater ses cibles, deux voitures légères à bord desquelles se trouvaient deux personnalités vietnamiennes qui avaient eu le tort de choisir le camp des nationalistes plutôt que celui des communistes.

L'un était le Ministre de l'Éducation Nationale, l'autre, le sous-secrétaire d'État à l'Information. Ils avaient cru bon de lier leur destin à la France dont le gouvernement, en proie à des dissensions internes, pataugeait dans une politique incohérente à l'égard de l'Indochine.

Les deux voitures volèrent en éclats sous l'explosion de fortes mines habilement camouflées dans quelques-unes des innombrables ornières de la chaussée et, les deux personnages rejoignirent prématurément leurs honorables ancêtres.

On déplora la mort et la disparition de nombreuses autres personnes, civiles et militaires, françaises et indochinoises, victimes de ce que d'aucuns qualifièrent à tort d'impitoyable règlement de compte entre factions rivales.

La compagnie de circulation routière cantonnée à Phu Tho paya ce jour-là un lourd tribut en perdant son valeureux commandant d'unité ainsi qu'un sous-officier et cinq hommes tués en combattant près de leurs véhicules mitraillés à bout portant par l'assaillant.

Robert n'apprit la terrible nouvelle que le lendemain, à son retour à Pnom Penh. Dans les rangs du DCR ce fut d'abord la consternation, puis la colère enflamma les esprits et certains imaginèrent les pires représailles contre les viets. Mais on en resta sagement aux intentions et l'idée de vengeance céda peu à peu la place au sens du devoir qui était de règle pour des troupes chargées du maintien de l'ordre.

On se contenta de participer courageusement aux opérations dans lesquelles on était tenu de prêter main-forte, contre les rebelles et autres pirates qui terrorisaient de plus en plus les populations autochtones peu empressées à leur égard.

En rompant la trêve qui régnait en Cochinchine depuis la fin octobre 1946, le Vietminh venait de déclencher l'escalade de la terreur et de la violence. Il intensifia ses actions de guérilla et s'acharna tout particulièrement contre les convois réguliers qui reliaient chaque semaine Saïgon aux villes de Pnom Penh, Vinh Long, Ban Me Thuot et Dalat.

En raison de leur rôle prépondérant sur le plan économique, ces convois constituaient un objectif de choix d'autant plus vulnérable qu'ils étaient liés à des routes en fort mauvais état, à travers des zones soumises de nuit aux rebelles.

Chacun de ces convois regroupait en moyenne une cinquantaine de camions civils appartenant pour la plupart à des commerçants ou des transporteurs indochinois. Ils acheminaient les marchandises les plus diverses, et l'essentiel de ce trafic profitait à la population de l'énorme agglomération de Saïgon-Cholon. Dans le sens Pnom Penh Saïgon, nombreux étaient les véhicules chargés de volailles, caquetantes au départ mais mortes étouffées pour la plupart, avant d'arriver à destination. Dans le sens Dalat Saïgon le chargement était composé de beaux légumes frais tels que choux et salades ainsi que de succulentes fraises appréciées de la clientèle des meilleurs restaurants de la capitale.

De son côté, le Haut Commandement essayait d'assurer la protection des convois en disposant des postes échelonnés le long de la route d'une part et en intégrant dans la colonne des véhicules d'escorte d'autre part.

Au Cambodge, la saison des pluies, tant attendue des paysans et des pécheurs, survint dès les premiers jours de mai.

La nouvelle saison allait changer bien des choses et des habitudes, dans la vie quotidienne des Cambodgiens. Finies pour eux les longues siestes à l'ombre, ils allaient pouvoir se remettre enfin au travail ! Loin du remue-ménage causé par ce dernier les bonzes, eux, allaient pouvoir s'isoler dans les pagodes et monastères pour prier et méditer.

Les rizières, longtemps desséchées, se remplirent d'eau à vue d'œil à la grande satisfaction des "neak sré" qui se mirent à pécher le sourire aux lèvres, les poissons noirs jusque-là enfouis dans la boue et à semer, avec entrain, le paddy léger, le "srau konla" qu'ils récolteront en septembre.

Le premier orage que connut Robert au Cambodge éclata le 3 mai dans l'après-midi alors que, revenant de Saïgon, il roulait en jeep sur la route longeant le Mékong à une trentaine de kilomètres au sud-est de Pnom Penh. Le temps d'installer la capote de toile et la pluie tomba, brusquement à torrents. Au bout d'un quart d'heure Sestrel qui conduisait prudemment dut s'arrêter au bord de la route en raison de l'épais brouillard s'élevant de la chaussée.

En regardant la pluie drue Robert songea, non sans regret, qu'il n'aurait pas l'occasion de voir le lac du Tonlé Sap grossir jusqu'à quadrupler son étendue et submerger la grande forêt inondée, le coin des pêches miraculeuses. Dans son bureau de Cholon, le Lieutenant-colonel Commandant le Train lui avait donné l'ordre de réintégrer sa compagnie toujours cantonnée à Phu Tho :

— "Tu te placeras, avec ton peloton, en tête du convoi régulier de mercredi prochain, juste après la patrouille blindée. Et surtout pas question de te lancer à la poursuite de rebelles qui s'amuseraient à te tirer dessus ! Compris !"

Pendant tout le trajet, Robert n'eut pas le temps de songer à Ling. Son esprit fut surtout accaparé par une foule de détails concernant les démarches, les tâches à remplir, la relève de ses postes implantés à Kompong Thom et à Kompong Cham, les diverses liaisons avec les bureaux de l'État-major, etc.

C'est en entrant dans sa chambre d'hôtel qu'il décida de lui rendre visite, le lendemain, en début de soirée.

****

Dès que Ling ouvrit la porte de son appartement, Robert comprit qu'il allait lui faire mal en lui apprenant son prochain départ pour la Cochinchine. Bien qu'elle ne se jeta pas à son cou, ses grands yeux brillèrent de joie en le dévisageant.

Aussi s'empressa-t-il de lui offrir un sourire rassurant, un regard sans la moindre ombre qui aurait laissé deviner une mauvaise nouvelle.

Sitôt la porte refermée il lui posa un baiser sur les lèvres mais elle s'esquiva en riant gentiment et lui dit :

— Tenez, je vous ai préparé un petit souper en tête à tête !

Il voulut la suivre dans la cuisine mais elle refusa obstinément de le laisser entrer sous prétexte qu'un chevalier ne devait pas se commettre avec des casseroles et autres marmites.

Elle l'installa devant la table basse du salon sur laquelle le couvert était dressé.

— En attendant servez-vous un verre de cognac-soda !

— La boisson de notre première rencontre à Réam !

— Je ne l'ai pas oublié ! lança-t-elle gaiement en se dirigeant vers la cuisine.

Tout en sirotant son cognac, le verre à la main, il se demandait comment il devait aborder la délicate question de son départ définitif. Il se souvenait qu'à Réam, après avoir passé avec elle une folle nuit il l'avait laissée sans trop de regret et sans idée de la revoir !

Elle lui avait même dit "Adieu chevalier !" avec un petit sourire teinté de malice. Et lui, très satisfait de sa conquête lui avait baisé la main, délicatement, avant de refermer la porte de sa chambre.

Or maintenant qu'il la connaissait mieux, il n'avait plus les mêmes dispositions à l'égard de cette jeune et jolie femme qui avait révélé tant de qualités et il s'en trouvait fort embarrassé.

"Nous avons été heureux de faire l'amour, se dit-il, c'est vrai nous avons vécu des moments merveilleux, mais nous ne sommes pas faits l'un pour l'autre, et puis elle ne m'aime pas, enfin, pas assez pour être vraiment malheureuse de mon départ".

Il chassa ses réflexions au moment où Ling revint avec un plat de porcelaine qu'elle posa délicatement sur la table.

— Une omelette aux crabes frais ! Une vraie "trung tran" faite selon une recette annamite.

— Hum, ça sent drôlement bon ! fit-il l'air gourmand.

— Et surtout ne faites pas comme certains convives dans un banquet de mariage annamite !

— Que font-ils ?

— Ils n'avalent que quelques bouchées sous prétexte que manger de bon appétit prouverait que chez eux ils n'ont rien à se mettre sous la dent ! expliqua-t-elle l'air quelque peu narquois.

— Soyez tranquille, je ferai honneur à votre plat qui me semble des plus appétissants !

Ils finissaient leur repas en dégustant une salade de fruits arrosée de rhum, lorsqu'un crépitement d'arme à feu les fit sursauter.

Robert se précipita à la fenêtre et regarda dans la rue à travers les persiennes.

— Surtout n'ouvrez pas ! lança-t-elle d'une voix aiguë où perçait une frayeur compréhensible.

— Je ne vois rien d'anormal là en bas ! Ca c'est produit plus loin ! dit-il tranquillement afin de la rassurer.

— Quel était ce bruit ?

— Une rafale de pistolet mitrailleur. Ah ! Je vois des types qui courent par là ! fit-il en indiquant de la main la direction.

De la rue habituellement calme à cette heure-ci, il venait de sonner neuf heures à la pendule du salon, montaient des appels, des cris, la rumeur d'un attroupement qui se formait.

— Je vais voir, ne bougez pas et fermez votre porte à clé ! déclara-t-il d'un ton ferme.

Il s'élança au-dehors. Il était en civil et sans arme, le meilleur moyen de passer inaperçu, parmi tous ces individus dont la plupart étaient vêtus un peu comme lui, d'un pantalon et d'une chemisette blanche. Il se retrouva au milieu d'une trentaine de Cambodgiens occupés à discuter autour d'un corps gisant sur le trottoir, au pied d'un réverbère allumé. Il ne comprenait rien de ce que tous ces gens disaient.

En se penchant par-dessus l'épaule d'un spectateur du premier rang il vit qu'il s'agissait d'un homme de forte corpulence un Cambodgien vêtu à l'européenne d'un pantalon et d'une veste blanche. Celle-ci était déjà souillée de sang. Étonné il eut la vague impression d'avoir déjà vu cette tête quelque part !

Un ronflement de moteurs de véhicules arrivant à toute vitesse interrompit l'observation à laquelle se livrait Robert ainsi que les discussions des gens qui entouraient le cadavre.

Avec un crissement de pneus, deux jeeps de la police, stoppèrent devant l'attroupement éclairé par leurs phares. Plusieurs policiers cambodgiens armés de mitraillettes en descendirent d'un bond. L'un d'eux, un brigadier s'accroupit près du corps, regarda attentivement le visage de l'infortuné puis il se releva et, d'une voix rauque, s'adressa à la foule.

Devant le mutisme de celle-ci, le brigadier répéta sa question mais sans plus de succès. Robert comprit qu'il demandait s'il y avait un témoin de l'attentat. Comme personne ne disait mot, le policier lança un ordre et deux de ses hommes emportèrent le corps qu'ils déposèrent à l'arrière de la seconde Jeep.

N'ayant rien vu Robert n'avait rien à dire aux policiers, aussi rebroussa-t-il chemin, le plus discrètement possible, dès que les deux voitures démarrèrent à grand renfort d'accélérateur. Sous les frangipaniers de grosses gouttes de pluie lui mouillèrent la tête et transpercèrent sa chemisette.

Il se mit alors à courir pour éviter l'averse.

Après l'avoir accueilli avec un soulagement évident, Ling l'entraîna dans la salle de bains, lui ôta la chemise et, avec des gestes pleins de douceur, elle lui essuya le visage les cheveux et le torse.

S'emparant d'un flacon de parfum qu'il avait ramené de Saïgon elle lui aspergea les épaules et la poitrine et le frictionna doucement.

Tout en se laissant bichonner Robert raconta ce qu'il avait vu dans la rue. Elle l'écouta attentivement sans dire un mot. Il la sentit tressaillir au coup de tonnerre qui déchira le ciel, mais il s'aperçut, avec étonnement, qu'elle n'éprouvait guère d'émotion quand il lui expliqua que l'homme assassiné dans la rue, sous ses fenêtres, était lui semblait-il un des Cambodgiens attablés avec deux Français au restaurant où elle l'avait emmené le soir du Chaul Chhnam.

— C'est possible ! marmonna-t-elle d'un ton neutre.

"Cette impassibilité exprime-t-elle de l'indifférence ou bien de la résignation se demandait-il en la dévisageant avec curiosité."

— La pluie va laver le trottoir et demain matin plus de trace, plus de sang ! reprit-elle avec un petit sourire indicible.

— Tant mieux fit-il en songeant qu'après tout, cette femme, comme la plupart des Cambodgiens, avait besoin d'une forte dose de patience de résignation et de fatalisme parfois pour supporter toutes les vicissitudes qui affectaient alors le Royaume et leur existence.

— Kôm est venue me voir tout à l'heure, après que vous soyez sorti ! déclara Ling en s'asseyant sur un fauteuil du salon.

— Pourquoi n'est-elle pas restée ? fit-il étonné.

— Elle était triste et ne voulait pas vous montrer ses larmes !

Comme il restait silencieux en la dévisageant d'un air interrogateur elle reprit aussitôt :

— Brahim est parti, avant hier matin. Il a quitté définitivement le Cambodge. Vous le saviez sans doute ?

— Pas possible ! s'écria-t-il stupéfait.

Elle comprit que Robert ignorait sincèrement le départ de son copain aussi, pour lui être agréable s'empressa-t-elle de lui verser un cognac. Il porta le verre à ses lèvres, but une gorgée puis il le tendit à Ling en lui disant d'une voix teintée de mélancolie :

— Buvez, Ling chérie, en souvenir de notre amour !

Elle prit le verre, avala une gorgée et le lui redonna tout en le regardant droit dans les yeux comme pour deviner ses pensées.

Le silence s'instaura entre eux et ils écoutèrent un moment la pluie tambouriner les persiennes.

— Vous avez l'intention de m'annoncer quelque chose ? murmura-t-elle.

— En effet, fit-il l'air embarrassé, je dois vous dire que, moi aussi, je vais quitter Pnom Penh, mercredi prochain, pour rejoindre ma compagnie à Cholon.

Il s'attendait à lui voir un air consterné. Elle lui offrit un visage mi-souriant mi-résigné. Elle avait le cœur serré mais elle refoulait ses larmes avec dignité.

— Dès notre première rencontre à Réam je savais que vous ne feriez que passer, dans ma vie. J'ai été contente de vous retrouver et très heureuse de vous accueillir. Vous ne pouvez pas vous soustraire à vos obligations. C'est votre destinée. Et surtout ne vous inquiétez pas pour moi !

— En songeant à vous, plus tard, je me souviendrai d'une femme ravissante, d'une étonnante beauté et d'une force d'âme peu commune !

— Tenez, dit-elle en lui tendant un étui à cigarettes en argent, gardez-le en souvenir de mademoiselle Ling.

Il prit l'objet, délicatement, et ses yeux s'attardèrent admiratifs sur l'apsara ciselée dans le métal précieux.

— Vous me vexeriez en le refusant ! reprit elle en souriant.

Il se pencha vers elle, l'embrassa et lui dit d'une voix émue :

— Merci, il est somptueux, je n'en méritais pas tant !

— Promettez-moi de le porter sur vous, toujours !

— Il sera mon porte-bonheur ! lui murmura-t-il à l'oreille.

Il l'enlaça tendrement et ils restèrent un long moment silencieux immobiles comme s'ils craignaient que le moindre mouvement n'accélère la fuite du temps !

Un coup de tonnerre intempestif ébranla l'atmosphère. Elle sursauta et se colla très fort contre lui, en posant sa tête sur la poitrine de Robert. Il lui caressa les cheveux tandis qu'elle gardait la tête baissée et il comprit qu'elle pleurait doucement, les yeux clos pour ne pas lui dévoiler son chagrin. Il attendit patiemment qu'elle releva son visage et lui offrit ses lèvres, pour l'embrasser avec une tendresse des plus sincères. Mais le doux baiser se prolongea avec une intensité croissante qui exacerba la sensualité de leurs moindres gestes devenus caresses.

Il la souleva dans ses bras, la porta dans la chambre et la déposa sur son lit, avec des gestes délicats, puis il s'allongea auprès d'elle. Elle poussa un soupir mais il ne sut jamais s'il exprimait le plaisir ou bien le regret. Robert l'entoura alors de ses bras et elle se donna sans plus songer au lendemain, en oubliant qu'elle vivait sa dernière nuit d'amour avec son "chevalier".

18

Le jardin botanique de Saïgon était encore plongé dans l'obscurité quand Robert arriva avec sa jeep suivie de la camionnette radio d'un poste de circulation désigné pour escorter le convoi régulier de Dalat jusqu'à Dinh Quanh. C'était à cet endroit, à la frontière avec l'Annam, que les escortes assurant la protection rapprochée du convoi s'arrêtaient et attendaient les véhicules, civils et militaires, descendant de Dalat pour les escorter ensuite jusqu'à Saïgon.

Sur la RN 20 serpentant à travers la forêt dans le massif montagneux du sud Annam, les véhicules circulaient sans escorte militaire, cette région n'étant pas hantée par le Vietminh en raison notamment de la présence des populations Moï, Cham et Rhadé, hostiles aux Annamites.

Aussi avaient-ils le sourire tous les chauffeurs civils, vietnamiens pour la plupart qui, partis de Saïgon, parvenaient sains et saufs au poste de Dinh Quanh. Là, les camions prenaient des ailes !

Depuis son retour en Cochinchine, Robert avait déjà participé à l'escorte des convois reliant Saïgon à Pnom Penh, à Vinh Long et à Ban Me Thuot. Cette fois il partait sur celui de Dalat.

"Une randonnée à ne pas manquer !" lui avait dit François d'un ton narquois, la veille, le dimanche 20 juillet, quand ils s'étaient retrouvés vers onze heures, pour l'apéritif, à la terrasse du Continental, en compagnie de Brahim. En apprenant que ses deux amis partaient le lendemain sur le même convoi, par le fait du hasard, Robert s'était porté volontaire pour être de la "randonnée".

Dans la nuit noire, seule la multitude de phares en veilleuse indiquait la présence des camions, une soixantaine environ, serrés l'un derrière l'autre, dans l'allée principale du jardin botanique devenu gare routière le temps de former le convoi. Comme il paraissait inquiétant ce grand parc pourtant si attrayant sous le soleil ! La pluie avait cessé et une âcre odeur de terre mouillée prenait aux narines.

Robert connaissait bien la RN 1 entre Bien Hoa et la plantation d'hévéas de Suzannah mais il n'était jamais allé au-delà.

Sitôt descendu de jeep il se dirigea vers un groupe de véhicules militaires garés sur la place, devant l'entrée du jardin. Il y avait là, le gros camion "wrecker" de la Compagnie de Transport à laquelle était affecté François, ainsi que deux automitrailleuses AM 8 de l'Escadron de Cuirassiers où se trouvait Brahim. Les postes radio des blindés fonctionnaient. En se rapprochant Robert distingua la voix de son copain qui disait "Je vous reçois 5 sur 5... affirmatif... R.A.S... OK reprise à 6 heures... terminé". La voix se tut tandis que le poste continuait de grésiller.

Un instant après Brahim surgit de sa tourelle, aperçut Robert éclairé par un lampadaire et il sauta à terre. Ils se serrèrent les mains.

— Mon chef de peloton m'a désigné pour rouler en serre-file ! dit Brahim qui aurait été plus satisfait d'ouvrir la route.

— Tu vas donc escorter François.

— Oui en quelque sorte et toi où seras-tu ?

— En principe accolé au poste de circulation, juste après la patrouille de tête, mais je jouerai surtout au chien de berger le long du convoi.

— Pas drôle ! fit Brahim en faisant la moue, car à ce jeu soit tu bouffes de la poussière soit tu prends la douche avec une bonne pulvérisation de boue. Fais gaffe en doublant car la route est très étroite en divers endroits.

— Sois rassuré, mon chauffeur est un excellent pilote.

— C'est toujours Sestrel avec sa moustache à la Clark Gable ?

— Mais oui bien sûr !

— Un gars sympa !

— Je suis certain que vous parlez de moi ! lança François en s'approchant d'eux.

Il venait de sortir du jardin. Avec l'aide de deux sous-officiers de sa compagnie il avait procédé à la visite technique sommaire des camions civils. L'opération consistait à examiner d'un coup d'œil, en s'éclairant d'une puissante torche électrique, l'état des lames ressort de chaque pont arrière. Comme tout officier du Train qui remplissait le rôle particulièrement ingrat de dépanneur en serre-file d'un convoi, François avait intérêt à faire cette inspection avant le départ. La plupart des camions achetés aux Domaines étaient de vieux bahuts qui semblaient affectionner les pannes pour se reposer un moment au bord de la route !

Leurs propriétaires, annamites et chinois, partisans de la plus forte rentabilité s'obstinaient à les surcharger en les rendant ainsi plus poussifs sur ces routes délabrées où les trous et ornières n'arrangeaient pas leur mécanique.

— Je viens de refuser le départ à trois "chintoks" trop chargés ! reprit François l'air furibond.

— Tu as bien fait ! dit Robert. Ces gens ne respectent guère les consignes qui leur ont été maintes fois répétées.

— Ce sont tout de même de fieffés roublards ! ajouta François.

— Auraient-ils essayé de t'avoir ? s'enquit Brahim avec un sourire malicieux.

— Ouais, mais je ne suis pas tombé dans le panneau.

— Raconte-nous ça ! demanda Robert impatient.

— Le premier gus était disposé à décharger l'excèdent qu'il aurait évidemment refilé en douce à un copain camionneur ; le second essaya de me persuader, avec un sourire désarmant, que la position des ressorts ne variait pas selon la charge ; quand au troisième, sans vergogne il tenta de me glisser dans la main quelques billets de cent piastres !

— Tous les moyens y compris la tentative de corruption, leur sont bons pour réussir ! fit observer Brahim l'air scandalisé.

— À condition de ne pas tomber sur un incorruptible comme notre ami François ! déclara Robert amusé mais content de l'attitude de son copain.

Une série de coups de sifflet sonna le branle-bas parmi tous ces gens civils et militaires qui s'empressèrent de grimper dans leurs véhicules. Il était six heures et on n'allait pas tarder à partir.

Les moteurs se mirent à ronfler dans un bruit de plus en plus assourdissant. Plus de soixante moulins qui tournent en même temps font un drôle de vacarme, avec une sensation de puissance rassurante.

Robert monta dans sa jeep à côté de Sestrel tandis que sur la banquette arrière se tenaient deux de ses hommes armés chacun d'un PM "Thompson".

Sur les ordres d'un officier représentant le 4ème bureau de l'État-Major l'escorte de tête, composée d'une AM 8 et de deux GMC transportant une section de combat, démarra lentement, suivie de la camionnette du poste de circulation.

Les véhicules partaient en direction de Binh Loï.

Robert regarda défiler les camions civils qui sortaient du jardin, l'un après l'autre au signal d'un agent de circulation chargé en particulier de leur faire respecter dès le départ un intervalle d'une centaine de mètres. C'était la distance de sécurité jugée nécessaire pour leur éviter de s'entasser les uns derrière les autres et d'offrir ainsi une belle cible aux viets.

Une demi-heure plus tard le dernier véhicule, l'AM de Brahim, quitta la gare routière.

— C'est à nous maintenant ! lança Robert à son chauffeur qui n'attendait que ce signal pour démarrer et se lancer à la suite du convoi.

Ils traversèrent Gia Dinh, passèrent devant le poste de contrôle de Binh Loï et, tout en klaxonnant, doublèrent tous les véhicules pour venir se placer devant la camionnette de la CCR, un peu avant d'atteindre le pont qui enjambe le Dong Naï. Les eaux limoneuses du fleuve scintillaient aux premières lueurs du jour.

Après la sortie N.E de Bien Hoa, la patrouille de tête prit de la vitesse en s'engageant sur la route n° 1 bordée de forêts.

À hauteur de Lông-Lac, une petite station désaffectée de la voie ferrée qui reliait autrefois, Saïgon à Hanoï, plusieurs rafales de mitrailleuse firent sursauter Robert et ses hommes.

L'automitrailleuse de tête venait d'ouvrir le feu sur un abattis obstruant la route, à une centaine de mètres en avant. Comme un seul homme, les coloniaux de la section de protection sautèrent des GMC et prirent position de chaque côté de la route.

Le tir a priori n'ayant déclenché aucune réaction adverse, l'AM se porta lentement sur l'obstacle, suivie d'un groupe de combat. Ayant constaté l'absence de pièges, l'engin blindé repoussa doucement le tronc d'arbre et le fit basculer dans le fossé.

La voie était libre ! Les marsouins remontèrent dans leurs camions, sans se faire prier, et on repartit. Mieux valait ne pas traîner dans ce coin. La route enserrée entre deux murailles de verdure offrait une sensation oppressante.

Le dégagement de l'abattis sous la pluie qui s'était mis à dégringoler furieusement n'avait duré qu'une demi-heure. Un véritable record ! Il faut dire que les rebelles s'étaient contentés d'abattre un seul arbre, à la faveur de la nuit, sans prendre la peine de le piéger.

Une chance ! Pendant ce temps le poste de circulation avait rattrapé la jeep de Robert. Celui-ci s'entretint un instant avec le Maréchal des logis Chef de poste, pendant que l'opérateur radio annonçait l'incident au secteur de Bien Hoa avec lequel il était en liaison permanente. Puis les deux véhicules repartirent.

"Ce n'est ni une promenade à la queue leu leu ni un rallye" ! avait ironisé Brahim, la veille, à la terrasse du Continental.

"C'est bien vrai" songea Robert en regardant défiler tantôt les grands arbres entremêlés aux impénétrables fourrés tantôt les hévéas aux troncs rectilignes, soigneusement alignés dans les plantations qui se succédaient sur une quarantaine de kilomètres ! Trang Bom, Suzannah, Binh, Loc, Tuc Trung. Hors de ces plantations pas trace de vie ! La pluie cessa et la chaleur devint encore plus étouffante.

Et puis soudain, le crépitement d'une mitrailleuse. Encore un barrage, deux gros troncs d'arbre que les viets s'étaient ingéniés à placer sur la route, peu après Tuc Trung, histoire de retarder le convoi, de montrer qu'ils étaient toujours là.

Ils voulaient peut-être étudier la réaction de l'escorte et le comportement de notre défense afin de définir une méthode leur permettant d'assurer le succès d'une embuscade future contre ce convoi.

Cette fois encore leur réaction fut de faible ampleur, hormis toutefois plusieurs coups de feu qui agrémentèrent la levée de l'obstacle et firent craindre une attaque plus sérieuse qui ne vint pas !

On perdit plus d'une heure pour déblayer la route tout en se protégeant contre un ennemi invisible. Trois hommes de la section de protection furent légèrement blessés par balles et évacués sur le poste de Tuc Trung.

Les kilomètres succédèrent aux kilomètres. La pluie cessa enfin de tambouriner la capote de la jeep. On n'entendit plus que le ronflement du moteur ponctué par le grincement des essieux au passage d'inévitables trous remplis d'eau.

Robert éprouvait la désagréable sensation d'être isolé sur la route. Ses hommes devaient avoir la même impression. Il avait beau leur parler de temps en temps, d'une chose et d'autre, eux restaient muets et tendus. Ils savaient qu'à tout moment, sans préavis, des coups de feu pouvaient partir des fourrés si proches et les atteindre à bout portant.

"Un séjour en Indo sans convoi c'est un peu comme une soupe chinoise sans nuoc mâm" lui avait dit en plaisantant un capitaine de la Légion, un ancien du 5ème REI, glorieux rescapé de l'agression japonaise de mars 1945. Ils s'étaient rencontrés dernièrement au poste de Dong Xoaï en faisant le convoi de Ban Me Thuot.

Le moteur de la jeep ronflait de plus en plus fort au fur et à mesure que la route gravissait les gradins du plateau de Mnong. La forêt s'éclaircissait et devenait moins oppressante.

— Encore un petit effort et nous y sommes ! lança Robert d'un ton enjoué.

— C'est pas trop tôt ! fit le chauffeur en soupirant.

— Vivement qu'on arrive au PK 113 pour dégourdir nos jambes ! dit l'un des deux gars assis à l'arrière.

Un quart d'heure plus tard ils arrivaient à Dinh Quanh, suivis de la camionnette du poste de circulation qui les avait rejoints.

Avec ses différentes tours percées de meurtrières, ses hauts miradors et ses longues palissades en rondins, l'endroit donnait l'impression d'un camp retranché dominant la contrée. Le coin n'était guère attrayant mais on s'y sentait en sécurité ?

De nombreux véhicules, des camions civils et deux petits cars étaient rangés sur un terre-plein. Descendus le matin même de Dalat ils s'étaient regroupés là en attendant l'heure du départ en convoi sur Saïgon.

Quelques chauffeurs somnolaient au volant de leurs véhicules tandis que par petits groupes de trois ou quatre personnes, quelques Indochinois se tenaient à l'ombre, accroupis, et mangeaient dans leurs bols tout en jacassant.

Après avoir rendu une visite de courtoisie à l'officier commandant le camp, Robert s'assit à l'arrière de la camionnette du poste de circulation où l'opérateur radio se tenait à l'écoute devant son WS 19. Il faisait chaud et les visages ruisselaient de sueur Les véhicules partis de Saïgon arrivaient, l'un derrière l'autre, ralentissaient au passage du pont enjambant un ravin, mais ils ne s'arrêtaient pas. Leurs chauffeurs avaient hâte de s'élancer à toute vitesse sur les 185 kilomètres de route restant à parcourir pour atteindre Dalat, situé sur le plateau du Lang Bian.

Robert les enviait en songeant à la description enthousiasmante que Brahim lui avait faite de cette charmante petite ville où il venait de passer une semaine en stage. Il espérait bien la connaître à son tour cette station de repos qui bénéficiait, pour être perchée à 1475 mètres d'altitude, d'un climat tempéré à peu près comparable à celui de la Côte d'Azur !

À une heure de l'après-midi, la radio lui annonça que l'élément de queue venait de franchir, sans encombre, le pont de la Lagna, un petit affluent du Dong Naï. Vingt minutes après, le camion Wrecker de François et l'A.M de Brahim, stoppaient à côté des véhicules de la patrouille de tête. Robert se porta à la rencontre de ses amis et le trio se dirigea ensuite vers le restaurant bar de la "Veuve Robin", le seul endroit où les routiers pouvaient se restaurer.

Un semblant de fraîcheur régnait dans cette modeste hutte au toit de chaume. La plupart des tables étaient occupées. Des odeurs de bière et d'anis se mêlaient à celles de la cuisine.

Un serveur annamite, adolescent d'une quinzaine d'années en short noir et chemisette blanche, les plaça à l'extérieur, à l'ombre d'un grand filao et leur proposa le menu du jour "poulet en sauce avec du riz blanc".

— Cette gargote, fit Brahim, est tout de même préférable à un pique-nique avec nos rations étalées sur un capot de jeep !

— Le menu est une spécialité du bep ! dit François avec un sourire ironique.

— Un festin digne d'un mandarin ! ironisa Robert en prenant l'air sérieux.

— La prochaine fois que nous aurons le plaisir d'être ensemble nous foncerons jusqu'à Dalat pour nous taper un bon repas ! plaisanta Brahim.

— Et nous emmènerons tout le convoi avec nous ! s'esclaffa François.

— Je crains mes amis, dit Robert l'air faussement contrit, que nos chefs n'apprécieraient pas une si bonne initiative t

— Alors nous nous résignerons, comme aujourd'hui, au plat du jour de la veuve Robin ! rétorqua Brahim en faisant la moue.

Ils cessèrent de plaisanter et chacun s'empressa de remplir son verre de bière dès que le garçon eut déposé sur leur table bancale trois bouteilles des Brasseries de Cholon.

Faute d'eau potable et de thé, Brahim dut boire sa bière pour ne pas courir le risque d'une rechute d'amibiase. Il en avait trop souffert.

Ils parlèrent du ralentissement du convoi causé par les abattis, mais comme aucun d'eux n'était intervenu, ils n'éprouvèrent pas le besoin de s'étendre sur ce sujet qui relevait somme toute d'actions de guérilla auxquelles ils s'étaient habitués.

C'est avec le sourire qu'ils accueillirent le serveur quand celui-ci leur apporta trois assiettes remplies de poulet et trois bols de riz. Comme ils étaient affamés et que le plat paraissait appétissant, ils vidèrent rapidement leur assiette sans laisser le moindre petit grain.

— Ne m'as-tu pas dit, déclara Robert en fixant Brahim, qu'à Dalat il y avait un magnifique hôtel où Bao Daï descendait à l'époque où il était empereur d'Annam et s'amusait à chasser le tigre et le gaur sur le plateau de Djiring ?

— En effet, le Lang Bian, un palace des années trente. J'y suis allé une seule fois avec un sous-off du Régiment.

— Quel genre de clientèle ? demanda Robert.

— Des types pleins de flouse évidemment ! Quelques Français, hommes d'affaires, et des Chinois, gros commerçants, au portefeuille aussi arrondi que leur bedaine !

— Point de jolies filles dans ce palace ? s'écria François.

— Mais oui mon cher ! répondit Brahim en souriant, des eurasiennes qui vont danser le soir dans les boîtes de nuit.

— Qu'es-tu allé faire au Lang Bian ? s'enquit Robert curieux.

— Boire le thé à la menthe le plus étrange qui m'ait été offert jusqu'à présent !

— Explique-toi ! fit Robert impatient.

— Et bien voilà ! Tandis que nous étions confortablement assis dans la grande salle du bar, un barman, des plus stylés, s'approcha tout souriant et nous demanda aimablement ce que nous souhaitions boire. Sans même consulter la carte qu'il me tendait, je lui commandai un thé à la menthe. Mon copain se contenta d'une bière. Quelle ne fut pas ma stupéfaction quand le garçon me servit un thé glacé qu'il arrosa copieusement de sirop de menthe ! Vous imaginez l'inconcevable mixture ? Partagé entre l'envie de rouspéter et celle d'en rire, j'ai choisi d'être stoïque. J'ai donc avalé ce breuvage, sans trop grimacer, pour ne pas contrarier le barman qui m'observait sournoisement du coin de l'œil.

Les trois copains rirent de bon cœur.

— Tu te croyais donc au café maure des Oudaïas ! ironisa Robert.

— Que veux-tu, vieux frère, la force de l'habitude ! répliqua Brahim en riant.

Des coups de sifflet stridents interrompirent leur conversation. C'était le signal du rassemblement auprès des véhicules. Le convoi n'allait pas tarder à partir !

Les trois amis n'étaient guère enthousiastes à l'idée de revivre en sens inverse la longue randonnée à travers forêts et plantations.

L'entrain matutinal faisait place, en ce début d'après-midi, à une certaine lassitude due à la chaleur étouffante. Les nuages s'amoncelaient de plus en plus sombres, annonciateurs de l'orage.

Il était deux heures de l'après-midi lorsque la patrouille de tête démarra, suivie de la colonne de véhicules. À l'exception de deux semi-remorques transportant d'énormes troncs d'arbres destinés à une scierie de Bien Hoa, les camions étaient moins chargés que ceux du matin. La plupart d'entre eux étaient remplis de paniers de volailles vivantes et de légumes tels que salades et choux appréciés au marché de Saïgon.

Après avoir assisté à l'écoulement de la colonne, Robert la remonta peu à peu avec sa jeep afin d'inciter les chauffeurs à conserver l'intervalle de sécurité. Les kilomètres défilèrent plus vite qu'à l'aller, car la route descendait insensiblement et surtout on avait hâte d'arriver à Saïgon.

Robert rattrapa la tête du convoi au moment où la patrouille blindée ralentit en traversant Tuc Trung. Plusieurs soldats français, en poste dans cette plantation, se tenaient au bord de la route pour regarder passer le convoi. Si dérisoire qu'il fut, ce spectacle n'en représentait pas moins l'une de leurs distractions hebdomadaires. Le matin même, certains d'entre eux avaient foncé en dodge 6x6 pour prêter main forte à l'AM de tête quand celle-ci avait été accrochée par les viets.

Cette intervention rapide figurait dans le lot des missions diverses fixées à leur unité. Ils ne s'en plaignaient pas. Sur le terrain ils vivaient dans l'action ce que d'aucuns imaginaient dans leur confortable bureau de rédaction, à Saïgon, rue Catinat.

Sitôt parvenu au carrefour de la RN 20 et de la route secondaire qui longe les méandres du Dong Naï, Robert fit stopper sa jeep à l'abri d'un talus. Après avoir, par précaution, jeté un coup d'œil sur les alentours il plaça ses hommes en guetteurs et lui-même se porta à l'intersection. Son intention était de surveiller l'écoulement du convoi et d'éviter à l'un ou l'autre des chauffeurs de s'engager par mégarde sur la mauvaise route.

Il y avait de quoi se tromper d'autant que le panneau de signalisation mis en place quelques jours auparavant par la CCR avait disparu. "Encore un coup des viets !" pensa Robert. Ce n'était pas la première fois que cette pancarte se volatilisait à cet endroit à partir duquel la mauvaise route menait à une région couverte de forêt dense où le Vietminh faisait la loi. Malheur au chauffeur qui se serait risqué sur cette voie ! Son camion ou son autocar aurait achevé son dernier transport dans les flammes comme ce fut le cas sur d'autres routes de Cochinchine.

Robert venait tout juste de se porter au carrefour, que la camionnette de la CCR arriva. Le chef de poste, sous-officier avisé et prévoyant avait eu la bonne idée d'emporter du matériel de fléchage de sorte qu'en quelques minutes on confectionna un panneau indicateur de direction que l'on cloua à un gros arbre en bordure de route.

La camionnette reprit sans tarder sa place dans le convoi tandis que Robert restait au carrefour pour assister au passage des véhicules. Dans l'ensemble les chauffeurs respectaient la distance de sécurité. La plupart d'entre eux lui adressaient un geste amical en passant devant lui.

Au bout d'une demi-heure, Robert se décida à quitter les lieux au grand soulagement de ses hommes. Ils ne disaient rien, mais leurs regards montraient bien qu'ils en avaient "plein les bottes".

Tandis que Sestrel manœuvrait pour remettre la jeep sur la route, des coups de feu claquèrent. Le bref miaulement des balles leur fit comprendre qu'on les prenait pour cibles !

Avec un ensemble parfait, ils se retrouvèrent à plat ventre derrière le talus fort providentiel. Une longue rafale de PM arrosa le haut du tertre et déchiqueta quelques branches d'arbuste au-dessus de leur crâne. Levant prudemment la tête, Robert eut beau scruter les parages, il ne vit pas l'ombre d'un rebelle.

L'adversaire restait habilement, à couvert. À ce jeu de cache-cache, il avait manifestement l'avantage.

Ignorant la position et les forces de l'ennemi, Robert se sentait en mauvaise posture derrière le talus qui n'offrait aucune possibilité de manœuvre. Aussi est-ce avec le plus grand soulagement qu'il entendit le ronflement des moteurs des GMC de l'escorte placée en milieu du convoi. S'emparant aussitôt du PM de Sestrel allongé près de lui, il lâcha plusieurs rafales en direction de leur assaillant afin d'attirer l'attention des coloniaux.

La réaction de ces derniers fut immédiate ; ils giclèrent de leurs GMC et se mirent à progresser le long des fossés, vers la jeep abandonnée. Des coups de feu furent échangés puis au bout de dix minutes les viets, se sentant débordés, préférèrent décrocher

Cet accrochage fit heureusement plus de peur que de mal dans les rangs français mais le convoi perdit une bonne demi-heure. Les plantations de Binh Loc, Suzannah et Trang Bom furent traversées sans incident.

L'horizon s'enflammait à l'approche du crépuscule quand la tête du convoi traversa le pont mixte sur le Rivière de Saïgon, au poste de contrôle de Binh Loï. Robert s'arrêta à ce poste tenu par des hommes de son peloton. Ils étaient là depuis une quinzaine de jours.

— Alors mon lieutenant, dit l'un d'eux en plaisantant, quand allons-nous retourner au Cambodge ?

— C'est vrai, on était quand même mieux là-bas ! dit un autre.

— Allons les gars, vous avez déjà oublié, répliqua Robert, les mauvais moments que nous avons passés à Battambang, à Pursat et ailleurs !

— D'accord c'était pas drôle tous les jours, répliqua le maréchal des logis, chef de poste, mais au moins on sortait en patrouille ou en reconnaissance, tandis qu'ici on reste enfermé dans un poste où il ne se passe rien !

— Tous les soirs on entend tirer autour de nous, mais c'est tout ! déclara le brigadier adjoint l'air déçu.

— Sous prétexte, dit Robert, qu'il ne s'est rien passé jusqu'à présent ne vous endormez pas, restez vigilants, de nuit comme de jour. N'oubliez pas que vos copains du poste de Baquéo ont été plusieurs fois attaqués par les viets.

— Vous inquiétez pas, mon lieutenant ! lança un des hommes, nous saurons nous aussi nous défendre et repousser les salopards !

— Je n'en doute pas ! reconnut Robert l'air confiant.

— Ah ! mon lieutenant, pourrions-nous recevoir plus régulièrement des journaux, des magazines et le journal Caravelle ?

— Oui bien sur, je vais m'en occuper ! répondit-il.

Un bruit de moteurs puissants fit trembler les vitres du local. C'étaient le Wrecker de dépannage et l'AM de Brahim qui venaient de stopper devant le poste. Robert se précipita vers eux.

— On a été retardé par un léger accrochage après Tuc Trung ! lui déclara François assis au volant de sa jeep et visiblement pressé de repartir.

— Les viets ont tiré parait-il sur la section de protection en milieu du convoi ! annonça à son tour Brahim qui venait de sauter de son engin blindé.

— J'étais bien placé pour le savoir ! se contenta de dire Robert l'air entendu.

— Ah bon ! s'étonna Brahim en dévisageant son copain.

— Oui, mais je te raconterai ça un autre jour.

— Bon je file ! lança François. Je ramène le Wrecker au cantonnement puis je rentre à la popote.

En démarrant, il ajouta à l'adresse de Robert :

— Et surtout, si tu arrives avant moi, ne pompe pas toute l'eau de la douche !

— La pluie ne te suffit donc plus ! ironisa Robert.

L'autre fit une réflexion triviale qui se perdit dans les vrombissements des moteurs.

Brahim regrimpa dans son A.M et, du haut de la tourelle cria à Robert :

— Téléphone-moi, si tu veux, samedi en début d'après-midi.

— OK !

— Slama rouïa !

19

Une chaleur lourde, moite, régnait en ce début de matinée du 7 août. Le ciel avait une teinte grisâtre aussi maladive que celle du visage de Robert. Celui-ci suivait, sombre et silencieux l'infirmière qui le conduisait à sa chambre, au pavillon des officiers, dans l'hôpital militaire 415 à Cholon.

Depuis déjà plusieurs semaines il souffrait d'une dysenterie qui s'était aggravée et le lieutenant médecin de l'infirmerie du Train avait décidé de l'hospitaliser.

"C'est pas étonnant, lui avait dit ce dernier, avec toutes les soupes chinoises que tu as bouffées en oubliant qu'elles étaient faites avec l'eau pourrie de l'arroyo !"

Il avait tardé à se faire soigner non par négligence mais par fierté ! N'était-il pas inconvenant de se dorloter pour des maux de ventre ? "Ici nous n'avons pas le temps d'être malade (26) !" se plaisait à répéter le"Colon" en citant Gallieni. Robert s'était enfin décidé après avoir perdu l'appétit et plusieurs kilos !

L'infirmière s'arrêta devant une porte entrouverte et lui dit simplement :

— Voici votre chambre que vous partagerez avec un autre lieutenant.

Que c'est triste une chambre d'hôpital ! se dit-il en entrant. Pas de meubles inutiles ! Et toujours des murs blancs et des lits blancs !

Il déposa sur le sien une mallette contenant ses affaires de toilette et un pyjama qu'il avait sorti de sa cantine où il était rangé depuis de longs mois, inutile, et objet de dérision dans la vie de nomade qu'il menait !

Il regarda machinalement la table de chevet du lit voisin dont l'occupant était momentanément absent. Placé dans un petit cadre de cuir, une photographie de femme attira son regard. Quelque peu honteux de son indiscrétion il se pencha néanmoins pour mieux voir et découvrit avec stupeur que le visage souriant, encadré de cheveux noirs était celui d'Hélène ! Incroyable ! Il regarda de plus près. C'était elle à n'en pas douter !

Le destin lui jouait un drôle de tour en le plaçant dans un lit d'hôpital juste à côté du mari d'Hélène ! C'était sûrement lui l'heureux élu ! Il allait devoir se montrer discret dans les conversations qu'il aurait avec ce type. D'emblée il sut qu'il ne pourrait jamais sympathiser avec lui.

Un bruit de pas dans le couloir le tira de ses amères réflexions et il vit l'individu, en peignoir rouge, s'arrêter devant la porte ouverte, l'air surpris de trouver quelqu'un dans "sa chambre".

Robert le dévisagea avec étonnement en reconnaissant soudain le soubit de la coloniale qu'il avait rencontré au Cambodge, sur la route de Réam au mois de février dernier.

— Bernard Marignier ! se présenta-t-il en tendant la main à Robert.

Il avait esquissé un vague sourire qui ne le rendait pas plus aimable.

— Bonjour ! Nous nous sommes déjà vus, dit calmement Robert, souvenez-vous, sur la route de Pnom Penh à Kampot.

— Ah ! Mais oui bien sûr ! fit Marignier en regardant plus attentivement son interlocuteur.

Il se souvenait de lui et de leur altercation mais il préférait oublier le mauvais rôle qu'il avait joué. Il se dirigea lentement vers un fauteuil en rotin dans un coin de la chambre et il s'assit en soupirant. Robert l'observait sans rien dire.

Il lui parut encore plus maigre, les traits tirés par la maladie. Il n'était pas beau à voir !

"Qu'avait-elle pu lui trouver de sensationnel ?" se disait Robert tout aussi stupéfait que jaloux.

— Vous êtes entré probablement pour une dysenterie amibienne ? s'enquit Marignier d'un ton plutôt aimable.

— Oui en effet ! Il parait que le traitement est pénible ?

— Affirmatif ! Les piqûres d'émétine flanquent une fièvre de cheval pour éliminer ces maudites amibes.

— Vous êtes en Indochine depuis longtemps ! questionna Robert.

— Sitôt débarqué à Saïgon, en décembre dernier, j'ai été envoyé au Cambodge. En juin j'ai eu la chance d'être affecté à Gia Dinh. Avant, j'étais au Maroc, au RICM à Rabat. Vous connaissez ce pays ?

— Oui, bien entendu, je connais ! bredouilla Robert embarrassé par la question à laquelle il n'avait pas encore eu le temps de songer.

Heureusement, l'autre l'avait à peine écouté tant il pensait aux bons moments qu'il avait vécus au Maroc.

— J'aime beaucoup ce pays, déclara Marignier, un beau pays plein de contrastes où les indigènes sont plutôt sympathiques.

Le silence plana un moment dans la chambre puis il reprit l'air satisfait, vaguement songeur.

— Je m'y suis marié. Une jolie fille dont les parents ont de l'argent. Tenez regardez le cadre sur la table de chevet, c'est elle !

Robert hésita un moment, se demandant s'il devait lui révéler la vérité, lui parler des relations qu'il avait eues avec Hélène. Il refoula bien vite cette idée et joua à contrecœur le rôle du monsieur indifférent.

Il fit tranquillement le tour de son lit et s'inclina légèrement au-dessus de la photographie, en tournant le dos à Marignier afin que celui-ci ne vît pas le trouble apparent sur son visage. Qu'elle était belle ! Elle souriait tout comme autrefois quand ils se regardaient amoureusement. Il se redressa lentement et desserra les dents.

— Votre femme est ravissante ! murmura-t-il, la gorge un peu serrée, puis tout en revenant à son lit il ajouta. Avez-vous des enfants ?

— Non pas encore et c'est heureux car Hélène s'est mis dans la tête de venir ici me rejoindre. Son père lui a payé le voyage par bateau. Elle débarquera à Saïgon dans une huitaine de jours.

— Vous êtes un homme comblé ! ne put s'empêcher de dire Robert d'une voix un peu forte pour cacher son émotion.

— Sans aucun doute mon cher ! reconnut l'autre d'un ton suffisant, mais je ne voudrais pas qu'elle me trouve dans cet hôpital.

— Je vous comprends. Mais vous allez en sortir bientôt. Courez donc l'accueillir au bateau. Elle sera tellement heureuse de vous retrouver ! déclara Robert d'une voix plutôt rude.

Il se sentait de plus en plus irrité, agacé par ce type qu'il jalousait. Ce dernier ne répondit pas, l'esprit accaparé par les prochaines retrouvailles.

Robert en profita pour se rendre dans le cabinet de toilette où il se dévêtit et enfila son pyjama. Il prit son temps pour ranger soigneusement ses vêtements dans un placard métallique, avant de se mettre au lit. Il se sentit faible et malheureux. La maladie et le chagrin s'alliaient pour le tourmenter. Il pensa à Hélène qui allait débarquer bientôt ! Devait-il essayer de la revoir où plutôt de l'oublier pour toujours ? Et ces maudites coliques qui reprenaient ! Des douleurs atroces par moment. Il se lamentait sur son triste sort quand le médecin chef entra dans la chambre, entouré d'un essaim de blouses blanches.

Robert se redressa et répondit tranquillement, en refoulant ses douleurs, à toutes les questions qu'on lui posa.

— Dans moins d'une semaine, vous serez remis sur pieds ! lui dit le docteur d'un ton rassurant.

Une demi-heure après, une infirmière, jeune vietnamienne au doux visage, lui administra la première piqûre. Quelle dextérité ? C'est à peine s'il s'en rendit compte. Quelques heures plus tard la fièvre monta et il sombra dans un sommeil agité.

****

À son troisième jour d'hôpital, en début d'après-midi, tandis qu'il se réveillait doucement, Robert entendit, près de lui, une voix familière qui disait :

— Si je le connais ! Nous étions ensemble au Lycée, à Rabat.

— Ah ! Je vois vous êtes des copains d'enfance !

Robert entrouvrit les yeux. Brahim était là, debout au pied de son lit et regardait son interlocuteur en souriant de son habituel petit air narquois.

— Salut vieux frère ! fit Robert, la voix un peu faible.

— Salut rouïa ! lança Brahim, en s'approchant aussitôt de son ami.

Ils se serrèrent longuement la main puis Brahim ajouta :

— J'ai accouru dès que j'ai appris ton hospitalisation en téléphonant à ta compagnie. Comment te sens-tu ?

— Pendant deux jours j'ai été sur le flanc, tremblant de fièvre et inondé de sueur, mais aujourd'hui ça va mieux.

— Grâce à Dieu tu te rétabliras rapidement !

— Vous avez déjà meilleure mine mon cher ! observa Marignier. J'attendais que vous soyez réveillé pour vous dire au revoir.

— Alors vous quittez l'hôpital aujourd'hui ? s'enquit Robert.

— Oui. J'attends mon chauffeur qui doit venir me chercher avec sa jeep, vers quatre heures. L'adjudant... euh... votre copain, vient de m'apprendre que vous étiez à Rabat. Ma femme aussi a vécu là-bas. Elle serait ravie de vous connaître.

— Vous croyez !

— Bien sûr. Quand nous serons installés dans l'appartement que le major de garnison m'a affecté, vous viendrez nous voir. Je vous téléphonerai.

— Je vous remercie, balbutia Robert, mais je ne voudrais pas vous déranger.

— Loin de nous gêner, vous nous feriez au contraire bien plaisir ! rétorqua Marignier en le regardant d'un air aimable.

Robert n'en revenait pas. Le "soubit" donnait l'impression d'être sincère. Il lui parut sympathique. À l'idée, un peu folle, de revoir Hélène après tant d'années, il accepta l'invitation.

— Et bien d'accord et merci ! dit-il en souriant.

— Bon alors à bientôt. Je file car voilà mon chauffeur.

Après le départ de Marignier, Brahim s'assit dans le fauteuil en rotin et, le premier, rompit le silence qui planait dans la chambre.

— Si j'ai bien compris c'est le mari d'Hélène et celle-ci vient le rejoindre ! dit-il en dévisageant attentivement son copain comme pour sonder ses sentiments profonds.

— Tu imagines un peu ma stupéfaction ! s'exclama Robert l'œil étincelant.

— En effet c'est incroyable ! admit Brahim en se carrant dans son fauteuil, l'air songeur.

— Dans cette affaire, dit Robert, le hasard et le destin se sont entremêlés, mais le plus drôle c'est que j'ai rencontré Marignier au Cambodge.

— Pas possible !

Robert fit le récit de cette rencontre sans omettre l'altercation et le retour penaud du "soubit" victime de son stupide entêtement.

Très amusé, Brahim écouta attentivement, sans interrompre son copain, puis il déclara :

— Ce type ne me plaît pas ! Méfie-toi de lui. S'il est aussi têtu qu'un mulet et peut-être aussi rancunier, il est capable de t'envoyer une ruade quand tu t'y attendras le moins !

— J'y ai pensé.

— Il est sans doute jaloux, aussi ne te montre pas trop empressé auprès d'Hélène.

— Sachant que j'ai vécu à Rabat, il cherchera à savoir si je l'ai fréquentée ?

— Probablement !

— Bon n'en parlons plus. Donne-moi plutôt des nouvelles de ton père.

— Il se porte bien, merci. Et tes parents ?

— Ils vieillissent, paisiblement, sans bouger de Rabat. Au fait là-bas, la situation a l'air d'être calme depuis que le Général Juin y a été envoyé comme Résident général.

— Mon père me parait assez satisfait car il éprouve de l'admiration pour le Général qui a conduit nos vaillantes troupes marocaines à la victoire, dans la campagne d'Italie.

— C'est un chef comme lui qu'il nous faudrait peut-être en Indochine ?

— Sans doute ! Mon oncle Abdallah m'a fait part, dans sa dernière lettre, d'un malaise, un mécontentement qui règne au Palais où il a ses petites entrées.

— Des dissensions se sont déjà élevées entre le Makhzen et la Résidence surtout à cause des nationalistes ; il ne faut pas trop s'en alarmer.

— En effet, mais ce mécontentement serait dû justement au nouveau Résident que Paris aurait envoyé pour appliquer une politique de fermeté à l'égard de notre souverain.

— Sous prétexte que sa Majesté se laisserait trop influencé par l'Istiqlal

— Surtout depuis qu'il a osé réclamer l'indépendance dans un discours prononcé à Tanger, le 9 avril dernier.

— L'indépendance ? Je l'ignorais, mes parents ne m'ont rien dit ! fit Robert l'air stupéfait.

Le silence plana un moment entre les deux copains et Robert reprit :

— Que feras-tu le jour où ça arrivera ? Resteras-tu dans l'armée française ?

— À vrai dire, j'en sais rien ! Le choix est difficile. Mais d'ici là... Bon je file. préviens-moi quand tu sortiras d'ici, slama !

— Slama, vieux frère.

Brahim venait de quitter la chambre lorsque la porte s'ouvrit devant le médecin chef suivi de ses assistants. La visite fut brève ; l'état de santé de Robert suivait son cours normal. Ce fut ensuite le tour de l'infirmière qui lui donna des comprimés et enfin l'entrée d'un serveur poussant un chariot chargé de plateaux repas. Il mangea avec appétit pour la première fois depuis son hospitalisation.

Ce soir-là, il se retrouva seul dans cette chambre qui lui parut plus austère et froide. Le lit voisin était vide ! La table de chevet aussi ! La photographie d'Hélène lui manquait. L'autre l'avait emportée !

"Hélène sera stupéfaite de me revoir" se dit-il. "Sera-t-elle heureuse de me retrouver ?".

* * * *

Il en était à son cinquième jour d'hospitalisation et il venait de finir son repas du soir lorsque s'ouvrit la porte de sa chambre livrant passage à un lit roulant poussé par deux solides infirmiers français. Avec d'infinies précautions, ceux-ci déposèrent sur le lit voisin un blessé amputé d'une jambe et couvert de pansements.

— Pour le moment il dort, appelez-nous quand il se plaindra trop ! dit l'un des infirmiers en fixant Robert qui lui répondit par un signe de tête.

L'obscurité n'allait pas tarder. Afin de ne pas gêner son malheureux voisin, il évita d'allumer la lampe du plafond, unique moyen d'éclairage de la pièce et il s'abandonna à ses songes.

Comme il lui tardait de sortir depuis qu'il allait mieux ! Il avait tellement de choses à faire avec son peloton ! Hélène ! Incroyable ! Elle était sur le point de débarquer à Saïgon, et d'apprendre qu'il était lui aussi dans cette ville. Marignier n'avait aucune raison de ne pas raconter à sa femme dans quelles circonstances il avait fait la connaissance d'un officier qui avait vécu à Rabat. N'avait-il pas promis de l'inviter chez lui, une fois installé dans l'appartement affecté par le bureau de garnison ? Marignier lui avait paru sincère.

Sur le lit voisin, le blessé se mit à gémir faiblement, sans bouger ; Robert le regarda jusqu'au moment où il cessa de se plaindre.

Au bout d'une demi-heure environ, les gémissements reprirent plus forts cette fois. Robert s'apprêtait à appeler un infirmier, lorsque la porte s'ouvrit devant l'infirmière de garde qui s'empressa d'aller chercher un médecin. En passant la porte elle appuya sur l'interrupteur et une nuée d'insectes ne tardèrent pas à tournoyer autour de l'ampoule allumée.

Quelques minutes après, les pas de plusieurs personnes résonnèrent dans le couloir, la porte s'ouvrit brusquement, et le médecin entra, suivi de quelques blouses blanches. Personne ne regarda Robert à l'exception d'une infirmière aux cheveux châtains bouclés et aux grands yeux couleur noisette. Simone !

Dans le bref regard qu'elle lui jeta en passant devant son lit, il vit un étonnement semblable à celui qui se reflétait dans ses propres yeux. Ils ne s'étaient jamais revus depuis le jour de leur débarquement du Néa Hellas. À cette époque, elle ne lui avait pas caché qu'elle cherchait un mari. De son côté il lui avait fait comprendre qu'il n'était pas pressé de se mettre la corde au cou !

Il n'avait rien fait pour la revoir et son séjour au Cambodge lui facilita la chose. "Loin des yeux, loin du cœur !" disait-il en songeant à ce proverbe.

Le destin voulait que Simone réapparaisse, à l'improviste, au moment où son esprit était absorbé par l'arrivée prochaine de sa chère Hélène.

Simone était loin de lui déplaire bien entendu mais maintenant elle risquait de le déranger. "Il vaut mieux ne plus penser à elle" se disait-il en se retournant dans son lit après le départ du docteur et des infirmiers emportant le blessé avec eux.

Le lendemain matin il fut réveillé par la petite infirmière annamite venue lui faire une piqûre. Le lit voisin était vide. Elle lui apprit que le blessé était mort avant l'aube. C'était un lieutenant de la Légion, fraîchement arrivé en Indochine ; la jambe droite déchiquetée par l'explosion d'un obus de mortier et le ventre criblé d'éclats ; le pauvre type avait souffert atrocement avant de s'éteindre.

Pour ne plus songer à la triste fin de cet officier qu'il ne connaissait pas, Robert se réfugia dans la lecture d'un livre d'André Maurois sur Lyautey, un bouquin qu'une assistante du service social lui avait prêté, deux jours auparavant.

Plongé dans les passionnantes anecdotes sur la vie au Maroc de l'infatigable Général, ce "romantique de l'action" selon l'écrivain, il en oublia le temps présent, la mort d'un brave, la présence de Simone et même la venue inespérée d'Hélène.

Vers huit heures du soir, il referma le livre et le déposa sur sa table de chevet. Il s'apprêtait à sauter du lit pour éteindre la lampe du plafond lorsqu'il vit la porte s'ouvrir doucement avec un léger grincement.

Quelqu'un allait entrer avec précaution. Intrigué iI s'étendit sur sa couche et ramena instinctivement le drap blanc sur son ventre nu. Il avait chaud et ne supportait rien sur la peau à l'exception de son slip. Simone apparut, souriante. Il en fut un instant décontenancé.

Elle se rapprocha du lit en le fixant, toujours souriante mais silencieuse. Il devina sa nudité sous la blouse blanche boutonnée sur le devant.

Quand elle s'arrêta, près de lui, il sentit son parfum et il eut une envie folle de l'enlacer, mais il ne bougea pas.

Elle le dévisagea, une lueur malicieuse dans le regard, comme si elle percevait le trouble du jeune officier qu'elle redécouvrait.

— Bonsoir Robert ! fit-elle d'une voix charmeuse.

— Bonsoir Simone ! Je suis content de te revoir ! murmura-t-il en se redressant posément.

— Je suis de garde cette nuit. As-tu besoin de quelque chose ?

— Non je te remercie ! répondit-il tandis qu'elle s'asseyait au bord du lit.

Il sentit que sa virilité n'était point entamée par la maladie, quand elle lui offrit, peut-être sans le vouloir, le spectacle émoustillant de ses jambes nues qu'elle découvrit en déboutonnant le bas de sa blouse pour s'asseoir plus aisément.

— Tu sors demain parait-il ? fit-elle d'une voix empreinte de déception.

— Oui, le toubib me l'a annoncé tout à l'heure ! déclara-t-il en évitant de lui montrer la joie qu'il ressentait à l'idée de quitter l'hôpital et de retrouver Hélène.

— Grâce à ton copain François qui est venu me voir quelques fois, j'ai su que tu avais vécu plusieurs mois au Cambodge.

— C'est vrai ! J'y ai fait du tourisme avec mes postes de circulation ! plaisanta-t-il.

— Tu as eu de la chance. Moi je suis allé à Pnom Penh pour un week-end, à la mi-juillet.

— Que faisais-tu dans cette ville de perdition ? lança-t-il en souriant, l'air malicieux.

— Du tourisme ! dans la journée bien sûr. Et le soir, j'ai été danser, dans une grande boîte, tout au bord du Mékong. Je m'y suis follement amusée !

— En compagnie probablement d'un médecin de ton hôpital ?

— Pas du tout mon cher ! C'était un civil authentique, bel homme, contremaître dans une grande plantation d'hévéas ! expliqua-t-elle lentement avec un sourire plutôt triste.

Robert comprit alors qu'elle ne fréquentait plus cet homme.

— Qu'as-tu fait de ce beau planteur ? s'enquit-il d'une voix calme tout en la dévisageant d'un petit air moqueur.

Elle haussa les épaules avant de répondre d'un ton amer :

— J'ai rompu en apprenant qu'il était marié ! Sa chère épouse revient de France par le prochain bateau. Elle était en cure à Chatel Guyon m'a-t-il avoué.

Robert gêné ne dit mot et se contenta de froncer les sourcils. Des éclairs illuminèrent un instant le ciel nuageux et ils entendirent les grondements lointains du tonnerre, signe annonciateur de la pluie. Les bruits de la foudre ayant cessé, Simone reprit, l'air presque enjoué :

— Heureusement qu'à ce moment-là j'ai eu ce brave François. Il a su me faire rire et oublier ce bellâtre qui prétendait m'aimer follement pour m'épouser.

— Si je comprends bien toi et François vous..., commença Robert.

— Détrompe-toi ! s'écria-t-elle en lui coupant la parole. Tout sympa et drôle qu'il soit, François est un ami et rien de plus !

— Bon, je te prie de m'excuser !

— Tiens, en parlant de bellâtre, j'en ai retrouvé un, dernièrement, que François m'avait présenté l'année dernière, en octobre, avant de partir au Cambodge.

— Pourquoi m'en parler ? fit Robert l'air désintéressé.

— Parce que ce type te connaît ! répliqua-t-elle en le regardant bien dans les yeux.

— Bon alors dis-moi qui il est, décris le moi ! demanda-t-il en fronçant le sourcil, l'air intrigué.

— J'ai oublié son nom, mais c'est un métis, aux cheveux noirs bien lissés, qui travaillait je crois dans l'import-export.

— Pas possible ! s'écria-t-il stupéfait en pensant aussitôt à Negrène. Où l'as-tu rencontré ? Quel jour était-ce ?

Simone prit le temps de répondre en voyant le trouble dans le regard de Robert.

— Très facile de m'en souvenir, c'était le samedi soir, 26 juillet dans un restaurant, près du Grand Monde. Mon dernier dîner avec le planteur, la veille de notre séparation !

— Tu as parlé avec ce métis ?

— Au moment où nous quittions la table, ce type qui était attablé non loin de nous, s'est approché de moi tout souriant ; il m'a salué aimablement, m'a aussi complimenté pour mon élégance, puis il m'a simplement demandé, avant de s'éloigner, si j'avais de tes nouvelles. Tu imagines ma stupeur ! Elle n'était pas feinte aussi n'a-t-il pas insisté quand je lui ai répondu que je t'avais perdu de vue depuis belle lurette !

Il n'y avait aucun doute. Il s'agissait bien de Negrène. Toujours en cavale, libre d'aller ou bon lui semblait. La Sûreté ne réussissait pas à le coincer.

"Vous savez, lui avait dit un jour un officier de police à Saïgon, ici nous n'avons pas d'agent secret qui le suivrait pas à pas comme dans les films ; nous savons où il est déjà passé mais nous ignorons où il se planque en ce moment. Il vous recherche, de toute évidence, soyez sur vos gardes !"

"Aussi facile que de retrouver une aiguille dans une botte de paille !" avait ironisé Brahim en parlant un jour des recherches infructueuses de la Sûreté, dans cette fourmilière de l'énorme agglomération de Saïgon-Cholon.

— La nouvelle n'a pas l'air de te ravir ! observa Simone en scrutant le visage soucieux de Robert.

Elle se rapprocha et lui prit la main pour lui montrer qu'elle était prête à l'aider s'il le fallait.

Il se contenta de lui sourire gentiment.

— Cet individu me déplaît. Qui est-il au juste ? Un escroc, un souteneur ? demanda-t-elle en fixant sur lui un regard interrogateur teinté d'appréhension.

Il hocha la tête avant de répondre calmement :

— Pire que ça ! Un horrible trafiquant qui trouve le moyen de vendre des armes à tous nos ennemis !

— Mais alors il est dangereux ? s'écria-t-elle effarée. Pourquoi ne l'arrête-t-on pas ?

— Sois tranquille ! fit-il d'une voix convaincante. Toutes les forces de police sont à ses trousses. Elles finiront bien par le prendre. À l'heure qu'il est, peut-être est-il sous les verrous. Ne t'inquiète surtout pas !

Il ne tenait pas à lui révéler "l'affaire Negrène" afin de ne pas l'effrayer inutilement. Elle ne courrait aucun risque.

Elle voulut lui poser des questions, mais la mousson mit un terme à sa curiosité. Un éclair fulgurant déchira la nuit, suivi aussitôt d'un formidable coup de tonnerre. Simone sursauta nerveuse. Au second éclair et avant que n'éclatât la foudre elle se réfugia contre Robert tout heureux de la serrer dans ses bras. D'autres éclairs suivirent dans un effroyable concert de grondement et d'explosions jusqu'au moment où la pluie se mit à dégringoler en tambourinant de plus en plus fort les toitures et les vitres des fenêtres.

Il sentit qu'elle se détendait tout en restant blottie contre sa poitrine. Enfin, rassurée, elle rompit la première le silence qui s'était instauré entre eux.

— Hier soir ! murmura-t-elle avec une soudaine mélancolie, je me suis sentie, troublée, dès l'instant où ton regard s'est posé sur moi. Une fois seule, j'ai pleuré, je dois te l'avouer, en songeant à nous deux, sur le Néa Hellas !

Cette tendre déclaration l'embarrassa plus qu'elle ne l'émut, aussi hésita-t-il avant de marmotter :

— C'est vrai nous étions bien ensemble sur ce bateau !

Simone s'attendait à des mots plus tendres et à des gestes amoureux. Déçue, elle s'écarta de lui et regarda sa montre bracelet, ostensiblement, pour signifier qu'elle décidait de mettre fin, à sa visite.

— Déjà huit heures et demi ! s'écria-t-elle en se levant brusquement. Je fais ma ronde et je repasserai, d'ici une demi-heure, d'accord ?

— Si tu veux ! fit-t-il d'une voix neutre.

Robert soupira quand Simone quitta la chambre. Il aurait voulu lui manifester toute l'affection qu'il éprouvait sincèrement à son égard, mais il s'en était abstenu, de crainte qu'elle ne se méprit sur ses intentions. Il l'aimait bien, certes, mais il ne songeait plus qu'à Hélène !

Retenue par les obligations de son service, Simone ne revint que beaucoup plus tard dans la nuit. Robert dormait paisiblement, couché sur le côté. Elle lui épongea doucement le front avant d'y poser ses lèvres et elle se retira à pas feutrés.

20

Dans la matinée du vendredi 17 septembre, Robert, en compagnie du chef Laudric et d'un mécanicien de l'atelier auto, était en train d'examiner le moteur d'une camionnette lorsqu'un secrétaire de la Compagnie vint lui dire qu'on le demandait au téléphone.

— Qui est-ce ? grogna-t-il, contrarié d'être ainsi dérangé.

— J'sais pas mon lieutenant, une femme, mais elle n'a pas voulu me dire son nom.

— Bon, je viens, fais la patienter s'il te plaît !

Après s'être lavé les mains couvertes du cambouis, il se rendit rapidement au bureau où se trouvaient quelques hommes et sous-officiers des services administratifs. Il s'assit à sa table et prit le combiné du téléphone en se demandant qui pouvait bien l'appeler.

— Allô ! Robert ? C'est moi Hélène. Vous vous souvenez ?

Stupéfait, il sentit son cœur battre à tout rompre et sa gorge se nouer d'émotion. C'était incroyable ! La voix était légèrement déformée au téléphone, mais c'était bien elle !

— Allô ! Robert ? Vous m'entendez ! répéta-t-elle.

Il était resté muet. Il devait être bref et parler avec discrétion car les conversations privées n'étaient pas autorisées même pour les officiers. Comme c'est dur de ne pouvoir employer des mots affectueux, des mots doux, en parlant à la femme que l'on a toujours aimée et que l'on entend soudain, à nouveau, après une longue, trop longue séparation I

— Oui je vous entends bien ! Bonjour Hélène ! se contenta-t-il de répondre d'une voix où perçait une émotion contenue.

— Oh Robert, il faut absolument que je vous voie sans tarder.

Elle lui sembla désespérée et il se sentit inquiet pour elle.

— Oui bien sûr ! Où puis-je vous retrouver ? demanda-t-il en modérant sa joie et son impatience.

— Si vous êtes libre ce soir, je vous attendrai à sept heures, dans le salon d'écriture du Majestic. Je connais cet hôtel pour y être descendu en débarquant ici, en août dernier.

— Entendu, je viendrai, sans faute. Le lieutenant Marignier vous a donc parlé de moi ?

— Vous connaissez mon mari ? dit-elle d'une voix empreinte d'un réel étonnement.

— J'ai eu l'occasion de le rencontrer au Cambodge et de le retrouver à Cholon, dans un hôpital militaire.

— Je l'ignorais. Il ne m'a jamais parlé de vous. Il est parti en opération pour deux jours. Venez Robert j'ai tellement besoin de vous.

— Comptez sur moi Hélène chérie. Je viendrai ce soir au Majestic.

— Merci Robert et à ce soir ! fit-elle doucement avant de raccrocher.

À l'heure convenue Robert, vêtu d'une chemisette et d'un pantalon de toile blanche, entra dans le hall de l'hôtel. Il ne vit qu'elle, assise dans un grand fauteuil, un sac à main en cuir blanc posé sur ses genoux. Il se rapprocha lentement en s'efforçant de ne pas dévoiler son trouble.

La jeune fille dont il conservait le souvenir était devenue une femme superbe. Elle leva les yeux, ses grands yeux bleus ourlés de longs cils et leurs regards s'accrochèrent. Quelle était belle ! Avec des gestes gracieux elle se leva, plaça son sac à l'épaule et fit un pas vers lui.

Elle ne portait qu'une simple petite robe d'été décolletée aux épaules, mais quelle allure !

Il lui prit délicatement les deux mains qu'elle tendait et ils se regardèrent un moment, un regard grave, profond, qui découvre l'autre et dénote l'intensité d'une émotion réciproque. Est-ce lui qui l'attira ou bien elle qui s'avança ?

Toujours est-il qu'elle posa sa tête doucement contre la poitrine de Robert tandis qu'il l'enlaçait avec tendresse.

Ils restèrent muets, sans voix.

Leur étreinte dura un bon moment, puis ils se détachèrent lentement comme à regret, après qu'il eut déposé ses lèvres sur le front brûlant de la jeune femme.

Ils allèrent s'asseoir à une petite table dans un coin du salon. Que de choses à se dire, depuis le jour maudit où se rompit le fil de leur relation !

Il la sentait gênée, tendue, mal à l'aise. Le petit sourire qu'elle lui adressait tout en le regardant avec une lueur de tristesse, lui fit comprendre qu'elle était une femme malheureuse et au bord des larmes.

— Que se passe-t-il Hélène chérie ! demanda-t-il d'un ton très doux en la dévisageant attentivement.

— Il aurait mieux valu que je reste au Maroc ! Si j'avais su l'homme qu'il était en réalité, je ne l'aurais pas épousé !

— Expliquez-vous, je vous en supplie !

— Marignier est un triste individu ! déclara-t-elle en soupirant. Savez-vous que non seulement il me trompe avec une métisse mais encore il veut m'imposer cette fille chez nous ! Vous voyez le ménage à trois !

— Pas possible ! s'écria Robert indigné. Ce type est ignoble complètement détraqué !

— C'est épouvantable et j'en suis malade ! Je ne sais que faire. Aussi vous ai-je téléphoné, complètement désemparée.

— Vous avez bien fait, mais comment avez-vous trouvé mon numéro de téléphone ?

— Ce matin, en donnant du linge à laver à ma boyesse, j'ai trouvé dans la poche d'une de ses chemises, un bout de papier sur lequel il avait écrit votre nom et votre compagnie.

— C'est heureux ! Le destin a bien fait ! s'exclama Robert.

— En découvrant ainsi que vous étiez vivant et non loin de moi, j'ai éprouvé un choc formidable.

— Aviez-vous donc imaginé que j'étais mort ?

— J'ai d'abord pensé que vous m'aviez abandonnée pour une autre, puis peu à peu, l'idée de votre disparition m'a hanté et j'ai beaucoup pleuré ! Que de larmes ai-je versées sur mon oreiller !

— Je comprends, fit Robert, car de mon côté j'ai aussi imaginé que vous aviez préféré un autre homme.

Ils restèrent un moment silencieux, puis Hélène se pencha vers lui et murmura :

— Je suis heureuse de vous avoir ce soir auprès de moi. Je me sens rassurée. J'en oublie l'infamie de celui que j'ai épousé à cette époque où j'étais vraiment désespérée de vous avoir perdu.

— Nous pourrions prolonger cet entretien dans un restaurant tout près d'ici. Qu'en dites-vous

— Pourquoi pas ! Avec plaisir ! dit-elle l'air plus gai, mais auparavant j'aimerais savoir comment et pourquoi notre correspondance s'est rompue en octobre - novembre 1944 ?

Après avoir expliqué brièvement les causes de son hospitalisation à Oran, Robert déclara calmement :

— Je me souviens de vous avoir adressé une lettre, en poste restante à Rabat ainsi que vous me l'aviez suggéré, mais elle est restée sans réponse !

— Plusieurs jours de suite je suis allé voir à la poste mais hélas point de lettre ! J'ai attendu plusieurs semaines, ensuite nous avons déménagé et c'est une fois installée à Fès que j'ai écrit. C'était la veille de Noël ! Trois semaines plus tard cette lettre m'était retournée avec la mention "secteur postal erroné". Ce fut affreux ! J'en suis tombé malade de désespoir !

Robert l'enlaça alors tendrement et lui dit :

— Pauvre chérie, je comprends la douleur que vous avez alors ressentie. Mais je vous ai écrit de Cherchell, le Jour de l'An 45, en adressant ma lettre à votre domicile et elle ne m'est jamais revenue !

— Il est possible qu'elle se soit égarée, mais je soupçonnerais plutôt mon père de l'avoir fait disparaître en la recevant, réexpédiée par la poste de Rabat.

Ils restèrent un moment silencieux, assis l'un contre l'autre, comme autrefois, quand ils étaient dans le restaurant de Marco.

****

Robert amena Hélène dans un petit restaurant situé près du Théâtre où le patron s'occupa personnellement de leur menu.

— Vous êtes donc retourné à Rabat au début de juin 1945 à votre sortie de Cherchell ? s'enquit-elle.

— Oui, et je m'étais rendu à votre villa avec l'espoir de vous y retrouver. Vous pouvez imaginer aujourd'hui, mon désespoir et mon chagrin en découvrant qu'elle était vide !

— Je vous comprends mon pauvre Robert ! Moi je ne voulais pas quitter cette maison qui conservait le souvenir de notre dernier tête à tête ! J'ai beaucoup regretté la ville où je suis née, où je vous ai connu !

Pendant un moment ils mangèrent sans se parler mais en échangeant des regards amoureux.

Robert évoqua son séjour au Cambodge et raconta comment il avait d'une part retrouvé Brahim et d'autre part rencontré Marignier.

— C'est curieux, que votre mari ne vous ait pas encore parlé de moi alors que devant Brahim, il m'invita à venir chez vous ?

— Il m'en parlera peut-être un jour ! Méfiez-vous de lui, c'est un bon comédien. Je l'ai appris à mes dépens.

— Ma première impression était donc juste. Je l'avais jugé très suffisant, incrédule et entêté ! Brahim l'a trouvé antipathique.

— Votre copain à raison hélas ! fit-elle l'air attristé.

Une heure plus tard, ils quittèrent le restaurant et revinrent au Majestic en se tenant par la main, comme ils le faisaient autrefois, quand ils se promenaient côte à côte dans les rues de Rabat.

La chambre que Robert avait retenue pour la nuit était située au deuxième étage de l'hôtel et se trouvait faiblement éclairée par les lampadaires de la rue Catinat.

Dans la pénombre, ils restèrent un long moment debout, enlacés, silencieux, dans une étreinte merveilleuse qui effaçait toutes les années de séparation et les ramenait subitement en arrière, à l'heureuse époque de leurs jeunes années et de leurs tendres amours ! Instants délicieux qu'ils savouraient ce soir-là en sentant leurs corps frémir d'un désir partagé.

Leurs lèvres se joignirent doucement puis leurs baisers se firent plus profonds jusqu'à perdre haleine.

Il la souleva dans ses bras et la déposa délicatement sur le lit. Après avoir tiré les rideaux des deux fenêtres, il alluma les lampes des chevets, revint vers Hélène, lui ôta doucement sas escarpins, puis il installa la grande moustiquaire blanche tandis qu'elle le regardait faire, à la fois amusée et attendrie.

Il retira ses chaussures et sa chemise avant de se glisser auprès d'elle. Ensuite il se pencha sur son visage et plongea son regard dans les yeux bleus ourlés de longs cils, ces yeux qui lui souriaient et qu'il avait tellement admirés.

— Je crois rêver en cet instant ! murmura-t-il tout en lui caressant les joues.

— Moi aussi mon chéri ! susurra-t-elle sans bouger.

— Que de fois ai-je songé à ce bonheur d'être ensemble comme en ce moment !

— J'en rêvais la nuit après avoir lu ou relu vos lettres !

— Vous les avez sans doute brûlées ?

Elle resta un instant silencieuse avant de répondre d'une voix douce :

— J'ai failli les jeter au feu et puis je me suis ravisée, une force m'a retenue et je les ai gardées. Ma mère qui est devenue ma confidente les détient chez elle à l'instar de mon père.

— Lui ne m'aimait pas ! marmonna Robert en serrant les dents.

— Hélas ! Il a fait mon malheur en acceptant Marignier, un peu trop vite, quand nous étions à Fès. Il voulait que je m'amuse un peu afin de vous oublier.

Comme il gardait le silence, Hélène reprit :

— Je l'ai connu, un soir, à un bal de garnison et mon père l'a trouvé intelligent, instruit, pourvu de toutes les qualités requises pour être un bon mari et un gendre parfait !

— Et vous ma chère Hélène, comment le trouviez-vous ?

— Pas très beau physiquement ! répondit-elle. Mais à l'époque il savait se montrer à son avantage et surtout me faire rire à nouveau alors que j'avais tant pleuré pour vous, à cause de vous !

Elle lui passa les deux bras autour du cou et ils se regardèrent longuement, les yeux dans les yeux, comme s'ils voulaient rattraper le temps pendant lequel ils s'étaient perdus de vue.

Elle l'embrassa sur la bouche sans le quitter du regard puis doucement elle le repoussa en lui chuchotant :

— Oh ! Mon Robert chéri ! Je vous ai aimé follement. Et ce soir je vous adore !

Il se pencha sur elle et lui murmura, plusieurs fois, tout en l'embrassant sur la bouche, sur les joues, dans les oreilles "je vous aime". Puis lentement avec des gestes délicats et mesurés il la déshabilla.

Ses regards éblouis découvrirent alors un superbe corps de femme qui gardait toute sa grâce juvénile. Il la contempla un instant puis avec une douceur infinie il lui caressa les seins, le ventre et l'inonda de baisers. Hélène frissonna de bonheur de plus en plus fort jusqu'au moment où elle l'attira vers elle. Un doux et long gémissement sortit de ses lèvres entrouvertes quand elle le sentit entrer en elle.

Elle n'avait jamais connu une telle sensation de bien-être. Ils s'étreignirent de toutes leurs forces lorsqu'ils basculèrent ensemble dans le tourbillon de la jouissance.

Apaisés mais toujours étroitement enlacés, ils ouvrirent les yeux presque en même temps et se regardèrent avec amour. De petites larmes perlaient des beaux yeux d'Hélène et lui, bouleversé, demanda d'une voix caressante :

— Vous pleurez mon amour !

— Oui de bonheur mon chéri ! Je suis heureuse d'être enfin à vous ! Je vous aime !

— Je vous adore ma chérie ! Mais ces larmes ?

— Un mélange de plaisir et d'émotion ! répondit-elle avec un petit sourire évasif.

— Je crains pourtant autre chose ! fit-il l'air inquiet en s'écartant d'elle.

— Soyez rassuré, je ne regrette pas de coucher avec vous, bien au contraire. J'ai d'ailleurs refusé à mon mari de me toucher. Vais-je devenir votre maîtresse ? Ce mot est affreux. Il en a une mon cher époux.

— Ne restez plus avec lui, demandez sans tarder le divorce et ensuite nous pourrons nous marier si vous voulez toujours de moi !

— Je le voudrais bien, mais ce n'est pas si facile !

— Ah ! Pourquoi donc ! Il ne veut pas divorcer ?

— Il nous voudrait toutes les deux dans son lit ? De plus il est terriblement jaloux. Il me fait peur depuis que je l'ai vu exploser de colère quand j'ai voulu lui tenir tête à propos de cette fille !

— Si je comprends, cet homme aurait changé depuis qu'il vit en Indochine ?

— Je l'ai constaté avec stupéfaction quand il a osé lever la main sur moi !

— J'admets qu'il puisse être jaloux. Vous êtes si séduisante. Quant à devenir violent et dépravé depuis qu'il vit sous ce climat, s'expliquerait peut-être s'il buvait du whisky ou du cognac à gogo ou bien s'il se droguait en fumant de l'opium.

— Je ne l'ai jamais vu saoul à vrai dire, mais je me suis rendu compte qu'il buvait beaucoup plus qu'à l'époque où nous étions jeunes mariés. Je ne pense pas qu'il puisse fumer de l'opium, mais je ne suis pas derrière lui pour l'en empêcher !

— Si vous voulez j'irai le trouver et je lui parlerai de nous deux !

— Oh non ! Surtout pas ! s'écria-t-elle l'air apeuré.

— Bon je ne bougerai pas ! fit-il doucement pour la rassurer.

Ils restèrent un moment silencieux, puis ils prirent une douche pour se rafraîchir, l'un après l'autre. Hélène revint se mettre au lit, après s'être drapée dans un peignoir blanc qu'elle laissa glisser le long de son corps avant de s'allonger à côté de Robert.

— J'aimerais m'endormir dans vos bras ! lui susurra-t-elle avec un regard des plus langoureux.

Elle posa sa tête contre la poitrine de Robert et quelques instants après elle dormait, confiante et heureuse. Il n'osait pas bouger, de crainte de la réveiller. Il s'enivrait de sa fraîcheur et de son parfum naturel. Bien souvent, il avait imaginé Hélène blottie contre lui. La réalité dépassait le songe. Elle était bien là ce soir, la douce respiration et le parfum de la jeune femme lui prouvaient qu'il ne rêvait pas !

Maintenant qu'il l'avait retrouvée et qu'ils s'aimaient, il ferait tout pour la garder. Oui il trouverait bien le moyen de l'arracher à cet ignoble Marignier... Il finit par s'endormir à son tour.

Il fut réveillé, un peu avant six heures, par les bruits de la rue Catinat. Le jour éclairait la chambre. Il se redressa doucement sur son coude pour regarder Hélène endormie. Quelle était jolie !

Dans la nuit elle avait ramené le drap sur ses hanches. Elle bougea quand il déposa un baiser sur son épaule nue puis elle étira ses jambes et, l'entoura de ses bras en murmurant :

— Comme je suis heureuse mon amour !

— Comme je vous aime ma chérie ! fit-il en s'étendant sur elle.

Ils firent l'amour, les yeux dans les yeux en s'étreignant comme s'ils ne voulaient plus se séparer.

Deux heures plus tard, ils finissaient leur petit-déjeuner quand Sestrel, venu chercher Robert, arrêta sa jeep devant l'hôtel.

— Quand nous reverrons-nous ! dit Robert avant de la quitter, dans le hall d'entrée.

— Je vous téléphonerai, mon chéri, sans faute ! répondit-elle doucement, les yeux embués de larmes.

****

Dès les premiers accents d'un pasodoble joué par l'orchestre philippin de la "Plantation", François entraîna Viviane sur la piste de danse, sous le regard amusé de Robert. Les trois amis occupaient une table dans un coin de la salle. Robert n'ignorait pas que François couchait avec sa cavalière depuis son retour à Saïgon. Cette liaison ne le dérangeait pas car il avait rompu gentiment mais définitivement avec la jolie quarteronne la veille de son départ pour le Cambodge, l'année précédente.

Aujourd'hui il s'en félicitait puisqu'il était entièrement libre de songer à Hélène, de l'aimer secrètement, et d'agir si nécessaire pour la sortir des griffes de son ignoble mari.

La virtuosité de certains danseurs et l'extravagance de quelques-uns d'entre eux ne l'intéressaient pas. Ses regards étaient rivés sur la porte d'entrée ; iI ne voulait surtout pas manquer l'apparition d'Hélène.

Deux jours auparavant celle-ci lui avait téléphoné pour annoncer que Marignier, ayant décidé d'aller à la "Plantation" avait retenu une table pour la soirée du samedi 4 octobre. C'était la première fois qu'elle se manifestait depuis la merveilleuse nuit qu'ils avaient passée à l'hôtel Majestic.

Soupçonnant son époux d'avoir manigancé une rencontre avec sa maîtresse dans cette boîte de nuit, Hélène demandait à Robert de s'y rendre et de ne pas hésiter à l'inviter à danser. "Ce sera le meilleur moyen pour se parler" avait-elle dit avant de murmurer "et je serai si heureuse de danser un blues langoureux dans vos bras".

Il se redressa sur sa chaise lorsqu'il la vit entrer suivie de son mari. Elle était resplendissante dans une robe blanche moulante et largement décolletée aux épaules. Elle portait, pour seul bijou, un petit collier en or torsadé, celui que ses parents lui avaient offert à la Noël de 1943.

Lui était vêtu d'un pantalon et d'une chemisette blanche sans galons, comme la plupart des jeunes officiers qui se mettaient ainsi en "civil" pour sortir le soir. Ils n'étaient vraiment pas assortis !

Un serveur vietnamien aux cheveux noirs lustrés s'empressa en souriant de les conduire à leur table.

En passant devant Robert, elle lui adressa un doux regard appuyé d'un léger sourire, tandis que l'époux, le menton relevé et les yeux braqués sur sa table, ne vit rien.

L'orchestre cessa de jouer et les danseurs regagnèrent leurs places. Seuls à tournoyer les grands ventilateurs du plafond brassaient l'air chaud, dans le brouhaha de la salle.

— Alors ta dulcinée est arrivée ? s'enquit François tout en s'épongeant le front ruisselant de sueur.

— Oui. Hélène et son mari viennent de s'attabler dans le coin, à notre droite ! répondit Robert en baissant le ton.

Tournant légèrement la tête, Viviane fixa un instant son regard sur le couple, puis, gourmande, elle se remit à croquer des graines de lotus confites sans prononcer un seul mot. En son for intérieur elle reconnaissait la beauté d'Hélène, mais elle préférait s'abstenir d'en parler.

— Elle est superbe ! murmura François en se penchant vers son copain. Encore mieux que ta description faite un soir à St-Raphaël, dans un moment de cafard.

— C'est certain. J'avais alors le souvenir d'une adolescente. Tu découvres ce soir une femme !

Les musiciens se remirent à jouer un de ces sempiternels bostons préférés de la clientèle chinoise. François, infatigable, s'élança à nouveau sur la piste avec Viviane toujours aussi souriante et gracieuse.

Il a raison d'en profiter, nous n'avons pas tellement l'occasion de nous amuser ! se dit Robert en songeant que le lendemain soir il était de service au cantonnement, avec une patrouille à pied dans les sordides ruelles de Phutho. Mais il chassa très vite cette pensée en se tournant vers Hélène. Elle lui souriait ; il se leva et se rendit auprès d'elle.

— Tiens ! Marignier vous ici ! fit-il en prenant l'air étonné puis il ajouta d'un ton aimable "Bonsoir Madame".

— Hélène, ma femme, dont je vous ai parlé ! dit Marignier en grimaçant un sourire.

Robert se pencha posément vers Hélène et de ses lèvres effleura la main qu'elle lui tendait. Elle était heureuse tandis que le mari paraissait mécontent de cette intrusion.

Il craignait sans doute que Robert ne s'incrusta à sa table, aussi poussa-t-il un soupir de soulagement lorsque celui-ci les quitta pour danser avec une jeune femme, qui paraissait s'ennuyer à mourir entre deux gros individus lancés dans une conversation fort animée.

Cette fille ne l'intéressait pas mais il préférait danser pour passer le temps plutôt que de se retrouver seul à sa table.

Il s'était abstenu d'inviter Hélène pour respecter les convenances et ne pas irriter le mari jaloux.

Le temps passa et les danses se succédèrent. Marignier se décida enfin à danser avec son épouse. Robert en profita pour inviter Viviane.

— Dis-moi Viviane, ne connaîtrais-tu pas le Lt Marignier ?

— Non, je ne l'avais encore jamais vu, mais pourquoi cette question ? répondit-elle étonnée.

— Comme ça ! j'ai l'impression qu'il te trouve à son goût !

— Il n'est pas mon genre ! répliqua-t-elle. Par contre, toi tu t'intéresses beaucoup à son épouse.

— C'est une amie d'enfance ! rétorqua-t-il légèrement irrité par la réflexion.

— Bon ne te fâche pas mon chéri ! lui murmura-t-elle à l'oreille.

Ils dansèrent un moment sans se parler puis il reprit :

— Au fait, qu'est-elle devenue ton amie Laure ?

— Laure ? fit-elle visiblement surprise. J'en sais rien, je ne l'ai pas vue depuis un bon bout de temps !

— Et lui, Negrène, l'importateur, il a disparu ?
— Mais je l'ignore ! Il n'était rien pour moi et tu le sais ! répliqua-t-elle en s'écartant légèrement pour le regarder droit dans les yeux.
Elle lui parut sincère aussi lui fit-il un gentil sourire avant de la serrer de plus près. Sitôt le slow terminé, ils rejoignirent François qui était resté sagement assis en sirotant son verre de whisky-soda, Dès que l'orchestre entama un blues Robert s'empressa d'inviter Hélène tout en marmonnant "vous permettez" à l'époux visiblement contrarié.
Ils dansèrent lentement en évitant de se serrer de trop prés afin de ne pas éveiller la méfiance du mari. Robert la sentait prête à se coller contre lui, aussi fit-il un effort pour ne pas l'embrasser sur la bouche quand elle leva vers lui le doux regard de ses grands yeux.
— Je vous aime ! murmura-t-il en la regardant tendrement.
— Comme je voudrais ne pas être mariée pour être toute à vous !
— Connaissez-vous cette femme qu'il fréquente ?
— Non, je ne l'ai encore jamais vue !
— Elle pourrait donc se trouver dans la salle.
— Peut-être, mais je ne crois pas, les regards de mon mari ne se sont attardés sur aucune des femmes présentes.
— Pourquoi ne demandez-vous pas le divorce ?
— Il m'a déjà menacé de mort si j'essayais.
— Il doit bluffer !
— Je le crois capable de tout, il est devenu si violent !
À cet instant ils virent Marignier quitter la salle d'un pas précipité.
— Mais où va-t-il ? fit-elle étonnée.
— Prendre le frais ! plaisanta Robert en serrant Hélène contre lui.
— J'ai eu l'impression qu'il lisait un billet juste avant de se lever de table.
— Je ne l'ai pas remarqué.
— C'est sûrement le serveur qui le lui a remis après que nous ayons quitté la table.
— Quelqu'un l'attendrait donc dehors ? supposa Robert.
— Sans doute ! fit-elle soudain soucieuse. Je n'ai plus envie de danser. Venez Robert ramenez-moi à ma table.
Ils quittèrent la piste en se faufilant à travers les couples de danseurs. Marignier n'était pas encore revenu.
— Restez ici Hélène chérie, je vais dehors jeter un coup d'œil.
— Ne me laissez pas seule trop longtemps ! supplia-t-elle visiblement inquiète.
Remarquant que François était seul à sa table, Robert s'approcha de lui et demanda où se trouvait Viviane.
— Elle est aux toilettes, pourquoi ? répondit François en dévisageant son copain d'un air mi-étonné mi-interrogateur.

— Bon ! Écoute-moi, je sors un instant, surveille discrètement Hélène. Son mari s'est volatilisé. Et surtout pas un mot à Viviane.

— OK ! T'inquiète pas pour ta belle !

Une fois à l'extérieur du dancing, Robert ne vit tout d'abord qu'une dizaine de cyclo-pousse alignés le long du trottoir.

Vaguement éclairés par un réverbère noyé dans la ramure d'un gros tamarinier, les conducteurs somnolaient en attendant patiemment la sortie des clients. Lorsque ses yeux se furent habitués à l'obscurité, Robert remarqua une jeep stationnée sur le trottoir à une vingtaine de mètres. Il s'en approcha à pas feutrés mais il s'arrêta aussitôt quand il vit en descendre un homme suivi d'une femme vêtue d'une tunique blanche fendue des deux côtés. Il eut la surprise de reconnaître Laure !

Marignier, l'attira vers lui et l'embrassa. La fille avait revêtu le costume traditionnel des Vietnamiennes.

Robert en avait suffisamment vu, aussi s'empressa-t-il de faire demi-tour et de rentrer dans le dancing. Trop occupés à s'embrasser et à se caresser les deux amants ne l'avaient pas remarqué.

— Alors l'avez-vous vu ? s'enquit Hélène.

— Oui et il se porte bien !

— Mais que fait-il ? Serait-il avec une femme ?

— Effectivement et avec une métisse que j'ai connue il y a un an environ.

— Probablement sa maîtresse ! Mais pourquoi se voient-ils ainsi, à la sauvette ? Il ne m'avait pourtant pas caché qu'elle viendrait à notre table.

— Je pense qu'elle m'a aperçu dans la salle, peut-être à votre table, et a préféré m'éviter.

— Ah ! Vous auriez donc eu..., fit Hélène en le dévisageant l'air contrarié.

— Non, soyez rassurée, s'empressa-t-il de dire, il n'y a rien eu entre nous. Elle s'appelle Laure. Soyez prudente car cette femme est dangereuse.

— Pourquoi dangereuse ?

— Elle était la concubine d'un type qui aidait les rebelles et que j'ai eu l'occasion de démasquer au Cambodge.

— Je comprends ! Qu'est devenu cet individu ?

— Il a prit la brousse, aussi Marignier pourrait courir des risques si cette fille était encore en liaison avec ce type.

— Il faudrait alors prévenir mon mari

— J'y ai songé, mais nous devons agir avec prudence d'autant que Marignier est plus incrédule que St Thomas !

— Que comptez-vous faire ?

— Le rencontrer le plus vite possible dans un lieu discret pour le mettre en garde contre cette femme en lui racontant l'horrible affaire dans laquelle a trempé son ancien concubin un dénommé Negrène.

— Cet entretien pourrait avoir lieu chez moi ! proposa-t-elle.

— Oui, avec plaisir, mais sous quel prétexte ?

— Pour parler du Maroc tout simplement.

— C'est une bonne idée ! J'aimerais que mon ami Brahim soit des nôtres ce jour-là. Lui aussi connaît Negrène et son témoignage pourrait m'aider à convaincre votre mari.

— D'accord ! Je serai contente de revoir votre copain du lycée Gouraud. J'espère que mon mari...

Elle s'interrompit en apercevant subitement celui-ci debout près d'elle. Les chaussures à semelle crêpe qu'il portait étaient vraiment efficaces pour une approche surprenante !

— Je vous prie de m'excuser ! dit Marignier en s'asseyant. J'ai été tenir compagnie un moment à mon chauffeur qui s'ennuie dans sa jeep. Mais qu'espérez-vous donc de moi ? ma chère Hélène ?

— Et bien je serai heureuse d'inviter le lieutenant chez nous, à l'apéritif, la semaine prochaine. J'aurai ainsi le plaisir de parler un peu de Rabat. Qu'en dites-vous Bernard ?

Bien que pris au dépourvu, Marignier n'en répondit pas moins d'un ton catégorique et à peine aimable.

— Excellente chose ! J'y avais d'ailleurs pensé. Cependant je préférerais que nous reportions cette invitation à la semaine suivante. Je vous téléphonerai, sans faute,

Marignier avait trouvé le moyen de se dérober, aussi Robert n'insista pas en sachant que ce n'était ni le lieu, ni le moment d'expliquer à ce borné les risques auxquels il s'exposait en fréquentant Laure.

— Je vous remercie ! se contenta-t-il de répondre en adressant un sourire à Hélène dont la consternation se lisait sur son beau visage.

— Bernard ne manquera pas de vous téléphoner ! déclara-t-elle d'une voix aimable.

— Bon, alors à bientôt ! fit Robert en se levant posément.

Il se pencha vers Hélène, lui fit un baisemain plus appuyé que ne l'exige le savoir-faire, et il s'éloigna tout en maudissant en son for intérieur le jeu hypocrite qu'il était obligé de mener.

Parvenu à sa table, Viviane et François l'accueillirent avec la mine réjouie des amoureux qui ne s'ennuient pas. Ensemble ils quittèrent le dancing, un peu avant minuit, juste après le départ des Marignier. Une jeep de service venue chercher Robert et François à l'heure convenue les ramena à la popote des officiers à Cholon.

Viviane prit un cyclo-pousse pour rentrer chez elle, un studio qu'elle louait dans un immeuble tranquille à proximité de la mairie.

Au bar de leur popote, François et Robert prirent chacun une canette de bière et ils s'assirent sur les fauteuils en rotin pour bavarder un moment avant d'aller se coucher.

— Alors ! le mari d'Hélène, que foutait-il dehors ? demanda François.

— Il embrassait une fille. Devine qui ! dit Robert l'air mystérieux.

— J'ne vois pas !

— Laure !

— Pas possible ! fit François en écarquillant les yeux.

— Je n'ai pas voulu t'en parler devant Viviane d'autant qu'elle me prétendait, un instant auparavant, ignorer où se trouvait sa copine.

— Curieux tout ça !

— En effet et je crains que Marignier ne coure des risques si Laure n'a pas rompu avec Negrène.

— Quels risques ?

— Ceux auxquels tout homme s'exposerait en couchant chez une femme qui serait en même temps la maîtresse d'un dangereux individu comme Negrène.

— Ce dernier pourrait, par jalousie, liquider l'amant en lui tombant dessus à l'improviste ! supposa François.

— Oui et du même coup venger sa mère en assouvissant sa haine à l'égard de tout officier français qu'il assimilerait à son père. Mais il y a une autre hypothèse.

— Notre trafiquant pourrait également contraindre Marignier, par chantage, à se mouiller dans un trafic d'armes ?

— Je ne crois pas ! rétorqua Robert. Aucun officier ne commettrait une telle infamie

— C'est vrai, alors que supposes-tu ?

— Hélène m'a avoué que son mari lui paraissait changé, oui, plus nerveux, plus violent, qu'à l'époque où ils étaient au Maroc. Elle met ça sur le compte de l'alcool que doit lui faire boire sa maîtresse, autrement dit Laure !

— Où veux-tu en venir ?

— Et bien, à imaginer que cette fille le fait boire pour lui tirer les vers du nez sur l'oreiller. N'oublions pas que Marignier est dans une unité opérationnelle du secteur. Ensuite elle renseigne Negrène sur les déplacements futurs de cette unité.

— Et ainsi, avec ces informations, notre trafiquant peut négocier plus facilement avec ses amis viets pour leur refiler des armes !

— C'est à mon avis l'hypothèse la plus plausible !

— Faudrait peut-être prévenir charitablement ton petit camarade Marignier !

— J'en ai l'intention ! répondit gravement Robert. J'en ai d'ailleurs parlé à Hélène ce soir, avant que son mari ne revienne à sa table.

— Tu lui as donc appris qu'elle était trompée ! s'écria François l'air désapprobateur.

— Mais non mon vieux ! Elle le savait déjà et par son époux en personne !

— Ce type est dingue d'agir de la sorte alors qu'il a la chance d'avoir une femme aussi charmante !

— Tu as raison, mais en réalité Hélène ne l'aime pas, elle ne l'a jamais beaucoup aimé et le pauvre bougre doit en souffrir. Toutefois il n'est pas de ces hommes qui se traînent aux pieds des femmes. Jaloux et violent il serait, m'a-t-elle dit, capable du pire envers elle.

— Et toi que fais-tu dans cette affaire ? s'enquit François avant d'avaler sa dernière gorgée de bière.

— Hélène et moi nous nous aimons et depuis longtemps, tu le sais, bien avant qu'elle ne connaisse Marignier. Pour le moment, je me tiens prêt à l'aider, si nécessaire.

— Tu n'as peut-être pas intérêt à prévenir son stupide mari qui en fin de compte se trouve être ton rival.

— Je le ferai d'abord pour elle et ensuite pour contrer une éventuelle manœuvre de Negrène.

— Tu as sans doute raison.

— Le destin a voulu qu'Hélène et moi, nous nous retrouvions après une longue et triste séparation : il cherche peut-être à nous unir enfin ! déclara Robert en finissant son verre.

Ils quittèrent le bar et se dirigèrent vers les chambres.

— À propos de Negrène, as-tu de ses nouvelles par la Sûreté ? demanda François en s'arrêtant devant sa porte.

— Non, je leur ai fait savoir que Simone l'avait vu dans un restaurant à côté du Grand Monde.

— Tu n'aurais pas du mêler cette petite à ton affaire ! reprocha François avant de bailler à s'en décrocher la mâchoire.

— Ne t'en fais pas ! Je n'ai pas cité son nom et ils se sont contentés de ma propre déclaration. Tu peux dormir tranquille ! lança Robert en ouvrant la porte de sa chambre.

21

Il faisait encore bien chaud en ce début de soirée du dimanche 14 octobre lorsque Brahim, venant de Gia Dinh descendit de jeep devant la popote des officiers du Train à Cholon.

François et Robert qui bavardaient depuis un moment devant le portail du jardin l'entraînèrent aussitôt dans la chambre de Robert, spacieuse et meublée de trois fauteuils en bois.

— Alors "rouïa", quelle nouvelle veux-tu nous annoncer ? déclara Robert.

— Oui, tu avais l'air bien mystérieux au téléphone ! observa François.

— Et bien mes amis, répondit Brahim en baissant instinctivement le ton, je pars sous quarante huit heures au Tonkin !

— Au Tonkin ? fit François étonné.

— Tu plaisantes ou quoi ? s'écria Robert l'air stupéfait.

— Non ce n'est pas une blague, j'ai été volontaire, avec plusieurs autres sous-officiers du Régiment, pour aller renforcer les effectifs des cadres des unités de l'Arme Blindée.

— Mais que se passe-t-il dans le nord ? s'inquiéta François.

— Le Général Salan aurait besoin de renforts urgents pour lancer une opération d'envergure contre les viets et stopper le trafic d'armes à la frontière chinoise ! expliqua Brahim.

— Ce ne sera pas une surprise pour l'oncle Ho ! ironisa Robert, car certaines agences d'information, bien intentionnées à notre égard, ont cru bon de divulguer cette offensive avant même son déclenchement.

— C'est tout de même inadmissible et écœurant que la presse puisse en toute liberté, lancer de telles informations qui risquent de nous nuire, de contrecarrer notre action contre nos ennemis ! s'écria François indigné et l'air mauvais.

— Ça n'arrivait pas à l'époque où nous nous battions contre l'Allemagne. Il y avait la censure et le secret des opérations était bien gardé, fit observer Brahim.

— C'est vrai, dit Robert, mais pour être bien informés, les viets ici n'ont pas besoin de la presse. Leurs meilleurs indicateurs sont nichés au sein même des personnels vietnamiens employés dans les bureaux de nos états-majors.

— Tu exagères un peu ! dit François l'air sceptique.

— Pas tellement ! rétorqua Robert, car ces gentils espions savent se montrer des employés modèles, tranquilles et hors de tout soupçon !

— Nous l'avons entendu dire, déclara François, au sujet de l'attaque du convoi de Mytho, le 25 avril dernier. Bien que la présence, au milieu de ce convoi, de deux ministres vietnamiens ait été tenue secrète, les viets l'ont appris suffisamment à l'avance pour organiser avec soin leur embuscade et faire sauter les voitures de ces deux collabos.

— Exactement ! fit Robert.

— Collaborateurs si tu veux, mais ces deux ministres étaient sans aucun doute de courageux nationalistes dont le tort fut de ne pas être communistes ? répliqua Brahim en scrutant les réactions de François dont il ne partageait pas toujours les idées.

— Ouais si tu veux ! dit François conciliant.

Les petites divergences d'opinion et de langage n'affectaient cependant pas l'amitié des deux hommes qui s'était forgée au contact de Robert. Celui-ci, estimant toutefois que cette discussion à caractère politique risquait de gâcher la dernière soirée, "la veillée d'armes" selon le mot de François, qu'ils passaient ensemble, se leva de son fauteuil pour lancer à voix haute et le visage souriant :

— Bon mes amis si nous prenions un pot avant le dîner ! Je vais au bar commander des jus de pamplemousse. OK ?

— OK ! firent en chœur Brahim et François.

L'atmosphère était dégelée. En revenant, un instant après avec un grand plateau chargé de bouteilles, de verres et de bols remplis de glaçons, Robert fut accueilli par les exclamations de ses copains ravis de son initiative.

Il faisait chaud autant au-dehors que dans la pièce dont la fenêtre était ouverte sur le jardinet.

Les boissons glacées furent les bienvenues. On se désaltéra tout en évoquant d'autres jus de fruits et diverses recettes de cocktails savourés par ci par là, au hasard de leurs campagnes.

On évita soigneusement de parler du prochain départ de Brahim. Si la nouvelle ne manquait pas d'être surprenante pour Robert et François, ce dernier ne pouvait ressentir l'émotion causée chez le premier.

Au Cambodge, puis en Cochinchine, Brahim et Robert avaient eu l'occasion d'être ensemble dans diverses opérations, de se rencontrer plus d'une fois sur les routes lors des convois réguliers, d'aller dîner ensemble dans divers restaurants, de draguer parfois les filles comme le font ensemble les bons copains. Le bon temps était fini !

Quelques jours auparavant, n'avaient-ils pas imaginé leur retour en

France, sur le même bateau, en espérant que Brahim débarqué pourtant six mois après Robert, pourrait peut-être bénéficier d'une réduction de séjour !

En évoquant cette éventualité devant François, celui-ci avait alors ironisé "Une croisière sur le "Pasteur" n'est pas à dédaigner mes amis !"

Et voilà que leur rêve s'écroulait.

Après avoir vidé leur verre, ils quittèrent la chambre et se rendirent à la salle à manger où quelques officiers finissaient de dîner.

Ils apprécièrent le délicieux crabe farci, spécialité du "bep" mais sans allégresse, le cœur n'y était pas.

— Et ta congaï, Thi Nam, comment a-t-elle réagi en apprenant ton départ ? s'enquit François.

— Elle l'ignore encore. Je n'ai pas osé lui annoncer !

— Pour quelles raisons ? fit l'autre étonné.

— Sans doute pour m'éviter de la voir pleurer !

— Serais-tu attaché à cette fille ?

— Absolument pas ! se récria Brahim l'air indigné.

— Tant mieux pour toi, déclara François d'un ton ironique car elle versera des larmes au moment où tu la quitteras mais elle se consolera vite avec un autre qui lui paiera sa nourriture et quelques robes.

Brahim ne répondit pas. Robert les écoutait, distraitement, sans se mêler à leur dialogue, quand soudain les dernières paroles de François lui firent songer à "mademoiselle Ling". Lui aussi, le cœur bien lourd en la quittant pour toujours, s'était dit qu'elle se consolerait un jour dans les bras d'un autre. À l'époque, il voulait se donner bonne conscience, mais, à cet instant, il souhaita sincèrement qu'elle l'ait fait pour être heureuse.

Des éclats de rire le ramenèrent soudain au temps présent au milieu de ses camarades. À une table voisine, quelques jeunes officiers parmi lesquels figurait Pierre, s'amusaient à se raconter des histoires drôles ou grivoises. Une façon de se distraire un peu, en fin de repas, avant de se séparer soit pour aller se coucher soit pour assurer une permanence de nuit ou pour crapahuter avec une patrouille Ce dernier cas était celui de Pierre qui portait sa tenue de combat et n'avait pas Élise à ses côtés. Elle était restée sagement au cantonnement des P.F.A.T.

Levant la tête, Pierre aperçut Robert et vint vers lui, de son pas tranquille tout en bourrant sa pipe.

— Alors mes seigneurs ! lança-t-il, le regard narquois, vous en faites de drôles de bobines ! Tiens mais c'est notre ami Brahim. Comment allez-vous ?

Les deux hommes se serrèrent la main. Ils s'étaient connus au mois de janvier dernier à Battambang, dans la bonzerie.

— Merci mon lieutenant, la santé est bonne grâce à Dieu ! répondit l'autre en esquissant un petit sourire.

— Oh ! mais ça n'a pas l'air d'aller ! Une mauvaise nouvelle ?

— Il part bientôt pour le Tonkin comme volontaire ! expliqua Robert.

— Félicitations ! Bon courage mon vieux et peut-être à un de ces jours ! dit Pierre en serrant la main de Brahim.

— Inch'Allah ! murmura ce dernier.

Pierre venait de quitter la salle à manger lorsqu'à la table voisine, l'un des officiers, connu pour ses plaisanteries grivoises s'esclaffa en disant :

— Avec tous les tirailleurs marocains envoyés dans le nord, les petites tonkinoises mettront au monde de curieux bambins !

Bien qu'elle ne fût pas dirigée contre Brahim, cette réflexion plus stupide que méchante, le fit sursauter comme s'il avait été piqué par un scorpion. Son visage se durcit et il lança à voix haute :

— Ce genre de chose ne se produira pas chez nous au Maroc où nous ne tolérerons jamais que nos filles fréquentent des étrangers et se conduisent comme des putains.

Le silence plana dès qu'il eut fini de parler d'une voix devenue cinglante.

Les quelques personnes présentes dans la popote dirigèrent aussitôt leurs regards ahuris sur l'auteur inconnu de ces propos inattendus. La plupart d'entre elles ne pouvaient comprendre le sens exact des paroles de Brahim du fait qu'elles n'avaient pas prêté attention à la plaisanterie de mauvais goût faite précédemment par le lieutenant. Ce dernier ayant compris qu'il avait déclenché l'irritation de Brahim, se leva de table et vint le trouver.

— Mon ami, dit-il l'air confus mais la voix ferme, sachez que je n'ai pas voulu vous vexer. Mes excuses les plus sincères !

— Je vous remercie, n'en parlons plus ! répondit calmement Brahim visiblement content de lui.

Une poignée de main scella l'entente entre les deux hommes et l'atmosphère se détendit à la satisfaction générale, comme s'il se fut agi du règlement d'un incident diplomatique.

Le lieutenant retourna à sa table et Brahim se rassit posément, sans dire un mot à ses deux amis qui n'avaient pas osé intervenir dans cette affaire embarrassante. Gêné par la susceptibilité de son ami et choqué par l'outrance de ses paroles, Robert avait jugé préférable de le laisser face à ses responsabilités.

Il avait donc observé la scène en se disant avec bienveillance que ce comportement inhabituel devait résulter, en grande partie, de la contrariété causée par ce départ qui, tout en étant souhaité, n'en était pas moins précipité.

François au contraire était loin d'excuser l'attitude de Brahim, car il estimait que la plaisanterie à laquelle il avait bien ri, ne justifiait pas une telle réaction.

— Dis-moi, demanda-t-il à Brahim, que ferais-tu si ta congaï t'annonçait qu'elle était enceinte ?

— Question inutile mon cher car cela n'est pas arrivé ! répliqua Brahim d'un ton péremptoire.

— Cependant, insista François, cela pouvait se produire avec Thi Nam qui a agrémenté tes nuits où tu n'étais pas de service !

— J'en conviens.

— Alors, si elle avait eu un "nyo" de toi qu'aurais-tu fait ?

— Je n'y ai pas songé ! bredouilla-t-il embarrassé.

— L'aurais-tu épousée ?

— Et toi ! rétorqua Brahim l'air excédé, épouserais-tu Viviane si tu lui avais fait un gosse

Quelque peu surpris par la question, François éclata d'un gros rire et s'écria :

— Mais cette fille ne tient pas à se marier, je le sais, elle recherche avant tout les aventures amoureuses et d'ailleurs un seul homme ne lui suffirait pas !

— Tu es donc bien tranquille avec elle ?

— En effet, mais tu n'as pas répondu à ma question.

Brahim prit le temps de la réflexion avant de dire d'un ton calme :

— Si Dieu le veut, j'épouserai, un jour, dans ma famille, la jeune vierge que mon père m'a déjà promise !

C'est alors que Robert, craignant que François ne fît une observation plus ou moins malséante, s'empressa de déclarer d'un ton complaisant :

— Et ce jour-là tu seras le plus heureux des hommes en lançant ton alezan en tête des cavaliers dans la plus belle des fantasias qu'on aura jamais vue dans ton bled !

— "Baraka Allah ou fik !" (27) répondit Brahim, tes paroles, rouïa me remontent le moral.

— Une chance pour toi que tu ne sois pas annamite ! lança François en dévisageant Brahim d'un air moqueur.

Robert se demanda où le parisien voulait bien en venir.

— Ah ! Et pourquoi ?

— Tu n'auras pas à chiquer le bétel avec tes invités le jour de ton mariage ! répondit François en s'esclaffant.

Brahim partit alors d'un grand éclat de tire et Robert soulagé partagea l'hilarité de ses amis.

Il était dix heures et demie lorsqu'un serveur s'approcha de Brahim et lui dit :

— Mon adjudant, votre chauffeur vient d'arriver avec sa jeep !

— Merci, dites-lui de patienter un instant.
— D'accord, mais aura-t-il le temps de boire une bière ?
— Oui bien entendu, une canette mais pas deux.
Une fois le serveur parti aux cuisines, Brahim reprit :
— Selon notre capitaine nous devrions embarquer à Tan Son Nhut sur des Dakota et arriver quatre heures plus tard à Bach Maï.
— Tu n'oublieras pas de m'envoyer un mot pour me donner au moins ta nouvelle adresse postale ! déclara Robert.
— Je te promets de faire cet effort ! fit Brahim en souriant.
— Plus tard, quand tu seras de retour dans ton bled, toi mon ami tu pourras fredonner "Ma tonkiki, ma tonkiki, ma tonkinoise... !" plaisanta François.
Brahim lança un regard amusé à ce dernier puis dit d'une voix grave :
— Comme j'aimerais être à ce plus tard ! Mais, pour le moment je dois songer à mon retour à l'escadron, car il est temps que je rentre me coucher !
Il repoussa doucement sa chaise et se leva avec des gestes mesurés pour montrer à ses amis qu'il serait resté volontiers plus longtemps en leur compagnie.
Avant de monter dans sa jeep, Brahim se tourna vers Robert et lui dit d'un ton amical :
— Tu comptes revoir bientôt Hélène ?
— Je l'espère bien !
— Fais-lui mes amitiés. Dis lui aussi que j'aurais aimé revoir notre si jolie petite R'Batie !
— Je souhaite que tu la revoies, un beau jour, à mon bras !
— "Inch'Allah" fit Brahim en serrant une dernière fois les mains de ses amis.

22

Seul dans le bureau du PC de sa compagnie, le combiné du téléphone à la main, Robert essayait vainement d'obtenir la communication avec la villa où Viviane habitait.

— Bon sang, mais que fiche-t-elle ? maugréait-il impatient, tout en mastiquant un morceau de sandwich au poulet que Sestrel lui avait ramené des cuisines.

Profitant de l'absence de ses parents partis à Pnom Penh, Viviane l'avait invité à dîner chez elle, ce dimanche 7 décembre, en compagnie de François et d'un couple d'amis dont il ignorait le nom.

Il aurait bien aimé se rendre à cette petite "soirée tranquille" comme disait François, mais il se devait de partir, avec un groupe de combat, pour renforcer l'unité d'intervention que le Secteur de Cholon lançait dans une subite opération de police. La dernière à laquelle il avait participé remontait au mois de septembre. C'était le genre de commando qui se traduisait généralement par un accrochage avec les viets. L'ordre était arrivé inopinément à six heures de l'après-midi au moment où Robert était le seul officier présent au cantonnement.

Il s'était empressé de constituer son groupe de combat en choisissant une douzaine de gars parmi les nombreux volontaires pour cette mission, puis il avait revêtu sa tenue de treillis avant d'envoyer une estafette motocycliste auprès du capitaine commandant la compagnie pour l'informer des dispositions qu'il avait prises.

Il devait rejoindre le PC du Secteur pour dix neuf heures et ne disposait plus que de cinq minutes à peine pour s'excuser auprès de Viviane !

— Le téléphone ne fonctionne jamais quand on est pressé ! répétait-il de plus en plus irrité.

Après une dernière tentative il poussa un soupir de soulagement en entendant la voix de François à l'autre bout du fil.

— Salut Robert ! Que se passe-t-il ?

— Je suis obligé de partir en patrouille dans quelques minutes, tu m'excuseras auprès de Viviane.

— D'accord, mais écoute-moi avant de raccrocher.

— OK mais fissa !

— Tiens-toi bien, Marignier et sa femme sont ici !

— Quoi ? s'écria Robert stupéfait. Mais qui les a invités ?

— Viviane sûrement, mais Laure est arrivée avec eux.

— Oh là là ! Que se trame-t-il ? Essaye de prendre Marignier à part et de lui parler de Negrène.

— Comment, tu ne lui as encore rien dit ?

— Non, pas eu l'occasion. Il devait me contacter mais ne l'a pas fait.

— Bon, je vais essayer et tâche de venir sitôt rentré de patrouille, si tu es encore vivant.

— Je t'appellerai à mon retour au cantonnement.

Au moment où François reposait le combiné, Viviane s'approcha de lui.

— Je parie que c'était Robert ! fit-elle le regard interrogateur.

— Aurais-tu le don de divination ? ironisa-t-il.

— Il ne sera donc pas des nôtres ? s'enquit-elle l'air contrarié.

— Il te prie de l'excuser, obligé de remplir une mission inopinée et urgente.

— Quel dommage ! Lui as-tu dit que Marignier et sa charmante femme étaient ici ?

— Non j'ai oublié ! répondit-il avec un accent des plus sincères.

Rendu prudent, il se disait qu'il fallait mentir pour couper court à toute discussion risquant de nuire à Robert.

— Bon, fit-elle, on se passera de lui. Rejoignons mes invités.

— C'est donc toi qui les as invités ?

— Oui, bien sur ! Je ne t'en ai pas parlé. Je voulais faire une surprise à Robert ! bredouilla-t-elle l'air confus.

— Et bien ma p'tite c'est loupé ! dit-il d'un ton goguenard.

****

Pendant près de trois heures, la section d'intervention ratissa à pied les sinistres ruelles situées entre Phu Dinh et Binh Dong.

Dans ce misérable quartier populeux du sud de Cholon on était loin des belles enseignes lumineuses de la rue des Marins !

Ici, la nuit était profonde, lourde, pleine de menaces !

La progression se faisait lentement, prudemment, sans bruit !

Innombrables et insondables se succédaient baraques et paillotes dans lesquelles les habitants se terraient, les uns pour éviter les mauvais coups, les autres, moins nombreux, pour en préparer !

Ici l'atmosphère était empuantie par un mélange d'odeurs de latrines et de nuoc-mâm. Dans ce genre de chasse où tous les sens sont en éveil Robert déplorait que son odorat puisse renifler si bien la moindre effluve nauséabonde.

La progression s'acheva sur un accrochage sérieux lors de la fouille d'une grosse jonque abritant des terroristes. Il avait paru bien paisible pourtant ce rafiot de bois endormi sur l'eau sombre et gluante du canal des Poteries. Les renseignements fournis pas des indicateurs indochinois se révélèrent exacts et les viets perdirent ainsi plusieurs de leurs camarades abattus dans le crépitement rageur des rafales de pistolets-mitrailleurs.

Le sale coin étant "nettoyé" pour un temps, les unités françaises se replièrent en bon ordre et regagnèrent leur cantonnement en emportant leurs blessés.

Il était un peu plus de dix heures du soir lorsque Robert et ses hommes descendirent du camion Chevrolet qui les avait ramenés fatigués, couverts de sueur, mais satisfaits d'avoir rempli leur mission et heureux d'être sains et saufs.

Il se précipita dans le bureau et téléphona chez Viviane.

Ce fut à nouveau François qui répondit d'une voix enjouée

— Tout va bien ! J'ai dansé avec Hélène. Elle est vraiment formidable !

— Bravo ! As-tu parlé de Negrène à Marignier ?

— Oui mais il n'a pas eu l'air de croire à cette affaire.

— L'essentiel était de le prévenir.

— Bon grouille-toi de venir, Hélène est très impatiente de te voir. Elle veut, m'a-t-elle avoué à l'oreille, te faire une confidence des plus intimes.

Robert, impatient, ne perdit pas de temps à se changer ; il resta en tenue de combat, brossa énergiquement ses chaussures "rangers", se lava rapidement le visage et les mains, puis il sauta dans sa jeep.

À cette heure tardive la route longeant le champ de courses était plongée dans l'obscurité la plus complète, mais la voie était libre, pas le moindre cyclo-pousse n'osant s'y aventurer ! Il fonça sur Saïgon, tous phares allumés et en moins de dix minutes, il arriva chez Viviane.

Il entra le véhicule dans le jardin et le rangea dans l'allée gravillonnée sous un tamarinier à côté d'une autre jeep militaire. L'insigne peint sur le pare-brise lui indiqua que cette dernière appartenait à l'unité de Marignier. Son cœur se mit à battre à l'idée de revoir Hélène. Il s'engagea rapidement sur l'allée faiblement éclairée par les lumières du salon.

Les diverses variétés de fleurs et de plantes qui poussaient dans le jardin embaumaient l'air. Quelle différence avec l'odeur fétide des ruelles donnant sur le canal des Poteries ! Il sourit en entendant la musique d'un blues. "Je me suis fait du souci pour rien !" se dit-il avant de frapper trois petits coups brefs à la porte d'entrée.

— C'est toi ! On ne t'attendait plus ! s'exclama Viviane d'abord étonnée puis souriante.

— Bonsoir ! Tu m'excuseras pour la tenue de soirée.

— Viens donc prendre un cognac-soda. Tu m'as l'air d'en avoir besoin ! déclara-t-elle en s'effaçant pour le laisser entrer dans le vestibule.

— Avec plaisir ! fit-il en souriant.

— Attends-toi à une surprise ! prévint-elle en le fixant d'un air espiègle.

— Bonne j'espère ! lança-t-il en lui adressant un regard faussement intrigué.

Elle se contenta de le pousser doucement par les épaules jusqu'à l'entrée du salon. Hélène était assise dans un fauteuil et riait aux éclats en écoutant une de ces histoires drôles que François excellait à raconter en forçant son accent faubourien.

Son mari et Laure dansaient le slow, étroitement enlacés sans se soucier des autres.

Hélène leva la tête et son rire s'effaça aussitôt pour faire place à un merveilleux sourire à l'instant où ses grands yeux se posèrent sur Robert. Elle se leva dans un gracieux mouvement et l'attendit. Lui s'approcha. Il n'était qu'à quelques pas d'elle, quand soudain ce fut le fracas. Deux coups de feu détonèrent dans la pièce. Le bruit assourdissant, amplifié par l'écho, figea tout le monde, à l'exception d'Hélène qui se laissa retomber, abasourdie sur son siège.

L'électrophone, pris pour cible, avait volé en éclats après avoir vomi les derniers sons déformés d'un blues.

Deux individus venaient de faire irruption, l'un par la fenêtre ouverte sur le jardin, l'autre par la porte du vestibule situé du côté opposé à la fenêtre.

Dissemblables tant au physique que par les vêtements, les intrus n'avaient qu'un seul point commun, le gros pistolet automatique que chacun tenait fermement des deux mains.

Robert, stupéfait, reconnu aussitôt celui qui sous ses yeux et tel un félin, venait de sauter par la fenêtre puis de tirer sur le pauvre électrophone victime de sa fureur. Le malais, le complice de Negrène ! C'était bien lui. "Ce sale type a donc réussi à s'évader de prison !" se dit Robert avec une inquiétude grandissante.

Le destin lui jouait cette fois un méchant tour !

Ses mains devinrent moites et il comprit qu'il était fichu quand, derrière son dos, la voix cinglante du métis hurla :

— Pas un geste sinon on vous flingue tous !

Un silence lourd, menaçant plana un instant dans la salle où tous les personnages étaient figés comme dans un cauchemar.

— Je suppose que vous êtes venus pour moi ? demanda Robert pas très rassuré mais furieux de s'être laissé piéger. Il n'y avait aucun doute, il était tombé ce soir dans un guet-apens. Il ne s'était pas fait du souci pour rien ! Son intuition l'avait alerté en temps voulu. Son désir de revoir Hélène, sa joie de la retrouver avaient annihilé sa méfiance. Il s'attendait à être transpercé.

— Je suis heureux de vous retrouver en effet ! persifla Negrène en avançant d'un pas.

— Je vous croyais en enfer ! fit Robert d'un ton sarcastique.

— J'ai bien failli plus d'une fois rejoindre mes honorables ancêtres, ceux du côté de ma mère bien entendu !

— Vous n'avez pas manqué de rejoindre le camp des viets !

— Pas du tout ! Je suis resté libre et indépendant. Je leur rends service tout comme je cède de bonnes armes aux Binh Xuyen ou aux Caodaïstes !

— Vous devriez en proposer au Corps Expéditionnaire ! ironisa Robert en faisant face à son agresseur.

Il le trouva changé, le visage fatigué, l'air vieilli, usé, sans aucun doute par la vie errante et dangereuse qu'il était obligé de mener pour échapper aux forces lancées à ses trousses depuis dix mois. La fine moustache à la Clark Gable avait définitivement disparue mais le regard était devenu brûlant et inquiétant.

— Je fournis seulement mes amis, ceux qui luttent contre les Français ! dit-il avec un petit rire sardonique.

— Mais les Binh Xuyen et les Hoa Hao sont parfois nos alliés et vous le savez ! rétorqua l'officier en soutenant le regard haineux du métis.

Ce dernier resta muet ne sachant que répondre à cette allégation des plus irréfutables.

— Vous m'avez donc vu arriver ? reprit Robert en rompant le silence.

— Bien sûr et j'aurais pu vous abattre facilement dans le jardin quand vous êtes passé près de moi.

— Pourquoi ne l'avez-vous pas fait ?

— Je me suis souvenu que vous m'avez épargné à Battambang le soir où j'ai... où je vous ai faussé compagnie. Me voici donc quitte.

— Merci, mais comment avez-vous su que je viendrais ici ce soir ? Par votre amie Laure je suppose ?

— C'est possible.

— Avec la complicité de Viviane ?

— Que vous importe !

"Elle m'aurait donc trahi" ? se dit Robert en regardant Viviane d'un air indigné.

La fille se contenta de baisser la tête après lui avoir adressé un sourire indicible. Il songea à la jalousie qui la tenaillait peut-être depuis la soirée passée à la Plantation. D'un seul coup d'œil par-dessus l'épaule de Viviane il vit Hélène toujours assise, terrorisée sans doute mais calme et attentive, et, debout à deux pas en arrière, le malais, immobile près de la fenêtre, le regard étincelant derrière ses paupières plissées.

— Savez-vous, lieutenant que vous m'avez rendu un fier service ! crut bon d'ajouter Negrène l'air narquois.

— Comment ça ? s'étonna Robert en fronçant le sourcil.

— En prenant la brousse mon image de marque a grandi dans le cercle de mes clients et j'ai ainsi réalisé de meilleures affaires. Croyez-moi ! expliqua-t-il l'air suffisant.

En égotiste impénitent, le trafiquant éprouvait le malin plaisir de se faire valoir aux yeux de ceux qu'il menaçait de mort. Incroyable vanité de cet homme, sans foi ni loi, défiant le temps qu'il perdait en paroles.

— J'en suis fort aise, mais que faites-vous de toutes vos piastres ?

— Des placements avantageux. Les banques ne sont pas regardantes. Tenez, j'ai même ouvert un nouveau compte à la banque d'Indochine, sous un nom d'emprunt bien entendu.

Robert, outré de telles révélations, préféra garder le silence.

— En parlant de compte, il est temps maintenant de régler le votre ! lança Negrène en changeant subitement de ton. Vous avez deux minutes, hurla-t-il, pour prier Dieu ou Allah, à votre choix !

Robert ne fut pas trop déconcerté par ce changement radical dans le comportement du métis. Celui-ci, comme bon nombre de Cambodgiens, avait l'étonnante faculté de passer d'une extrême courtoisie à une violence inouïe ! La plupart des nouveaux débarqués venant de France, l'ignoraient. Hélène était de ceux-là, aussi ne put-elle s'empêcher d'exprimer son indignation et son horreur.

— Non c'est horrible ! gémit-elle en pleurant.

Robert se raidit en craignant que le malais ne tira sur elle, mais ce dernier se contenta de grogner comme un fauve prêt à bondir sur sa proie paralysée de peur.

— C'est un assassinat ! s'indigna courageusement Marignier qui avait, jusque-là, gardé un silence prudent.

Cette intervention inattendue de l'officier attira aussitôt sur lui les regards de Negrène qui lui cria plein de rage :

— Toi ta gueule !

De son côté, François en profita pour se rapprocher subrepticement d'un fauteuil sur lequel était posée sa sacoche en cuir contenant son pistolet, un Colt 45. Il n'avait qu'à tendre le bras pour s'en emparer.

Marignier s'en rendit compte, aussi décida-t-il d'accaparer l'attention de Negrène dont le regard à nouveau tourné vers Robert pouvait en même temps surveiller François.

— J'ignorais sincèrement que Laure était votre amie ! reprit-il d'un ton qui paraissait vraiment désolé.

— Bouclez-la ! beugla le métis en se retournant vers lui. Ce sera bientôt votre tour.

Dans sa colère Negrène vouvoyait celui qu'il avait tutoyé un instant auparavant.

Plongeant prestement la main vers le fauteuil, François empoigna sa sacoche et se jeta à plat ventre derrière le canapé sur lequel Laure était assise, impavide au milieu du drame qui se jouait sous ses yeux.

Surpris par la rapidité de l'aspirant, le malais poussa un cri de rage qui ressemblait plus à un hurlement d'animal qu'à celui d'un homme en colère. En même temps, il leva son arme et tira par deux fois dans la direction de François mais sans l'atteindre.

De son côté, Robert, pris au dépourvu par la manœuvre inopinée de François, s'empressa néanmoins de dégainer le revolver "Enfield" qu'il portait suspendu à son ceinturon, mais il n'eut pas le temps de s'en servir.

Viviane, qui se tenait sur sa gauche, l'en empêcha en se jetant brusquement contre lui, à l'instant où Negrène faisait feu.

Au moment où il perdit l'équilibre, il sentit un choc sous son sein droit mais il n'y prêta plus attention. La balle qui lui était destinée frappa l'épaule droite de la jeune femme qui poussa un cri de douleur.

Tandis que Viviane et Robert roulaient ensemble sur le carrelage, de leur côté François et le malais échangèrent des coups de feu. Les détonations résonnaient dans toute la maison, dans un vacarme épouvantable.

Le duel fut de courte durée car, blessé au poignet droit et à court de cartouches, le malais prit la fuite en repassant par la fenêtre. François dirigea alors son tir sur Negrène en le forçant à reculer vers le vestibule plongé dans l'obscurité.

Toujours allongé près de Viviane qui se cramponnait à lui en gémissant, Robert réussit à loger une balle dans la cuisse gauche du métis, juste avant que celui-ci ne disparaisse.

De son côté, Marignier, sans arme, s'était jeté à plat ventre le long du canapé sur lequel Laure se tenait recroquevillée.

Le silence qui régna un court instant après la fuite de Negrène fut soudain interrompu par Robert qui se lança vers l'entrée en criant :

— Pourvu qu'ils ne foutent pas le feu aux jeeps !

Il dévala les marches du perron, suivi de près par François pistolet au poing. Dans la pénombre du jardin, ils aperçurent les deux véhicules rangés côte à côte. Aucune silhouette ne rôdait autour. Leurs agresseurs blessés tous deux avaient filé et quitté le coin de crainte de tomber sur une patrouille qui aurait été alertée par les coups de feu.

Negrène ne devait pas ignorer que, dans ce beau quartier proche du Palais du Gouvernement, les patrouilles motorisées sillonnaient fréquemment les rues et avenues, dès la nuit tombée.

Rassurés les deux copains s'empressèrent de revenir dans le salon où flottait une forte odeur de poudre.

Viviane assise sur le carrelage et adossée au mur, sanglotait en se tenant l'épaule ensanglantée. Devant le canapé placé au centre de la pièce, Marignier, debout, les bras tendus aidait Laure à se relever. Elle souriait et paraissait indemne.

Un peu plus loin, cachée en partie par son mari, Hélène était encore assise dans son fauteuil.

"Quelle chance ! On s'en est assez bien tiré !" se dit Robert en se dirigeant vers Hélène. Il trouva curieux qu'elle ne bougea pas et soudain l'inquiétude le tortura. Un cri déchirant, presque inhumain le figea un instant quand il vit Marignier penché au-dessus de sa femme. Celle-ci était affaissée sur son siège et gémissait doucement. Une large tâche de sang rougissait son corsage. Les yeux clos, le visage livide, elle respirait faiblement. Marignier entrouvrit avec précaution le haut de sa robe et découvrit la blessure dans le pectoral au-dessous de la clavicule droite.

Hélène avait dû pousser un cri de douleur mais personne ne l'avait entendu dans le vacarme des détonations.

Robert se sentit paniquer pour la première fois dans sa vie

La femme qu'il aimait était en train de mourir sous ses yeux !

— François, vite, téléphone à l'hôpital Grall ! lança-t-il à son copain qui se tenait près de l'appareil.

Celui-ci se jeta sur le combiné et réussit à obtenir le service des urgences. Par chance une ambulance se trouvait disponible à ce moment-là.

Un quart d'heure plus tard, Hélène, sans connaissance, allongée sur un brancard porté par deux infirmiers français, était amenée au bloc opératoire. Alertée par l'appel téléphonique de François, une équipe chirurgicale s'y trouvait déjà, prête à opérer.

Tandis que Laure et François étaient restés auprès de Viviane dont la blessure en séton ne présentait aucune gravité, Robert et Marignier avaient sauté dans une jeep et suivi l'ambulance jusqu'à l'hôpital.

Accablés, inquiets, malheureux, les deux hommes réunis dans cette tragique épreuve, se tenaient assis côte à côte, sur un banc de bois placé dans le couloir menant à la salle d'opération.

Ils restèrent un bon moment sans s'adresser la parole.

Les minutes s'écoulaient lentement dans un silence de plus en plus angoissant.

Marignier sortit un paquet de cigarettes de sa poche et se mit à fumer nerveusement. Robert éprouva le besoin d'en faire autant. N'étant pas un gros fumeur il se contentait, dans la journée, d'une dizaine de cigarettes blondes qu'il plaçait dans l'étui offert par Ling.

Au moment où il s'apprêtait à le sortir de la poche droite de sa chemise, il s'aperçut avec étonnement que celle-ci était trouée. Il fut stupéfait en découvrant que le couvercle du bel étui d'argent était écrasé et lacéré. Il se souvint alors du choc qu'il avait ressenti à la poitrine quand Viviane l'avait poussé pour le protéger.

La balle qui avait égratigné l'épaule de Viviane avait d'abord ricoché sur son étui ! Incroyable ! Cet objet tel un talisman l'avait sauvé ! Il eut une pensée émue pour "mademoiselle Ling", avant d'allumer une cigarette. Il se reprit à songer à Hélène. Il portait, se disait-il, l'entière responsabilité de ce drame et pour la première fois, depuis longtemps il se mit à prier Dieu pour sauver Hélène. "Elle était innocente dans cette affaire ! Elle ne devait pas en être la victime ! Elle méritait d'être épargnée ! Seigneur ayez pitié d'elle !"

Il prononça cette dernière phrase à voix basse, sans le vouloir, et Marignier l'entendit.

— J'espère moi aussi qu'elle s'en sortira ! murmura-t-il en fixant Robert avec un air peu amène.

Ce dernier plongé dans ses prières n'y prêta aucune attention.

Irrité par le mutisme de son voisin qu'il prenait pour du mépris à son égard, Marignier lui dit en haussant le ton :

— Vous l'avez fréquentée à Rabat ? Elle me l'a annoncé le soir où nous nous sommes rencontrés à la Plantation.

L'autre leva la tête, regarda son interlocuteur avec étonnement puis il fronça le sourcil mais jugea inutile de répondre à cette question qu'il estimait fort déplacée au moment où Hélène luttait entre la vie et la mort.

— Vous l'aimez ma femme, avouez donc que vous l'aimez ! s'écria le mari de plus en plus excité et le regard haineux.

Robert, agacé, le regarda droit dans les yeux et d'un ton calme mais ferme, lui répliqua :

— Oui, je l'aime, je l'ai aimée et bien avant que vous ne la connaissiez Nous étions jeunes, des adolescents follement épris l'un de l'autre.

Hélas, le destin, un jour, nous a séparés. Depuis j'ai été malheureux. Elle aussi n'était pas heureuse quand elle vous a retrouvé ici avec une maîtresse !

Marignier ne répondit pas et préféra s'esquiver en quittant le banc. Il faisait les cent pas dans le couloir quand un adjudant de service à l'entrée de l'hôpital vint le trouver pour lui demander de faire une déclaration relative aux circonstances dans lesquelles "Madame Marignier" avait été blessée par balle.

C'est Robert qui fit la déclaration en omettant sciemment de citer le nom de leur agresseur. L'affaire relevait de la Sûreté de Saïgon et iI valait mieux réserver à l'officier de police déjà branché sur le dossier Negrène, les détails nécessaires à une nouvelle enquête.

Un long moment après le départ de l'adjudant satisfait, la porte du bloc opératoire s'ouvrit et le chirurgien en personne vint les rassurer sur l'état d'Hélène.

— L'opération s'est déroulée normalement et votre femme devrait se rétablir dans quelques jours, sauf bien entendu en cas de complications éventuelles ! déclara le médecin en s'adressant à Robert qu'il prenait pour le mari.

Un infirmier passa devant eux en poussant un lit roulant sur lequel était allongée Hélène, recouverte d'un drap blanc. En voyant son visage blême, les yeux clos, Robert eut l'affreux pressentiment qu'il ne la verrait plus !

Il était deux heures du matin quand il quitta l'hôpital en compagnie de Marignier. Cinq minutes plus tard ils entraient dans le jardin de la maison de Viviane. Elle était sombre et silencieuse.

Après que Robert eut frappé trois petits coups à la porte d'entrée, François vint leur ouvrir avec précaution tout en tenant son revolver d'une main.

— Viviane vient de s'endormir ! murmura-t-il en plaçant un doigt devant sa bouche pour leur signifier de ne pas faire de bruit.

L'odeur de poudre flottait encore dans le salon dont les murs portaient des traces de balles.

Machinalement, sans dire un mot, Robert ramassa deux étuis de cartouches qui traînaient sur le carrelage et les mit dans sa poche, puis il releva une chaise renversée et s'assit dessus en soupirant profondément. Son regard resta rivé un moment sur le fauteuil où s'était tenue Hélène et il songea à elle en imaginant les conditions dans lesquelles elle avait été blessée. "Le malais n'a sans doute pas hésité à lui tirer dessus tandis qu'il épargna Laure, leur complice !"

Tandis que Robert se livrait à ces réflexions, Marignier, s'était dirigé lentement, le dos presque voûté, vers le coin bar.

Les bouteilles d'apéritifs qui s'alignaient sur une table avec des verres encore bien rangés avaient été épargnées par les projectiles.

Avec des gestes mesurés, le mari d'Hélène prit un verre, le remplit de cognac et le vida d'un trait sous les regards étonnés mais compatissants des deux copains. Après tout, se disaient-ils, Marignier avait bien besoin d'avaler une rasade d'alcool. Sans dire un mot, Marignier s'empara de la bouteille de cognac et remplit à nouveau son verre.

— Vous avez assez bu, ce verre serait de trop ! lança Robert d'un ton ferme.

— De quoi vous mêlez-vous, hein ! marmonna l'autre l'air contrarié.

— N'oubliez pas que vous devez maintenant rentrer chez vous en conduisant votre jeep ! dit à son tour François d'un ton conciliant.

— Où est Laure ? fit Marignier d'une voix fatiguée.

— Elle a filé peu de temps après votre départ pour l'hôpital ! répondit François sans élever la voix.

— Mais pourquoi est-elle partie ? Je lui avais pourtant demandé de m'attendre ici !

— Elle s'est querellée avec Viviane qui lui reprochait d'avoir, à son insu manigancé le guet-apens de ce soir en prévenant Negrène ! expliqua François qui se retenait pour ne pas exploser.

— C'est invraisemblable ! s'écria Marignier indigné. Vous racontez n'importe quoi.

— Allons, mes amis, calmez-vous ! lança Robert. Ce n'est pas le moment de vous chamailler après le malheur qui nous frappe. Pensez un peu à Hélène !

Le silence plana lourdement dans la salle.

Marignier vida son verre de cognac et alluma nerveusement une nouvelle cigarette.

— Au sujet d'Hélène, qu'a dit le toubib ? s'enquit François en dévisageant le mari.

Comme ce dernier ne répondit pas, Robert dit à sa place :

— Qu'elle sera bientôt remise sur pied, si pas de complications !

Sortant soudain de son mutisme et comme si l'état de santé de sa femme ne l'inquiétait guère, Marignier s'adressa à François en lui disant :

— Votre amie Viviane s'est donc fait la complice de Laure en nous invitant !

Le ton se voulait agressif, mais la langue pâteuse et les yeux rougis dénotaient la fatigue et la douleur qui l'accablaient.

— Pas du tout ! rétorqua François. Viviane lui avait seulement demandé de vous inviter afin de réserver une surprise à Robert. Une intention dépourvue de malice et qu'elle a d'ailleurs fort regrettée !

— Méfiez-vous de cette garce de Laure, évitez-la, car elle continuera sans aucun doute à voir Negrène ! déclara sèchement Robert en regardant Marignier droit dans les yeux.

Celui-ci, l'air consterné et vaguement inquiet, restait muet.

— Moi je lui dois une fière chandelle à cette poupée ! s'exclama alors François avec un rictus ironique.

— Que voulez-vous dire, hein ? fit Marignier étonné.

— Elle m'a servi de bouclier car j'étais planqué derrière elle, sous le canapé, de sorte que le malais ne pouvait ajuster son tir.

— Tant mieux pour vous ! se contenta de marmonner Marignier tout en se dirigeant d'un pas lourd vers la porte d'entrée.

Il parut tellement malheureux que François et Robert le regardèrent partir, une lueur de compassion brillant dans leurs yeux.

Un instant après, le ronflement du moteur de sa jeep leur fit comprendre qu'il avait quitté la villa.

— Tu peux dormir ici si tu veux ! dit François après avoir baillé à s'en décrocher la mâchoire.

— Merci, mais je préfère rentrer à la popote. Je file car, tout à l'heure, dans quatre heures exactement, répondit Robert en regardant sa montre, je pars en reconnaissance d'itinéraire sur Cantho.

— À quoi serviront toutes ces reconnaissances faites par les unités de circulation ?

— À dresser, peut-être, un jour une belle carte routière de l'Indochine !

* * **

Dans l'après-midi du 16 décembre, alors qu'il revenait d'une réunion tenue au Secteur de Bien Hoa, Robert décida de passer à l'hôpital Grall avant de rentrer à son cantonnement. À l'instant où sa jeep s'engageait sur le pont de Binh Loï, il eut soudain le pressentiment qu'Hélène l'appelait de toutes ses forces. Elle avait sûrement besoin de le sentir près d'elle.

L'inquiétude le tortura d'autant qu'il était sans nouvelle depuis le tragique soir où elle fut blessée.

— Allez Sestrel, direction Grall, à toute vitesse ! lança-t-il l'air soucieux.

— D'accord mon lieutenant, on y va ! répondit le conducteur pas mécontent d'appuyer sur le champignon.

Comment allait-elle ? Il n'avait pu obtenir aucun renseignement sur l'état de santé d'Hélène. La veille il avait téléphoné à l'hôpital où une voix plutôt revêche, celle d'une personne qui n'aime pas être dérangée, lui avait déclaré que madame Marignier ne pouvait encore recevoir aucune visite, à l'exception de son mari.

Robert avait alors essayé mais en vain de contacter ce dernier.

Lorsque la jeep arriva devant le portail d'entrée, trois ambulances militaires en sortaient l'une derrière l'autre, à grand renfort de coups de klaxon.

Il maugréa contre ces véhicules qui le retardaient.

Au pavillon des entrées, le sous-officier de service auquel il s'adressa prit tout son temps pour examiner minutieusement un grand tableau accroché au mur, et finit par découvrir l'étiquette sur laquelle était inscrit le nom d'Hélène.

— Madame Marignier, femme de lieutenant, se trouve en chirurgie le bâtiment situé là sur votre droite, chambre n° 18, mais attendez !

— Bon merci ! fit Robert impatient en s'élançant au-dehors.

Quelques minutes après il arrivait légèrement essoufflé devant la chambre indiquée. La porte était ouverte. Partagé entre l'inquiétude et l'émotion, il s'arrêta un instant. Il passa machinalement ses doigts dans les cheveux et s'épongea le front couvert de sueur.

Aucun bruit si léger soit-il ne provenait de la chambre. Étonné il s'avança pour découvrir qu'elle était inoccupée ! Le lit était vide ! Il sortit à reculons. "Mais où est-elle ?" se dit-il intrigué. "Le type à l'entrée s'est donc trompé. Oui c'est sûrement une erreur. Elle doit se trouver dans une autre chambre !"

C'est alors qu'il se heurta à un infirmier annamite qui s'excusa poliment et lui dit en souriant :

— Madame blessée plus ici. Elle partir avion ce soir pour Paris.

— Vous en êtes sûr ? s'écria Robert stupéfait.

— Oui lieutenant. Moi la mettre tout à l'heure dans ambulance.

— Il s'agit bien de madame Hélène Marignier ?

— Oui, oui, elle très gentille mais besoin être opérée au Val de Grâce.

— Je devrais peut-être voir tout de suite un docteur ?

— Oh pas nécessaire. Vous allez vite à Tan Son Nhut.

— Vous avez raison et je vous remercie ! lança Robert en s'empressant de quitter le bâtiment.

Il dévala les escaliers et sauta dans la jeep.

Devant le portail, le sous-officier de service lui fit signe de stopper.

— Excusez-moi mon lieutenant, mais les visites à madame Marignier ne sont pas encore autorisées !

— Elle ne risque plus d'en avoir ! répliqua Robert sèchement.

— Pourquoi !

— Parce qu'elle a quitté l'hôpital pour Paris !

— Évacuée sanitaire par avion ? fit l'autre l'air ahuri.

— Oui et tachez de mettre votre beau tableau à jour ! lui lança Robert en ricanant.

— D'accord mon lieutenant ! répondit le sous-officier en le saluant.

— Bon maintenant tu fonces sur Tan Son Nhut ! ordonna-t-il à son conducteur.

Ce dernier, habitué au dynamisme de son chef de peloton, ne se fit pas prier pour accélérer. Mais il eut beau jouer au virtuose du volant au milieu des piétons, des cyclistes, des cyclo-pousse, des camions, charrettes et autres boites d'allumettes trottinantes, il n'en fut pas moins obligé, bien des fois, de ralentir et de rouler au pas afin d'éviter les accrochages.

Robert enrageait d'impatience mais il ne fit aucune remarque à Sestrel qui n'y était pour rien si la circulation était aussi pénible dans certaines rues de Saïgon.

Ils arrivèrent enfin à l'aéroport. Descendu de voiture avant même qu'elle ne soit complètement arrêtée, l'officier se précipita vers le hall. Il y avait peu de monde à cette heure-là.

Un agent de faction à la porte d'accès aux pistes d'envol ne lui fit aucune difficulté pour le laisser passer quand il exhiba sa carte tricolore d'autorisation de contrôle de la circulation routière. Ce brave agent avait été sans doute impressionné par le titre "Autorisation de contrôle" en gros caractères ainsi que par le cachet officiel de la 3ème Division d'Infanterie Coloniale !

Enfin il était sur le terrain qu'il balaya d'un coup d'œil. À une centaine de mètres, l'avion était encore là, un gros quadrimoteur d'une ligne intercontinentale. Les trois ambulances qu'il avait vues sortir de l'hôpital, une heure auparavant, se trouvaient bien alignées l'une à côté de l'autre, le long de la carlingue.

La porte située après le dernier hublot était ouverte au-dessus de l'échelle sur laquelle montaient les membres de l'équipage. Il comprit que l'embarquement des passagers était bel et bien terminé quand les ambulances démarrèrent lentement, l'une après l'autre, leur mission accomplie.

Il allongea machinalement le pas pour se rapprocher de l'appareil tout en sachant qu'Hélène n'était pas le visage collé derrière un hublot pour le regarder.

La porte fut refermée et l'échelle retirée.

Les quelques militaires en uniforme et les rares personnes en civil qui se trouvaient près de l'avion refluèrent vers Robert. Il s'arrêta alors et essaya de voir si Marignier se trouvait parmi tous ces gens. Ce dernier n'était pas venu assister au départ de sa femme. Et pourtant il avait été sûrement averti. "Tant mieux ! se dit Robert car je ne saurais quoi dire à ce type".

Le vrombissement puissant des quatre moteurs du Skymaster paralysa un instant tout le monde. Puis les regards se portèrent aussitôt vers l'avion qu'ils suivirent jusqu'à son envol au bout de la piste au-delà de laquelle l'horizon se limitait à une longue et sombre ligne de palmiers et d'aréquiers

Hélène était partie pour toujours et sans qu'il ait pu la revoir et lui parler. Il poussa un gros soupir. Il venait de la perdre à nouveau et pour la seconde fois ! C'était tellement inattendu et précipité qu'il ressentait une profonde consternation.

Tandis que l'appareil disparaissait dans le ciel assombri, il se sentit assailli par un ensemble de sentiments divers ; apitoyé, triste, un moment désemparé, il finit néanmoins par éprouver une certaine satisfaction en songeant que ce départ était indispensable à Hélène aussi bien pour sa guérison que pour son éloignement de son minable mari. Cette évacuation lui serait des plus salutaires.

Où pourrait-elle bien aller une fois guérie et sortie de l'hôpital sinon à Fès, chez ses parents ! C'est là que dans quelques mois il aurait enfin le bonheur de la retrouver !

Sur ces réflexions pleines d'espoir il quitta le terrain et regagna d'un pas tranquille sa jeep où l'attendait patiemment le brave Sestrel.

23

Les journées de décembre s'écoulèrent, lentement, tristement pour Robert. Il avait beau savoir que pendant longtemps il n'aurait aucune nouvelle d'Hélène, chaque matin il s'éveillait avec l'espoir de recevoir une lettre et chaque soir il se couchait déçu et inquiet. Il se réfugiait dans l'action qui lui permettait d'oublier par moment le départ définitif d'Hélène ainsi que l'absence prolongée de Brahim.

Ce "cosaque" ne donnait aucun signe de vie ! Il s'était contenté d'envoyer une courte lettre, datée du 20 octobre, rédigée façon télégramme. Il ne disait pas grand-chose, selon son habitude.

Robert se doutait bien que, là-haut, au Tonkin, les opérations de nettoyage et de ratissage, ne laissaient guère de temps pour écrire de longues pages et raconter sa vie. Le silence de son ami finissait par lui causer de l'inquiétude.

La veille de Noël, pour ne pas rester seul avec ses tristes pensées, il assura la permanence de nuit au cantonnement de la compagnie et, le lendemain, il partagea avec ses sous-officiers et ses hommes, les repas de l'ordinaire améliorés pour la circonstance.

Trois jours plus tard, c'est en s'asseyant devant sa table bureau qu'il eut la surprise et le plaisir de trouver une lettre de Brahim déposée le matin même par le vaguemestre. Il la décacheta soigneusement à l'aide d'un coupe-papier. Il en sortait plusieurs feuilles lorsque Pierre qui venait d'être promu lieutenant, entra dans la pièce.

— Une lettre d'Hélène ? s'enquit ce dernier.

— Non hélas ! mais c'est Brahim qui m'a enfin écrit !

— Ah oui ! le marocain ! Que dit-il ce brave ?

— Je vais la lire. Reste si tu veux et écoute.

— Je ne voudrais pas être indiscret !

— Sois rassuré, je sauterai las mots que tes chastes oreilles ne pourraient supporter ! plaisanta Robert, satisfait, mais impatient.

Après que Pierre se fut assis à califourchon sur une chaise, Robert se mit à lire à haute voix la missive.

23 décembre 1947

Robert, mon ami,

J'ai souvent négligé de répondre à tes lettres et mérité parfois tes reproches. Aussi, ce soir avant la tombée de la nuit, profitant d'un moment de repos, ai-je décidé de m'entretenir avec toi.

Quelles raisons m'incitent à prendre la plume ?

Est-ce la joie de t'annoncer mon prochain retour à Saïgon ? Notre capitaine nous a laissé entendre ce matin que les renforts envoyés au Tonkin seraient ramenés en Cochinchine pour satisfaire à la stratégie des États-majors. Ah si c'était vrai !

Est ce la déprime due à la fatigue de la dernière opération menée contre le réduit vietminh au N.O d'Hanoï ? Nous avons drôlement crapahuté à la poursuite des "vélomoteurs". C'est le nom qu'on donne ici en parlant des viets, en radiophonie.

Ne serait-ce pas plutôt l'appel de cette fraternité qui jusqu'à présent nous a uni dans les moments difficiles et aidé à surmonter bien des épreuves ? Tu viens d'en traverser une particulièrement terrible avec l'agression commise par l'ignoble Negrène. Le récit que tu m'en as fait dans ta dernière lettre m'a frappé de stupeur. Je comprends le bouleversement qui fut le tien à l'instant où tu découvris qu'Hélène était inanimée, grièvement blessée ! Pauvre petite ! Le bonheur de vos retrouvailles aura été bien court hélas, mais tu ne dois pas désespérer. Elle guérira, avec la grâce de Dieu ?

Le canon se met à tonner en direction du massif du Tam Dao au nord de notre position. Nos artilleurs sont installés dans un village à proximité de celui que nous occupons depuis hier après-midi. Les noms de ces "douars" ne te signifieraient rien.

Ton intention de demander les spahis à Fès est une excellente idée ! Je ferai de même à mon retour au Maroc. Quand aurons-nous le plaisir de contempler ensemble le Bou Regreg du haut de la Tour Hassan ou bien depuis les remparts des Oudaïas ? Mais je suis en train de m'égarer dans le labyrinthe de l'avenir !

Non hélas, je ne connais pas encore Hanoï ! Je n'y suis allé qu'une fois, en fin novembre, pour y chercher quelques-uns de mes hommes sortis de l'hôpital Lanessan. Cette ville que l'on dit très peuplée m'a parue moins animée que Saïgon et surtout moins souriante que Pnom Penh.

Dans le delta du Fleuve Rouge les rizières sont tristes sous un ciel souvent gris. Les nuits commencent à être froides et nous supportons les tenues de drap. Dans les villages, les nhaqués s'enfuient en nous voyant arriver et nous abandonnent leurs "chibanis", (28) impotents ainsi que leurs volailles caquetantes. Celles-ci nous sont au moins très utiles pour relever notre ordinaire et on ne s'en plaint pas !

Tiens, la canonnade vient de cesser ! Quel silence !

Nous avons, paraît-il, porté de rudes coups aux viets qui pourtant pullulent, bien armés, dans leur fameux réduit national. On a beau les pourchasser et les tailler en pièces, sans cesse, comme les têtes de l'Hydre de Lerne, ils reviennent toujours plus nombreux ! Décourageant ! Mais je n'en dis pas plus. Les états d'âme ne sont pas de mise ici !

À ce sujet, te souviens-tu de ce que nous répétait l'adjudant d'escadron, aux spahis marocains, en définissant les qualités morales du bon sous-officier ?

"Avant le baroud, il ne doit songer qu'à sa mission.

Pendant le baroud, il ne pense qu'à bien l'exécuter.

Après le baroud, s'il est vivant, il peut espérer l'avoir bien remplie !"

Je n'ai pas manqué de citer ce précepte à de jeunes sous-officiers fraîchement débarqués.

Ici, les rêveries crépusculaires s'envolent aux premiers coups de canon et, je dirais plus vite que ne refluent les "bodoïs" encerclant nos positions.

Il m'est arrivé, cependant, certaines nuits, de songer à Thi Nam. Elle a beaucoup pleuré quand je lui ai fait mes adieux. C'est vrai, elle avait de la peine et moi aussi. Malgré les sarcasmes de notre ami François, je l'aimais bien cette fille si douce et si attentionnée. Comme j'aimerais la retrouver à Gia Dinh !

Le soleil vient de se coucher et je n'y vois plus très bien...

Par chance, une vieille nhaqué, toute ridée et édentée, vient de déposer à l'instant une lampe à pétrole sur la table.

Je ne l'avais encore ni vue ni entendue ! Elle a eu le courage ou la sagesse de rester chez elle pour garder la baraque. En réalité c'est une vraie maison en briques avec un toit de tuiles rouges. Toutes les habitations du village ne sont pas aussi belles. Certaines ne sont que de modestes cases en terre glaise mélangée de paille. Tu comprendras que les viets sont plus difficiles à déloger que s'ils étaient dans des paillotes comme au Cambodge.

Toujours en silence, la petite vieille a allumé des bâtonnets d'encens placés dans un pot de porcelaine sur l'autel des ancêtres, puis elle s'en est allée comme elle était venue, sans un mot, sans bruit !

Le canon gronde à nouveau. Nos artilleurs s'énervent ! Même le ciel assombri à l'air de trembler à la lueur des explosions. Nos nuits à la belle étoile ne se passent plus sans une couverture de tirs d'artillerie appliqués a priori autour de notre position. Bruyant certes mais rassurant !

J'ai préféré tourner le dos à cet autel des ancêtres pour ne pas les déranger. Il y a plusieurs générations de défunts si l'on en juge au nombre de tablettes rouges. J'ai recommandé à mes hommes de ne pas y toucher. Comme toi, j'estime que nous devons respecter les rites de ces Vietnamiens afin qu'ils se rendent compte que nous ne sommes ni des barbares ni des mécréants.

Comme tu le sais, je tolère difficilement les croyances de ces bouddhistes, par contre j'admets le culte des esprits que vénèrent bon nombre d'entre eux. Pourquoi ? me diras-tu. Pour la simple raison que moi aussi, je crois à l'existence des génies et qu'aucune explication rationnelle ne m'ôtera de l'idée que des êtres surnaturels doivent influencer notre destinée ! Survivances anciennes ! Sans doute mais il en est ainsi ! Tu avais rigolé à Angkor Vat quand je t'avais parlé de "djenoun". Tout autre que toi mon frère m'eut offensé gravement...

Le canon a cessé. Quel vide !

Au-dehors l'obscurité est maintenant totale. Mes sentinelles tapies derrière des remblais, vont devoir ouvrir l'œil et tendre l'oreille. Ils doivent fouiller du regard la nuit qui porte en elle le poids du sommeil, pas facile quand on est assommé de fatigue. Une fois ma lettre terminée, j'irai faire une ronde avant de m'étendre sur la natte cambodgienne que j'avais achetée à Kompong Cham. Tu t'en souviens, c'était au retour de notre chasse au tigre. Thi Nam s'en était servi pour faire la sieste. Je ne devrais pas songer à elle, ni à aucune autre femme d'ailleurs.

Ici, même les plus jeunes qu'on aperçoit trottinant sur les diguettes ou travaillant, la croupe en l'air, dans les rizières ne sont guère excitantes dans leur triste"caïquan" noir remonté jusqu'au genou !

Le canon tonne à nouveau. J'entends les coups de départ et peu après les explosions.

Je m'arrête d'écrire, le capitaine me fait demander. Les ordres pour demain matin.

Bon alors à bientôt, à Saïgon peut-être ! Inch'Allah !

Fraternellement.

Signé Brahim.

PS : Je te souhaite de fêter Noël l'an prochain auprès de tes parents, à Rabat.

La lecture terminée, le silence plana dans la pièce.

Robert rangea la lettre dans un tiroir de sa table.

— Il ne va donc pas tarder à revenir en Cochinchine ! dit Pierre en vidant sa pipe dans un cendrier.

— Il l'espère bien et j'en serai content !

— Ainsi tu vas retourner dans la Cavalerie et au Maroc ? J'ai envie de demander mon affectation dans ton pays.

— Bonne idée ! fit Robert l'air ravi.

Ils interrompirent leur conversation lorsqu'un secrétaire vint les prévenir que le Capitaine voulait les voir pour la situation des effectifs de leur peloton respectif.

****

Dans la matinée du 8 janvier 1948, en revenant du poste de contrôle de Phu Lam, Robert eut la surprise de trouver, devant son bureau son camarade Pierre en train de bavarder avec l'officier de police Gastier, de la Sûreté de Saïgon.

— C'est justement vous que je suis venu voir ! dit ce dernier en serrant vigoureusement la main de Robert.

— Et bien asseyez-vous ! fit celui-ci en tendant une chaise à son visiteur.

— Bon je vous laisse mes seigneurs ! lança Pierre en s'éloignant.

Robert et Gastier se connaissaient depuis un an environ. Ils s'étaient rencontrés plus d'une fois dans les bureaux de la Sûreté au sujet de l'affaire Negrène. C'était la première fois que l'officier de police rendait visite à Robert, aussi celui-ci éprouvait-il une certaine surprise.

— J'ai préféré venir vous parler ici plutôt que dans nos locaux où les murs ont des oreilles.

— L'affaire est donc si grave ? s'enquit Robert en fronçant le sourcil.

— Il s'agit de Negrène ! répondit l'autre en baissant la voix.

— Ah ! Qu'a-t-il encore fait ce salopard ?

— Rassurez-vous, il ne fera jamais plus rien !

— Mort ?

— Hier matin, au lever du jour, on a retrouvé son cadavre et celui du malais, son garde du corps, allongés sur la berge, au bac de Phuoc Luong, sur le Dong-Naï. Vous connaissez sûrement le coin.

— Oui j'y suis passé, quelques fois, pour rejoindre Long Thanh en évitant Bien Hoa. C'est le territoire des Binh-Xuyen. Notre trafiquant aurait été descendu là ?

— Ils ont été tués ailleurs et ensuite déposés là où nous avons un poste de garde civile.

— Afin que celle-ci puisse trouver les corps ?

— Exactement.

— Mais qui a bien pu faire le coup ? Les Binh-Xuyen ?

— Difficile de savoir pour le moment car notre gus rencontrait des pirates de tous bords. Les mobiles sont nombreux.

Gastier resta un instant silencieux pour prendre une cigarette qu'il alluma tranquillement.

— Selon le chef du poste, Negrène et le malais seraient tombés dans une embuscade sur la route qui longe le Dong-Naï, pas très loin de l'épave du La Motte Picquet. Vous voyez ?

— Je vois ! Un sale coin. Lors de ma première reconnaissance routière j'ai photographié cette épave couchée sur le flanc, immergée aux trois quarts, mais j'ignorais qu'il s'agissait de ce croiseur !

— Ce sont des avions américains qui l'ont bombardé et coulé en février 1945 (29). À l'époque j'étais à Saïgon. Un mois auparavant les amerlos étaient déjà venus larguer leurs bombes sur la gare et le marché.

— Triste fin pour le vainqueur de la flotte siamoise en 1941 ! En le détruisant, sans pitié, ces avions ont en quelque sorte lavé l'humiliation que notre valeureux croiseur avait infligée à la Marine royale du Siam !

— C'est vrai ! fit Gastier l'air navré, mais c'était la guerre et les forces américaines, pressées d'en finir, ne s'embarrassaient pas de vains scrupules pour supprimer tout ce qui pouvait servir aux japonais.

— D'autant que leur Président ne tenait pas tellement à la présence française en Indochine ! observa Robert sur un ton sarcastique.

Le silence plana un moment entre les deux hommes puis Gastier le rompit le premier en déclarant d'un petit air satisfait :

— L'essentiel aujourd'hui c'est que ce triste sire de Negrène ait été liquidé. Je pourrai bientôt ranger son dossier aux archives et, vous, de votre côté, vous serez tranquille.

— Il ne fera plus de mal à personne ! murmura Robert en songeant qu'Hélène était vengée.

— Une petite cicatrice, rosée, sur sa cuisse gauche, m'a confirmé que vous l'aviez bien touché à cet endroit le soir où il vous avait attaqué.

— Si j'avais pu le neutraliser, il serait peut-être sous les verrous, mais vivant.

— Sans doute !

— Vous voyez Galtier, j'ai souhaité sa mort ce soir-là en découvrant que Madame Marignier était grièvement blessée et bien, aujourd'hui, je n'en éprouve pas grande satisfaction. Je le connaissais trop sans doute ?

— Soyez content d'en être débarrassé.

— Je ne le pleurerai pas ! Il devait cependant se douter qu'un jour il finirait ainsi, sous les balles de ceux auxquels il vendait des armes.

Gastier alluma une cigarette, aspira une longue bouffée et déclara :

— Nous n'écartons pas l'hypothèse d'un règlement de compte par des trafiquants de drogue.

— Que voulez-vous dire ? fit Robert étonné.

— Aussi étonnant que cela paraisse, notre homme avait été repéré fin avril, à Xieng Khouang, au nord Laos, sur le plateau de Tran-Ninh. Vous connaissez peut-être la région ?

— Pas du tout mais j'ai entendu dire que, dans cette zone montagneuse, les Méos cultivent des champs de pavots à opium à plus de mille mètres d'altitude.

— C'est exact ! Notre trafiquant était donc allé les trouver pour leur proposer des armes en échange d'une certaine quantité de suc de pavot. Mais l'affaire n'a pas été conclue pour des raisons que nous ignorons.

— Il s'est peut-être trouvé en concurrence avec d'autres clients plus généreux et surtout plus coriaces !

— Nous avons en effet pensé, à l'époque, au puissant gang des Corses de Saïgon, mais surtout aux viets qui veulent s'emparer de cette drogue pour remplir leurs caisses et se donner ainsi les moyens de mieux nous combattre.

— À ce jeu Negrène ne devait pas faire le poids !

— C'est certain ! Aussi les uns ou les autres l'ont liquidé dans le cas où il aura voulu récidiver auprès des Méos ou Miaos.

— Les Miaos ! C'est amusant ! fit Robert en souriant.

— C'est un sobriquet qui signifie "les chats" en chinois.

— Les chats ! s'exclama Robert. Ça y est, j'ai compris ce que voulait me dire Negrène.

— Expliquez-vous ? lança Gastier étonné et impatient.

— À Pnom Penh, le 14 avril dernier, en rentrant à mon hôtel, je trouvai un mot de Negrène me disant qu'il reviendrait quand il aurait conclu, avec les chats, une affaire qui devait lui rapporter gros. Je ne voyais pas ce que signifiait le mot "chats". Lui faisait évidemment allusion au Miaos !

— Et oui bien sûr ! Je vous avouerai que la veille, nous l'avions loupé de peu dans une rue de Pnom Penh, près du quai Lagrandière. Il réussit à filer entre les doigts de nos policiers à la faveur de la foule encombrant les rues.

— Il était sans doute sur mes talons et vos sbires l'auront empêché de me tomber dessus. J'en frémis rétrospectivement !

— Vous l'avez peut-être échappé belle ! ricana Gastier.

— J'ai eu aussi la chance de ne pas rentrer à mon hôtel dans la nuit du 13 avril.

— Ah ! Et pourquoi ?

— Et bien Negrène m'y attendait pour se venger ! répondit Robert avec un petit ton narquois.

— Nous ne l'avons pas su ! fit Gastier le regard mi-étonné, mi-soupçonneux. Mais comment l'avez-vous appris ?

— Il l'avait écrit sur son mot.

— Qu'avez-vous fait ensuite de ce papier ?

— Des confettis !

Gastier se contenta de sourire en allumant une autre cigarette.

Le silence plana un moment dans la pièce enfumée, puis l'officier de la Sûreté, se leva posément de sa chaise.

— J'allais oublier ceci ! fit-il en sortant de la poche de sa veste de toile un bracelet qu'il posa sur le bureau.

— Tiens ! la gourmette en argent ! s'exclama Robert en fixant l'objet.

Il se garda d'y toucher en songeant que celui-ci était responsable du drame qui avait failli coûter la vie à Hélène. Sans ce maudit bracelet trouvé à la lueur des flammes dévorant des paillotes, il n'aurait jamais démasqué Negrène et celui-ci ne l'aurait pas poursuivi de sa vengeance meurtrière.

— Oui, nous n'en avons plus besoin désormais et elle vous revient.

— Mais dites-moi Gastier, pourquoi est-elle gravée au nom de Ngoc Thom ?

— Elle avait appartenu au père de sa mère, un khmer né à Battambang.

— Je suppose que celui-ci a rejoint ses ancêtres depuis belle lurette, mais la mère de Negrène, vit-elle encore ?

— Non, elle est morte du choléra en septembre 1945. Elle n'avait que quarante ans. Elle avait omis de se faire vacciner au dispensaire Lannelongue pour filles publiques à Pnom Penh.

— Cette femme faisait donc le trottoir ? s'écria Robert indigné.

— Sans aucun doute, l'époque était dure et il fallait vivre !

— Je comprends mieux maintenant toute la rancœur de son fils ! Bon, j'aimerais que vous fassiez parvenir cette gourmette au jeune Chang. Il l'a ramassée la nuit où les rebelles ont incendié son village.

— Si vous voulez ! Je dois aller à Pnom Penh la semaine prochaine. J'y rencontrerai mon homologue de Battambang et lui remettrai l'objet. C'est un Cambodgien énergique, intègre et digne de confiance. Il saura retrouver ce "be con" et lui donner sa récompense.

— Je vous en remercie. Ce pauvre gamin l'a bien méritée.

— Il s'empressera de la revendre à un bijoutier.

— Qu'importe ! En parlant de bijoutier, vous êtes sûrement bien placé pour connaître un graveur, habile et discret.

— En effet, j'en connais un, excellent orfèvre, mais pourquoi ?

— Pour graver le nom de Chang à la place de Ngoc Thom, de sorte que personne ne pourra lui contester la propriété de ce bijou...

— Excellente idée mon cher ! s'écria Gastier tout en s'apprêtant à sortir du bureau.

— Et Laure qu'est-elle devenue ? demanda soudain Robert d'un ton assez dur.

— Laure ? fit Gastier l'air songeur en s'immobilisant.

— Oui, la concubine de Negrène et sans doute sa complice.

— Toujours taxi-girl au Grand Monde où elle est entrée après la fermeture de l'agence import-export du boulevard Charner.

— C'est dans ce dancing que Marignier l'a connue ?

— Oui, l'an passé, au mois de juin, en revenant du Cambodge.

— Je suppose que vos services les ont questionnés.

— N'en doutez pas !

— La voilà donc libre après ce qu'elle a fait ! s'écria Robert l'air outré.

— Nous n'avons pas la moindre preuve de sa culpabilité, absolument rien ; cette fille est maligne, nous n'avons jamais pu la coincer avec Negrène.

— Et Marignier, que dit-il ?

— Pas grand-chose sinon qu'il s'était entiché de cette métisse.

— Elle devait lui tirer les vers du nez afin de renseigner Negrène sur les mouvements du bataillon de Marignier !

— Elle devait essayer en effet, mais quoique celui-ci en fût follement amoureux, il n'en était pas moins méfiant.

— C'est heureux ! En tout cas c'est par elle que Negrène savait que je serais chez Viviane, le dimanche soir où il nous a attaqués.

— Probablement mais elle l'a nié formellement. Quant à Marignier, il est resté, sur ce point, aussi muet qu'une carpe, avec l'air bourrelé de remords.

— Quel pauvre type !

Robert raccompagna son visiteur jusqu'à la jeep rouge de la Sûreté. Le chauffeur annamite qui se tenait au volant, fier comme Artaban, daigna le saluer militairement.

— À propos de Madame Marignier, avez-vous de ses nouvelles ? s'enquit aimablement Gastier une fois assis sur le siège avant.

— Non hélas ! Je comptais sur son mari, mais aucune nouvelle de lui.

— Cela n'est pas étonnant, mon cher, car il a été muté au Cambodge sur sa demande.

— Il a eu raison de changer d'air ! lança Robert d'un ton narquois.

— Bon ! Au revoir lieutenant ! dit Gastier tout en faisant signe à son chauffeur de démarrer.

— Adieu ! marmotta Robert en souhaitant qu'à l'avenir on ne lui parlerait plus de l'affaire Negrène.

****

En ce dernier dimanche de février, le soleil déclinant par-delà l'Arroyo chinois, n'emportait pas pour autant la chaleur qu'il avait généreusement répandue sur Saïgon et ses environs.

Attablés à la terrasse du café de la Pointe des Blagueurs, Robert et François s'amusaient à regarder les grosses jonques naviguer lourdement sur la rivière lorsque Brahim les rejoignit après s'être faufilé à travers les tables qui étaient toutes occupées comme chaque dimanche à l'heure de l'apéritif.

C'était la première fois qu'ils avaient l'heureuse occasion de se réunir depuis le 14 octobre de l'année précédente. Des retrouvailles à fêter !

Revenu du Tonkin à la mi-janvier Brahim avait d'abord participé, avec son régiment, à une importante opération de nettoyage dans la Plaine des Joncs, puis il était tombé malade, une rechute de dysenterie amibienne qui lui valut une semaine de traitement à l'hôpital militaire 415 de Cholon. Quelques jours après sa sortie, il téléphona à Robert pour lui raconter sans trop s'étendre, ce qui lui était arrivé.

Les deux amis convinrent de se retrouver le dimanche suivant à la Pointe des Blagueurs.

Robert appréciait cet endroit assez tranquille, quai Le Myre de Villers, où il était venu quelque fois avec François et d'autres camarades officiers, à l'heure où le soleil se couche et au moment où l'air parait moins étouffant en bordure du fleuve.

Tout en lui serrant la main il remarqua que Brahim avait maigri à cause de sa maladie bien entendu, mais aussi des dures opérations auxquelles il avait participé pendant son séjour au Tonkin Il n'en était pas moins rayonnant de contentement ! Un sacré moral !

— Alors le Tonkinois, comment vas-tu ? s'écria François en lui serrant énergiquement la main.

— Et toi le Parigot ? répliqua Brahim sur le même ton railleur.

L'arrivée d'un serveur, annamite et souriant, mit un terme à cet échange de réflexions habituelles entre les deux copains toujours prompts à se taquiner.

Brahim demanda un cocktail de jus de fruits sans alcool tandis que les deux autres commandèrent un double gin-fizz

Comme le faisaient la plupart des officiers et sous-officiers de la garnison, quand ils n'étaient pas de service, les trois amis s'étaient mis en civil, c'est-à-dire, pantalon blanc et chemisette en popeline blanche. Les autres clients autour d'eux étaient vêtus de même. Une façon de passer inaperçu et de limiter ainsi les risques d'une agression inattendue. Bien que le terrorisme fût en régression dans la ville, la prudence restait de rigueur. Quelques grenades avaient explosé dernièrement dans certains endroits de l'agglomération, notamment dans une salle de cinéma où elles avaient fait plusieurs victimes parmi de paisibles spectateurs vietnamiens. Mieux valait ne pas tenter les démons !

— On est vraiment bien ici ! fit Brahim en allongeant ses jambes, avec un sourire de satisfaction.

Comme ses amis l'observaient sans rien dire, il ajouta :

— Quel contraste avec Hanoï ! Là-bas, règne une atmosphère de baroud que je ne sens pas ici. J'y ai même pelé de froid, oui, au mois de janvier. Incroyable ! Enfin n'y pensons plus.

Il s'interrompit lorsque le serveur, toujours souriant, leur apporta les boissons. Chacun s'empara de son verre et ils trinquèrent en l'honneur de leurs retrouvailles.

— As-tu des bonnes nouvelles de ta famille ? s'enquit Robert.

— Oui, mes parents se portent bien. Ma sœur Aïcha a mis au monde un gros garçon qu'ils ont appelé Brahim. Mon père y tenait beaucoup. Ca m'a fait plaisir !

— Tu adresseras mes chaleureuses félicitations à la maman, si tu trouves, bien entendu, le temps de lui écrire un mot ! dit Robert sur un ton légèrement narquois.

— D'accord ! fit Brahim en souriant avant d'ajouter d'un ton plus sérieux. Au fait, Hélène est-elle sortie du Val de Grâce ?

— Je pense, car dans sa dernière lettre datée du 9 janvier, elle m'annonçait qu'elle devait se reposer quelques jours dans une clinique parisienne. Mais je suis étonné qu'elle ait oublié de m'indiquer le nom et l'adresse de cet établissement !

— Simple étourderie de sa part ! dit François d'une voix rassurante.

— Elle n'a jamais fait preuve d'inattention, tout au moins, autrefois quand nous nous fréquentions à Rabat.

— Elle est excusable pour avoir beaucoup souffert ! reprit François.

— C'est justement la raison de mon inquiétude !

— Écris-lui en adressant la lettre au Val de Grâce suggéra Brahim.

— Je l'ai fait mais la réponse tarde à venir !

— Ne t'inquiète pas outre mesure ! dit calmement François.

— Oui, sois patient. Tu recevras bientôt sa lettre et tes craintes s'envoleront ! déclara Brahim en prenant un ton des plus convaincants.

Plusieurs coups de feu éclatèrent dans la direction du sud au loin ; personne ne parut s'en émouvoir, on avait l'habitude !

— Quel jour es-tu sorti de l'hôpital ? demanda Robert à Brahim.

— Le 18 février ! Pourquoi ?

— Et tu as attendu le 26 pour me donner signe de vie !

— Tu m'excuseras vieux frère, mais je n'ai pas vu le temps passer. J'ai eu beaucoup à faire avec Thi Nam.

— Je n'en doute pas ! fit Robert narquois.

— Tu as retrouvé ta congaïe ! s'exclama François surpris.
— Et oui mon ami ! Tu vois, je ne l'avais pas oubliée.
— Bravo ! se contenta de dire François ébahi.
— Dans ta dernière lettre qui m'a d'ailleurs beaucoup intéressé tu disais que certaines nuits elle te manquait ! observa Robert.
— C'est vrai ! Elle va encore me manquer mais cette fois pour une semaine seulement.
— Tu pars en opération ?
— Non, je vais au centre de convalescence de Dalat. Je prends le convoi demain matin.
— Veinard ! fit François. Moi aussi je pars en convoi, mardi matin, mais sur Ban Me Thuot. Ce jour-là, je traînerai en queue pour dépanner les vieux bahuts chinois, pendant que monsieur se délectera au bar du Lang Bian devant un délicieux cocktail de jus de fruits exotiques ! C'est pas juste !
— Dis-moi, triste sir, où te prélassais-tu tandis que je crapahutais dans le Delta tonkinois, à la poursuite des viets ? répliqua Brahim l'air faussement courroucé.
— Sur le confortable siège de mon wrecker ! persifla François.
— C'est moins crevant que de patauger dans la rizière !
— Nos convois de Cochinchine ne manquent ni d'imprévus, ni de risques ! dit François en ricanant.
— Leurs attaques ne sont tout de même pas si fréquentes ! rétorqua Brahim avant de boire une gorgée de son cocktail.
— Heureusement pour nous ! déclara gravement Robert, car, dans deux embuscades, celles de Mytho et de Dong Xoaï, l'année passée, nous avons eu onze tués dont notre premier commandant de compagnie et un chef de peloton !
Un long silence s'instaura entre les trois amis.
Brahim, visiblement confus, regarda Robert et lui dit doucement :
— Tu fais toujours des reconnaissances d'itinéraires ?
— Oui, demain je me rends à Loc Ninh, par la RC 13. Ce sera ma dernière reconnaissance sur cette route. Elle n'est pas fameuse après Ben Cat, surtout dans la traversée de la forêt Stieng entre Chon Thanh et Hon Quanh.
— Pourquoi cette reconnaissance ? s'enquit Brahim.
Afin de ne pas risquer d'être entendu par des oreilles indiscrètes, Robert se pencha vers ses amis et leur dit sur le ton de la confidence :
— À partir du 17 mars prochain, un de nos postes de circulation pilotera et escortera pour la première fois le convoi régulier sur Loc Ninh à destination des Terres Rouges.

— J'aimerais connaître la région de Hon Quanh qui parait-il, était réputée, avant guerre, pour la chasse au tigre et à la panthère ! déclara tranquillement Brahim.

— C'est exact ! s'exclama François, mon capitaine m'en a parlé. Notre émule de Nemrod a l'intention de s'y rendre pour nous ramener un trophée. Une tête de tigre, de préférence, pour l'accrocher au-dessus de son bureau. Ca fait bien !

Sur cette dernière remarque de leur copain, Brahim et Robert se regardèrent un instant droit dans les yeux en sachant qu'ils avaient la même pensée : leur chasse au tigre, près du village de Sré Sbau, un an auparavant, dans une forêt à peu près semblable à celle de Hon Quanh ! Un trophée en la dépouille d'un tigre ? Allons donc ! Une chasse dangereuse certes qui exige du courage et de l'adresse mais en définitive un acte parfois inutile et toujours misérable !

Robert rompit le premier le silence qu'il avait observé, de connivence avec Brahim, pour dire d'un ton ironique :

— Je ne me permettrais pas de donner un conseil à ton capitaine. Cependant, s'il me demandait mon avis, et bien, je dirais qu'on a pas intérêt à traîner ses guêtres dans cette forêt où, de chasseur de fauves on risque fort de finir en gibier de viets !

Le couchant s'enflammait à l'approche du crépuscule, lorsque des rafales d'armes automatiques crépitèrent dans la direction de Nha Bé. Cela ne dura qu'un instant, deux minutes tout au plus, pendant lequel les trois amis se contentèrent de boire.

Le premier à rompre le silence fut François pour dire à Brahim :

— Vois-tu, si j'avais su que tu étais au 415, j'aurais fait l'effort de venir te voir, dans l'après-midi du 14 !

— Très honoré mon cher ! Mais je n'étais pas mourant ! répondit l'autre d'un air narquois.

— Ça ne m'aurait pas dérangé, ce jour-là je m'y trouvais déjà pour les adieux d'une gentille infirmière qui est rentrée en France ! rétorqua François en prenant un air détaché.

— Serait-ce Simone ? s'enquit Robert en scrutant son copain.

— Affirmatif mon cher ! Elle a préféré ne pas te revoir m'a-t-elle avoué, le cœur gros !

— Je la comprends. Quand et comment est-elle partie ?

— Envolée à Tan Son Nhut la semaine passée.

— Elle a donc pris le même avion que Pierre et Élise ?

— Effectivement !

— Ca alors ! Nous avons, ensemble, accompagné nos deux amoureux jusqu'au terrain et je n'ai pas remarqué Simone !

— Elle t'a vu et a réussi à t'éviter ! expliqua François.

— Pierre et Élise sont donc rentrés ensemble ? s'enquit Brahim.

— Un voyage de noces en quelque sorte puisqu'ils venaient de se marier ! déclara François en souriant pour ne pas montrer la tristesse qu'il éprouvait depuis le départ de ses deux amis.

— Bon, je vous propose de lever l'ancre ! dit Robert visiblement chagriné et déçu du départ de Simone.

— Il est temps que je rentre ! fit Brahim en se mettant debout.

— Veux-tu dîner à la popote avec nous ? lui demanda Robert en se levant à son tour.

— Non, merci je préfère rentrer à mon cantonnement pour me coucher tôt car demain je dois être au Jardin botanique à six heures.

— On va te ramener en jeep ! dit Robert en se dirigeant vers le véhicule qui venait d'arriver, conduit par le fidèle Sestrel.

Les lampadaires s'allumaient quand les trois amis quittèrent la Pointe des Blagueurs sans se douter qu'ils n'y mettraient plus les pieds.

* ** *

Le mardi 2 mars, après une nuit inconfortable et fort bruyante dans un gros poste tenu par des artilleurs coloniaux des plus accueillants, Robert et ses dix hommes quittèrent la petite ville de Loc Ninh pour rentrer à Saïgon.

Le soleil se levait à l'horizon, au-dessus de la forêt, lorsque leurs trois jeeps s'engagèrent sur la RC 13. Il faisait déjà une chaleur étouffante.

La reconnaissance de l'itinéraire effectuée la veille, sous la protection indirecte des patrouilles blindées qui sillonnaient le secteur, s'était déroulée sans trop de difficultés.

Sur cette voie empierrée aux allures de piste forestière, les chauffeurs devaient slalomer avec virtuosité pour éviter trous et nids de poule. Ils avaient maintes fois serré les dents en entendant gémir les ressorts et amortisseurs de leurs jeeps quand celles-ci roulaient inévitablement dans les ornières creusées par les camions des plantations qui transportaient jusqu'au port de Saïgon d'énormes balles de caoutchouc destinées à l'exportation. C'étaient les seuls véhicules civils qui circulaient sur cette route en convoi protégé par l'armée.

Vers neuf heures trente, les trois jeeps entrèrent dans le poste de Chon Thanh à la suite de deux scout-cars qui les avaient escortés sur une vingtaine de kilomètres, dans la partie réputée des plus dangereuses de l'itinéraire.

C'est au cours de cette halte que Robert apprit avec consternation la terrible nouvelle de l'attaque par les viets du convoi de Dalat ! Le message radio émanant du PC du secteur de Thu Dâu Mot faisait état d'une embuscade meurtrière à hauteur du pont de La Lagna, un affluent du Dong Naï, et donnait ordre à toutes les unités de se tenir vigilantes et prêtes à intervenir contre toute attaque rebelle.

Dans son laconisme ce message était inquiétant car il prêtait aux hypothèses les plus pessimistes.

Robert trembla pour Brahim ainsi que pour les hommes de sa compagnie qui se trouvaient dans la camionnette du PCR, parmi les véhicules de tête.

Le pont de La Lagna ! Un sale coin en effet. Les viets avaient judicieusement choisi leur terrain pour frapper par surprise ! Robert connaissait cet endroit où la route empierrée et étroite, serpente à travers la forêt, à flanc de coteau.

Inquiet et désireux d'en savoir plus, il décida de rejoindre aussi vite que possible le secteur de Thu Dâu Mot, distant d'une bonne soixantaine de kilomètres.

Avant de quitter Chon Thanh, il annonça la mauvaise nouvelle à ses hommes en se contentant de leur lire le message sans ajouter le moindre commentaire. Il n'y avait pas de temps à perdre en vaines explications.

On avala les kilomètres et la poussière rouge sans se soucier des gémissements des véhicules.

Tout alla sans le moindre incident jusqu'au moment où ils parvinrent à un petit pont de pierre enjambant un "suoï", une rivière, à 10 kilomètres au nord de Ben Cat. Une fusillade ponctuée de rafales d'armes automatiques et d'explosions, fit comprendre à Robert qu'un accrochage avait lieu, au-delà de ce pont, à une distance qu'il évalua à trois ou quatre kilomètres. Les chauffeurs réduisirent la vitesse et chacun se tint prêt à tirer, où à gicler de son véhicule.

Quand ils arrivèrent sur les lieux du combat, celui-ci venait de cesser. Le silence planait sur la plantation d'hévéas où se trouvaient quatre A.M "Coventry" du Régiment de Cuirassiers. Tandis que les trois jeeps du PCR s'arrêtaient sur la route en bordure des arbres, les engins blindés manœuvraient pour se regrouper.

Les cavaliers visiblement satisfaits de leur mission accomplie adressèrent des gestes de sympathie aux tringlots descendus de leurs voitures.

Bien qu'il fût pressé de rentrer, Robert avait tenu à faire une courte halte pour saluer le chef de peloton et s'informer au sujet de l'accrochage.

Celui-ci n'avait pas excédé une demi-heure. Pas la moindre blessure chez les cavaliers "Du travail de routine !" s'était écrié en souriant le jeune lieutenant du "Royal Pologne".

"Tu sais, lui avait dit un jour Brahim en parlant de ses camarades Cuirassiers, ils ne voudraient partager avec quiconque le privilège de casser du viet dans ce secteur qu'ils considèrent comme leur terrain de chasse !".

En bavardant avec les gradés de ce peloton, Robert eut la surprise de trouver parmi eux, un sous-officier qui connaissait bien Brahim. Ils étaient ensemble au même escadron dans l'opération OMEGA en décembre 1946. Lui se souvenait même de Robert qu'il avait eu l'occasion de voir à Pursat et à Battambang !

Robert, sans trop savoir pourquoi, s'abstint de lui annoncer que leur copain se trouvait malheureusement dans le convoi de Dalat.

Il était midi quand Robert entra au secteur à Thu Dâu Mot. Dans l'effervescence qui régnait dans tous les bureaux, il se contenta d'écouter et il glana aussi de plus amples renseignements sur la tragique embuscade devenue la préoccupation de tous.

On attendait encore des informations plus précises mais on savait maintenant que le convoi avait subi d'abord deux accrochages sans gravité, le premier au PK 37 dès la sortie est de Bien Hoa, le second, une dizaine de kilomètres plus loin. L'attaque principale s'était produite vers 16 heures 30 au pont de La Lagna. Les viets très nombreux, plusieurs centaines avaient détruit les blindés de tête avant de donner l'assaut aux camions transportant les escortes. La camionnette radio du PCR avait sauté sur une grosse mine ; elle n'était plus qu'un tas de ferraille calcinée. La quasi totalité des véhicules civils et militaires avait brûlé. Les pertes humaines étaient lourdes. Un vrai carnage !

En se repliant les viets avaient emmené bon nombre de prisonniers, des civils parmi lesquels des femmes et des enfants, des soldats valides bien entendu afin de ne pas s'encombrer de blessés qu'ils avaient achevés. À la nuit tombante, certains rebelles, probablement dopés par leur victoire et ivres de "choum" s'étaient livrés aux pires atrocités en égorgeant et pillant leurs victimes.

De tels crimes ne devaient-ils pas entraîner des représailles ?

Plusieurs unités des TFIS s'étaient déjà lancées sur les traces des viets dont la plupart semblaient se diriger vers le N.O. pour atteindre vraisemblablement leur repaire situé dans une zone comprise entre le Dong Naï au sud et son affluent le Song Bé à l'est.

Le bilan s'avérait d'ores-et-déjà très difficile et exigerait bien entendu beaucoup de patience.

Toute l'horreur et tout l'acharnement de la guérilla vietminh se résumaient dans cette tragique embuscade !

Tandis qu'il voyait s'accumuler des renseignements tout aussi accablants les uns que les autres, Robert dressa soudain l'oreille en entendant un officier parler des convalescents. Un message radio venait de confirmer qu'ils avaient bien rejoint Dalat !

Embarqués sur trois camions militaires placés au milieu du convoi les convalescents qui n'étaient pas manchots, s'étaient défendus avec le plus grand courage et avaient ainsi échappé au massacre !

Incroyable mais vrai ! Décontenancés par leur résistance, les viets n'avaient pas insisté. Brahim à n'en pas douter devait se trouver parmi ces braves ! Une lueur d'espoir !

Quelque peu rassuré Robert quitta Thu Dâu Mot sans tarder.

En arrivant vers treize heures à Cholon, il se fit déposer devant la popote des officiers. Il n'était ni affamé ni d'humeur à plaisanter quand il entra dans la petite salle à manger pleine d'officiers. Il ne manquait que François parti le matin même, très tôt, sur le convoi de Ban Me Thuot.

— Ah ! Vous voilà enfin ! s'écria son capitaine apparemment satisfait de le revoir sain et sauf.

— R.A.S mon capitaine ! se contenta-t-il de dire en serrant la main que lui tendait son commandant de compagnie.

— Vous savez pour le convoi de Dalat ?

— Oui je l'ai su au secteur de Thu Dâu Mot.

— Bon, je vous verrai tout à l'heure au bureau !

Dans l'après-midi, le capitaine commandant la CCR réunit ses principaux gradés pour faire le point sur la situation des effectifs à la suite des pertes causées par l'attaque du convoi.

Selon les dernières informations données par le Commandant du Train, les corps des militaires morts dans le convoi seraient ramenés à l'hôpital Grall, dans la soirée ou le lendemain matin.

Robert fut alors désigné pour aller reconnaître les corps de ceux du PCR. La mission n'était guère réjouissante ! Il l'accepta d'emblée sans faire la moindre réflexion d'autant que la plupart des victimes étaient des gars de son peloton.

C'est le lendemain, à midi et demi, à la popote des officiers, au moment où ils étaient tous à table que le Colonel fit irruption dans la salle à manger et lança directement à Robert, sur un ton qui ne prêtait pas à rire :

— Sitôt fini de croûter, tu fonces à Grall. J'en reviens. Tous les corps y sont rassemblés, dans la cour, près de la morgue. Un bon conseil, emporte un mouchoir, parfumé de préférence !

L'ordre avait claqué au milieu du silence général. Lorsque le "Colon" se fut assis devant sa table, les voix se délièrent et le brouhaha habituel reprit le dessus.

Une demi-heure plus tard, Robert arrivait en jeep à l'hôpital Grall. Suivi de François qui avait tenu à "l'assister" dans cette délicate épreuve, il se rendit dans la cour, près de la morgue.

Les cercueils ouverts s'alignaient, nombreux, serrés l'un à côté de l'autre. Chacun contenait un corps. Cette vision atroce était aussi insoutenable que l'odeur flottant alentour était insupportable ! Les deux copains eurent instinctivement un léger mouvement de recul. Ils se trouvaient soudain seuls face à tous ces cadavres aux visages gonflés, brûlés, tuméfiés, difformes, méconnaissables, parmi lesquels ils devaient en identifier certains ! Combien étaient ils ? Soixante, soixante dix, quatre vingt ? À quoi bon le savoir ? Seuls les cinq ou six corps des hommes du poste de circulation les intéressaient !

Tandis que Robert poursuivait inlassablement ses recherches, allait d'un cercueil à l'autre, regardait chaque visage, se penchait chaque fois pour mieux discerner un détail, François, n'en pouvant plus, se mit à l'écart, son mouchoir sur le nez.

Grâce au brassard vert et blanc que portait chaque agent de circulation, Robert put ainsi identifier les hommes de sa compagnie. Sous le regard éberlué de François, il continua à se pencher au-dessus de chaque cercueil, jusqu'au dernier.

Il revint, en souriant, vers son copain.

— Mais enfin qui cherchais-tu ? fit François impatient de quitter l'endroit.

— Brahim !

— Ne m'as-tu pas dit ce matin qu'il devait être à Dalat ?

— Oui mais je n'en suis pas encore certain. Heureusement il n'est pas dans une de ces caisses, partons d'ici.

— Une bonne douche nous fera du bien !

— Avec une bonne pulvérisation d'eau de Cologne !

** **

Cette embuscade, la plus meurtrière survenue jusqu'alors, eut un grand retentissement aussi bien en Indochine qu'en Métropole et en Afrique du nord. Robert reçut ainsi un abondant courrier de parents et amis du Maroc, inquiets sur son sort. Il prit la plume pour s'empresser de les rassurer.

Dans les milieux politiques opposés à la présence française en Indochine, des voix sans pudeur ne manquèrent pas d'exalter l'éclatante démonstration de force du Vietminh.

Dans la plupart des cercles civils de Saïgon ainsi que dans certains journaux de cette ville, d'aucuns réclamaient de sévères représailles contre les rebelles. Ils oubliaient que le Corps Expéditionnaire n'était ni l'armée Napoléonienne en Espagne, ni celle du 3ème Reich occupant la France. C'était aussi ignorer que les officiers français n'étaient pas de ceux qui auraient tranché les têtes des vaincus au sabre de samouraï !

Dans les rangs de la CCR qui déplorait une fois encore plusieurs victimes (3 morts et 2 disparus) l'émotion et la consternation du premier jour firent place à la colère et à la vengeance. Celle-ci, réaction humaine fort compréhensible, en resta finalement au stade de l'intention.

Les jours passèrent, on enterra ses morts avec dignité, les esprits se calmèrent, les journaux aussi, et peu à peu la vie reprit son cours normal, comparable à celui des jours qui avaient précédé l'embuscade.

Indispensables à l'économie des pays du sud de l'Indochine les convois réguliers, aussi vulnérables fussent-ils, n'en continuèrent pas moins à rouler sous une protection quelque peu renforcée certes mais de toute façon plus rassurante qu'efficace.

Ainsi, François, Pierre et Robert continuèrent, avec leurs hommes, à faire les grands convois sur Pnom Penh — Dalat — Ban Me Thuot — Cantho, sans en oublier les risques, mais avec la conviction d'être protégés par leur bonne étoile, ou par la "baraka" comme disait Brahim en parlant de la chance insolente de Robert.

24

Dans l'après-midi du 19 avril, Robert et François embarquèrent sur le "Pasteur" (30) qui était mouillé à quelques milles de la presqu'île du Cap St Jacques dont ils apercevaient le phare blanc érigé sur la colline de l'Éperon.

Ils voyaient pour la première fois ce grand paquebot dont la silhouette imposante était devenue familière dans tous les ports où il faisait escale : Marseille — Port Saïd — Aden — Colombo — Singapour ! "Le fleuron de notre Marine" disait avec enthousiasme l'officier chargé des embarquements à la Base de Saïgon.

Auréolé des bons et loyaux services qu'il avait rendus aux alliés dans les sombres années de 1940 à 1945, le Pasteur effectuait régulièrement, inlassablement, depuis avril 1946, le transport des troupes entre la France et l'Indochine.

Ses dimensions et sa jauge supérieure à 31 000 tonneaux ne lui permettaient pas de remonter la Rivière de Saïgon, aussi, à chaque traversée, devait-il jeter l'ancre dans l'estuaire du Soirap et attendre le cargo qui lui amenait les militaires embarqués à Saïgon en échange de ceux qu'il avait ramenés de la Métropole.

Ce jour-là le transbordement des passagers ne fut pas sans difficulté surtout pour certains blessés et amputés des jambes, en raison de la forte houle qui agitait le cargo pourtant bien plaqué au flanc du paquebot.

Une fois leur paquetage déposé sur leur couchette dans la petite cabine qu'ils partageaient avec deux autres lieutenants, François et Robert s'empressèrent de grimper sur le pont supérieur. Accoudés au bastingage à l'ombre des canots de sauvetage ils eurent le loisir d'assister au déroulement des premières scènes de la vie à bord.

La délicate opération de transbordement étant achevée, les deux bateaux se séparèrent dans la trépidation des machines dont le bruit fut étouffé un moment par le concert des voix des soldats ; ceux-ci massés sur les ponts du Pasteur, chantaient à tue-tête "Nous rentrerons tous en France" le refrain de la chanson de route de la 9ème D.I.C.

Tandis que le cargo regagnait les eaux jaunâtres de l'embouchure du Soirap, le Pasteur prenait majestueusement la haute mer en fendant de sa puissante étrave les flots bleus de la Mer de Chine. Cap au nord à destination de la Baie d'Along !

En voyant s'éloigner la côte d'Annam, Robert eut alors la pénible sensation d'abandonner un peu de lui-même sur cette terre hostile et pourtant si attachante parfois ! Elle lui avait pris deux longues années de sa jeunesse. Il y avait connu la fatigue et la peur, il avait souffert de la chaleur et de la maladie, mais il avait vécu des actions exaltantes !

Il songea avec émotion à ceux de ses camarades et de ses hommes qui reposaient là-bas, pour toujours ! Ils étaient morts, glorieusement certes, pour la France bien sûr, mais sacrifiés peut-être dans l'indifférence quasi générale et pour être à jamais oubliés ! Brahim figurait-il parmi ceux-là ? On n'avait pas retrouvé son corps parmi les nombreux cadavres ! Il était donc considéré comme disparu. Était-il encore vivant et prisonnier des viets ? Possible ! Faible espoir de le revoir un jour ! Robert y croyait. "Courageux, intelligent, débrouillard, d'une force peu commune, impétueux, bien entraîné au combat, Brahim, né pour l'action, avait certainement réussi à s'en tirer."

Emporté par le flot de ses pensées, Robert n'entendit pas François qui accoudé à côté de lui, venait de faire une réflexion :

— À quoi songes-tu ? fit ce dernier en lui tapant amicalement sur l'épaule.

— À mon arrivée à Rabat ! marmotta Robert pour ne pas ennuyer l'autre avec ses sombres pensées.

— Sois patient ! Nous venons à peine de prendre la mer !

— Si tout va bien nous débarquerons à Marseille le 9 ou 10 mai !

— Il me tarde de revoir Panam et mes vieux !

— Ne rêvais-tu pas d'une longue et agréable croisière en mer ?

— Oui bien sûr, mais depuis que j'ai posé les pieds sur ce rafiot, je me vois baguenaudant en pékin, sur les boulevards, avec une belle blonde au teint rosé !

— Tu as déjà oublié cette chère Viviane ! Quelle ingratitude ! s'écria Robert l'air moqueur.

François fit comme s'il n'avait rien entendu et Robert regretta en son for intérieur cette réflexion qui, en d'autres circonstances, n'aurait pas déplu à son copain. Il réfléchit donc pour trouver le moyen d'effacer sa maladroite intervention.

Ils restèrent un moment silencieux, le regard fixé sur l'horizon où le soleil s'enfonçait lentement, puis Robert reprit d'une voix calme :

— La joie que nous éprouvons à l'idée de revoir nos parents, après une si longue absence, nous cache déjà les visages de ceux que nous venons de quitter, un peu comme au théâtre, lorsque le rideau tombe à la fin d'une pièce, et nous masque les comédiens qui nous ont fait rire ou pleurer.

François sortit de son mutisme pour dire d'une voix amicale :

— Une fois à Marseille tu devras peut-être attendre plusieurs jours ton bateau pour le Maroc ?

— C'est possible ! fit Robert.

— Tu pourrais en profiter pour monter à Paris avec moi. Tu sais, y'a de quoi te loger dans le pavillon de mes parents du côté de la Porte de Clignancourt.

— J'accepte avec plaisir ! répondit aussitôt Robert content de voir que son copain n'était pas rancunier.

— C'est pas le grand luxe, évidemment, mais la maison est bien tenue. Ma mère est la reine du balai, comme dit papa. Quant à lui, bricoleur invétéré, il aura certainement repeint ma chambre, dès la lecture de ma lettre annonçant mon arrivée !

Avec le coucher du soleil, les ponts se vidèrent. Chacun regagna sa cabine ou sa chambrée pour installer ses affaires avant que ne retentissent les sonneries annonciatrices du premier dîner à bord, un événement toujours bien accueilli par les passagers.

Dans la magnifique salle à manger des premières classes, Robert et François se placèrent à une table de huit couverts et firent la connaissance des autres officiers avec lesquels ils allaient partager les repas quotidiens. Chacun se présenta, sans cérémonie, et les conversations allèrent bon train tandis que les assiettes et les verres se vidaient.

Les banalités du début firent rapidement place aux événements qui s'étaient déroulés en Cochinchine presque sous les yeux de certains d'entre eux.

De la guérilla vietminh on passa ensuite au terrorisme palestinien. L'un des officiers rappela les incidents qui avaient eu lieu, fin mars, dans le quartier juif de Jérusalem encerclé par les troupes arabes. Robert qui était le seul "pied noir" de la table, ne cacha pas son inquiétude au sujet de ces affrontements entre communautés juive et arabe qui risquaient d'avoir, selon lui, de fâcheuses répercussions en Afrique du nord.

D'autres s'inquiétaient de la poussée du communisme en Europe centrale, en s'indignant contre le coup de force du parti communiste Tchèque qui avait pris le pouvoir à Prague, le 25 février dernier, et se livrait à des purges.

Vers la fin du dîner, le bon vin aidant, les esprits furent moins chagrins et les propos moins graves. On se plut à parler de films comme "La bataille de l'eau lourde", "La dame de Shangaï" et "Quai des Orfèvres", et surtout d'actrices qui leur plaisaient telles que Micheline Presle et Maria Casarès.

Certains "parisiens" vantèrent évidemment les spectacles de Paris. Quelque peu agacé, un lieutenant natif de Bordeaux, taillé comme un demi de mêlée, éprouva le malin plaisir de lever son verre à la victoire des Girondins qui avaient battu les Messins par 2 à O dans les huitièmes de finales de la coupe de France. Par chance, aucun supporter du club de Metz ne figurait à la table ! Il n'y eu donc pas d'empoignade et le repas s'acheva dans une ambiance amicale.

Robert et François furent parmi les derniers à quitter la salle à manger. Après une promenade d'un quart d'heure sur le pont quasiment désert, ils rejoignirent leur cabine et ne tardèrent pas à s'endormir, bercés par le frémissement de l'énorme coque. Le Pasteur avalait inlassablement les milles marins en filant ses vingt quatre nœuds à l'heure.

Sur cette mer d'huile la traversée s'annonçait des plus tranquilles et sans nausées. Un voyage reposant pour tous ces militaires fatigués par un long séjour sous un climat débilitant et d'autant plus difficile à supporter qu'ils avaient pour la plupart et le plus souvent vécu dans de mauvaises conditions, sans confort et encore moins d'hygiène.

À bord ils apprécièrent donc ce qui leur avait le plus manqué et peu d'entre eux se plaignirent de l'absence de distractions collectives. La monotonie du voyage entre ciel et mer allait être fort heureusement entrecoupée d'escales au cours desquelles les passagers pourraient descendre à terre."Une aubaine pour dégourdir nos guiboles sur le plancher des vaches !" s'était exclamé François en apprenant la bonne nouvelle.

Trois jours plus tard, le Pasteur jetait l'ancre dans la Baie d'Along à quelques milles de la grande île de Cat-Ba. Ses dimensions ne lui permettaient pas de remonter la rivière de Cua-Cam pour entrer dans le port de Haïphong. Il n'avait plus qu'à attendre l'arrivée du cargo venant de ce port avec les rapatriés du Tonkin.

Tous les passagers se tenaient sur les ponts pour voir, avec des yeux plus étonnés qu'admiratifs, l'étrange spectacle que constituaient les innombrables îlots rocheux enveloppés d'une brume translucide, traversée, de-ci, de là par un sampang ou une lourde jonque glissant, silencieuse, sur les flots. Paraissait anachronique la présence du grand paquebot figé dans cet univers aquatique d'une lointaine époque !

Cette nature sauvage était grandiose certes mais pas riante !

Les cris aigus des salanganes qui se risquaient à survoler le Pasteur n'étaient vraiment pas agréables à entendre.

De temps à autre, des coups de canon et les crépitements lointains de mitrailleuses lourdes rappelaient que la guerre n'était pas finie.

Accoudés au bastingage, Robert et François bavardaient avec un ancien officier de Marine marchande, prénommé Marcel, qui avait longtemps bourlingué sur les lignes d'Indochine avant de finir sa carrière en 1948 sur un paquebot des Messageries maritimes.

— Cette baie, mes amis, et bien il faut la voir sous le soleil ! Une merveille croyez-moi ! leur disait ce marin en fixant son regard au loin, comme s'il y cherchait ses souvenirs.

— Dans ce brouillard évanescent, le tableau est assez fantasmagorique ! fit Robert.

— Dans ce chaos d'îles et de rochers, les pirates pouvaient narguer nos canonnières ! ricana François.

— En effet, il y a de quoi jouer à cache cache ! plaisanta Robert.

— Vous ne pouvez imaginer la beauté de ces îles, de ces grottes, comme par exemple la Grotte des Merveilles avec ses stalactites et stalagmites, la Grotte de la Surprise, l'Île de Kao-Teou et ses pêcheurs de perles, l'Île de Ba-Mum très boisée ou j'ai chassé autrefois le sanglier !

— Vous avez eu de la chance de vivre dans ce pays à une époque heureuse ! s'exclama François.

— C'est vrai, avant 39 nous vivions bien ici, en bonne entente avec les Vietnamiens, les notables en particulier.

— Bien qu'il soit différent, ce paysage me fait songer à ces lacs écossais que j'ai vus en photo ! déclara Robert.

— Au Loch-Ness par exemple ? fit Marcel.

— Oui, sans doute.

— Et bien figurez-vous, qu'il y a plusieurs années, des officiers de marine ont affirmé avoir aperçu dans cette baie, un immense reptile long d'une trentaine de mètres ! déclara le marin en dévisageant gravement les deux amis.

— Pas possible ! s'écria François.

— Ne serait-ce pas une légende semblable à celle du monstre du Loch-Ness ? dit Robert mi-étonné mi-sceptique.

— Je pense pas ! En tout cas ces apparitions ont été constatées par des officiers dignes de foi parait-il et qui plus est à des époques différentes. La dernière remonterait je crois à 1916.

— Ah bon ! alors nous n'avons rien à craindre, car, depuis, votre dragon a dû servir de repas à d'autres monstres marins ! répliqua François l'air moqueur.

— Comme nous sommes dans la baie des Dragons, déclara Robert en plaisantant, je suggère que François fasse le guet pendant que nous attendrons au bar !

Sur cette réflexion, tous trois quittèrent le pont pour aller boire une bière au bar des premières.

Le lendemain, tandis que le Pasteur attendait le cargo en provenance de Haïphong, un aviso colonial vint à plusieurs reprises lui rendre visite, histoire de voir si tout allait bien. La journée se passa dans le calme et l'attente de plus en plus impatiente.

Ce n'est que le jour suivant qu'eut lieu l'embarquement des militaires rapatriés du Tonkin. En début d'après-midi on levait l'ancre et quittait enfin cette baie si étrange et si triste sous la brume !

Quelques jours plus tard, dans l'après-midi, le paquebot longea la côte sud de Ceylan et, au crépuscule, il mouilla l'ancre dans la rade de Colombo.

Robert et François descendirent dans une grande chaloupe à moteur qui les amena devant l'entrée de la gare maritime, une énorme bâtisse éclairée par de grands lampadaires.

Dans la rue principale, ils furent aussitôt assaillis par des racoleurs qui proposaient n'importe quoi. Des marchands les entraînèrent par le bras au fond de leur boutique ou s'entassaient des bibelots souvenirs à l'usage des touristes.

Pour être tranquilles ils achetèrent des boîtes de thé et des cartouches de cigarettes anglaises. Pour deux roupies, Robert fit même l'acquisition d'un petit éléphant en bois d'ébène, objet typique de l'artisanat local.

En revenant vers le port, accablés de chaleur et assommés, ils eurent l'agréable surprise de trouver un hôtel de style colonial. Le portier du "Galle Face" vêtu d'un bel uniforme blanc les autorisa à entrer après s'être assuré de leur qualité d'officier en jetant un coup d'œil sur leur titre de permission délivré par le "Pacha".

Cet insulaire, aux yeux aussi noirs que ceux de Brahim, ne savait peut-être lire ni le français ni l'anglais, mais consciencieux et discipliné, il se conformait avec sérieux aux consignes du directeur de ce respectable hôtel.

En entrant dans le hall immense, éclairé par de grands lustres scintillants, les deux amis découvrirent avec étonnement le charme discret mais fastueux du confort britannique implanté aux Indes. "Quelle sensation de bien être !" se dit Robert après le bain de foule coloré et trop épicé à son goût.

Ici, les clients, anglais pour la plupart, allaient et venaient à pas feutrés, sans bruit, sans éclat de voix. Vraiment reposant !

Au bar où l'ambiance était plus animée, le barman, un Ceylanais bien stylé, leur servit de la bière dont ils apprécièrent la fraîcheur autant que la saveur.

Au bout d'une vingtaine de minutes, ils s'apprêtaient à sortir, discrètement lorsqu'une voix tonitruante les interpella en français.

— Hé ! les lieutenants, venez donc par ici !

Ils se retournèrent aussitôt, l'air étonné. C'était "Marcel", attablé en compagnie d'un homme de son âge, la cinquantaine, visage buriné, tempes grisonnantes, qui fumait calmement sa pipe en écume.

— Asseyez-vous donc un instant ! fit ce dernier après leur avoir broyé la main.

— Le hasard nous a réuni ce soir, ici, dans ce bar que nous fréquentions autrefois, quand nous faisions escale à Colombo ! déclara Marcel, visiblement content.

— Surprenantes retrouvailles mes amis, c'est vrai, car on ne s'était pas revus depuis 1937 ou peut-être bien 36 !

— À l'époque, fit Marcel, nous voguions sur le même bateau. La ligne d'Indochine ! des traversées du tonnerre !

— Vos souvenirs permettraient d'écrire un bon roman ! observa François.

— Pour sûr ! répliqua le copain de Marcel, l'air malicieux.

— Vous vous connaissiez déjà avant 1936 ? s'enquit Robert.

— En 1929 nous étions ensemble sur le Lanessan, un chalutier spécialement armé pour les études sur la pêche et la faune des mers.

— De l'Institut Océanographique de Monaco ? supposa Robert.

— Pas du tout ! rétorqua Marcel en souriant, de l'Institut Océanographique de Cauda (31). C'est à côté de Nhatrang.

Devant l'étonnement des deux jeunes officiers, Marcel ajouta l'air satisfait :

— Et oui mes amis, les Hirondelles de Monaco (32) voguèrent sur bien des océans mais, à ma connaissance, elles ne vinrent jamais sur les mers de Chine.

— C'est sans doute à cette époque-là que vous chassiez le sanglier dans l'île de Ba Mum ! déclara Robert.

— Exactement ! s'esclaffa Marcel.

— C'était la belle vie ! s'écria l'autre marin après avoir vidé son verre de bière, le quatrième de la soirée.

Se doutant que les deux anciens loups de mer avaient encore bien des choses à se dire, François et Robert prirent congé d'eux et rejoignirent le Pasteur.

Le voyage reprit et six jours plus tard, le paquebot mouilla dans la rade d'Aden.

La ville dormait encore, nichée au pied de son volcan éteint. Quel contraste avec la luxuriante végétation de l'île de Ceylan ! Ici l'aridité du sol étalait les ocres jaunes et rouges de ses pierres en préfigurant le désert de la péninsule arabique.

— Nos amis britanniques doivent se désoler de ne pouvoir faire pousser leur green ! dit Robert gouailleur.

— Sûrement ! d'ailleurs on comprend pourquoi Rimbaud a dit que c'est un coin où on ne séjourne que par nécessité ! dit à son tour François d'un ton sérieux.

Pour deux roupies chacun, une barcasse les transporta tranquillement jusqu'au port. Une fois sur le quai, ils prient un taxi pour se rendre en ville.

Le chauffeur, un adeni peu souriant et qui n'avait pas daigné quitter son siège, se contenta de dire dans sa barbe "Salam Sir" avant de démarrer en trombe comme s'il participait à un rallye. Ballottés dans tous les sens, Robert et François se cramponnaient à leur siège, pas très rassurés, dans ce bolide qui roulait à gauche sur une route sinueuse, à travers un paysage désertique, tourmenté, frappé par un soleil déjà implacable.

Aussi furent-ils tout heureux de quitter ce taxi et de se retrouver sains et saufs sur une grande place en terre battue entourés de maisons de pierre ocre. Autour d'eux la foule allait et venait. Rares étaient les femmes. Voilées, le visage caché derrière leur litham, elles passaient avec discrétion sous le regard indifférent des hommes. Ceux-ci, occupés surtout à palabrer, formaient des groupes de-ci, de-là autour de marchands ambulants.

Quelques bédouines, vêtues de noir et coiffées d'un grand chapeau de paille, traversèrent la place en poussant devant elles leur maigre troupeau de chèvres bêlantes. Coiffé de son keffieh, l'homme qui était avec elles, suivait à califourchon sur son âne trottinant. "Cette scène aurait pu se passer dans le bled marocain !" se dit Robert en souriant

L'occupant anglais encore plus discret que les femmes yéménites ne se montrait pas sur cette place.

Les deux copains déambulèrent un moment dans les échoppes où ils virent plusieurs passagers du Pasteur en train de marchander des articles souvenirs.

— Toi le marocain, fit François en riant, tu dois te sentir à l'aise dans ce bazar !

— Pas vraiment ! ça me fait songer au souk de Salé mais en plus pauvre et plus sale ! répondit Robert.

— Pourquoi plus pauvre ?

— Je ne vois aucun article artisanal digne d'intérêt. Rien de comparable à ces magnifiques objets en bois, en cuir et en cuivre fabriqués au Maroc.

— Serais-tu chauvin ?

— Non mon vieux, simple constatation !

— Entrons là ! fit François en avisant une boutique assez bien achalandée en tapis.

En les voyant entrer le commerçant s'empressa de cracher dans un pot, derrière son comptoir, l'herbe qu'il mâchonnait et les accueillit par un aimable "Salam Alaïkum".

François fixa son choix sur un petit tapis, brillant, soyeux et léger qu'il réussit à enlever pour quelques "pence". Persuadé d'avoir réalisé une bonne affaire, après un long marchandage, François dit à Robert :

— Tu as eu tort de ne pas en acheter un !

— Je ne veux pas te faire de peine, mais ton tapis d'orient n'a jamais été tissé dans le pays de la reine de Saba !

— Qu'en sais-tu ?

— Regarde donc la petite étiquette cachée là, dans ce coin !

— Ah ! le voleur ! s'écria François furibond en découvrant avec stupéfaction la marque "Made in Italy".

— Ce sera quand même un souvenir d'Aden ! déclara Robert compatissant et narquois.

Sortis de l'échoppe, ils se retrouvèrent sur la place surchauffée au milieu de barbus enturbannés, fiers d'arborer leur magnifique "jambiyah" (33).

— Mais il n'y a pas de filles ici ! lança François l'air déçu. Je ne vois que des mâles et barbus de surcroît !

— N'oublie pas, mon ami, fit Robert l'air malicieux, que nous sommes en terre musulmane et que le Prophète Mohamed était puritain, selon Stendhal bien entendu.

— Les braves tommies en garnison dans ce bled ne doivent pas jouir souvent !

— Ne t'inquiète pas pour eux ! Ici comme dans tous les ports de monde il doit y avoir des filles heureuses de dévoiler autre chose que leur visage.

— Je l'espère pour eux ! En tout cas ces barbus basanés n'ont pas l'air malheureux.

— En effet. Ils semblent même éprouver du plaisir à mastiquer je ne sais quoi !

— Du chewing-gum ! plaisanta François.

— J'en ai vu un en train d'enfourner dans sa bouche quelques feuilles vertes qui m'ont fait penser à de la menthe fraîche.

— Ah ! Je comprends pourquoi ces types crachent vert ! Pouah ! c'est aussi dégoûtant que ces nhaqués qui chiquent du bétel et crachent rouge !

— C'est vrai ! Pour nous, occidentaux, tous ces crachats sont contraires à nos bonnes manières. Mais que veux-tu, ca fait partie du mode de vie de ces gens là.

Pas la moindre parcelle d'ombre sur la place. La chaleur était étouffante mais ils n'osèrent pas entrer dans l'un de ces cafés envahis d'individus qui buvaient leur thé et jouaient bruyamment aux cartes.

Préférant rejoindre leur bateau ils grimpèrent dans un taxi surchauffé.

Le chauffeur, un Yéménite au visage buriné et encadré d'une barbe grisonnante fut heureux de leur expliquer qu'il parlait français pour avoir vécu pendant plus de deux ans à Djibouti. Il leur apprit ainsi que l'herbe mâchée par bon nombre de ses concitoyens était du "qât" au pouvoir euphorisant.

— Qât de mon pays meilleur que celui d'Éthiopie, mais pas bon pour conduire. Moi plus en prendre.

— C'est rassurant ! fit Robert en souriant.

— C'est une espèce de drogue fraîche ! dit François.

— Sûrement ! Le chauffeur du taxi que nous avons pris à l'aller ne devait pas cracher sur le qât ! ricana Robert en se souvenant des prouesses de ce dernier.

Moins pressé que le précèdent et probablement plus sage le chauffeur les conduisit au port sans qu'ils eussent à souffrir du mal de voiture. Satisfait Robert le remercia en lui accordant un pourboire.

Au début de l'après-midi le Pasteur leva l'ancre et mit le cap à l'ouest vers Bab El-Mandab, la porte de la Mer Rouge.

La dernière vision de maisons entassées au pied d'une falaise rocheuse dont elles épousaient la couleur de sable rappela à Robert l'impressionnante kasbah de Taourirt dans le sud marocain. "Brahim, se dit-il, n'aurait pas manqué de l'approuver !" L'arrivée de François accompagné de la jeune femme qu'il courtisait lui évita de songer à son malheureux ami.

Le lendemain soir le paquebot passa au large du port de Djeddah dont on distinguait la faible lueur du phare. Robert se souvint alors que Brahim rêvait de faire le pèlerinage à La Mecque en rentrant d'Indochine. Son père et son oncle l'avaient fait et ils en étaient fiers et heureux !

Le surlendemain, à l'aube, le Pasteur fit escale à Port Saïd où l'on revêtit la tenue d'hiver, l'uniforme "made in US" que leur avait délivré la Base de Saïgon. La température était nettement plus fraîche en Méditerranée que dans la Mer Rouge.

François et Robert en compagnie de deux autres jeunes officiers se rendirent jusqu'au monument "Ferdinand de Lesseps" puis ils déambulèrent dans le bazar.

Échaudé par son achat de tapis à Aden, François se contenta d'acheter un porte-monnaie en cuir qu'il examina attentivement en demandant à Robert ce qu'il en pensait.

— Il est pas mal ! répondit ce dernier, presque aussi beau que ceux de Rabat.

— En cuir véritable ? fit François l'air interrogateur.

— Sans doute, mais en peau de buffle, pas du maroquin !

Dans l'après-midi on reprit la mer et trois jours plus tard on accosta le quai de la Joliette. Une matinée de printemps plutôt froide pour ceux qui revenaient des tropiques ! Un grand jour pour ceux qui avaient le bonheur de retrouver la France !

L'émotion se lisait sur les visages de toutes les personnes qui, debout sur les ponts, avaient le regard fixé sur les quais, scrutant la foule de ces gens venus chercher l'un des leurs.

D'aucuns, amaigris, amputés d'un membre, appréhendaient l'instant des retrouvailles Ce n'était pas le cas de Robert et François accoudés au bastingage et observant avec sérénité l'approche du quai. Personne n'était là pour les accueillir ! Sitôt descendus ils se rendirent à l'antenne de la Base militaire installée sur le port. Robert apprit avec étonnement qu'il devait embarquer le jour même dans l'après-midi sur le "S/S Koutoubia" à destination de Casablanca. Il n'avait pas de temps à perdre dans la cité Phocéenne ! Une couchette en cabine de 1ère classe lui était réservée !

Il se sentit d'abord partagé entre la joie de revoir ses parents plus vite qu'il ne l'avait pensé et la déception de ne pouvoir aller à Paris avec François.

Cependant son désappointement s'envola quand il songea à Hélène. N'allait-il pas la retrouver bientôt à Fès ! Dans une courte lettre, la dernière qu'elle lui avait adressée de Paris, le 22 mars, Hélène lui annonçait sa prochaine sortie d'une clinique où elle avait été admise en quittant le Val de Grâce. Elle ne donnait aucune explication sur cette admission mais elle exprimait sa joie de rentrer au Maroc, d'y passer sa convalescence dans sa chambre de jeune fille, avec le fol espoir que Robert viendrait la chercher ! N'était-il pas insensé d'imaginer cela ? "Elle m'aime encore tout autant que je l'adore !" s'était-il écrié en relisant la lettre qu'il avait glissée dans son portefeuille.

En apprenant que Robert ne l'accompagnerait pas à Paris, François essaya de cacher sa déception en marmonnant avec un petit sourire !

— Ce sera pour la prochaine fois !

— Je l'espère bien ! fit Robert.

Sur le quai ils se séparèrent, visiblement émus, en se promettant de s'écrire et de s'envoyer des photos afin de garder un contact amical, le plus longtemps possible.

Une longue poignée de main fut leur dernier geste d'une franche camaraderie scellée par les bons et mauvais moments qu'ils avaient vécus ensemble en Indochine pendant plus de deux ans.

En regardant s'éloigner le taxi qui emmenait François à la gare St-Charles Robert se demanda si le destin se chargerait de les réunir à nouveau en France, au Maroc ou bien, pourquoi pas, en Indochine ! Quoi qu'il en soit une page de leur vie était tournée !

* * **

Après trois jours de traversée sans histoire, Robert débarqua à Casablanca où il s'empressa de prendre le train pour Rabat.

Il était quatre heures de l'après-midi quand il descendit de la calèche qu'il avait hélée en sortant de la gare. Dans la rue de la Somme longeant le lycée de jeunes filles, rien n'avait changé.

C'était toujours aussi calme. Les mêmes maisons et villas alignaient leurs façades blanchies à la chaux. Seuls les arbres dans les jardins lui parurent différents tant ils avaient poussé.

Il respira une bouffée de bien être avant de frapper à la porte d'entrée qu'il avait refermée derrière lui trois ans auparavant.

En l'embrassant, en l'étreignant, sa mère, son père, ses sœurs ne purent retenir leurs larmes de joie et d'émotion. Seul manquait son frère Paul qui était encore à son travail, dans un garage où il était employé comme mécanicien. Il avait eu la chance de trouver cette place après avoir quitté la Légion Étrangère un an auparavant.

La maison devint une ruche bourdonnante d'allégresse. Poussé par le désir de se retremper dans l'ambiance familiale de son enfance, Robert fit lentement le tour de toutes les pièces. Rien n'avait vraiment changé, comme si le temps n'était pas passé ! La chambre qu'il allait à nouveau, partager avec Paul, pendant ses trois mois de permission lui parut plus petite, sa bibliothèque vitrée aussi ! Ses livres, ses cahiers de classe étaient rangés à leur place habituelle, tels qu'il les avait laissés en quittant définitivement le Lycée Gouraud. En ouvrant doucement la porte il reconnut l'odeur que le meuble avait préservée !

Au dîner qui se prolongea il préféra raconter son voyage de retour sur le Pasteur et citer des anecdotes plutôt que de parler de guérilla et d'embuscades meurtrières. Elles avaient causé trop d'inquiétude à sa mère.

Une fois dans leur chambre les deux frères, très heureux de leurs retrouvailles, bavardèrent pendant plus d'une heure avant de se mettre au lit. Robert prit plaisir à écouter Paul lui donner des nouvelles de leurs anciens copains de quartier. Il se promit de les revoir.

25

Les jours s'écoulèrent sans qu'aucun événement ne troubla la paisible existence que Robert menait auprès de ses parents.

En compagnie de son frère et de l'un ou l'autre de ses copains, il passa les premiers jours à se promener en ville, à déambuler sous les arcades du Cours Lyautey, à flâner en médina devant des boutiques où l'étalage de tapis, poteries et autres bibelots lui rappelait d'autres bazars ici et là, au Cambodge, à Cholon, Colombo, Aden, Port Saïd !

Tous les soirs il alla au cinéma avec Paul et plusieurs copains comme autrefois quand ils étaient adolescents. Des soirées agréables certes mais l'ambiance chaleureuse n'existait plus ! Disparue avec leur adolescence dans la tourmente de la guerre ! Au bout d'une semaine il espaça de plus en plus ses soirées cinéma qui ne l'enthousiasmaient plus.

Dans l'après-midi du lundi 24 mai, Robert se rendit chez l'oncle de Brahim, un riche négociant en maroquinerie, homme respectable qui bénéficiait de l'honorable titre de "hadj" pour avoir accompli un long pèlerinage à La Mecque, quelques années auparavant.

Ce "bon bourgeois de l'Islam" comme l'appelait familièrement son neveu habitait dans le quartier de la Tour Hassan, une grande maison aux murs blancs, entourée d'une clôture qui disparaissait sous la masse des bougainvillées roses.

Dès que Robert eut frappé à la lourde porte d'entrée, celle-ci ne tarda pas à s'entrouvrir, laissant apparaître l'œil inquisiteur puis le visage moustachu de Driss, le vieux chaouch, fidèle serviteur de cette demeure où il était entré bien avant la naissance de Brahim.

Reconnaissant le visiteur, Driss lui adressa un large sourire et le fit entrer dans un petit salon où régnait une odeur de cuir et de cèdre. Odeur familière qui ravivait le souvenir de l'époque où il venait voir Brahim pour un devoir de mathématiques ou de philosophie, ou encore le plus souvent pour parler de leur prochain match de football. Il n'eut pas le temps de s'éterniser dans le passé ! À peine venait-il de s'asseoir sur un énorme pouf en cuir que l'oncle Abdallah entra dans la pièce, vêtu d'un seroual et d'une djellaba blanche. Robert se leva d'un bond.

Les deux hommes se serrèrent longuement la main.

— Robert soit le bienvenu ! fit l'oncle en dévisageant gravement le jeune officier.

— Bonjour oncle Abdallah ! dit Robert en souriant aimablement.

Il avait pris l'habitude de l'appeler ainsi depuis leur première rencontre qui datait du jour où Brahim avait invité Robert chez son oncle où il habitait pendant la période scolaire. Ce dernier avait tenu à remercier personnellement "ce garçon" dont la courageuse intervention avait sorti son neveu des griffes de ces deux fils de chéïtan (34) qui voulaient lui dérober son vélo, sous les remparts du Chellah.

— Dieu soit loué ! Tu es revenu de là-bas sain et sauf ! dit Abdallah après s'être assis dans un fauteuil de cuir.

— Je suppose que vous savez, pour Brahim ? balbutia Robert en s'asseyant sur son pouf.

— Oui, je sais, il a été porté disparu lors d'une embuscade contre un convoi qui se dirigeait sur Dalat où Brahim devait passer quelques jours dans un centre de convalescence. C'est bien ça ?

— En effet ! Comment l'avez-vous appris ?

— J'ai reçu une lettre du Colonel de son régiment, il y a trois semaines

— Mais pourquoi celui-ci s'est-il adressé à vous et non à son père ? s'enquit Robert.

— Brahim m'avait désigné comme étant la personne à prévenir en cas d'accident, car son père ne sait lire ni l'arabe ni le français.

— Comment a-t-il pris la terrible nouvelle

— Avec une dignité à la mesure de la fierté qu'il éprouvait pour son fils, mais, moi qui le connais bien, je sais que son cœur a pleuré à l'insu évidemment de sa femme et de sa fille Aïcha.

— Je le comprends. Veuillez l'assurer de ma profonde sympathie.

Le silence s'instaura entre les deux hommes. Tassé sur son fauteuil les yeux mi-clos, Abdallah fixait Robert tout en égrenant son chapelet, tandis que ce dernier, le regard tourné vers la fenêtre, scrutait le sommet décapité de la Tour Hassan. La dernière fois qu'il y était monté c'était en 1942, un jeudi du mois d'avril en compagnie de son frère Paul et de Brahim. Après une "ascension" assez fatigante par la rampe intérieure en colimaçon, ils avaient eu la satisfaction de découvrir la ville étalée au-dessous d'eux et le Bou Regreg coulant avec la majesté d'un fleuve océanique. Ils s'étaient promis d'y revenir, un jour, tous les trois, pour prendre des photos

Robert chassa le souvenir et reporta son regard sur Abdallah.

— Je partage votre douleur ! fit-il, cependant, sans pouvoir l'expliquer j'ai le sentiment qu'il est vivant !

L'autre le dévisagea avec étonnement et lui dit d'un ton résigné :

— Dieu seul le sait ! Mais si mon neveu est mort c'est que le Seigneur des Mondes l'a voulu. Ma douleur, vois-tu c'est de le savoir là-bas en terre non musulmane, ma tristesse c'est de songer qu'il n'a pas été inhumé selon notre rite religieux !

— Si je ne doutais pas de son décès, je le pleurerais parce que j'aurais perdu, et pour toujours, un ami d'enfance, et surtout un frère d'armes ! expliqua Robert d'une voix douce, avec une lueur d'espoir dans le regard qu'il adressait à son interlocuteur.

Celui-ci légèrement déconcerté réfléchit un moment et finit par dire en se redressant sur son siège :

— Mais alors pourquoi ne donne-t-il pas signe de vie ? Serait-il prisonnier du Vietminh ?

Robert s'attendait à ce genre de question. Il n'ignorait pas que les viets, en Cochinchine, commettaient les pires sévices à l'égard de leurs captifs. Dans certaines circonstances ils n'avaient pas hésité à achever les blessés et à supprimer les malades qui représentaient un fardeau gênant dans leurs déplacements.

Il jugea préférable de n'en rien dire afin de ne pas accroître la douleur de l'oncle Abdallah. Il déclara d'un ton rassurant :

— C'est possible, en effet, qu'il soit retenu par des viets, mais il n'y a pas lieu de s'en inquiéter outre mesure. Eux aussi sont tenus de respecter la Convention de Genève qui protège les prisonniers de guerre.

— Tu crois ?

— Bien sûr ! osa-t-il affirmer tout en sachant qu'il n'en était rien.

— Je voudrais que tu aies raison ! Tes paroles me font du bien.

Un long silence plana dans le salon avant que l'oncle ne dise d'une voix plus sereine :

— Une fois ton congé terminé, resteras-tu au Maroc ?

— Oui car je suis affecté aux spahis à Fès.

— C'est bien. J'espère que tu viendras me voir avant de rejoindre ton régiment.

— Je viendrai, je vous le promets ! répondit Robert en songeant qu'Abdallah serait certainement le premier informé dans le cas où Brahim serait retrouvé vivant.

— J'ai été content de parler avec toi. Autrefois, à l'époque où vous alliez tous les deux au Lycée, je m'amusais en vous écoutant bavarder d'une chose et d'autre. C'était le bon temps ! déclara Abdallah avant de frapper dans ses mains pour appeler Driss.

Celui-ci ne tarda pas à entrer avec un grand plateau en argent qu'il déposa adroitement sur une table basse placée devant l'oncle.

— Tu me feras le plaisir de boire un thé à la menthe ! dit ce dernier tout en versant avec des gestes mesurés la boisson fumante dans deux verres peinturlurés.

— Oui mais pas trop sucré !

Ils burent lentement quelques gorgées du thé fleurant la menthe fraîche que Driss avait cueillie dans le jardin.

— Dans l'une de ses premières lettres, Brahim disait que des soldats japonais encadraient des rebelles ! En as-tu vu ?

— C'est vrai ! Quelques milliers d'entre eux apprenant la capitulation de leur pays désertèrent (35) pour rejoindre les viets mais la plupart se sont tenus tranquilles en attendant d'être rapatriés sur leur pays. J'ai d'ailleurs escorté leur dernier contingent jusqu'à son embarquement au port de Saïgon en avril 1946.

Les deux hommes restèrent un moment silencieux tout en dégustant leur thé, puis l'oncle reprit :

— Ces Japonais sont des conquérants non seulement sur le plan militaire mais aussi sur le plan commercial ! Sais-tu qu'en 1936, ils nous ont inondés de produits manufacturés (36) et en particulier de babouches ?

— Des babouches fabriquées au Japon ? s'écria Robert stupéfait et amusé à la fois.

— Et oui fils ! C'étaient, évidemment, de pâles imitations de nos "belgha" (37), mais elles n'étaient pas chères et on en trouvait partout même dans nos souks !

— Je me souviens en effet de certaines camelotes "made in Japan" mais j'ignorais qu'ils avaient osé introduire ici ce genre d'article.

— Et oui, leur boulimie était inquiétante ! Cette invasion de savates fut pour notre corporation plus néfaste que les sauterelles pour l'agriculture.

— À ce point ?

— Cette affaire fut d'autant plus grave pour notre artisanat que le Japon ne nous acheta pratiquement rien en échange !

— Mais alors comment les babouchiers ont-ils réagi ?

— Il a fallu bien entendu améliorer notre qualité et intensifier nos exportations ; certains se sont débrouillés en se lançant dans la maroquinerie comme je l'ai fait dés 1937, d'autres ont été ruinés !

— Vous avez eu là une bonne idée !

— C'est vrai, ça m'a permis de vivre à l'aise. Mais je n'ai pas eu le bonheur d'avoir un fils pour me succéder dans l'affaire. Autrefois, je pensais que Brahim aurait pu... mais hélas !

Le silence plana lourdement dans la pièce, puis au bout d'un moment Abdallah se leva, lentement, de son fauteuil.

Comprenant que l'entretien était terminé, Robert prit congé de son hôte. Celui-ci l'accompagna jusqu'à la porte d'entrée que Driss s'empressa d'ouvrir avant de gratifier d'un bon sourire l'officier qu'il avait connu adolescent.

Plus tard, chez ses parents, il se garda de parler de sa visite à l'oncle de Brahim. Il ne tenait pas à évoquer à nouveau la terrible embuscade.

Cependant, en fin de soirée, il fut amené à en parler avec Paul quand celui-ci demanda des nouvelles de Brahim. Il raconta ce qu'il savait de l'attaque du convoi de Dalat et exposa les circonstances probables de la disparition de son copain.

— C'était un type bien, avec des allures de Seigneur de l'Atlas ! dit Paul visiblement consterné.

— Certains le trouvaient distant, parfois hautain, mais ceux qui le connaissaient mieux, savaient qu'en réalité, sous cette apparence, se cachait une grande sensibilité.

— Avait-il des chances de devenir officier ?

— Certainement ! Il possédait de beaux états de services !

— Alors, à ton avis, serait-il resté dans l'armée française dès lors que l'indépendance du Maroc aurait été proclamée ?

— Question embarrassante ! Lui-même n'en savait rien.

— Aurait-il eu alors à choisir entre l'abandon d'une carrière déjà honorable sous l'uniforme français ou le refus d'une intégration dans une future armée marocaine ?

Après un temps de réflexion, Robert répondit calmement :

— C'est possible ! Mais à quoi bon anticiper sur l'avenir, dès lors que Brahim n'est plus de ce monde ? Le destin lui aura peut-être épargné un tel cas de conscience !

****

Le lendemain, dans l'après-midi, comme il était seul, Robert entra dans le petit restaurant tenu par les parents de Marco. Il y retrouva l'odeur de cuisine qu'il avait connue autrefois et son cœur se serra quand il revit le coin, près de la cheminée où Hélène se blottissait amoureusement contre lui.

C'était ici qu'ils avaient échangé leur premier baiser et s'étaient promis de s'aimer toujours ! Comme les souvenirs revenaient vite en ce lieu propice à leurs étreintes juvéniles et où rien n'avait changé !

L'arrivée du père de Marco interrompit ses pensées. Il se souvenait vaguement de Robert. Tant d'années étaient passées ! Il lui annonça avec une lueur d'espoir et de joie que son fils allait bientôt quitter la Légion Étrangère pour revenir à la maison, définitivement.

Robert et Marco, ne s'étaient jamais écrit. Ils n'étaient que des copains de jeux, contents d'être ensemble pour s'amuser sur la plage ou dans un stade. Chacun avait suivi sa destinée sans avoir à se préoccuper de l'existence de l'autre. Robert fut néanmoins content d'apprendre que Marco se portait bien après avoir baroudé courageusement en Alsace. Grâce à Dieu il rentrait sain et sauf.

Sa mère de plus en plus impatiente de le serrer sur son cœur en avait fait brûler des cierges, chaque dimanche, à l'autel de la Vierge Marie !

En sortant du restaurant il se rendit à la cathédrale St Pierre. Sur l'escalier menant au parvis, il se souvint qu'en cet endroit il avait connu Hélène, à la sortie de la messe.

"Quelle est dure, froide et indifférente la pierre de ces marches !" songea-t-il avec amertume pour n'avoir pas ressenti la nostalgie à laquelle il s'attendait à la vue du lieu de leur première rencontre. Il s'en éloigna en souriant à l'idée qu'il n'allait pas tarder à la revoir à Fès, bien décidé à affronter, s'il le fallait, le docteur Alberge.

****

Il était près de onze heures, et le soleil bien haut, en ce dernier jeudi de mai, quand Robert entra dans la salle d'attente du cabinet du docteur Quelques personnes assises sur des chaises en rotin levèrent à peine la tête pour se replonger aussitôt dans la lecture de magazines feuilletés en silence.

Il s'installa dans un coin près de la fenêtre donnant sur l'avenue de France. Sitôt descendu du train, une demi-heure auparavant, il ne lui avait pas fallu longtemps pour trouver l'adresse du docteur Alberge en feuilletant l'annuaire du téléphone. Un immeuble récent, à deux étages près du cinéma "l'Empire".

Au bout d'un moment, une femme, encore jolie, la quarantaine passée, vêtue d'une robe noire, entra dans la pièce et déposa délicatement un vase de fleurs fraîches, des iris et des œillets, sur une table basse placée devant la fenêtre. C'était la mère d'Hélène ! Il la reconnut quand elle posa les yeux sur lui. Elle lui parut vieillie, avec une ombre de tristesse dans le regard.

Pensant qu'il valait mieux parler à la mère que discuter avec le père il se leva et s'avança vers elle.

— Madame Alberge ? fit-il aimablement.

— Oui ! répondit-elle en le dévisageant avec curiosité.

— Veuillez m'excuser madame, je souhaiterais vous parler d'Hélène ! dit-il doucement en se penchant vers elle.

Comme elle le regardait avec étonnement, une lueur d'inquiétude scintillant dans les yeux, il s'empressa d'ajouter à voix basse :

— Je suis Robert, je sais que votre fille vous a déjà parlé de moi.

— En effet ! Mon Dieu ! Venez, suivez-moi ! balbutia-t-elle l'air bouleversé.

En la voyant ainsi, le visage soudain si pale, il comprit qu'il devait s'attendre à une mauvaise nouvelle.

Ils quittèrent la salle d'attente sous les regards indifférents des patients.

Au fond d'un couloir, elle ouvrit la porte donnant sur son appartement.

— Asseyez-vous ! fit-elle d'un ton las en lui désignant un gros fauteuil de cuir.

— Merci madame ! J'aimerais savoir si vous avez de récentes nouvelles d'Hélène. Elle m'avait écrit de Paris, une lettre du 22 mars, je m'en souviens, peur m'annoncer qu'elle viendrait ici, chez vous, passer sa convalescence.

— Vous revenez d'Indochine ? s'enquit-elle comme si elle n'avait pas entendu les paroles de Robert.

— Oui, j'ai débarqué à Casablanca le 14 mai. Pour le moment je suis en permission chez mes parents, à Rabat.

— Ils ont de la chance de vous avoir retrouvé ! soupira-t-elle.

— La joie qu'ils éprouvent aujourd'hui n'effacera pas l'inquiétude qui les a rongé pendant plus de deux ans !

— Nous aussi avons connu cette inquiétude quand Hélène était à Saïgon, mais maintenant, hélas, c'est du chagrin que nous avons et non de la joie.

— Que voulez-vous dire ? demanda-t-il en fronçant le sourcil.

— Ma fille, notre chère enfant, n'est plus de ce monde ! répondit-elle en sanglotant, le visage entre ses mains pour cacher ses larmes.

Frappé de stupeur, la gorge serrée par la douleur, Robert eut soudain la sensation de vaciller comme si le sol se dérobait.

Après un instant de silence, la mère d'Hélène reprit d'une voix altérée par le chagrin :

— Ma fille est décédée à Paris, le 28 mars, à la clinique où elle était soignée pour une dépression nerveuse.

— Une dépression nerveuse ?

— Oui, la pauvre petite n'a pas supporté la douleur causée par la mort de son mari tué au Cambodge et celle de son enfant né avant terme. Vous pensez, le bébé n'avait pas encore six mois !

Robert en resta bouche bée de stupéfaction. "Elle attendait un enfant et ne lui avait rien dit !". "C'était donc ça la confidence qu'elle voulait lui faire, ce maudit soir où elle fut blessée !"

Un sanglot de la mère le tira de ses réflexions. Il la regarda effondrée dans son fauteuil et il eut pitié d'elle.

— Madame, je vous en prie, dites-moi, comment elle est morte ? murmura-t-il.

— Pour tout le monde ce fut un accident. En réalité elle s'est suicidée en se jetant par la fenêtre de sa chambre, au troisième étage. Elle aurait, d'après l'enquête policière, réussit à tromper la surveillance dont elle était l'objet. Une mort horrible que nous, ses parents ne pouvions imaginer.

— C'est affreux ! Comme elle a dû souffrir mentalement pour accomplir ce geste fatal ! Je partage votre peine. Vous n'ignorez pas, madame tout l'amour, la tendresse que j'éprouvais pour Hélène.

Sa disparition est pour moi un coup cruel du destin. Elle vivra toujours, jeune et belle, dans mes pensées. Ce souvenir sera ma seule consolation !

Il resta un moment silencieux tandis qu'elle pleurait doucement tassée dans son fauteuil.

— Où repose-t-elle avec son enfant ? reprit-il en cachant son émotion.

— Dans un cimetière à Villeneuve-le-Roi, près de Paris. Mon mari et moi nous nous y sommes rendus par avion. Nous étions presque seuls à ses funérailles. Mon Dieu que c'était triste !

Elle s'interrompit et essuya discrètement ses larmes à l'aide d'un petit mouchoir qu'elle serrait dans sa main depuis un bon moment.

— Veuillez m'excuser ! fit-elle en se levant, je reviens dans une minute.

Il la regarda s'éloigner et il songea subitement à l'époque où il la voyait, le dimanche, à la sortie de la cathédrale St Pierre descendre les marches du parvis en se tenant à côté d'Hélène. C'était le temps de l'espérance, le temps du bonheur !

Elle revint en avançant lentement, la tête légèrement inclinée.

— Tenez ! dit-elle en lui tendant un petit paquet ficelé. Ce sont vos lettres d'Algérie. Elle m'avait demandé un jour, avant son mariage, de les garder. Maintenant vous devez les reprendre. Je crois qu'elle m'approuverait !

Il se leva et prit le paquet, délicatement, comme s'il ce fût agi de reliques ! Lettres d'amour ! Lettres d'espoir ! Elles avaient soutenu son moral dans les moments difficiles d'une époque révolue. À quoi pouvaient-elles servir aujourd'hui qu'Hélène n'était plus ?

Il eut envie de crier sa douleur. Il se maîtrisa et resta digne pour respecter celle de la mère.

Il n'avait plus rien à apprendre, plus rien à demander à cette femme cruellement éprouvée. Il n'avait plus rien à faire dans cette demeure où Hélène ne s'était pas sentie heureuse !

— Permettez-moi, madame, de me retirer ! dit-il en se levant.

Il venait à peine de quitter son fauteuil, qu'un petit chien noir et blanc dont il n'avait pas remarqué la présence, sauta de la chaise sur laquelle il dormait, s'étira tel un chat et vint le flairer prudemment. Il avait une jolie frimousse aplatie avec de bons gros yeux expressifs.

Robert se pencha et lui caressa doucement le crâne qui s'ornait d'une petite touffe de poils noirs

— Takéo va coucher ! N'embête pas monsieur !

— Comme il est mignon ! fit-il amusé et attendri.

— C'était son chien, un épagneul japonais qu'Hélène adorait ! Elle avait beaucoup pleuré en le laissant. Il me tient compagnie et me suit partout comme un enfant !

— Je comprends madame !

Elle l'accompagna jusqu'à la porte d'entrée qu'elle ouvrit lentement avant de s'effacer pour le laisser sortir.

— Priez pour elle, priez pour le repos de son âme ! lui dit-elle le regard suppliant.

— Je vous le promets ! répondit-il en s'efforçant de lui sourire affectueusement.

Dans le train qui le ramenait à Rabat au début de l'après-midi, Robert resta songeur, les yeux fixés sur le paysage qui défilait derrière les glaces du compartiment. Il était seul et cette solitude lui convenait. Après Meknès, dans la descente sur la riche plaine du Gharb la campagne bien qu'inhabitée affichait avec insolence la joie de vivre en étalant à profusion, les dernières couleurs printanières des mauves, des anémones et des marguerites entremêlées de folles avoines dorées par le soleil.

Quoique la contemplation de ce décor champêtre eût occupé un bon moment ses regards et sa pensée, Robert n'en oubliait pas pour autant les raisons de son chagrin.

Pourquoi cette fin si tragique ?

La nouvelle de la mort de son mari lui avait-elle vraiment fait perdre la raison ? L'aimait-elle donc encore ?

La mort du bébé prématuré expliquait sûrement sa détresse ! À n'en pas douter cet enfant était de lui ! Hélène n'avait pas eu le temps de le lui annoncer.

Elle serait bien vivante aujourd'hui si ce salaud de Negrène ce maudit trafiquant d'armes, n'était pas venu le pourchasser dans la soirée du 7 décembre.

"Pourquoi fallait-il que ce soit elle et pas moi qui reçoive le coup ?"

Il sentit son cœur se briser quand il osa l'imaginer, étendue sans vie, telle une poupée écrasée, disloquée, sur le sol de la cour de la clinique parisienne. Le destin lui avait épargné cette vision atroce et insoutenable !

"Priez pour elle !" avait supplié sa mère.

Il le fit et peu à peu il cessa de pleurer sur son propre sort. Il était le plus malheureux des hommes, certes, mais c'était elle qui était à plaindre.

Sans les relire il déchira ses propres lettres, l'une après l'autre, en petits morceaux qu'il jeta par la fenêtre. Ainsi, les mots tendres, les phrases d'amour et d'espoir s'éparpillèrent au vent de la vitesse, comme de vulgaires confettis qu'on lance, pour s'amuser.

De retour chez ses parents, il ne dit mot de son voyage à Fès et évita ainsi de parler d'Hélène qu'aucun membre de sa famille ne connaissait à l'exception de son frère Paul, "le petit facteur" comme l'avait gentiment surnommé Hélène.

Dans la nuit, une fois au lit, Robert ne voulut songer qu'à elle et aux moments les plus heureux qu'ils avaient passés ensemble, à Rabat et plus tard à Saïgon, avant... le drame.

Il se laissa aller à son chagrin, puis, peu à peu, à force de songer il finit par sécher ses larmes.

" Pourquoi pleurer la femme qu'on aimait et qui n'est plus ?"

— Dieu le Père Tout Puissant l'a rappelée à lui ! disait la mère d'Hélène.

"Pourquoi pleurer l'ami d'enfance qui a disparu ?"

— Dieu, le Seigneur des Mondes, l'a voulu ainsi ! disait l'oncle Abdallah.

— Mektoub ! Il n'y avait rien à faire, rouïa, contre la Volonté divine ! aurait dit Brahim avec son petit air narquois habituel.

Robert en convenait et cela le consolait un peu.

Hélas, il ne parvint pas à imaginer les paroles qu'Hélène aurait pu tenir pour lui expliquer son geste. C'était terriblement affligeant ! "O Hélène chérie, dit-il à voix basse, que le repos éternel te soit accordé !"

26

Le temps qui atténue bien des choses aida Robert à surmonter son chagrin.

Il prit plaisir à accompagner son père dans la promenade quotidienne que celui-ci avait l'habitude de faire, chaque matin, en semaine entre neuf et onze heures, depuis plusieurs années, après sa terrible chute d'un échafaudage. Comme il boitillait, Thomas ne partait jamais sans sa canne en bambou qu'il avait taillée de ses mains.

Tout en bavardant d'une chose et d'autre, le père et le fils empruntaient diverses avenues ombragées qui conduisaient à la Tour Hassan. Cet olivier centenaire qui avait poussé, Dieu sait comment, au milieu des antiques colonnes almohades éparpillées au pied de la tour, n'était-il pas le meilleur endroit sous le ciel azuré pour se reposer et bavarder tranquillement ? Thomas venait souvent s'asseoir sous son feuillage vert argenté quand il faisait beau mais pas trop chaud.

Le spectacle de l'Oued Bou Regreg coulant nonchalamment vers son large estuaire bordé de plages lui donnait l'occasion de raconter, comme autrefois quand Robert n'était qu'un enfant, des histoires de corsaires barbaresques qui remontaient le fleuve avec leurs rapides chebecs. D'une imagination fertile il brodait encore autour de ces vieux récits qui avaient enflammé l'esprit de Paul et de Robert. Ce dernier ne se lassait pas d'écouter son père qu'il voyait tellement heureux de revivre son passé.

À son tour, Thomas écouta avec plaisir son fils lui décrire le merveilleux temple d'Angkor Vat. Lui qui avait été un bon maçon, un artisan amoureux du travail bien fait, se passionnait pour l'architecture ancienne.

Une autre fois il fut très attentif au récit de la chasse au tigre que Robert avait faite avec Brahim, près d'un hameau perdu au cœur de la forêt cambodgienne

Robert fut obligé d'expliquer les dramatiques circonstances dans lesquelles son copain avait disparu. "Pauvre garçon !" fit simplement Thomas visiblement consterné. Il n'avait pas vu souvent le jeune marocain mais il avait apprécié sa politesse et sa droiture.

Comme la plupart des gens humbles, il s'intéressait avant tout aux événements qui se déroulaient dans le pays où il vivait depuis de longues années, où étaient nés ses deux derniers enfants.

L'Italie qu'il avait quittée avant d'être adulte ne le concernait pas plus que la France dont il ne connaissait que Metz où il avait vécu pendant deux années comme apprenti-maçon.

Quant à l'Indochine, il n'en savait pas grand-chose hormis des détails relatifs à la faune et à la végétation sur lesquelles Robert s'était étendu dans ses lettres, plutôt que de raconter d'inquiétantes histoires de guérilla. Cette affaire indochinoise lui paraissait trop compliquée. L'essentiel pour lui comme d'ailleurs pour Anita, était le retour du fils sain et sauf.

Dans l'après-midi, avant de faire sa sieste, Thomas lisait son journal préféré, "l'Écho du Maroc", en s'attardant plus particulièrement sur les articles relatifs à la situation économique du pays.

En apprenant que l'Empire Chérifien se classait alors au premier rang des pays producteurs de phosphates, il s'était écrié enthousiaste :

— Tu imagines, mon fils, que nous en exportons jusqu'en Union Sud Africaine !

Une autre fois il s'extasia sur l'accroissement de la production des charbonnages de Djerada qui constituaient l'une des principales industries du Maroc. Le tonnage de la production d'anthracite devait atteindre un chiffre record en fin d'année.

Le projet de construction d'un gigantesque barrage à Bin-el-Ouïdane sur l'Oued-el-Abid, au sud de Beni Mellal, alimenta pendant plusieurs jours les conversations au cours des repas.

Robert finissait par partager l'exaltation de son père en l'écoutant avec d'autant plus d'étonnement que ce dernier avait appris à lire couramment le français par la lecture des journaux.

C'était généralement au retour de la promenade matinale que Thomas éprouvait le besoin de discuter des événements politiques qui troublaient de plus en plus les esprits dans les diverses communautés.

Un jour de mai, parlant de la fondation récente d'Israël, il déclara :

— C'est peut-être une bonne chose peur les juifs d'avoir enfin une patrie située à l'emplacement de l'ancien état hébreu !

— Sans doute ! Ils se sont assez battus contre les anglais pour l'obtenir ! fit observer Robert sarcastique.

— Le bruit court que des familles envisageraient de quitter le mellah pour la Terre Promise.

— Espérons que leur exode s'effectuera sans problème ! répliqua Robert en songeant à la déclaration de guerre lancée le 13 mai dernier par la Ligue Arabe aux juifs de Palestine.

****

Dans les premiers jours de juin, Anita remit à Robert une lettre de son frère Armand, l'aîné des cinq enfants, qui lui demandait de venir passer quelques jours à Agadir.

— Ton frère sera très content de te revoir ! dit Anita en souriant.

— Bien sûr ! mais il me trouvera bien changé car la dernière fois qu'il m'a vu, je n'avais que quinze ans et des culottes courtes !

Le 9 juin il se rendit donc à Casablanca pour prendre l'autocar effectuant de nuit la ligne régulière d'Agadir.

En attendant l'heure d'embarquement dans le pullman, Robert se promena sous les arcades des grands immeubles du centre ville ; il acheta une écharpe pour sa belle-sœur Lucienne, une cravate pour Armand et une boite de bonbons pour sa nièce Gisèle. Ensuite il s'attabla à la terrasse d'une brasserie de l'avenue de la Gare où, tout en buvant une bière, il se laissa lustrer les chaussures par un jeune cireur. Ils étaient pourtant déjà propres et brillants ses souliers neufs qu'un précèdent gamin venait d'astiquer avec soin. Mais Robert n'avait pas osé refuser l'offre de service de ce "moutatchou" dont l'allure et le regard lui rappelaient soudain le jeune Chang, le petit cambodgien de Battambang !

Il acheta La Vigie marocaine, sortie dans l'après-midi, à un jeune vendeur de journaux habile à se faufiler à travers les tables en criant de sa voix de fausset " Vigie, la Vigie !". Un coup d'œil sur la première page du quotidien du soir lui apprit, non sans étonnement que de graves incidents survenus la veille entre juifs et arabes, à Oujda et à Djerada, avaient fait des dizaines de morts et de blessés !

Dramatiques répercussions de la naissance d'Israël enfanté dans la douleur ? La nouvelle n'était pas rassurante ! Le Makhzen et la Résidence générale prenaient les dispositions nécessaires au maintien de l'ordre... le calme était revenu... tant mieux !

Après un voyage de plus de cinq cent kilomètres au cours duquel il dormit plus ou moins bien, assis sur sa banquette, Robert ne fut pas mécontent de quitter le pullman. Les joyeuses retrouvailles firent oublier les fâcheuses nouvelles. Accueilli chaleureusement, il vécut des jours heureux passés le plus souvent sur la plage en compagnie de son frère et de sa jeune nièce.

La veille de son départ, se trouvant seul, il erra tristement devant l'hôtel Marhaba où Hélène avait logé avec ses parents, au mois d'août 1944 ! En s'éloignant à regret, il tourna la tête à plusieurs reprises comme s'il s'attendait à l'apparition de celle-ci sous les arcades de l'entrée.

De retour à Rabat, il retrouva quelques anciens du Lycée Gouraud en compagnie desquels il s'était engagé en janvier 1943. Démobilisés au début de 1946, ces derniers avaient repris avec joie la vie civile.

Ils évoquèrent brièvement le souvenir de ceux d'entre eux qui n'avaient pas eu la chance de s'en tirer sains et saufs : un tel était tombé en Alsace, un tel en Allemagne, un autre plus chanceux n'avait perdu qu'un pied ! Maintenant chacun ne songeait qu'à vivre peinardement. C'était compréhensible ! Ce qui l'était moins pour Robert était l'entêtement de certains à vouloir ignorer "la salle guerre d'Indochine" tout en restant sourds aux rumeurs anti-françaises qui s'élevaient des médinas.

Un jour, son plaisir de recevoir une lettre de François, fit place à la profonde déception qu'il éprouva en apprenant que ce dernier, désabusé, avait quitté l'armée pour un petit boulot, dans une petite entreprise qui vendait de petits appareils électroménagers ! Ce pauvre François méritait mieux !

La déception harcelait Robert car, par deux fois, il se rendit chez l'oncle Abdallah et n'eut pas la chance de le rencontrer. Driss, le fidèle chaouch déclara l'air navré que son maître était en voyage d'affaires.

La dernière semaine de juillet, avant de rejoindre son Régiment basé à Fès, Robert la passa à Meknès, chez sa tante Louise, la sœur cadette d'Anita. Veuve très jeune et sans fortune, elle travaillait au Contrôle civil pour élever dignement ses deux enfants, Yvonne et Édouard, élèves au Lycée Poeymirau. Après quelques promenades dans les jardins de la ville, Yvonne férue d'histoire et d'artisanat marocains, entraîna son cousin dans la visite des portes monumentales comme celle de Bab-el-Mansour sans oublier de flâner dans le souk Ed-Dlala pour y admirer les tapis.

Les jours défilèrent agréablement et trop vite. On se sépara en se promettant de se revoir plus souvent.

Le lendemain, dans la matinée, Robert entrait au Quartier Bournazel. Les sous-officiers et spahis de son peloton l'accueillirent avec d'autant plus de satisfaction et de curiosité que le "nouveau venu" était lui-même un ancien spahi auréolé du prestige d'avoir baroudé en Indochine. Parmi les officiers qui avaient fait pour la plupart la campagne d'Allemagne, rares étaient ceux qui revenaient de ce lointain théâtre d'opération. Robert eut le plaisir d'en trouver deux avec lesquels il sympathisa tout particulièrement : l'un était son capitaine d'escadron, l'autre un sous-lieutenant de sa promotion de Cherchell, ancien élève du Lycée Gouraud.

La vie de caserne ne lui convenait pas du tout ! Aussi profitait-il de la moindre occasion pour sortir du quartier avec son peloton qu'il entraînait à divers exercices dans la nature, loin de Fès.

Habitué à un certain nomadisme qu'il avait mené au Cambodge, où il avait eu la bride sur le cou, il aspirait à sillonner le bled.

L'occasion lui en fut donnée quand il participa aux sorties d'un détachement d'intervention rapide, mis sur pied par le Régiment.

Quoique peu fréquents, ces raids, effectués généralement dans le triangle Fès — Azrou — El Hajeb duraient parfois plusieurs jours.

— C'est une façon de manifester sa force pour ne pas s'en servir ! lui avait dit son capitaine en exposant la mission du détachement.

— Selon la formule préconisée par Lyautey (38), il y a exactement 40 ans ! avait-il aussitôt ajouté d'un air entendu, sous le regard étonné de son supérieur.

C'était probablement, pour le Commandement militaire de la région, un moyen de surveillance dans cette zone aussi montagneuse que la région au sud du massif des Beni Snassen où le 8 juin dernier avait éclaté les terribles incidents entre communautés juive et arabe.

La Résidence générale et le Makhzen devaient s'accorder pour que de tels affrontements ne se renouvellent pas. Aussi, fallait-il veiller pour que le bled ne s'enflamme pas à l'appel d'agitateurs passés maîtres dans l'art d'activer une xénophobie latente.

Un jour, au cours d'une réunion d'officiers placée sous le thème de la formation des spahis nouvellement engagés, Robert émit quelques réflexions sur la méthode d'entraînement au combat en se référant aux enseignements tirés de la guérilla menée par le vietminh.

— Nous devrions apprendre à nos boujadis (39) à progresser en rampant sous le feu, pour les aguerrir, avant qu'ils ne partent là-bas ! avait-il déclaré en conclusion de son exposé.

— Il n'en est pas question, ici nous ne sommes pas en Indochine ! avait rétorqué un officier responsable de l'instruction.

— Mais j'ai déjà appliqué la méthode au Cambodge et sans le moindre incident !

— N'en parlons plus mon jeune ami et dorénavant faites abstraction de ce que vous avez vu et fait pendant votre séjour là-bas ! avait dit, l'air narquois, un chef d'escadrons, pour clore la discussion

En cet instant où les augures ne lui étaient pas favorables, Robert eut envie de s'en retourner là-bas !

Quelques jours plus tard, en rentrant d'un raid sans histoire dans la région d'Ifrane, avant que les premières neiges ne saupoudrent la cime des grands cèdres, Robert eut la surprise de trouver sur son bureau une petite enveloppe blanche contenant une carte de visite au nom de Madame Alberge.

En quelques lignes, celle-ci avait eu la délicate attention de lui faire part du retour à Fès des cercueils de sa fille et de son petit-fils !

L'inhumation dans le caveau de famille avait eu lieu la veille du retour de son raid !

Aussi s'empressa-t-il de lui téléphoner pour la remercier et lui expliquer les raisons de son absence au cimetière. Il lui promit d'aller se recueillir dès le lendemain, samedi, sur la tombe de la pauvre Hélène.

Il s'y rendit dans l'après-midi avec la 4 CV Renault qu'il avait achetée d'occasion quelques jours auparavant.

C'est le petit chien Takéo qui en aboyant amicalement à son adresse attira son attention et lui fit découvrir le caveau devant lequel se tenait une femme, vêtue de noir, avec un foulard de couleur sombre sur la tête.

En s'approchant, Robert pensait que c'était la mère d'Hélène mais, quand cette personne alertée par les aboiements de l'épagneul tourna la tête vers lui, il s'aperçut qu'il s'agissait en réalité d'une jeune femme ou plutôt d'une jeune fille inconnue ! Jolie et élégante dans son sobre tailleur noir, elle était blonde à en juger à la teinte des mèches de ses cheveux dépassant du foulard.

— Qui êtes-vous ? fit-elle d'une voix douce en le dévisageant de ses grands yeux verts étonnés.

— Un ami, soyez rassurée ! répondit-il l'air aussi stupéfait que celui de la jeune personne.

— Takéo vous a bien accueilli, comme s'il vous connaissait et cela me rassure ! Mais pourquoi ce regard ?

— Veuillez excuser ma stupéfaction, mais en découvrant votre visage j'ai cru revoir Hélène ! balbutia-t-il en fronçant le sourcil.

— Elle était ma cousine germaine ! murmura-t-elle. Je l'ai accompagnée depuis Villeneuve-le-Roi où j'habite avec mes parents.

— Vous ne lui ressemblez pas et pourtant, vous avez eu le même regard, oui, une expression semblable ! Ca m'a drôlement troublé !

— Vous l'aviez connue, autrefois, à Rabat sans doute ?

— Oui et nous nous aimions, tendrement.

— Vous êtes probablement Robert dont m'a parlé ma tante ?

— En effet ! répondit-il en lui tendant une gerbe de fleurs qu'il avait achetée chez un fleuriste.

— Je m'appelle Suzanne mais je préfère Suzy ! dit-elle avec un gracieux sourire.

— Très content de vous connaître ! marmonna-t-il, subjugué par le charme naturel de cette "petite parisienne".

Tandis qu'elle plaçait les fleurs dans un vase, avec des gestes mesurés, lui se mit à prier pour le repos de l'âme de sa chère Hélène et de celle du bébé.

Puis ils quittèrent ensemble le cimetière, avec Takéo qui trottinait sagement entre eux. Il la ramena en voiture jusqu'à l'immeuble où habitaient les Alberge.

Tout à sa peine, Robert était resté silencieux durant le trajet et n'avait pas osé proposer à Suzy de la revoir.

Le lendemain dimanche le destin les fit se rencontrer à nouveau par hasard, alors que chacun de son côté se promenait, songeur, dans les jardins de Bou-Jeloud.

Leur surprise n'eut d'égale que la joie rayonnant sur leur visage Elle n'avait pas appris à dissimuler ses sentiments, et il la trouva fort plaisante. Ils déambulèrent longtemps entre les parterres de fleurs. Il l'écouta parler de son enfance, de ses parents, de sa banlieue et surtout de Paris. D'autres avant elle, comme François, lui avait parlé de "Panam", mais Suzy excellait dans la description de tel monument, tel musée ou théâtre, en émaillant ses récits d'anecdotes amusantes.

Robert ne se lassa pas de l'écouter et il soupira quand vint le moment de la raccompagner chez sa tante.

Ils éprouvèrent le besoin de se voir de plus en plus souvent et chaque fois qu'il n'était pas de service. Il ne caressa plus l'idée de repartir en Indochine. Suzy avait peu connu Hélène. Les deux cousines habitaient si loin l'une de l'autre ! Les plus belles vacances d'été qu'elles avaient passées ensemble remontaient à 1938, l'année où Madame Alberge accompagnée seulement de sa fille, alors âgée de douze ans, était allée en France. Elles s'étaient promis de se retrouver l'année suivante mais hélas les événements survenus en Europe les en empêchèrent.

Elles ne s'étaient donc plus revues jusqu'au jour où Hélène, sortie guérie du Val de Grâce, en janvier dernier, lui avait fait l'agréable surprise de venir à Villeneuve-le-Roi ! Elle n'y était restée que trois jours avant d'entrer dans une clinique psychiatrique de Paris. Suzy l'y avait accompagnée sans se douter bien entendu que l'au-revoir était un adieu !

— Comment l'aviez-vous trouvée ? s'enquit doucement Robert.

— Très belle de visage mais amaigrie par une opération qu'elle avait subie à l'hôpital ! répondit Suzy sur le même ton.

— Son comportement paraissait-il, disons, plutôt... bizarre

— Elle était plutôt nerveuse et donnait l'impression d'en vouloir à son mari, je ne sais pour quelles raisons.

— Saviez-vous qu'elle attendait un enfant ?

— Pas du tout ! Elle n'en parlait pas et d'ailleurs ça ne se voyait pas, elle était si mince !

— Vous avait-elle donné la cause de son opération au Val de Grâce ?

— Oui bien sûr. Elle disait avoir été blessée par une balle de revolver au cours d'un attentat ou plutôt d'une agression commise par deux rebelles indochinois, dans une villa chez des amis où elle se trouvait avec Bernard, son mari. Mais vous en savez sûrement plus !

— En effet car ce soir-là j'étais, debout, non loin d'elle.

Et Robert raconta en détail les circonstances dans lesquelles Hélène fut blessée puis hospitalisée à Saïgon avant d'être évacuée par avion sur Paris. Suzy l'écouta attentivement sans l'interrompre une seule fois. À la fin, bouleversée elle dit dans un sanglot :

— Pauvre chérie, elle n'a pas eu de chance. Comme me l'a dit sa mère, dernièrement, le docteur Alberge a fait le malheur d'Hélène en la mariant à Marignier !

Robert ne fit aucun commentaire et se contenta d'approuver en hochant la tête. Puis il rompit le silence qui s'était instauré en disant d'un ton calme :

— Le jour où votre tante m'apprit la fin tragique d'Hélène elle ne dit mot de cette agression. Je suppose que Marignier avait du lui écrire à ce sujet.

— Pensez donc ! Bernard n'a jamais envoyé la moindre lettre à sa belle-mère ! Non, c'est Hélène qui avait prévenu ses parents sans trop de détails bien entendu pour éviter de les inquiéter outre mesure !

Cela faisait maintenant deux semaines que Suzy et Robert se connaissaient et se voyaient presque chaque jour, en fin d'après-midi, jusqu'à huit heures du soir. Il lui avait expliqué qu'ici, dans ce monde d'hommes, une femme surtout jeune et jolie, devait éviter de se promener seule dans les rues de la ville et dans les jardins. Il allait donc la chercher avec sa voiture à six heures.

Son oncle, inconsolable depuis la disparition d'Hélène, ne voyait pas d'un bon œil sa propre nièce fréquenter Robert auquel il n'avait rien à reprocher. Mais il devait se contenter de bougonner, sans plus, car Suzy était majeure, indépendante et ne faisait aucun mal.

Ils se promenaient donc ensemble pendant un moment puis ils rentraient dans un bar américain, bien fréquenté, où ils passaient une bonne demi-heure à flirter tout en dégustant un cocktail agrémenté d'une douce musique d'ambiance ; c'était le plus souvent du Gershwin dont elle aimait particulièrement "Rhapsody in blue".

Le dernier dimanche de décembre, ils allèrent déjeuner au cercle des officiers et Robert eut l'occasion de revêtir sa nouvelle tenue de sortie en arborant ses épaulettes bleu ciel à deux galons dorés.

Il avait invité Suzy quand elle lui avait annoncé, avec un petit air mélancolique, qu'elle devait rentrer par avion à Paris pour reprendre son travail à l'expiration du congé qu'elle avait obtenu. Elle enseignait la sténotypie dans un institut privé.

Ce ne fut pas un repas d'adieux, mais, comme le dit Robert, le premier tête à tête pour célébrer l'aurore d'une belle liaison amoureuse !

En quittant le mess, à deux heures de l'après-midi, Suzy accepta de l'accompagner jusqu'à sa chambre située dans l'immeuble du cercle. Alors que, jusqu'à ce jour, elle ne lui avait accordé que de gentils baisers sur les joues, elle lui offrit ses lèvres qu'il avait tant convoitées puis, elle se donna avec passion, assoiffée d'un amour qu'elle n'avait encore jamais connu.

Des larmes de bonheur et d'émotion embuèrent son doux regard et lui, tout attendri, la trouva merveilleuse !

Trois jours plus tard, à l'aéroport de Casablanca-Cazes, ou il l'avait amenée avec sa voiture, Robert lui remit un petit coffret en écaille qu'il avait acheté à Saïgon et dans lequel reposaient les petits rubis et saphirs de Païlin !

— "Tu les offriras à la femme de tes rêves !" avait dit Brahim.

— "Peut-être à celle que j'épouserai un beau Jour !" avait alors répondu Robert.

Les semaines passèrent et l'hiver s'écoula très vite pour Robert particulièrement absorbé par ses fonctions d'instructeur des jeunes spahis marocains qui s'engageaient pour servir en Indochine. Il était satisfait de ces hommes disciplinés qui se montraient de bons soldats. Il n'en continuait pas moins à s'aérer en sortant de Fès pour effectuer des missions dans le cadre du Détachement d'Intervention.

Sur le plan affectif, il se sentait heureux, la "petite parisienne" ne l'avait pas oublié ! Elle lui écrivait régulièrement des lettres enflammées qu'il lisait et relisait en les conservant avec amour. Son bonheur s'éleva au zénith quand il apprit que Suzy avait accepté de venir au Maroc pour passer avec lui le mois de Juillet. Il se mit à compter les jours.

Le mardi 29 mars 1949, au cours de l'un de ces raids dans la région au nord de l'axe Fès-Meknès, Robert poussa une pointe de reconnaissance jusqu'à Volubilis. Il revit avec une certaine nostalgie ces ruines romaines où neuf ans auparavant il était venu en compagnie de son copain Brahim. Il ne put s'empêcher de sourire en songeant à leurs jeux d'adolescents.

Ici, rien n'avait changé depuis cette époque !

Seul le ciel lui sembla plus gris et nuageux. Comme autrefois de jeunes bergers marocains gardaient quelques chèvres et moutons en leur lançant de temps à autre des cailloux.

Le temps ici paraissait figé depuis ce jour heureux d'août 1940 où ils s'étaient amusés, insoucieux de leur avenir, au milieu des vestiges d'un passé glorieux mais oublié.

En quittant ces lieux pour rentrer au quartier Bournazel, il songea à l'oncle de Brahim et il décida de le revoir sans tarder. La vue de ce site immuable venait de ranimer le souvenir de l'ami disparu tragiquement.

Il avait besoin d'en parler avec Abdallah qu'il n'avait pas revu depuis bientôt un an...

Le ciel était clément et la température agréable en ce début d'après midi du 2 avril quand Robert stoppa sa petite 4 CV devant le portail de la maison de l'oncle Abdallah. Il sortit content de sa voiture car elle avait bien roulé en parcourant les 200 kilomètres séparant Fès de Rabat en moins de 3 heures !

D'un bond il traversa le jardinet pour se retrouver devant la lourde porte de chêne ; selon son habitude il frappa trois coups à l'aide du heurtoir en bronze et attendit.

La porte ne tarda pas à s'entrouvrir et le visage inquisiteur de Driss s'éclaira aussitôt d'un bon sourire suivi d'un "Salem aleikoume" prononcé d'un ton respectueux. Robert souriant serra vigoureusement la main du fidèle "chaouch" visiblement flatté.

— Si Abdallah va être sûrement très content de te voir ! déclara le serviteur en s'effaçant pour laisser entrer l'officier.

— Je n'ai pas eu le temps de le prévenir de ma visite !

— C'est pas grave, il t'excusera. Viens t'asseoir.

Dans le salon où flottait toujours cette odeur de cèdre, Robert s'approcha de la fenêtre par laquelle il apercevait le sommet de la Tour Hassan. "Et dire, songea-t-il, qu'en Indochine nous avions rêvé qu'un jour de là-haut nous aurions ensemble le plaisir de contempler le Kasbah des Oudaïas et l'Oued Ben Regreg !"

Il n'eut pas le temps de se plonger dans des souvenirs amers.

Un bruit de voix dans le couloir annonça l'approche d'Abdallah, en conversation avec Driss.

La porte du salon s'ouvrit, livrant passage à l'oncle qui arborait le visage souriant d'un être satisfait.

Les deux hommes se serrèrent longuement la main.

— Robert, sois le bienvenu ! lance-t-il d'un ton jovial qui étonna l'officier

— Bonjour oncle Abdallah, excusez-moi de ne pas vous avoir prévenu de ma visite.

— La surprise quand elle est agréable comme celle d'aujourd'hui peut se moquer des convenances ! Ta venue me fait grand plaisir mais elle me surprend car elle survient curieusement à un moment où je connais, grâce à Dieu, la plus grande joie de ma vie !

Il garda un instant le silence avant de reprendre "Tu es venu me demander si j'ai des nouvelles au sujet de mon neveu ?"

— En effet ! dois-je comprendre que vous en auriez reçu d'Indochine ?

— L'an passé, fit-il en feignant d'ignorer la question, lors de ta dernière visite, tu avais, me disais-tu, le sentiment qu'il était vivant.

— Je ne pouvais alors imaginer cette disparition trop injuste, mais que voulez-vous dire ?

— Attends un peu ! sois patient ! fit Abdallah tout en adressant un signe de la main à Driss qui se tenait debout près de la porte et se retira aussitôt.

"Le brave chaouch va revenir avec le traditionnel thé à la menthe que nous dégusterons selon la caïda avant de parler tranquillement de Brahim songea Robert quelque peu impatient.

L'air heureux d'Abdallah l'étonnait d'autant plus que celui-ci avait rappelé la réflexion que lui-même avait faite. Mais dans son esprit le sentiment que Brahim puisse être vivant s'était estompé avec le temps et il avait fini par accepter sa mort.

"Cette joie exprimée par l'oncle serait-elle due à une lettre récente de Brahim. Dans ce cas ce dernier aurait réussi à sortir des griffes du Viêtminh ? Non je divague, c'est inconcevable ! Ceux qui ont risqué l'évasion ont été retrouvés, mais affreusement mutilés et sans vie aux abords d'un poste français".

Un bruit de pas glissant avec hésitations sur le carrelage du couloir attira soudain son attention.

Quelqu'un approchait lentement. Il fixa son regard intrigué sur la porte du salon.

"Ce n'est certainement pas Driss ! Alors qui est-ce ? " se dit-il. Il tourna la tête vers Abdallah qui venait de s'asseoir lourdement dans son fauteuil et l'observait avec curiosité, sans dire un mot. Il regarda à nouveau vers la porte et vit apparaître Brahim, vêtu d'une djellaba blanche qui paraissait trop ample pour son corps amaigri.

Leurs regards étonnés s'accrochèrent un moment tandis qu'ils se tenaient figés dans le silence de la pièce.

Robert, stupéfié par cette apparition incroyable restait muet, "son visage et son regard portent les stigmates des souffrances physiques et morales qu'il a endurées pendant sa captivité chez les viets" se dit-il bouleversé.

Brahim bougea le premier en faisant un pas en avant lentement, comme s'il avait du mal à marcher.

— Salem rouïa ! lança-t-il en souriant, ne me regarde pas ainsi je ne suis pas un fantôme !

— Salut vieux frère ! fit Robert d'une voix éraillée par l'émotion. Je n'en reviens pas ! tu as donc réussi l'exploit de fausser compagnie aux viets.

— Oui, j'ai eu du pot en m'évadant de leur camp, à la faveur d'une attaque lancée par nos troupes, mais crois-moi rouïa, j'en ai bavé. Plus tard, une autre fois, je te raconterai ça !

Sur ces mots, les deux amis s'étreignirent un long moment en silence sous les regards médusés d'Abdallah et de Driss témoins de ces retrouvailles aussi heureuses qu'inattendues.

FIN

POSTFACE

La guerre venait de s'achever par l'écrasement des forces allemandes, que le mauvais génie qui les avait enivrés de victoires, avait conduit à l'embrasement final digne de la tragédie wagnérienne.

Nombre de jeunes garçons avides d'héroïsme, se sentaient frustrés des combats et des victoires dont ils avaient rêvé. Venus de tous les horizons politiques, sociaux et culturels, ils avaient rejoint l'Armée française renaissante soit en Afrique du Nord, soit sur le territoire national après le débarquement en Provence des forces qui s'étaient illustrées en Tunisie, puis en Italie. La victoire tant attendue, les avait surpris, aussi espéraient-ils rejoindre rapidement les forces qui se constituaient, pour s'en aller vers l'Orient lointain, afin de faire rendre gorge au Japon, dont l'Armée avait rompu les accords conclus avec ceux qui, s'étaient efforcés de garder à la France, ce fleuron de ce qui constituait alors l'EMPIRE COLONIAL FRANÇAIS : L'INDOCHINE.

Quiconque, débarquait dans ce pays, après une très longue traversée (parfois inconfortable), accomplie dans un navire transformé en Transport de Troupe par nos alliés, américains ou anglais, éprouvait une étrange sensation de dépaysement. Tout ce qu'il allait découvrir allait à l'encontre de ses connaissances et de ses croyances.

René-Pierre COSTA a su recréer de façon magistrale, l'étrange climat dans lequel baignaient tous ces jeunes garçons venus de FRANCE. Ils découvraient une guerre qui par sa forme allait à l'encontre de tout ce qui leur avait été enseigné durant leur période de formation, tant dans les écoles et les centres d'instruction que sur le tas, pour ceux formés dans le maquis. Conquis par une forme de douceur de vivre, ils se savaient menacés en tout temps et en tout lieu, par le poignard du tueur anonyme, le poison de celui ou celle qui les servait avec le sourire et, aussi de la grenade traîtresse jetée sous les pieds par un innocent petit enfant.

Dans ces pages criantes de vérité, il nous invite à partager l'existence nomade de jeunes officiers, affectés à des tâches pénibles et dangereuses, mais combien indispensables ! Les ouvertures de routes, les escortes de convois composés pour la plupart de véhicules brinquebalant, cars ou camions, conduits par des Chinois et transportant vivres indispensables et autochtones vaquant à leurs affaires. La mine traîtresse, la coupure souvent annonciatrice de l'embuscade meurtrière, constituaient les risques permanents que des garçons de vingt ans, plein d'illusions et d'enthousiasme devaient affronter.

Pour corser son récit, l'auteur nous fait découvrir un personnage trouble et sans scrupule, tels qu'on en rencontre sur les chemins du monde, dans ce genre de périodes troublées. Il sait nous émouvoir avec une tendre histoire d'amour mal engagée entre deux jeunes gens, sur le sol marocain, avant le départ du héros pour l'Armée.

Il sait aussi nous captiver avec une attachante histoire d'amitié qui débute au Maroc entre deux copains de lycée et se renforce dans les épreuves de leur vie de soldat pour devenir une fraternité indéfectible.

Avec sobriété, René-Pierre COSTA a su rendre vie aux fantômes que le temps "broyeur de rêves" avait estompé au fond de nos mémoires. Tous ceux qui vécurent une période de leur vie dans ces pays mythiques, qui alors s'appelaient COCHINCHINE, ANNAM et TONKIN, verront surgir de leur mémoire, les souvenirs de leurs jeunes années auréolées d'idées généreuses que l'expérience douloureuse du temps passé les amènera à taxer d'illusions dangereuses, car l'image des compagnons morts se présentera une fois encore à leur esprit...

Trop souvent, les ouvrages sur la guerre d'Indochine ont traité d'événements ponctuels, glorieux ou douloureux. Il fallait que le travail obscur et pourtant quotidiennement nécessaire, des escortes de convois et des ouvertures de routes, soit présenté dans sa sobre grandeur. Après un trop long silence, un témoin sort de nos mémoires, quelques-uns de ces soldats oubliés, merci Ami !

Robert Édouard PERON

Vice-Président de la Confédération Nationale
des Retraités Militaires et de leurs Veuves

NOTES ET RÉFÉRENCES

1 - P.F.A.T : Personnel féminin de l'Armée de Terre.

2 - D.I.C : Division d'Infanterie Coloniale.

3 - Peu favorables à la présence française en Indochine les Américains refusèrent en 1945 d'accorder les navires nécessaires au transport du Corps Expéditionnaire, alors que nos propres bâtiments étaient groupés au sein d'un "Pool Interallié".

4 - C.O.A.B : Centre d'Organisation de l'Arme Blindée.

5 - L.S.T : Bateau de débarquement américain de 5 000 tonnes pouvant naviguer en haute mer et transporter par exemple 18 chars de 30 tonnes et 220 hommes de troupe, à la vitesse d'environ 12 nœuds.

6 - Caesarea : Aujourd'hui Cherchell, fut la capitale de Juba II, Roi de Maurétanie, 25 ans avant J-C.

7 - Statues antiques : Copies de statues égyptiennes et surtout grecques que Juba II, grand amateur d'art, faisait acheter pour faire de Caesarea une petite Athènes africaine. (Réf : Histoire universelle des pays et des peuples - Quillet -1913).

8 - D.C.R : Détachement de circulation routière.

9 - IMROUL'QAÏS Poète arabe le plus célèbre de la période ante-islamique.

D'après une tradition, le Prophète Mohamed le considérait comme le Prince des poètes. Il mourut à Ancyre empoisonné sur l'ordre de l'empereur Justinien, pour avoir séduit une princesse de sa cour (Réf : Initiation à la connaissance de l'Islam - Colonel Truchet - Berger-Levrault -1949).

10 - Sadag : Dot que le futur époux (au Maroc) doit verser au père de la Jeune fille pour acquérir la puissance matrimoniale sur sa femme.

11 - KOH-CHANG : Baie dans le Golfe de Thaïlande où le 17 janvier 1941 plusieurs navires de la flotte siamoise furent détruits par une petite escadre française composée du croiseur La Motte Picquet et de quatre avisos (Réf : La Deuxième Guerre Mondiale - Librairie Tallandier).

12 - Accord Franco-Siamois signé à Washington le 17 novembre 1946 qui permit également à la Thaïlande d'entrer à l'ONU.

13 - Maolen : Signifie "vite" en vietnamien.

14 - Phu Quôc : L'île de Phu Quôc située dans le Golfe de Thaïlande appartient au Vietnam. Les saumures de poissons (nuoc-mâm) fabriqués dans cette île étaient réputées parmi les meilleurs.

15 - Khong biet : Expression vietnamienne signifiant "Je ne comprends pas".

16 - Neak sré : Signifie "l'homme de la rizière" en Cambodgien.

17 - Vihara : Temple bouddhique.

18 - T.F.I.S : Troupes françaises d'Indochine sud.

19 - Suryavarman III : Roi khmer (de 1112 à 1150) bâtisseur du Temple d'Angkor Vat dédié à la divinité Vishnu.

20 - Il s'agit d'une toile du peintre ROBERT (Hubert) exposée au salon de 1767 qui donna à Diderot l'occasion d'une critique enthousiaste empreinte de lyrisme (La Poétique des Ruines).
Dans l'article "Christianisme", le philosophe avait qualifié de "sublime imposteur" le prophète Mohamed.

21 - BEN-HUR : Héros juif d'un film américain réalisé pour la première fois en 1926 par Fred Niblo d'après le roman du Général Lew Wallace. Ben-Hur sort vainqueur d'une spectaculaire course de chars où il est opposé à son ami d'enfance le tribun romain Messaka.

22 - Fissa : Signifie "vite" en marocain.

23 - Caïda : Signifie"la coutume".

24 - CHOL-CHHOUNG : Jeu populaire cambodgien qui a lieu chaque année à l'occasion des fêtes du Nouvel An khmer (13 avril).
Ces fêtes qui durent 3 jours se déroulent généralement dans les pagodes où sont organisées les cérémonies bouddhiques (Réf : Lettre de la Délégation Permanente du Cambodge auprès de l'UNESCO - 17 octobre 1990).

25 - Sangsar : Chanson khmère très ancienne (Réf : L'Indochine Moderne de MMr Percheron et Teston - Librairie de France -1931).

26 - Cette phrase figure dans une lettre que Galliéni, alors Colonel au Tonkin, adressa le 2 juillet 1895 au Commandant Lyautey, son chef d'État-Major qui était malade dans un hôpital à Quan-Yen (Réf : Histoire de l'Indochine par Philippe Heduy - SPL - 1983).

27 - Baraka Allah ou fik ! : Expression qui signifie "Que la bénédiction d'Allah soit sur toi !" (pour exprimer un remerciement).

28 - Chibanis : Signifie "vieillards" en marocain

29 - Le 12 février 1945 le croiseur La Motte Picquet qui était amarré dans la boucle sud du Dong-Naï, à une vingtaine de kilomètres à vol d'oiseau de Saïgon, fut coulé par des avions de l'US Task Force 38. (Réf : Historama - avril 1991).

30 - PASTEUR : Lancé à Saint-Nazaire en 1938, ce paquebot eut une longue carrière mouvementée et une fin imprévisible sinon étrange. Après avoir transporté pendant près de 10 ans les troupes françaises entre la France et l'Indochine jusqu'en fin 1955, il fut rendu à son propriétaire La Cie des Chargeurs Réunis. Vendu ensuite à une compagnie allemande il navigua sur l'Atlantique Nord de 1959 à 1971 sous le nom de "BREMEN". Après avoir changé à nouveau de propriétaire, en 1976, il fut voué au destin sans gloire d'hôtel flottant dans le port de Djeddah. Au début de juin 1980 le vieux navire reprit la mer pour un ultime voyage à destination de Formose où il devait être livré à des ferrailleurs. Traîné par un remorqueur il descendit la Mer Rouge, traversa l'Océan Indien, mais en vue des îles Maldives, il essuya la plus violente tempête qui eut lieu dans cette zone réputée pour être une des plus belles mers d'huile de la planète !

Le Pasteur, non propulsé et difficilement manœuvrable prit un gîte qui incita le remorqueur a lâché les filins. Le 9 juin (04 " 47 GMT) le paquebot se coucha et coula à pic en moins d'une minute !

Sur cette ligne qu'il avait empruntée si souvent sous pavillon français le Pasteur s'était englouti, intact, échappant ainsi aux chalumeaux chinois ! (Réf : Notice du Service historique de la Marine).

31 - Institut Océanographique de Cauda : Créé en 1922 par le Gouverneur Général de l'Indochine, cet institut fut doté en 1929 de l'autonomie financière et placé sous le patronage de l'Institut de France. Il

était chargé de recherches sur la nature géologique et lithologique des fonds de pêche de la Mer de Chine, du Golfe du Siam et des grands lacs du Cambodge. (Réf : L'Indochine Moderne de MMr Percheron et Teston).

32 - Hirondelles de Monaco : À partir de 1985, le Prince Albert de Monaco arma pour l'Océanologie, trois de ses yatchs dont l'Hirondelle et l'Hirondelle II. Leurs recherches se situèrent essentiellement dans le quadrilatère Madère, Acores, Mer des Sargasses, îles du Cap Vert ainsi que dans l'Océan Arctique (Réf : Encyclopédie ALPHA - Grange Batelière - Paris).

33 - Jambiyah : Poignard à large lame recourbée que tout yéménite porte fièrement à la ceinture.

34 - Cheïtan : Signifie "Satan" en marocain.

35 - Près de huit mille Japonais déserteurs servirent dans les rangs des rebelles indochinois (Réf : L'Indochine en guerre - Général Jean Marchand).

36 - Dans les années 1934-1937 le Maroc que l'Acte d'Algésiras (signé le 7 avril 1906) avait livré sans défense à la concurrence étrangère, fut inondé de produits japonais qui menacèrent son industrie et particulièrement celle des babouchiers (Réf : Le Maroc de MMr Coindreau et Penz - Société d'Éditions Géographiques, Maritimes et Coloniales - 1949).

37 - Belgha : Babouche marocaine en cuir de couleur jaune.

38 - "Il faut, écrivait Lyautey, quand il s'agit de police des indigènes toujours retenir cette formule : manifester la force pour en éviter l'emploi". (Réf : Lyautey d'André Maurois).

39 - "Boujadis" : Signifie "novices" en marocain. Mot employé dans les troupes marocaines pour désigner les jeunes engagés. Équivalent de "les bleus".

BIBLIOGRAPHIE SOMMAIRE

- COINDREAU (R) et PENZ (Ch) - Le Maroc - Société d'Éditions Géographiques Maritimes et Coloniales - Paris - 1949.

- DELVERT (J) - Le Cambodge - Presses Universitaires de France - 1983.

- FERAY (P.R) - le Viêt-Nam - Presses Universitaires de France -1984.

- GROSLIER (B.Ph) - Indochine - Éditions Nagel - Genève -1966.

- LAGARDE (A) et MICHARD (L) - Les Grands auteurs Français du XVIIIè - Bordes - 1966.

- HEDUY (Ph) - L'Histoire de l'Indochine - SPL - 1983

- MALRAUX (A) - La Voie Royale - Club Français du Livre - Paris - 1952.

- MAUROIS (A) - Lyautey - Plon - Paris -1931.

- MARCHAND (J) - L'Indochine en guerre - Les Presses Modernes - Paris -1954.

- PERCHERON (M) et TESTON (E) - L'Indochine Moderne - Librairie de France - Paris - 1931 (Encyclopédie préfacée par Paul DOUMER).

- TRUCHET (A) - Initiation à la connaissance de l'Islam - Berger Levrault - Paris 1949.

Autres ouvrages consultés

- La Deuxième Guerre Mondiale (Tome 2) Jules Tallandier - Paris - 1967-69. (Le conflit franco-Siamois par Meyer Charles).

- Historama (spécial) La Guerre d'Indochine - 1989

- Historama : "Bombardement US sur l'Indochine" -1991.

- Historia : "Cambodge Séculaire" -1992.

- Histoire Universelle des Pays et des Peuples (Tome 1) Quillet - Paris -1913.

- Encyclopédie ALPHA - Grange Batelière - Paris - 1973.

- Guide ARTOU : Indochine (Jacques Népote) Éditions OLIZANE - Genève - 1990.